BÉBÉ BOUM 2

Josée Bournival

BÉBÉ BOUM 2

Le vrai Big Bang

Roman

Hurtubise

Catalogage avant publication de Bibliothèque et Archives nationales du Québec et Bibliothèque et Archives Canada

Bournival, Josée

Bébé boum 2, Le vrai big bang

ISBN 978-2-89723-345-7

I. Titre. II. Titre : Vrai big bang.

PS8603.O954B422 2014 C843'.6 C2013-942753-8
PS9603.O954B422 2014

Les Éditions Hurtubise bénéficient du soutien financier des institutions suivantes pour leurs activités d'édition :

- Conseil des Arts du Canada ;
- Gouvernement du Canada par l'entremise du Fonds du livre du Canada (FLC) ;
- Société de développement des entreprises culturelles du Québec (SODEC) ;
- Gouvernement du Québec par l'entremise du programme de crédit d'impôt pour l'édition de livres.

Conception graphique de la couverture : René St-Amand
Illustration de la couverture : Rizada (rizada.ca)
Maquette intérieure et mise en pages : Folio infographie

ISBN : 978-2-89723-345-7 (version imprimée)
ISBN : 978-2-89723-346-4 (version numérique PDF)
ISBN : 978-2-89723-347-1 (version numérique ePub)

Dépôt légal : 1er trimestre 2014
Bibliothèque et Archives nationales du Québec
Bibliothèque et Archives Canada

Diffusion-distribution au Canada :
Distribution HMH
1815, avenue De Lorimier
Montréal (Québec) H2K 3W6
www.distributionhmh.com

Diffusion-distribution en Europe :
Librairie du Québec/DNM
30, rue Gay-Lussac
75005 Paris FRANCE
www.librairieduquebec.fr

Imprimé au Canada
www.editionshurtubise.com

À Simone

Lili souleva délicatement la petite tuque de laine bleue qui protégeait la tête de son garçon. De fines mèches de cheveux balayèrent le haut du front de l'enfant. D'un doigt maternel, elle caressa à contresens le duvet soyeux et foncé. Comme chaque fois qu'elle répétait ce geste, une petite fossette apparut sur la joue de Léonard. Satisfaite de la réaction de son fils, Lili repositionna le couvre-chef pour permettre au bébé de conserver sa chaleur corporelle.

Elle souleva le poing gauche de l'enfant et compta pour la millième fois les cinq doigts irréprochables qui constituaient sa main. Elle refit le même manège avec la main droite. Son bébé était parfait.

Son désir de maternité prenait vie de manière tangible, s'incarnait dans ce petit paquet d'à peine sept livres. La grossesse terminée, Lili allait enfin reprendre le contrôle de son corps, de sa vie. La délivrance du bébé marquait pour elle la fin des incertitudes et des doutes.

— Faut acheter des pyjamas. Des pyjamas bleus.

Thomas se contenta de sourire au commentaire de son amoureuse et reporta son attention sur son petit bonhomme. Des dizaines de vêtements miniatures attendaient le nouveau-né à la maison, mais la quasi-totalité arborait des fleurs et de la dentelle, en plus de décliner une palette complète de roses, du plus tendre au plus soutenu. Même le contenu de la valise d'hôpital était pensé pour une princesse.

Thomas n'en revenait toujours pas qu'on ait pris son garçon pour une fille lors de l'échographie. Il souriait en pensant à la chambre du bébé dont les murs étaient couleur framboise et à tous ces articles, achetés ou reçus en cadeau, destinés de manière évidente à une petite demoiselle. Après une entrée aussi remarquée, le nouveau papa ne doutait pas que le petit Léonard lui réserve son lot de surprises dans les mois à venir.

Thomas souleva délicatement fiston pour l'installer dans sa coquille de transport. L'article semblait démesurément gros pour un si petit être humain. Une fois les courroies de sécurité inspectées par Lili, Thomas prit possession de la valise et du siège de bébé. Il était temps de rentrer à la maison. En famille.

— Va pas trop vite, implora Lili.

Chaque pas rappelait à la nouvelle maman qu'elle venait d'accoucher et l'obligeait à ralentir la cadence. Elle ne pouvait rivaliser avec les grandes enjambées de son amoureux, mais elle tenait à rester à proximité de son enfant pour s'assurer de son confort et de son bien-être.

En passant les portes de l'hôpital, Lili sentit une boule se former dans son estomac. À tort, elle l'attribua immédiatement à la faim.

CHAPITRE 1

Confortablement assis sur le siège du conducteur, un bras appuyé au volant, Thomas souriait en observant sa blonde. Depuis plus de cinq minutes, un ballet prévisible se jouait sur le siège du passager. Lili s'assoyait, grimaçait un peu au moment où ses points de suture au périnée entraient en contact avec le siège de la voiture, tirait sur la ceinture pour s'attacher et tendait l'oreille. Le moindre couinement provenant de la banquette arrière agissait comme le chant des sirènes sur la nouvelle maman. Elle quittait l'avant de l'habitacle pour vérifier que le bébé respirait toujours, qu'il n'avait pas froid ou chaud, que sa tuque ne lui voilait pas la vue ou que les courroies de son siège ne le faisaient pas souffrir.

Devant l'absence de tout son suspect en provenance de l'arrière du véhicule, Thomas embraya alors que Lili soupirait bruyamment. Il aurait été bien embêté de dire si ce soupir signifiait le soulagement ou l'appréhension. Soulagement à l'idée de quitter l'hôpital, ses chambres surchauffées, le va-et-vient incessant de son personnel et ses menus rivalisant de sex-appeal avec ceux des résidences pour personnes âgées. Quant à l'appréhension, elle pouvait trouver sa source dans l'indéfinissable sentiment éprouvé lorsqu'on réalise pour la première fois qu'un autre être humain dépend entièrement de soi.

— J'ai oublié le pare-soleil!

Thomas n'avait pas encore quitté le stationnement de l'hôpital. Il immobilisa donc la voiture, le temps que Lili installe une protection solaire à la fenêtre du côté de leur fils. Bien sûr, il aurait pu faire remarquer à Lili que le ciel de janvier était complètement couvert et que les chances de voir un rayon de soleil se pointer dans les dix minutes que durerait le trajet jusqu'à la maison étaient nulles. Il préféra sourire.

Les neuf derniers mois avaient été éprouvants. Pour elle, comme pour lui. La grossesse idéale anticipée par Lili ne s'était jamais présentée. Le couple avait plutôt fait face à un raz-de-marée magistral: Lili ne se comprenait plus et Thomas encore moins. Heureusement, les fluctuations hormonales étaient choses du passé. Thomas pouvait bien supporter un caprice de nouvelle maman, sachant que le pire était derrière eux.

Maintenant satisfaite, Lili donna le signal du départ. Thomas s'engagea sur la voie publique en douceur. La chaussée était recouverte d'un fin tapis de neige tricoté par Dame Nature pendant la nuit.

— Attention, Thomas! Ralentis!

Un regard rapide au cadran du tableau de bord confirma à Thomas que la voiture se déplaçait largement en dessous de la limite de vitesse. S'il ralentissait davantage, les autres automobilistes allaient lui témoigner leur impatience par des coups de klaxon ou des invectives.

— Lili, j'roule à peine à trente-cinq kilomètres heure. Relaxe, tout va bien.

Le langage corporel de Lili disait le contraire. Les jointures de sa main gauche étaient blanches à force de serrer sa ceinture de sécurité, son bras droit était tendu devant pour amortir un éventuel choc et son visage exprimait une émotion proche de l'effroi. Thomas crut même déceler un changement de rythme dans sa respiration. Moins de deux minutes plus tard, Lili exigeait un nouvel arrêt en bordure de la route.

— Ça suffit, Lili. Chaque fois que t'ouvres la porte, on perd notre chaleur.

L'argument ne changea en rien la décision de Lili.

— J'vais m'asseoir en arrière pour surveiller Léonard.

Thomas activa les feux de détresse et déplaça la voiture vers la droite pour libérer le passage aux autres conducteurs. Le véhicule était à peine immobilisé que Lili quittait son siège pour trouver refuge à proximité du bébé.

— J'aurais dû y penser plus tôt, lança-t-elle avec un sourire dans la voix.

Voyant Lili absorbée par la contemplation de leur premier enfant, Thomas reprit la route. Il avait espoir d'arriver à bon port avant l'heure du dîner.

À intervalles réguliers, Thomas observait sa blonde dans le rétroviseur. Penchée vers son enfant, la maman chantait une berceuse, les yeux remplis d'étoiles. L'arrivée de Léonard était le prélude d'une nouvelle vie. Thomas entrevoyait un long fleuve tranquille dans les prochains mois. Maintenant que Lili pouvait toucher et voir son bébé, ses angoisses maternelles s'en trouveraient diminuées. Il allait retrouver sa douce moitié.

Un reniflement attira son attention. Le petit miroir accroché au plafond de l'habitacle permit à Thomas de constater que Lili pleurait.

— Ça va ? demanda-t-il avec douceur.

Elle acquiesça en essuyant les rigoles salées du revers de la main.

— J'suis trop heureuse, je pense.

Thomas ressentit une bouffée d'amour pour cette femme qui était entrée dans sa vie trois ans plus tôt. Depuis qu'elle faisait route avec lui, Thomas découvrait que les émotions ne venaient pas en nombre limité et que leur expression était variable. Les neuf derniers mois avaient été particulièrement riches d'apprentissage en ce sens.

Il se désolait à l'idée de devoir reprendre le travail rapidement. Lorsqu'on est fleuriste à son compte, pas moyen de fermer boutique très longtemps. Il aurait aimé bénéficier d'un long congé en famille, question d'apprivoiser son rôle de père et le petit bonhomme qui captivait tant sa blonde. Lili jouirait d'un congé de maternité d'une année complète. Il l'enviait un peu.

Thomas freina subitement. Perdu dans ses pensées, il n'avait pas remarqué que le véhicule devant eux décélérait. Il retint son souffle le temps que sa propre voiture s'immobilise puis souffla un juron entre ses dents. Il se retourna pour s'assurer que sa blonde et son fils se portaient bien. Si le bébé dormait toujours à poings fermés, la mère avait sorti ses griffes.

— Imbécile!

Thomas fut rassuré de constater que la fureur de Lili ne lui était pas destinée. L'insulte était proférée à l'intention du conducteur de la voiture les précédant. Expliquer que l'autre n'était en rien responsable et que c'était plutôt son inattention qui avait généré le freinage d'urgence ne lui vint pas à l'esprit. Mieux valait ne pas jeter d'huile sur le feu.

— J'vais lui dire ma façon de penser!

Le cerveau de Thomas n'avait pas encore enregistré la phrase de Lili que cette dernière sortait de la voiture et marchait d'un pas ferme vers le véhicule les devançant. Il vit sa blonde cogner avec hargne dans la vitre du conducteur et lorsque l'homme, inconscient de la furie qui le guettait, abaissa la vitre de sa portière, Lili l'invectiva.

Le réflexe de Thomas fut tout d'abord de sourire, mais son visage devint de marbre lorsqu'il vit Lili s'élancer pour donner un coup de pied dans l'aile arrière de la voiture de l'autre. Il remonta subtilement le col de son manteau, se cala un peu sur le siège, mort de honte. Finalement, peut-être les fluctuations d'hormones de grossesse ne disparaissaient-elles pas en même temps que le placenta.

En arrivant à la maison, Lili tenta de joindre Esther pour une vidéoconférence. Devant l'absence de réponse, elle se dit que sa meilleure amie n'avait peut-être pas encore quitté l'hôpital. Leurs garçons partageaient la même date de naissance. Quel hasard fabuleux ! Lili ne doutait pas que les années à venir voient éclore une amitié sincère entre les deux petits bonshommes. Son fils avait déjà un ami. Ils pourraient jouer au hockey ensemble, pourchasser les grenouilles ou se déguiser en pompiers. Bien sûr, elle avait secrètement espéré que la fille qu'on lui avait prédite tombe follement amoureuse du fils d'Esther. Lili devait faire le deuil de cette histoire de conte de fées qu'elle avait imaginée pendant sa grossesse. Elle traçait déjà mentalement un nouvel avenir pour son fils. La panoplie de possibilités qui s'offraient au nouveau-né était sans fin. Que c'était grisant de jeter un œil vers le futur !

Un gargouillement en provenance de son estomac lui rappela que l'heure du dîner approchait à grands pas. Lili ouvrit le réfrigérateur et, inspirée par les restes qui s'y trouvaient, décida de faire une quiche.

— Tu devrais te reposer, décréta Thomas. Je m'en charge.

— Non, non, objecta Lili. Je viens d'accoucher ; j'suis pas handicapée.

— Léonard a besoin que sa maman soit en forme. C'est à lui que tu devrais consacrer tes énergies.

— Va chercher la chaise vibrante, je vais l'installer avec moi sur le comptoir.

Thomas s'exécuta et déposa maladroitement le bébé emmitouflé dans sa couverture rose. La chaise réquisitionnée par Lili monopolisait la majeure partie du plan de travail. Elle finissait de couper des cubes de fromage lorsqu'un détail la fit paniquer.

— Thomas ! T'as pas attaché le bébé.

— Tu penses qu'il pourrait vouloir sauter en bas du comptoir ? blagua le nouveau papa.

— La sécurité de notre enfant, c'est pas un sujet pour faire des *jokes*.

Lili essuya ses mains et entreprit d'immobiliser Léonard. Elle savait bien que Thomas avait raison. Roulé dans sa couverture de flanelle, le bébé ne pouvait pas bouger et l'inclinaison de la chaise n'était pas suffisante pour qu'il glisse vers le bas. De plus, elle se trouvait en permanence à moins d'un mètre de lui. Elle se radoucit en regardant son amoureux.

— C'est sûr qu'il deviendra pas cascadeur aujourd'hui, mais mieux vaut prendre des bonnes habitudes tout de suite.

Thomas approuva la sagesse de sa douce moitié. Dieu seul savait à quel moment le bébé déciderait, dans un sursaut d'audace et de courage, de tenter de se retourner sur lui-même. Avec cette simple analyse, Thomas réalisa à quel point il ne connaissait rien au développement d'un nourrisson. Il n'avait aucune idée de l'âge auquel son fils marcherait, parlerait ou se retournerait sur lui-même. En prenant l'habitude de toujours l'attacher, Thomas éviterait le pire.

Le repas du midi était enfourné depuis quelques minutes lorsque le petit commença à pleurer. Lili se précipita pour prendre son fils et lui offrir le sein. Elle n'avait toujours pas eu sa montée laiteuse, mais savait que le colostrum serait suffisant pour apaiser le bébé.

En moins de vingt minutes, Léonard dormait paisiblement, petite sangsue immobile arrimée au sein maternel.

— Veux-tu le prendre ?

Lili fusionnait avec son enfant. Elle le cajolait, le dorlotait, l'entourait d'amour au moindre signe de mécontentement. Thomas arrivait difficilement à s'imposer auprès du duo. Autant l'offre de prendre son fils résonnait comme un privilège, autant elle apeurait Thomas. Les grandes mains du fleuriste, pourtant si habiles avec les pétales délicats de sa marchandise, devenaient gauches avec le bébé. Il ne savait jamais dans quel angle maintenir le cou de l'enfant, s'il devait le couvrir d'une légère couverture ou encore s'il était imprudent de le tenir d'une seule main.

En cueillant le poupon qui reposait sur le ventre chaud de sa mère, Thomas mesura la fragilité de la vie.

Il venait à peine de trouver une position confortable que Lili repositionnait l'enfant pour lui.

— Il aime pas ça être tourné dos à toi. Tiens-le face à ta poitrine.

— Quand est-ce qu'il t'a dit ça ? ironisa Thomas.

— Une mère sent ces choses-là.

Satisfaite de la posture du bébé, Lili décida de prendre une douche, le laissant à regret. Elle s'était refusée à utiliser les douches communes de l'hôpital, préférant de loin le confort et l'intimité de celle du loft. « Heureusement que j'ai pas eu de césarienne, raisonna-t-elle, je serais restée alitée là presque une semaine. Trop longtemps pour me priver de douche en tous cas. »

Thomas profita de ce temps seul à seul pour étudier son fils. Le mode d'emploi de cette petit bête lui était inconnu, mais il apprivoiserait « la chose » à sa manière : par essais et erreurs.

— On va d'ailleurs essayer un changement de couche, garçon.

Thomas emporta l'enfant sur sa table à langer, déboutonna laborieusement le pyjama pastel et l'enleva en entier pour commencer le changement de couche. Le bébé se plaignit du froid. Pourquoi avaient-ils acheté un pyjama orné de boutons au dos du vêtement ? Pourquoi un créateur en vendait-il ? Ça n'était tellement pas pratique. Thomas accéléra la cadence pour faire cesser les pleurs du poupon. Une couche propre en place, il s'attaquait au dernier bouton lorsque Lili arriva, les cheveux trempés, pour lui voler Léonard.

— Maman aussi s'est ennuyée. Pleure pas, mon bébé.

En moins de temps qu'il n'en faut pour couper un cordon ombilical, Thomas se retrouva seul avec une couche souillée à la main tandis que le duo mère-fils regagnait le confort du coin salon. Ou son premier changement de couche était extraordinairement long, ou sa blonde venait de prendre une douche à la vitesse de l'éclair. Quant au cordon ombilical qui unissait Lili et Léonard, Thomas se demanda s'il n'avait pas simplement rêvé l'avoir sectionné.

Esther s'appuya au cadre de porte. Elle tentait illusoirement de se soustraire à la vue d'Antoine et d'Emma, ses deux « grands ». Si la manœuvre échouait, Esther bénéficiait tout de même d'un atout majeur pour se faire oublier : bébé Théo gazouillait de curiosité devant les visages flous de son grand frère et de sa grande sœur.

Esther s'attendrissait de voir son aîné caresser le ventre du nouveau venu et d'entendre Emma, du haut de ses cinq ans, expliquer déjà la vie à «son» bébé.

— Tu pues quand y a un caca dans ta couche. Sinon, tu sens doux.

Les deux grands se disputaient la meilleure place pour avoir l'attention du nourrisson. Le ballet n'avait rien de gracieux, mais émouvait Esther. Elle mesurait la chance qu'elle avait de compter trois enfants en parfaite santé au sein de son foyer.

Entouré d'amour comme il l'était, le petit Théo ne se doutait pas des vagues qu'il avait créées dans les derniers mois. Si l'harmonie semblait régner dans la maisonnée, c'était grâce au talent de dissimulation d'Esther. Sa grossesse surprise avait fait éclater son couple. Vasectomisé, Jean-François en avait déduit qu'elle le trompait et n'avait pas hésité à révéler sa propre aventure extraconjugale. Esther avait tout mis en œuvre pour garder sa famille unie. Mentir n'était qu'une des armes qu'elle avait utilisées.

En couvant son petit dernier du regard, Esther ne put s'empêcher de se demander si la tempête tirait vraiment à sa fin ou si le grand tsunami final roulait déjà au large des côtes paisibles de sa vie familiale.

Des cris la sortirent de sa rêverie. Antoine et Emma se disputaient farouchement une couche.

— C'est à mon tour, Emma!

— Non, c'est moi qui change les fesses du bébé.

Déstabilisé par tout ce vacarme, Théo commença à pleurer. Esther saisit la couche tendue entre les mains d'Emma et d'Antoine. D'un seul regard noir, elle les convainquit d'arrêter leur chicane.

— On va tous participer, décréta-t-elle.

Elle entraîna sa marmaille à sa suite, étendit une alèse sur son lit et y déposa le bébé qui se plaignait encore du boucan dont il était l'origine. Elle offrit à Antoine de déboutonner le pyjama tout en promettant à Emma d'essuyer le petit derrière rose avec une lingette. Quand le vêtement fut ouvert, Esther retira la couche souillée.

— Qui va la jeter à la poubelle ?

Sans surprise, aucun des enfants ne voulut s'acquitter de la tâche ingrate. Leur mère sourit devant leur refus.

Une fois la responsabilité d'Emma exécutée, Esther entreprit de mettre une couche au nourrisson tout en repliant le devant pour éviter son nombril. Langé et sentant la poudre pour bébé, Théo retrouva la faveur de ses pairs et les bras confortables de sa mère.

— Allez ouste, les p'tits monstres ! On laisse maman tranquille. Elle doit se reposer.

Esther sourit à son mari. Leurs neuf ans de mariage avaient peut-être élimé la passion des débuts – leur union comportait bien quelques ecchymoses ici et là –, mais elle ne pouvait nier qu'un profond attachement, un lien sincère et authentique les unissait toujours. Malgré la séparation des derniers mois, Esther trouvait beaucoup de réconfort dans la présence toute masculine de Jean-François. Et ce, même si cette présence avait accès au divan familial plutôt qu'au lit conjugal. Esther ne pouvait pas tourner la page du jour au lendemain sur l'aventure extraconjugale de son mari.

Jean-François se transforma en dinosaure mangeur d'enfants et fit disparaître Emma et Antoine en une fraction de seconde. Le bruit de leurs pas sur les lattes de bois du corridor indiquait à leur père où se rendre pour faire semblant de leur croquer les orteils. Le frère et la sœur avaient trouvé refuge dans la salle de bain. Avant d'y surgir en rugissant, les bras élevés et les doigts écartés en guise de griffes imaginaires, Jean-François déposa un jeté chaud sur les épaules de sa femme.

— Fais une sieste avec bébé. Je vais emmener les enfants dehors.

Sans un mot, mais le regard chargé de reconnaissance, Esther s'allongea sur le lit. Elle blottit son fils le long de son flanc et le recouvrit de sorte qu'il puisse bénéficier également de la chaleur de la couverture.

Esther savourait les multiples attentions de son conjoint. Au tout début de leur relation, Jean-François avait l'habitude de faire danser quelques minutes sa robe de chambre dans la sécheuse alors qu'elle était sous la douche ou se détendait dans la baignoire. Dès qu'elle retirait le bouchon du bain ou tournait le robinet pour fermer la douche, son époux surgissait avec le vêtement chaud. C'était souvent le prélude à l'amour. La première note d'une symphonie que Jean-François jouait avec doigté pour conduire Esther au solo final. Chaque fois qu'il l'aidait à enfiler le vêtement, il prenait soin de lui effleurer le galbe du sein du revers de la main, de souligner la courbe de ses hanches en faisant mine de chercher la ceinture à nouer ou de lui embrasser la nuque en prétextant une goutte d'eau à essuyer dans son cou. Esther ne put s'empêcher de penser que son homme recommençait à lui faire la cour. Cela aurait dû être une bonne nouvelle, cependant elle en ressentait un certain malaise. Esther s'était battue tout au long de sa grossesse pour garder sa famille unie, mais Jean-François avait fait le choix de vivre aux côtés de sa maîtresse. Choix qu'il avait amèrement regretté au fil des semaines. Davantage qu'elle, apparemment.

Emma et Antoine avaient les joues rougies par le vent d'hiver lorsqu'ils rentrèrent se réchauffer autour d'une tasse de chocolat chaud. Leur père sortit feuilles et crayons, et proposa aux enfants de faire un dessin pour maman. Dès qu'Esther fit irruption dans la pièce, Jean-François se sentit obligé de justifier son choix de collation:

— On va manger des fruits pour dessert. J'me suis dit qu'ils avaient droit à une p'tite gâterie.

La jeune mère sourit pour offrir sa bénédiction, mais son mari n'était pas dupe: les commissures de ses lèvres étaient un peu crispées, signe qu'elle n'approuvait pas. Elle avait les calories vides en sainte horreur, comment avait-il pu oublier ce détail? Son statut était précaire et il le savait. Esther avait accepté qu'il revienne à la maison à cause de la naissance de Théo. Sans ce petit bonhomme, Jean-François en aurait été quitte pour ronger son frein dans son appartement minable. S'il avait accès à la demeure familiale, c'était sous prétexte de donner un coup de main à Esther après son accouchement. Il avait bien l'intention de regagner le cœur de sa femme et de reprendre possession des lieux comme avant, mais la tâche serait plus ardue que ce à quoi il s'attendait.

Esther semblait indifférente à son charme et à ses attentions. Avant, lorsqu'il lui présentait une robe de chambre préalablement chauffée dans la sécheuse, il la sentait littéralement fondre sous ses mains. Depuis le temps, il pensait connaître par cœur la combinaison secrète pour se glisser sous l'épiderme de son épouse. Elle avait vraisemblablement changé de mot de passe.

Il comprenait qu'elle soit réticente, qu'elle refuse de s'abandonner avec facilité. Après tout, il s'était employé pendant les derniers mois à rejeter avec éclat la paternité qu'elle voulait lui attribuer et maintenant, il rêvait d'endosser le rôle de père disponible auprès de Théo. On lui avait confirmé que la vasectomie n'est pas une procédure fiable à cent pour cent et qu'il était parfois possible de concevoir un enfant malgré cette intervention chirurgicale. Il connaissait suffisamment Esther pour savoir qu'elle mentait comme elle respirait, mais il avait également la certitude qu'elle était incapable de coucher avec un autre homme sous le coup d'une impulsion. Esther était mesurée, réfléchie, analytique. Chacune de ses décisions était longuement mûrie. Le seul nouveau venu dans l'entourage de sa femme était ce jeune médecin qu'il avait croisé par inadvertance en venant chercher ses enfants. Thomas lui avait confirmé l'homosexualité du jeunot qu'il avait lui-même rencontré à quelques reprises lors des cours prénatals. Donc, aucun rival à l'horizon.

— Emma, les crayons, ça va sur le papier, pas sur la table, s'écria rapidement Jean-François.

La petite maniait les feutres avec brusquerie et le meuble de la cuisine comportait maintenant quelques rayures mauves. Son père se dépêcha de prendre une guenille pour essayer de les faire disparaître.

— Fallait mettre une nappe de plastique avant de leur donner les crayons, lui reprocha Esther.

— Avec le nettoyant à salle de bain, ça va partir.

— C'est abrasif, tu vas arracher le vernis de la table.

Emma vint à son secours en brandissant son dessin devant le visage d'Esther.

— Regarde maman, c'est la famille. Y a cinq personnes, maintenant.

Les parents commentèrent le dessin à voix haute, félicitant la jeune artiste et analysant leur apparence personnelle.

— Maman aimerait ça se voir avec tes yeux, ma poulette, souligna Esther avec humour.

Sous les crayons de la fillette, Esther avait des mensurations de Barbie et une jupe qui n'aurait sûrement pas été règlementaire dans un collège privé. Alors qu'elle portait encore son surplus de grossesse, le regard de sa fille la rassérénait.

— Je trouve ça assez réaliste, moi, risqua Jean-François en glissant une main sur la taille enveloppée de sa femme.

Esther le récompensa d'une grimace et d'une tape sur la main. Elle n'avait pas envie qu'on la touche.

— Pourquoi t'as fait des cheveux noirs à Théo ? questionna Jean-François.

— Parce qu'il est différent, trancha Emma.

— Papa aussi a les cheveux foncés, glissa Esther, inquiète de la tournure de la conversation.

Esther réalisa avec un pincement au cœur qu'Emma avait orné de jaune la tête des autres membres de la famille. Le crayon brun étant pris par Antoine, la petite fille s'était rabattue sur le jaune pour symboliser les éclats dorés qu'elle voyait miroiter dans la chevelure de son grand frère et dans sa propre tignasse. Le châtain clair de sa mère avait subi une coloration express et avait également viré au jaune. Quant à la chevelure franchement brune de son père, Emma préférait l'apparenter à l'or des princes de ses contes de fées plutôt qu'à l'ébène des corbeaux ou des loups.

Esther risqua un œil en direction de Jean-François. Rêvait-elle ou avait-il les sourcils froncés ? Venait-il également de lire le sous-entendu du dessin de sa fille ? Peut-être qu'il attribuerait simplement ce choix à la fantaisie d'Emma.

Lorsqu'on sonna à la porte, Jean-François s'empressa de répondre et expédia le livreur en quelques secondes. Il revint à la cuisine, un immense bouquet de fleurs à la main. Il tendit l'arrangement floral à Esther qui se contenta de le humer avant de lui signifier que bébé Théo dormait et qu'elle lui reléguait la tâche de mettre les tiges dans l'eau.

— Tu veux que je te lise la carte ? demanda-t-il.

Devant le hochement de tête d'Esther, Jean-François décacheta la minuscule enveloppe retenue au bouquet par un trombone. Il mit quelques secondes avant de déchiffrer l'écriture manuscrite.

— Ça vient du bureau: "Bienvenue à Théo. Bravo pour l'accouchement. Tu nous manques déjà." Et c'est signé Claude.

Esther arrêta de respirer un instant. Heureusement que son mari était absorbé dans la recherche d'un vase pouvant accueillir le cadeau. Il ne vit pas l'angoisse qui habita Esther pendant quelques secondes.

— Chic type, ton patron. Il écrit même que tu leur manques. Ça, c'est parfait pour demander une augmentation de salaire. On devrait l'inviter, éventuellement.

Pendant que Jean-François songeait à soigner les relations professionnelles de sa femme, cette dernière revoyait son accouchement. Tout s'était précipité et elle s'était retrouvée à donner la vie en tenant la main de son patron. Un trouble diffus s'empara d'Esther. Elle ne pouvait enlever une image de son esprit. Celle de son patron regardant le bébé avec fierté. Claude et ses yeux si bleus… Ses cheveux si noirs…

Jeannine s'extirpa lourdement des couvertures. Le soleil filtrait à travers les stores horizontaux de la chambre à coucher et l'empêchait de dormir plus longtemps. La nuit avait été mouvementée, la petite Maxime réclamant le sein maternel toutes les heures. Jeannine regrettait presque son séjour à l'hôpital. Ici, en plus des soins à apporter au bébé, il fallait songer aux repas, au ménage, aux comptes à payer, aux courses à faire. Elle évita soigneusement son reflet dans le miroir, sachant pertinemment que les cernes sous ses yeux et ses cheveux gras en bataille ne seraient d'aucun secours pour son estime personnelle.

En regardant par-dessus son épaule, Jeannine soupira. Gerry était allongé sur le dos. Sur sa poitrine velue, Maxime faisait des tours de manège, montant et descendant au rythme de sa respiration. Le tableau était parfait: un nouveau papa fou d'amour et une fillette réconfortée par le ronflement paternel. Pendant une fraction de seconde, Jeannine lui envia cette assurance tranquille, cette conviction profonde de faire les bons choix pour ses enfants. Gerry ne se posait pas de question, alors que Jeannine doutait de tout. Elle prit la résolution de se laisser contaminer par ce trait de caractère. Le pouvoir intangible, mais pourtant bien réel, que l'on appelle l'instinct maternel, avait élu domicile dans chacune des fibres musculaires de son mari. Gerry, c'était une femme dans un corps de bûcheron. Une mère dans une enveloppe de gars de chantier.

Sur la pointe des pieds, Jeannine gagna la cuisine. Par automatisme, elle actionna le percolateur afin d'infuser le café de Gerry. À son insu, elle en boirait quelques gorgées avant de lui apporter le liquide brûlant. Depuis qu'elle allaitait, son époux surveillait de près tout ce qu'elle ingurgitait et la caféine était proscrite, au grand dam de Jeannine.

En manque d'excitant, elle fouilla dans l'armoire à la recherche du pot de Nutella. Armée d'une cuillère à soupe, elle ingurgita deux bonnes doses de pâte à la noisette et au chocolat pour se donner un peu d'énergie. Elle avait lu dans un magazine que le chocolat contenait de la caféine, et elle espérait ainsi pallier son manque de café. L'idée que le Nutella ne contienne qu'une très faible quantité de véritable chocolat ne lui effleura même pas l'esprit.

Après avoir rincé l'ustensile pour ne laisser aucune trace de son déjeuner improvisé, Jeannine abandonna la cuillère au fond de l'évier entre les tasses et les couverts de la veille. Ainsi dissimulé, l'objet ne risquait pas de la trahir.

Elle avisa ensuite le panier à linge qui trônait sur la table de la cuisine : un amoncellement de bavoirs, de couvertures pour bébé, de pyjamas colorés et de débarbouillettes ornées de canards. Pleine de bonne volonté, Jeannine entreprit de plier le tout. À peine avait-elle entamé sa besogne qu'elle décida plutôt de fouiller le tas de vêtements pour y dénicher tous les pyjamas. L'électricité statique lui donna un peu de fil à retordre, permettant aisément à un pyjama de bébé de se cacher au dos d'une couverture. Dès qu'elle fut convaincue d'avoir sous le bras tous les vêtements de nuit de Maxime, Jeannine les déchargea pêle-mêle dans le tiroir supérieur de la commode de sa fille. Elle comprima les vêtements afin d'être en mesure de refermer le tiroir, déjà plein à craquer.

Jeannine refit le même exercice avec les débarbouillettes et les bavoirs qui échouèrent au fond d'un tiroir sans qu'elle ait pris la peine de les plier. Elle empoigna ensuite les quelques couvertures de flanelle au fond du panier à linge, les lissa correctement et les ordonna en une pile minutieuse. Elle déposa le tout dans le panier, bien en vue, pour que Gerry sache qu'elle avait aidé aux tâches ménagères.

— Mère de jumeaux qui trouve le temps de faire du lavage. J'suis fantastique, s'exclama-t-elle.

Pour que les vêtements aboutissent dans un panier sur la table de la cuisine, il avait fallu que Gerry les récupère aux quatre coins de la maison, mette la machine à laver en marche, réalise que la bouteille de détersif était vide, se rende à l'épicerie pour en acheter une nouvelle et revienne à la maison pour terminer la tâche. Que Jeannine ait seulement été impliquée en toute fin de processus n'était pas digne de mention, selon elle.

Tout comme le fait qu'elle n'avait qu'un seul de ses bébés à la maison pour le moment, Julien étant toujours hospitalisé. Depuis la césarienne, le petit ne pouvait quitter l'hôpital. Des problèmes respiratoires ayant nécessité des soins et une surveillance constante le retenaient loin du domicile familial. Gerry passait une bonne partie de ses journées au centre hospitalier pour tenir compagnie à son fils. Il quittait la maison le matin, emportant la coquille de transport de l'enfant, et revenait le soir avec un siège de transport vide. «Peut-être demain», s'excusait-il invariablement auprès de Jeannine venue l'accueillir à la porte avec la petite Maxime. Jeannine n'osait pas l'avouer, mais l'hospitalisation de son fils lui donnait un répit très apprécié.

Le café patientait maintenant sur le réchaud de la cafetière. Jeannine remplit une tasse pour son amoureux, y ajouta une bonne quantité de sucre et de lait, se délecta en buvant quelques gorgées et se dirigea vers la chambre à coucher pour déposer la tasse sur la table de chevet de Gerry.

Le père et la fille dormaient toujours. Jeannine choisit donc de retourner à la cuisine, la tasse toujours soudée à sa main, mais de plus en plus vide. Par inadvertance, elle croisa son reflet dans le miroir. Elle eut peine à reconnaître la femme d'aspect cadavérique qui la regardait dans la glace. Comment ferait-elle pour survivre lorsque les deux enfants seraient à la maison?

Frédérique observait sa fille dans le moïse à côté du lit. La petite semblait contempler le mobile coloré placé au-dessus d'elle. La maman en actionna le mécanisme et les oursons blancs se mirent à tourbillonner au son d'une mélodie répétitive. Frédérique en profita pour se lever et s'habiller.

Elle enfila, sans aucune difficulté, son jeans préféré, mais grimaça en montant la fermeture éclair. Pour accompagner le tout, elle choisit un long lainage camouflant le petit renflement de chair qui débordait du haut du pantalon. Elle s'attarda devant le miroir un instant, soupira et s'éloigna de la glace tout en nouant savamment ses cheveux en un chignon lâche et improvisé. Si elle avait soupiré devant la grosse toutoune aperçue dans le miroir, le commun des mortels aurait plutôt désigné son reflet comme celui d'une splendide nouvelle maman.

Ce fut ce moment que choisit Blanche pour se manifester. Elle poussa de petits cris aigus pour attirer l'attention de sa mère. Un coup d'œil à son cellulaire, et Frédérique constata qu'il était midi.

— T'es pas supposée avoir faim. Ton biberon est juste dans deux heures.

Frédérique en conclut que la couche de son bébé devait être mouillée et entreprit de la changer. D'abord, elle eut l'impression de voir du sang au fond de la couche, mais un examen plus approfondi lui permit de constater qu'il s'agissait plutôt d'un liquide orangé inconnu.

— Impossible que tu pisses comme Youpi, songea Frédérique à voix haute.

Frédérique ne connaissait rien aux bébés. Elle n'en avait jamais voulu et n'avait lu aucun manuel sur le sujet, mais elle se doutait que l'urine d'un nouveau-né ne devait pas être de la couleur de l'orange Crush.

La présence de Blanche était incongrue dans l'appartement bariolé de Frédérique. Un élément éclectique de plus dans l'énumération : boîte de capotes, tableau d'artiste émergeant, bouteille de vin transformée en bougeoir, bébé, carte de crédit, pantoufles en Phentex. N'eût été un jeu de dominos imprévisible, jamais Frédérique ne serait en train de changer une couche. Elle se surprenait chaque matin, en ouvrant les yeux, de découvrir un bébé à ses côtés.

Il y avait d'abord eu la grossesse imprévue, résultat d'une baise sans lendemain. À l'époque, Frédérique jonglait avec tellement d'amants qu'elle ignorait qui était le géniteur de sa fille. Vint ensuite sa lamentable tentative pour vendre le bébé sur Internet. Tentative qui avait différé d'autant l'avortement, lequel était devenu impossible à cause du nombre de semaines de gestation au moment où elle s'était présentée en clinique.

Jusqu'à la toute dernière minute, Frédérique était résolue à donner son bébé en adoption après l'accouchement. Elle rêvait du moment où elle serait débarrassée de son fardeau pour s'abandonner sans réserve à sa nouvelle passion : Simon. Simon et ses œillades provocantes. Simon et son inclinaison naturelle pour le plaisir. Simon l'insaisissable. Simon.

Puis, il y avait eu ce regard. Cette seconde de flottement où Blanche, impérieuse, avait obligé Frédérique à la regarder, à mesurer le prix à payer pour tourner la page, pour tourner le dos à la vie. Un prix beaucoup trop élevé pour Frédérique. Pour la première fois de sa vie, quelqu'un comptait vraiment sur elle, un être vivant dépendait entièrement d'elle. Pour la première fois, elle avait de la valeur dans le regard d'un autre être humain. Cela avait été le coup de foudre entre elles.

Frédérique s'attendait à ce que Simon l'abandonne aussi vite qu'un Casanova venant de décharger sa semence dans le corps d'une amante alanguie, mais il était resté. Frédérique ne s'expliquait pas ce choix. L'idée que Simon puisse éprouver des émotions sincères à son endroit ne lui effleura pas l'esprit. Ou plutôt, elle préférait ne pas considérer cette option, beaucoup trop angoissante et risquée. Elle avait la fâcheuse habitude de repousser ce que la vie lui offrait de bon.

Puis, Frédérique avait bien d'autres chats à fouetter que de divaguer sur la profondeur ou l'authenticité des liens l'unissant à Simon. Il fallait que son nombril retourne au plus sacrant vers sa colonne vertébrale, que ses poignées d'amour fondent grâce à quelques journées de jeûne et qu'elle élucide le mystère entourant le fond de culotte orangé de sa fille.

Frédérique empoigna son cellulaire et composa le 8-1-1. Une préposée d'Info-Santé serait sûrement en mesure de l'aider. Après s'être dûment identifiée et avoir donné l'information de base sur sa fille, elle exposa le problème :

— C'est pas compliqué, on dirait qu'elle pisse du jus de carotte.

— Ce sont probablement des cristaux d'acide urique. Combien de jours a votre fille ?

Frédérique eut un chatouillement dans l'estomac. Ces mots, « votre fille », créaient une musique surprenante aux oreilles de la nouvelle maman. Un adjectif possessif et un nom commun jamais même envisagé dans la même phrase. Une combinaison qui lui donnait le vertige.

— Quatre jours.

— Est-ce qu'elle boit bien ?

Frédérique fut prise de court par la question. Qu'est-ce que ça voulait dire « bien boire » pour un nouveau-né ? L'infirmière parlait-elle de quantité, de fréquence des boires ? Y avait-il des règles en la matière qu'elle ignorait ? À l'hôpital, on lui avait fourni des échantillons de préparation pour nourrisson. Elle avait acheté la même marque à son retour chez elle, mais avait opté pour la version en poudre à mélanger soi-même, car elle était moins chère. Si on la recommandait à l'hôpital, ça devait être un bon choix, non?

— Normal, se contenta de répondre Frédérique, souhaitant éviter un interrogatoire plus approfondi.

— Vous allaitez?

— Non!

Frédérique avait retenu de justesse le premier mot qui avait déboulé de son cerveau pour répondre à la dame: Beurk! Juste à l'idée que ses superbes seins servent à autre chose qu'à créer une érection chez un homme et elle se sentait mal. Pour elle, le sein était un organe de plaisir, un jouet sexuel, pas un mode de nutrition pour une enfant pure et naïve. Le galbe de sa poitrine existait pour épouser la paume d'une main virile, pas la bouche rose d'un poupon. Ses connaissances en soins du nourrisson étaient limitées, mais elle savait que l'allaitement ravageait les seins des mères esclaves qui choisissent de s'assujettir à l'appétit vorace de leur bébé.

— Combien de biberons boit votre bébé sur une période de vingt-quatre heures?

— Six.

— Combien d'onces à chaque boire?

— Je lui en prépare juste deux. Sinon, j'en gaspille tout le temps.

Était-ce son imagination ou l'infirmière adoptait-elle un ton plus glacial depuis qu'elle avait avoué ne pas allaiter Blanche? Le silence au bout du fil lui laissa croire qu'elle n'avait pas donné la réponse escomptée par son interlocutrice.

— Si votre bébé boit tout le biberon, c'est parce qu'elle a encore faim. Il faut qu'elle arrête de boire parce qu'elle est pleine et non parce que le biberon est vide.

Au prix auquel on vendait les boîtes de lait en poudre, Frédérique se dit qu'il pleuvrait des condoms avant qu'elle gaspille la moitié du contenu juste pour voir si son enfant avait encore faim. Si Blanche voulait boire plus, elle le manifesterait, non?

— Combien de couches mouille votre bébé par jour?

— Je sais pas... quatre ou cinq.

— Quelle quantité d'urine elles contiennent?

— Bonne question! J'ai pas encore essayé d'en tordre une au-dessus d'une tasse à mesurer, répliqua Frédérique sur un ton acidulé.

Cette infirmière testait dangereusement sa patience. Frédérique avait l'impression d'être attachée à une chaise, les mains ligotées dans le dos avec une ampoule au-dessus de la tête, comme dans les films d'action lorsqu'on essaie de faire cracher son crime à un vulgaire escroc.

— Est-ce que vous la nourrissez à la demande?

— J'ai autre chose à faire que de remplir des biberons aux dix minutes, s'exclama Frédérique. Je prépare un biberon aux quatre heures. Tout le monde dit qu'un enfant a besoin de routine, c'est ça que je lui inculque.

— Lorsque votre fille montre des signaux de faim, il faut la nourrir. Il faut se fier au bébé, madame.

Se fier à quelqu'un d'autre. Qui plus est, une petite personne dont la vie se mesurait en termes de jours sur les doigts d'une seule main. Un défi de taille pour Frédérique.

— On peut jamais se fier aux autres. Jamais, trancha Frédérique.

Jeannine avait terminé sa tasse de café depuis longtemps lorsque Gerry fit irruption dans la cuisine les bras chargés.

Du gauche, il tenait fermement Maxime et du droit, il retenait avec adresse tout le matériel nécessaire pour changer une couche. Après avoir volé un baiser à sa femme, il lui confia l'enfant pour installer sa station à langer portative : une serviette et deux sacs magiques servant de barrières et assurant la sécurité du bébé. Lorsqu'il tendit les bras pour reprendre l'enfant, Jeannine lui offrit plutôt de prendre une bonne tasse de café.

— Je m'occupe de la couche, termina-t-elle dans un sourire.

Gerry semblait en pleine forme malgré les nuits hachurées. Sa paternité le galvanisait. Alors que Jeannine rêvait de se terrer chez elle, Gerry habillait chaudement leur fillette et planifiait au moins une sortie par jour. Il n'hésitait pas à utiliser la poussette dans la gadoue, en plein mois de janvier, pour avoir le privilège de montrer publiquement la merveille dont il était le père. Son implication faisait grandement plaisir à Jeannine.

Ce ne fut qu'en retirant la couche qu'elle constata qu'une selle s'y trouvait. « Gerry avait raison, les bébés allaités sentent moins. » Heureuse de cette découverte, elle retint tout de même sa respiration et serra les lèvres pendant qu'elle essuyait les excréments jaune moutarde. Elle s'apprêtait à saisir les chevilles de l'enfant pour la soulever et glisser une couche propre lorsque la petite décida de relâcher ses sphincters.

— Petite maudite ! Tu fais pipi sur maman.

Le rire gras de Gerry s'éleva dans son dos.

— Pour une fois que c'est pas sur moi. Tasse-toi, je vais ramasser ça.

— Voyons donc, j'suis capable de venir à bout d'un p'tit pipi, s'offusqua Jeannine. J'ai plus d'expérience que toi.

Jeannine faisait évidemment référence à Frédérique, sa grande fille de vingt-huit ans, et non pas au nombre de couches qu'elle avait changées les derniers jours. Une bouffée de fierté lui gonfla la poitrine à l'évocation de sa grande fille qui venait également de donner la vie. Elle se demanda comment Frédérique s'en tirait dans son rôle de mère. Mieux qu'elle ? Jeannine chassa rapidement cette angoisse pour venir à bout de son changement de couche.

Elle gratouillait le ventre dénudé du bébé dans l'espoir de le faire sourire, mais Maxime commençait à s'agiter et à protester.

— Tu veux ta suce ?

Jeannine referma rapidement le pyjama pour partir à la recherche de l'arme caoutchouteuse.

— J'pense plutôt qu'elle a faim, rectifia Gerry. C'est son heure.

— Évidemment.

Jeannine gagna le salon, prit son coussin d'allaitement et entreprit de mettre l'enfant au sein. Affamée, la petite démone ne se fit pas prier pour ouvrir la bouche et y engloutir le mamelon de sa mère. Gerry avait encore raison… Ça devenait même un peu vexant qu'un homme comprenne le fruit de ses entrailles mieux qu'elle. Vraiment vexant, à bien y penser.

Lili replaça la peau de mouton synthétique sur laquelle elle avait déposé son fiston endormi. Une simple couverture faisait office de langes sur le corps du bébé. On aurait dit un ange dormant sur un nuage duveteux.

Armée de son appareil photo, Lili tentait d'immortaliser les premiers instants de vie de son fils en le mettant en scène dans différents scénarios issus de son imagination ou carrément volés sur Internet. Les studios de photographie professionnels rivalisaient d'originalité pour attirer les nouveaux parents. Une fouille rapide sur différents sites et Lili comptait les idées par dizaines. Tantôt elle essayait de photographier Léonard entouré de ses nombreuses peluches, tantôt il était couché dans un panier de pommes. Elle avait même trouvé le temps de fabriquer des ailes de bourdon pour déguiser son poupon en adorable bibitte ensommeillée. La seule constante inchangée dans la galerie de photos : bébé était nu.

— Y a toujours ben des limites à passer pour une fille !

Si Lili acceptait que son fils porte un pyjama rose dans la maison, elle refusait qu'on le photographie ainsi accoutré. Elle hésitait à jeter ou donner tous les vêtements féminins reçus en cours de grossesse. Ils avaient, à ses yeux, une forte charge émotive. « C'est notre secret, murmura-t-elle à l'oreille de l'enfant. Le rose te va bien, mais juste entre les murs du loft. »

Murs que Thomas avait été sommé de repeindre encore. En cours de grossesse, Lili avait exigé que son amoureux sorte pinceaux et rouleaux à trois reprises avant de se satisfaire d'un magnifique rose sur les murs de la chambre du bébé. Couleur qui ne convenait finalement pas au garçon surprise qu'ils avaient accueilli. En rentrant de l'hôpital, une des premières tâches confiées au nouveau papa avait été d'acheter de la peinture bleue. Thomas priait pour que la première teinte choisie par sa blonde soit la bonne.

Après le scénario de l'angelot, Lili déposa Léonard sur un tapis de pétales de rose. Un concept clairement destiné aux fillettes par les photographes répertoriés sur le Net.

— Mais t'as quand même un papa fleuriste, toi.

Pour contrebalancer la féminité des fleurs, Lili enfila délicatement deux petits chaussons bleus aux pieds de l'enfant. Le cadeau prémonitoire tricoté par sa mère, juste avant son décès. Comment sa mère avait-elle su qu'elle portait un garçon ? Était-ce le privilège de ceux qui quittent l'existence d'avoir une clairvoyance, un avant-goût de l'éther ?

Lili recula de quelques pas. Non pas pour observer l'ensemble de son œuvre, mais bien pour étouffer un sanglot.

Cette photo, elle voulait l'offrir à son amoureux. Une sorte d'hommage à la profession choisie par le papa. « Peut-être même que je devrais en faire un agrandissement que Thomas pourrait afficher à sa boutique », songea Lili. Elle imaginait très bien le regard attendri des clients patientant pour recevoir leur arrangement floral. Thomas serait heureux d'avoir une photo de son fils sur son lieu de travail. Mais sa véritable motivation, c'était de déposer cette photo sur la tombe de sa mère.

Depuis les funérailles, Lili associait l'odeur des roses à sa maman. Thomas avait littéralement vidé son inventaire pour décorer l'église en l'honneur de sa belle-mère. Le parfum capiteux des roses avait conduit Gisèle à son dernier repos. Une note florale maintenant liée à la douleur de la perte de Lili.

La nouvelle maman prit quelques clichés. Elle dut essuyer son oculaire à quelques reprises pour y chasser les larmes qui le mouillaient. La séance s'étira quelque peu. La maîtrise de son appareil photo lui faisait défaut. Il était si facile de se contenter d'un cellulaire pour prendre des photos que l'appareil accumulait la poussière depuis des mois. Lili avait jugé que les premières photos de son fils nécessitaient un équipement professionnel pour des résultats optimaux. Elle redécouvrait donc le plaisir de la photographie.

Lorsqu'elle fut convaincue d'avoir au moins une image de qualité, elle troqua son appareil photo pour son cellulaire et figea le portrait de son fils en fond d'écran. Elle ne put s'empêcher de joindre le cliché à un texto destiné à ses amies: «Léonard dort et maman pleure.»

Jeannine somnolait lorsque son cellulaire l'avisa de l'arrivée d'un texto. Doucement, elle repoussa son coussin d'allaitement, y nicha au centre une Maxime endormie et fouilla le divan pour trouver son appareil.

La photo était superbe, l'éclairage naturel créant des reflets de chocolat dans les cheveux bien fournis de l'enfant. La qualité était telle que Jeannine mit un certain temps avant de réaliser que la photo avait été prise par Lili et mettait en vedette le petit Léonard. Jeannine aurait pu s'attendrir devant pareille image, semblable à celles qui foisonnent dans les magazines qu'elle lisait à la chaîne, mais elle s'offusqua plutôt de la courte phrase accompagnant le cliché.

Jeannine avisa le lit de pétales de rose et se dit qu'elle n'avait pas eu une seule minute pour elle-même depuis la naissance de ses jumeaux. Jamais il ne lui serait venu à l'esprit d'aller chez le fleuriste pour acheter des roses, perdre ensuite un temps fou à en détacher les pétales afin de coucher ses bébés dessus et les photographier. Ce genre de bricolage était pour les autres, celles qui n'avaient pas d'enfant ou un seul. Pas pour une mère de jumeaux engloutie sous les obligations familiales.

— Qu'est-ce que tu regardes, ma belette en sucre? demanda Gerry.

— Une photo envoyée par Lili. Pauvre chouette, ça sent le post-partum à plein nez.

Gerry retint un sourire en déposant le siège pour bébé qu'il avait à la main. Il s'empara du téléphone pour constater lui-même le drame annoncé par Jeannine. Sa femme était prompte à fournir des verdicts sur l'état de santé de ceux qui les entouraient. Gerry savait depuis longtemps qu'il valait mieux tempérer les pronostics de Jeannine.

— La photo est belle, souligna Gerry. On devrait faire la même chose.

— Avec deux bébés ? C'est à peine si j'ai le temps de prendre une douche.

Gerry embrassa le front de sa dulcinée, glissa ensuite ses deux mains sous sa fille afin de la soulever et de la blottir contre lui. Maxime ne manifesta aucun signe de réveil. Il se dirigea vers le siège de transport et entreprit d'y emprisonner convenablement le corps souple de son bébé.

— Qu'est-ce que tu fais ? s'énerva Jeannine.

— Aujourd'hui, Maxime vient à l'hôpital avec moi. Je fais une visite éclair et je te la rapporte.

— Tu peux pas. Si elle a faim ?

— Elle vient de boire. Elle demandera pas le sein dans la prochaine heure.

— C'est pas une bonne idée d'amener un bébé en santé à l'hôpital. Des plans pour qu'elle tombe malade.

Jeannine savait qu'en s'attaquant ainsi à la santé et au bien-être de leur enfant, Gerry y penserait à deux fois avant de mettre son plan à exécution.

— On restera pas longtemps. Pis ça va faire du bien à Julien de voir sa sœur. Ça va lui donner le goût de rentrer à la maison. J'suis sûr qu'il s'ennuie.

— Pis moi ? pleurnicha-t-elle.

— T'en profiteras pour prendre une longue douche, lui glissa Gerry avec un clin d'œil appuyé.

Avant qu'elle ne proteste davantage, Gerry tourna les talons et quitta la pièce.

Jeannine commença par feuilleter quelques magazines laissés à la traîne sur le divan, mais aucun sujet ne captait son attention. La fatigue l'obligeait à relire chaque ligne à deux reprises et elle n'avait pas terminé la lecture d'un paragraphe qu'elle en avait déjà oublié l'introduction.

Elle fila donc vers la salle de bain avec l'intention de prendre une douche rapide puis de voler au chevet de sa progéniture.

— Maman un jour, maman toujours.

Si les jumeaux étaient entre bonnes mains avec Gerry, Frédérique avait sûrement besoin d'elle pour apprivoiser son rôle de mère. On a tous besoin d'une Jeannine.

En mettant le pied dans la cuisine, Frédérique sursauta à la vue de Simon, assis en train de prendre son café matinal. Leur cohabitation était récente et elle ne s'habituait toujours pas à la présence d'un homme dans son antre de mante religieuse. Elle n'avait pas encore déterminé si cette présence permanente de testostérone lui plaisait ou l'agaçait. La présence de Blanche compliquait aussi la situation.

Frédérique avisa le café restant sur le réchaud et su qu'il lui était destiné. Le café avait toujours meilleur goût lorsqu'il était préparé par quelqu'un d'autre. Plutôt que de se rendre directement à la cafetière, elle bifurqua en direction de Simon. L'odeur de son après-rasage, la carrure de ses épaules dans une chemise impeccablement coupée, l'ourlet de sa lèvre inférieure… Tout était invitant chez lui et demandait un détour. Après quelques taquineries impliquant la langue de Frédérique et l'oreille de Simon, ce dernier la repoussa doucement.

— Je pars dans dix minutes pour le travail.

— J'en ai juste besoin de six.

— Menteuse.

Le sourire aux lèvres, Simon quitta la table et se dirigea vers l'évier afin d'y jeter son reliquat de café. Frédérique n'avait pas l'intention d'en rester là.

— Comment ça, menteuse ? Tu doutes que je puisse te faire jouir en six minutes ?

Pour toute réponse, Simon attira brusquement Frédérique contre lui. La pression qu'il exerçait au creux de ses reins transpirait le désir mieux que tous les serments d'amour dont elle ne rêvait pas, de toute façon. Lorsqu'elle voulut l'embrasser, il utilisa son autre main pour la maintenir à distance en lui empoignant fermement les cheveux sur la nuque. Doucement, presque cruellement, il approcha ses lèvres gourmandes du visage de Frédérique et dériva vers son oreille pour y murmurer :

— Trente secondes. C'est tout ce qu'il te faut.

Rassurée, la jeune femme repoussa son homme et entreprit de se verser du café pendant que Simon jetait à la poubelle le restant de son petit-déjeuner. Frédérique ne pouvant s'empêcher de reluquer son amant, un objet brillant attira son attention dans le sac de déchets.

— Sors la bouteille. J'veux la garder. En souvenir.

Heureusement que la bouteille de champagne trônait en reine en haut du sac d'ordures. Simon n'eut donc pas à se salir les mains pour la récupérer.

Les amoureux avaient partagé le grand cru à leur retour de l'hôpital. À l'origine, Simon avait acheté la bouteille pour souligner le début de leur nouvelle vie : la fin de la grossesse et le départ du bébé. Ça devait être le retour à la vie normale pour un couple qui en est à ses débuts. Le prélude à une lune de miel constituée de plaisirs charnels, de nuits trop courtes et de découvertes. Mais les choses ne s'étaient pas déroulées comme prévu.

S'il avait été déstabilisé en constatant que Frédérique ne donnerait pas sa fille en adoption, Simon en avait tout de même éprouvé un soulagement. Dans un monde idéal, Frédérique n'aurait pas été enceinte d'un autre au moment de leur rencontre. Il aurait été plus facile d'apprendre à se connaître en étant deux plutôt que trois. Mais aurait-il été capable de jouir dans le corps d'une femme qui donne sans regret son bébé à la naissance ?

Frédérique, tel un chat agile, grimpa sur le comptoir pour déposer la bouteille vide en haut d'une armoire, aux côtés de bouteilles de vin ou de bière qui accumulaient la poussière. Simon aurait volontiers jeté le tout à la poubelle, ce genre de décoration étant l'apanage des *losers* ou des ivrognes. Certainement pas la quintessence du bon goût chez une jeune femme comme Frédérique.

— Beaucoup de bons moments à ne pas oublier ? questionna Simon d'un air détaché en pointant les différentes bouteilles.

— Beaucoup de souvenirs, répliqua énigmatiquement Frédérique.

— Mais encore ?

La situation amusait grandement la jeune femme. Elle sentait poindre une note de jalousie dans le ton de Simon et ce n'était pas pour lui déplaire.

— Des souvenirs que je ne veux pas jeter à la poubelle.

L'idée qu'elle puisse associer chacune des bouteilles exposées à un ancien amant agaçait royalement Simon. Surtout que leur nombre était impressionnant. Il se consola en remarquant que la majorité des bouteilles étaient bon marché et provenaient peut-être même du dépanneur. Aucun autre mec n'avait eu la délicatesse d'offrir un produit de qualité à Fred avant de la baiser. Avec le temps, subtilement, il ferait disparaître chacune de ces bouteilles pour les remplacer par celles qu'ils boiraient ensemble.

Un léger pleur en provenance de la chambre rappela à Simon qu'il devait partager sa conquête non seulement avec ses fantômes, mais aussi avec sa fille.

— Je dois y aller.

— Moi aussi.

Ils prirent tout de même le temps de s'embrasser, puis Simon fila.

Avant de changer de pièce pour retrouver sa fille, Frédérique observa la rangée de bouteilles coiffant ses armoires. Peut-être qu'elle devrait s'en départir ? Non. Chaque bouteille représentait un amour déçu. Frédérique se demandait si elle conservait ces reliques pour de bonnes ou de mauvaises raisons. Pour se rappeler ces mâles qu'elle avait cru aimer l'espace d'un souffle et d'une jouissance, ou pour ne pas oublier qu'ils l'avaient tous amèrement déçue. En ajoutant à sa collection la bouteille de champagne offerte par Simon, elle se demanda s'il était de la même trempe que les autres, si le même sort les attendait.

Désabusée, Frédérique gagna la chambre où Blanche était couchée. La seule qui l'aimerait inconditionnellement, toute sa vie. Elle eut à peine le temps de prendre sa fille dans ses bras que son téléphone vibrait. Simon lui envoyait un texto : « Ta mère arrive à l'appart. »

En temps normal, Frédérique aurait proféré un juron en soupirant d'exaspération. S'offusquant du fait que sa mère ne soit pas comme toutes les mères « normales » qui téléphonent avant de se pointer chez leur fille. Mais pas aujourd'hui.

Les deux femmes avaient été à couteaux tirés depuis la tendre adolescence de Frédérique. N'importe quel prétexte lui était bon pour se brouiller avec sa mère. Mais depuis qu'elle avait elle-même une enfant, Frédérique essayait d'être indulgente et laissait les couteaux dans les tiroirs.

Simon avait sûrement croisé Jeannine dans l'entrée de l'immeuble. Elle cognerait à la porte dans moins d'une minute. Juste assez de temps pour préparer le biberon de Blanche et se plaquer un sourire de circonstance sur le visage.

Les prévisions de Frédérique s'avérèrent justes, sauf en ce qui concerne le fait de cogner à la porte. Jeannine entra comme d'autres dans un moulin. En ignorant complètement Frédérique, la grand-maman porta son attention sur la petite Blanche.

— Comment y va, le beau bébé ?

— Salut quand même, s'imposa Frédérique.

Sans répondre, Jeannine tenta de voler la petite des bras de sa mère. Frédérique resserra son étreinte afin de conserver son précieux paquet.

— J'veux juste la prendre. Je la mangerai pas !

— Toi, peut-être. Mais elle, oui. Madame a faim !

— Tu pourrais te reposer, je vais lui donner son biberon.

Frédérique se contenta de fixer sa mère d'un regard neutre. Elle était pleine de bonnes intentions, mais l'ingérence de Jeannine l'agaçait. Frédérique sentait remonter un sentiment de frustration, malheureusement trop bien connu lorsqu'elle était en présence de sa mère. Elle se secoua pour ne pas basculer dans ses vieilles rancœurs.

En observant attentivement le visage de sa mère, Frédérique se dit que si l'une d'entre elles devait se reposer, ce n'était pas elle-même. Elle commença donc le repas de Blanche, mais Jeannine n'avait pas l'intention d'en rester là.

— Mamie Jiji veut coller sa petite Bibi. Passe-moi le biberon !

— Jeannine, si t'as envie de catiner, t'as deux bébés. Laisse la mienne tranquille.

— J'suis quand même sa grand-mère.

— C'est MA fille. Pis elle s'appelle Blanche. Pas Bibi.

Frédérique regretta le ton sec sur lequel elle s'était exprimée. Elle n'arrivait pas à endiguer sa mauvaise foi habituelle à l'égard de Jeannine. Le pouvoir de réconciliation qu'elle attribuait à la maternité ne semblait pas opérer.

Telle une louve, elle trouva refuge sur le divan en compagnie de son enfant. Blanche buvait goulûment tout en fixant ses yeux ronds sur le visage de sa mère.

Jeannine était surprise par le ton peu amène de son aînée. Leur dernière rencontre, à l'hôpital, lui avait donné l'impression d'un apaisement. Leur relation n'avait jamais été au beau fixe, mais le fait qu'elles aient accouché à quelques jours d'intervalle aurait dû les rapprocher. Sa fille n'avait même jamais souhaité enfanter. Elle ne connaissait rien à l'univers de la maternité et l'apprentissage en direct comporterait son lot d'embûches et de désillusions. Frédérique ne le savait pas encore, mais elle aurait besoin des conseils d'une mère, et Jeannine avait bien l'intention d'être disponible et présente pour elle, cette fois.

Elle observa sa fille en train de nourrir Blanche. D'un œil extérieur, elle ne différait en rien de toutes les nouvelles mamans: même regard amoureux accroché au minois du bébé, même fierté dans l'œil, même silence contemplatif. Jeannine se demanda si son propre regard parlait autant, s'il trahissait ses pensées les plus profondes. Elle en frissonna.

— Tu devrais la couvrir. C'est pas chaud ici dedans.

— C'est toi qui es frileuse, Jeannine.

Cette façon qu'elle avait de toujours éviter de l'appeler maman tapait magistralement sur les nerfs de Jeannine. Elle pria en silence pour que Blanche enseigne à Frédérique le pouvoir de ce mot sur le cœur d'une mère. Elle pria pour avoir le privilège qu'il lui soit adressé rapidement par les jumeaux. Ça ne compenserait pas le mutisme de Frédérique, mais ça le rendrait plus supportable.

— Faut leur faire faire des rapports, souligna Jeannine en avisant le biberon qui se vidait rapidement.

— Je sais.

— Attends pas que la bouteille soit vide, a va être malade.

— Veux-tu ben me laisser faire à ma manière.

— Je veux juste t'aider. J'ai plus d'expérience que toi en la matière.

— Ton expérience remonte à vingt-huit ans. T'as besoin d'une sérieuse mise à jour.

Frédérique avait raison, mais Jeannine refusait de l'admettre haut et fort. Voyant que son offre d'aide était perçue comme une attaque ou une intrusion, Jeannine changea de tactique. Plutôt que d'affronter sa fille, elle s'employa à lui démontrer qu'elles avaient beaucoup de points en commun en tant que mères.

— Moi aussi, je préfère les biberons.

— Pourquoi t'allaites d'abord?

— Parce que c'est ce qu'il y a de mieux pour mes bébés. Je leur dois bien ce petit sacrifice.

À peine avait-elle terminé sa phrase que Jeannine regrettait de l'avoir prononcée.

— T'as raison, affirma Frédérique sur un ton faussement détaché. Rappelle-moi donc, tu m'as allaitée, moi? J'en valais le sacrifice ou pas?

Évidemment, les mœurs des années 1980 étaient fort différentes de celles d'aujourd'hui. Jeannine aurait pu invoquer le contexte social, son jeune âge doublé de son inexpérience en la matière pour justifier son choix de l'époque. Elle préféra plutôt se taire que d'envenimer la situation. Frédérique reçut son silence comme un aveu de culpabilité.

Blanche, repue, émit un rot sonore qui sembla satisfaire sa mère et lui donner raison. Vaincue sur toute la ligne, Jeannine s'apprêtait à tirer sa révérence. Après avoir ordonné à sa fille de se laisser gâter par Simon et de se reposer, Jeannine eut l'impression d'avoir accompli à merveille son rôle de mère : distribuer des conseils qui, même s'ils sont ignorés au présent, pourraient être utiles pour l'avenir. Sur le pas de la porte, elle se retourna une dernière fois afin de contempler cette image qu'elle croyait impossible : Frédérique avec un bébé dans les bras. Qui plus est, le sien. Ce soir, avant de s'endormir, elle prierait pour que sa fille réalise à quel point la maternité leur offrait une chance de rapprochement.

— T'aimeras probablement pas ce que je vais te dire, mais j'ai toujours refusé qu'on t'appelle Fred. Ton nom, c'est Frédérique.

Longtemps après que Jeannine eut quitté l'appartement, Frédérique se rejoua mentalement, en boucle infinie, la dernière phrase de sa mère. L'idée de ressembler à Jeannine la terrifiait.

Esther sursauta. Les chiffres alignés sur son réveil numérique devaient mentir. Il ne pouvait pas être aussi tard. Elle s'appuya sur un coude et se frotta les yeux simultanément pour chasser les traces de sommeil qui lui collaient aux paupières. Les filles arriveraient dans moins de trente minutes et la maison ressemblait sûrement au rejeton qu'auraient pu engendrer un dépotoir à ciel ouvert et le garage d'un patenteux.

Elle n'en était pas à ses premières armes dans le domaine de la maternité, mais elle s'étonnait toujours de la désorganisation du sommeil d'un nourrisson. Pourquoi diable Théo dormait-il en fin d'avant-midi alors qu'il refusait qu'on le dépose dans sa couchette en pleine nuit? Esther et Jean-François avaient passé la majeure partie de la nuit à se relayer pour le titre de paire-de-bras-la-plus-efficace-pour-calmer-Théo-qui-pleure. Depuis la naissance de son benjamin, contrairement à ce que prétend le proverbe, les nuits se suivaient et se ressemblaient. Un parfait enchaînement de milliers de pas de loup fatigants pour les parents et inefficaces pour donner le sommeil à l'enfant malgré la distance parcourue.

— On devrait le laisser pleurer, suggérait Jean-François.

— Il va réveiller les deux autres, objectait Esther.

Esther chassait gentiment Jean-François et continuait les rondes de nuit, seule, en évitant le salon où son mari dormait toujours. Elle ne pouvait se résigner à laisser pleurer son nouveau-né. Dans la noirceur du corridor où elle repassait pour une centième fois avec son fils dans les bras, elle se surprit à sourire. À chaque naissance, elle assouplissait sa discipline. Les enfants avaient ce merveilleux pouvoir sur elle: ils l'obligeaient à changer, à s'améliorer. À la naissance de son aîné, elle aurait déposé l'enfant dans son berceau et aurait patiemment attendu que le sommeil le gagne en versant toutes les larmes de son corps, le dos appuyé à sa porte de chambre. Toute sa vie, Esther avait fait ce qu'il fallait et non ce qu'elle ressentait. C'était sa tête qui avait dominé à la naissance d'Antoine. Il était temps que le cœur prenne la relève. Théo serait assurément son dernier enfant. Elle avait l'intention d'en profiter pleinement.

Après s'être assurée que Théo dormait à poings fermés, Esther descendit au rez-de-chaussée pour sauver les meubles et donner un semblant de dignité à sa demeure. Le panier à linge vide sous le bras, elle entreprit de faire disparaître tout ce qui traînait : les jouets des enfants, les croûtes boudées par sa fille au déjeuner, le journal abandonné par Jean-François avant son départ pour le travail. Tout se retrouva pêle-mêle au fond du panier qui aboutit par terre, dans une pièce qui ne serait pas visitée par les invitées.

De retour à la cuisine, Esther mit la main sur les lingettes désinfectantes à odeur de citron et, avec empressement, frotta avec vigueur toutes les surfaces qu'elle rencontra. Si le résultat n'était pas impeccable aux yeux de la maîtresse de maison, il offrait tout de même l'apparence de propreté recherchée. L'odeur d'agrumes renforcerait l'impression que le ménage était récent.

Satisfaite, Esther fila sous la douche et termina ses ablutions en moins de cinq minutes. Elle choisit de nouer ses cheveux en chignon, car les laver aurait été trop long. Fard à joues, mascara et brossage de dents complétèrent son rituel de mise en beauté. Une haleine de dentifrice clamait haut et fort qu'on ne se néglige pas.

Des toc toc discrets annoncèrent l'arrivée d'une première invitée. Ainsi qu'Esther s'y attendait, Lili fut la première à se pointer avec quelques minutes d'avance. Sa meilleure amie voulait jalousement profiter de sa présence avant d'avoir à la partager avec les autres.

Les deux femmes s'étreignirent avec effusion. Unies depuis de nombreuses années, la maternité de Lili leur offrait un point en commun de plus, la chance d'approfondir encore les liens d'amitié qui s'étaient tissés entre elles.

Esther vola Léonard et le déposa sur la table de la cuisine afin de le retirer de sa coquille de transport. Puisqu'il s'était endormi pendant le court trajet en voiture, elle se contenta de s'attendrir à la vue de ses grosses joues rebondies et de sa bouche boudeuse.

— Oh! Il est costaud, s'exclama Esther.

— Pas tant que ça.

Sans s'expliquer pourquoi, Lili était offensée par la remarque de son amie. Le premier commentaire qu'elle formulait en rencontrant son fils était négatif: elle le trouvait gros. Aux yeux de sa maman, le poupon n'avait rien d'un sumo ou du bonhomme Michelin. Son bébé était parfait. Poids idéal. Santé de fer. Caractère docile. Bébé rêvé! Que quelqu'un y trouve à redire l'attaquait personnellement. Si les autres mères n'étaient pas objectives en parlant de leur enfant, Lili était convaincue que le sien satisfaisait les critères de tous, sans exception.

Lili n'eut pas le temps de pousser plus à fond sa réflexion, car la sonnette d'entrée retentit dans toute la maison.

— Ça, c'est Jeannine! soupira Esther en constatant que le bruit avait réveillé non seulement Léonard, mais aussi Théo.

La porte s'ouvrit à la volée et une Jeannine survoltée fit irruption dans la cuisine.

— J'me suis permis d'entrer. On évite de faire courir les nouvelles mamans pour rien, hein?

— On évite aussi de sonner, Jeannine, spécifia Esther. Ça réveille les bébés et ça fait courir les mamans.

Pendant qu'Esther montait à l'étage pour réconforter son fils, imitée dans la cuisine par Lili, Frédérique apparut dans l'embrasure de la porte laissée ouverte par Jeannine.

— Y était temps que j'arrive pour mettre un peu d'ordre ici. On entend vos bébés brailler jusque dans la rue.

— Ça développe les poumons, philosopha Jeannine.

Lili retint de justesse le commentaire désobligeant qu'elle eut envie de balancer à Frédérique. Après l'insulte d'Esther, voilà que Frédérique se plaignait que son fils était braillard. Heureusement, six petites minutes suffirent pour apaiser les cris des nouveau-nés, permettre les embrassades chaleureuses de part et d'autre, et gagner le salon avec une théière remplie à ras bord.

Une fois confortablement installée dans le sofa moelleux d'Esther, Frédérique réalisa qu'elle était la seule à avoir fait un effort vestimentaire. Les trois autres avaient couvert leur corps de vêtements informes s'apparentant davantage au parachute ou au sac de patates qu'aux tendances actuelles de la mode. Même sous de telles hardes, Frédérique voyait émerger ici un bourrelet sur la hanche d'Esther, là un pneu de chair sur le ventre de Lili ou encore des plis disgracieux aux cuisses de Jeannine. Sans aucune compassion, elle analysa froidement les défauts physiques laissés par la grossesse sur le corps de ses amies et chiffra mentalement le coût des chirurgies pouvant leur redonner leur aspect d'avant grossesse. Aucune ne semblait consciente de son surplus pondéral. Si elle avait été aussi enrobée après sa grossesse, Frédérique en aurait été quitte pour une dépression majeure. L'aiguille de la balance n'avait pas oscillé d'une livre entre le début de sa grossesse et la pesée de ce matin, mais son corps était différent et Frédérique avait bien l'intention d'y remédier rapidement.

— Vous avez l'air poquées, les filles! s'exclama-t-elle.

— T'aurais la même tête que nous autres si t'allaitais, répondit Lili.

— J'me lève quand même pour préparer des biberons, se défendit Frédérique.

— Mais Simon aussi, rectifia Jeannine qui souhaitait clairement s'inclure dans la catégorie des mamans fatiguées pour les bonnes raisons.

Après avoir déposé Maxime sur une couverture à même le sol, Jeannine réalisa qu'elle était la seule à s'être délestée de son fardeau pendant la conversation. Les autres gardaient précieusement leur bébé contre elles. Jeannine se dépêcha de remédier à la situation, de peur qu'on l'accuse d'être une mère indigne. Elle cala sa fille dans le creux de son coude et s'efforça de s'absorber un moment dans la contemplation de son visage poupin. L'exercice n'était pas naturel, mais les autres mères semblaient y prendre plaisir. Jeannine ne voulait surtout pas détonner dans le groupe.

— Comment va Julien ? voulut savoir Lili.

— Toujours à l'hôpital. J'te jure que c'est pas évident de prendre soin d'un bébé pis d'en visiter un autre aux soins intensifs.

— Il va bientôt sortir ?

— Oui, soupira Jeannine.

— *My God!* Ça a l'air de te faire plaisir, souligna Frédérique avec ironie.

— Tu peux pas comprendre, t'as juste une fille, la rabroua sa mère. Gerry est toujours à l'hôpital. J'suis toute seule pour m'occuper de la maison.

— Faut choisir ses batailles après un accouchement. On peut pas tout faire, la consola Esther.

Les trois filles jetèrent un regard circulaire dans la pièce. Visiblement, Esther avait l'ordre et le ménage comme priorités. Leurs logements respectifs ne pouvaient rivaliser avec sa maison en matière de propreté. Elle avait même eu le temps de troquer le pyjama de son fils pour un ensemble coordonné qui lui donnait l'air d'un petit monsieur. Alors que les autres bébés portaient un vêtement de nuit, Théo commençait à s'agiter dans des vêtements griffés.

Le plus naturellement du monde, Esther dégrafa une de ses bretelles, exposa son sein une fraction de seconde et commença à allaiter son enfant. Voyant que Léonard montrait des signes de faim, Lili tenta la même manœuvre, mais avec beaucoup plus de difficultés. Elle lança un regard implorant à son amie.

— Il a de la misère à prendre le sein, s'excusa-t-elle en retirant son mamelon de la bouche de l'enfant, ce qui eut pour effet de le choquer. On dirait que j'ai pas assez de lait.

— Inquiète-toi pas. Le corps humain est bien fait.

— Tu fais peut-être une ampoule de lait ou une mastite, diagnostiqua Jeannine à la va-vite. Montre.

— Vous allez quand même pas commencer à vous tâter les boules, s'interposa Frédérique. Depuis quand t'es une experte de l'allaitement, *anyway?*

— Y a rien de mieux qu'une mère qui allaite pour donner des conseils sur le sujet, rétorqua Jeannine.

— Y a quand même des marraines d'allaitement, suggéra Esther avec pragmatisme.

Jeannine n'avait que quelques semaines d'expérience à son actif. Esther redoutait qu'elle bousille l'allaitement de sa meilleure amie en lui prodiguant des conseils absurdes. Pour sa part, elle en était à son troisième bébé allaité et savait pertinemment que chaque allaitement est unique puisqu'il résulte non pas des connaissances de la mère sur le sujet, mais bien de la relation qui s'établit entre le nourrisson et sa maman. Trop souvent, elle avait entendu des femmes donner des conseils génériques sans s'intéresser au bébé impliqué. La réussite de l'allaitement était imputée à la mère alors que dans les faits, elle reposait autant sur le nouveau-né que sur la femme qui lui offrait son sein.

Lili avait finalement réussi sa mise au sein et Léonard buvait goulûment. « Tout a l'air parfait », songea Esther.

— J'suis juste stressée parce qu'il régurgite à chaque boire, confia Lili.

— C'est normal, la rassura Esther.

— La mienne aussi fait ça, renchérit Jeannine qui avait bien l'intention d'être la mère du groupe aux prises avec le plus grand nombre de difficultés.

— Ça me rassure.

Voyant que son fils ralentissait sa cadence de succion, Lili en profita pour lui faire faire un rot. Elle assit Léonard dos à elle, une main lui encadrant solidement la mâchoire, et commença un léger mouvement de rotation dans son dos. En moins de temps qu'il n'en faut pour crier ciseaux, un puissant jet de lait régurgité traversa le salon, éclaboussa la moquette impeccable et le divan d'Esther, les pantalons de Jeannine et la main de Frédérique.

— Ouach! Je vais vomir, déclara Frédérique en se dépêchant de gagner la salle de bain pour nettoyer sa main.

En frottant compulsivement sa main, Frédérique se dit que si Léonard gerbait comme ça tous les jours, elle pouvait être indulgente envers la tenue vestimentaire de Lili. Qui avait envie de ruiner sa garde-robe avec du vomi?

— Ça, c'est pas régurgiter, Lili. Ça s'appelle vomir, expliqua Jeannine. Quand un bébé régurgite, ça lui coule sur le menton, ça tache ses vêtements, mais ça part pas comme un boulet de canon!

— Faut consulter ton médecin, l'appuya Esther.

Pendant que Lili s'angoissait pour la santé de son fiston, Jeannine retirait son pantalon afin que la maîtresse de maison le mette dans la laveuse, et Esther se rendait à la cuisine pour ramasser le nécessaire afin de nettoyer le dégât. Jean-François en serait quitte pour sentir des relents de vomissure la nuit prochaine.

En voyant Jean-François sortir une grande boîte carrée de sa voiture, Esther sourit. Les enfants tournaient et sautaient autour de leur père, attirés comme des mouches par l'odeur de pizza commerciale et la rareté du mets. La journée de travail de Jean-François s'était prolongée au-delà des limites de l'acceptable pour penser cuisiner un repas au retour. Après avoir récupéré les enfants à leur service de garde respectif, il avait fait le bonheur des petits en leur annonçant qu'ils faisaient un détour par la pizzéria avant de rentrer à la maison.

Esther salivait juste à l'idée des effluves appétissants qui envahiraient la maison dès que le trio franchirait la porte d'entrée. Ça compenserait l'odeur subtile, mais tenace, de vomi qui subsistait dans le salon malgré les soins d'Esther.

— Maman, devine ce qu'on soupe ?

— Ce qu'on mange pour souper, corrigea Esther en commençant à retirer la tuque de sa cadette.

— Devine ce qu'on mange pour souper ?

— Une soupe au tofu et à la grenouille ?

— Non ! s'exclama Emma.

— Une salade de légumineuses au jus de pied de monstres ?

— Noooooon ! ricana la fillette. C'est de la pizza du restaurant !

— La moitié est végétarienne, j'ai évidemment choisi une croûte mince et la pâte est faite avec de la farine de blé complet, débita rapidement Jean-François comme pour excuser le manque de qualités nutritionnelles de son souper.

La planification des repas était la chasse gardée d'Esther. Si les deux adultes se partageaient la préparation des mets, elle veillait seule à prévoir les menus de la semaine. Elle s'assurait ainsi d'introduire de la variété à la table familiale, d'avoir sous la main tous les ingrédients nécessaires et d'éviter de gaspiller la nourriture. Jean-François se pliait de bonne grâce à la rectitude alimentaire d'Esther. La majorité du temps.

— Mon dernier client m'a retenu plus longtemps que prévu, pis y avait du trafic…

— Ça va être délicieux, le coupa Esther en emportant la boîte de pizza dans la cuisine.

Jean-François connaissait suffisamment sa femme pour savoir qu'elle ne lui ferait aucun reproche devant les enfants. Elle savait jouer la comédie comme pas une. Il suspectait donc que la pluie de remontrances lui serait versée sur la tête dès qu'ils se retrouveraient seuls.

Le souper fut expédié comme jamais les choux de Bruxelles ou les fèves edamame n'étaient arrivés à le faire. Chaque membre de la famille se pourlécha les babines devant les pointes suintant le fromage fondu. Esther la première. Elle regarda ses enfants dévorer leur part avec plaisir et prit la résolution de leur offrir ce type de gâterie une fois par mois. Jean-François ne pourrait pas dire qu'elle ne faisait pas de compromis.

Lorsqu'ils passèrent au salon, Antoine fit une grimace.

— Ça pue !

Esther relata l'incident à Jean-François et s'excusa que son lit de fortune soit aromatisé au lait maternel à moitié digéré.

— C'est tellement écœurant, j'arriverai jamais à dormir ici…

Jean-François laissa sa phrase en suspens. Loin d'être choqué par la tournure des événements, il y voyait plutôt la chance de regagner la chambre des maîtres, de réintégrer le lit conjugal, de réduire l'espace entre ses mains et les hanches d'Esther. Il tendait une perche à sa femme et attendait sa réaction.

— Si t'aimes mieux aller à ton appartement, je peux très bien m'organiser pour le départ à l'école demain matin.

La déception de Jean-François était aussi évidente que l'appétit d'un nourrisson devant un sein dénudé. Réalisant ce que venait de lui proposer son mari, Esther se raidit imperceptiblement. Pour sauver les apparences, elle appréciait qu'il dorme à la maison, mais elle redoutait l'intimité qu'il semblait rechercher. Pourtant, si elle voulait recoller les morceaux épars de sa famille, il faudrait bien regarder vers l'avant plutôt que de reluquer le passé.

— À moins que…

Esther fit une pause. Jean-François retint son souffle, conscient que le moindre faux pas pouvait lui coûter une nuit aux côtés de la femme qu'il aimait.

— À moins que t'aies mieux à proposer?

Pas question qu'elle lui propose ouvertement de partager son lit. Mais s'il formulait précisément son souhait, Esther ferait mine de consentir à son désir à cause des circonstances extraordinaires de la journée.

Jean-François se contenta de lui sourire de toutes ses dents. Il aurait préféré que sa femme l'invite sans détour, mais ne rechignerait pas à être celui qui met officiellement l'idée sur la table. La guerre n'était peut-être pas gagnée, mais il venait de remporter une bataille.

Jeannine regarda l'horloge pour la dixième fois en autant de minutes. Elle avait hâte que le tube digestif qu'elle avait prénommé Maxime termine son boire. C'était toujours interminable. Difficile pour elle de concevoir que la même routine se répèterait plusieurs fois par jour pendant des mois. Elle comprenait que plusieurs mères abandonnent ce mode de nutrition dans les semaines suivant leur accouchement : c'était exigeant et ennuyeux.

Une fois l'allaitement terminé, Jeannine regagna sa chambre à coucher. Surprise de ne pas y trouver Gerry, elle retourna vers la cuisine et découvrit l'homme de sa vie la tête dans le réfrigérateur.

— Tu viens pas te coucher ? Yé tard.

— Je prépare le dîner pour demain, pis je vais te rejoindre.

— Franchement ! Laisse faire ça, je me commanderai une pizza.

— Pas très nutritif pour une nouvelle maman qui doit allaiter deux bébés.

— Pain, viande, légumes et fromage, énuméra Jeannine. Les quatre groupes alimentaires s'y retrouvent. Difficile de faire mieux.

— C'est pas deux bouts de poivron et une tranche de champignon qui vont t'apporter les vitamines dont t'as besoin.

— J'prends une multivitamine chaque matin. Faut bien qu'elle serve à quelque chose.

— J'vais au moins te préparer des crudités, trancha Gerry. Faut que je prenne soin de vous.

— Faut aussi que tu prennes soin de toi. Parce que toute seule, j'y arriverai pas.

Gerry referma la porte du frigo et déposa sur le plan de travail les légumes qu'il avait réussi à rescaper derrière le contenant de margarine et un vieux restant de Cheez Whiz.

— T'en fais trop. Organise-toi pas pour me faire une crise cardiaque ! explosa Jeannine avant que ses sanglots suivent son exemple.

Gerry s'approcha pour la consoler. Pendant qu'il lui frottait doucement le dos d'un mouvement continu, il tenta d'apaiser ses tourments.

— Je m'en vais nulle part Jeannine. Ni sur un nuage avec ton bon Dieu, ni dans une autre ville.

Gerry se remémora le récit que lui avait fait Jeannine des premières semaines de vie de Frédérique. Lâchement abandonnée par le père de cette dernière, Jeannine en avait bavé pour se remettre physiquement de l'accouchement et recoller son cœur réduit en miettes. Probablement que, par un raisonnement bancal, elle associait l'arrivée d'un bébé avec le départ d'un papa.

— Tu comprends pas… J'ai peur de pas être capable avec deux bébés.

Voilà, c'était dit. Jeannine s'était délestée de son secret en le partageant. Elle espérait qu'en déposant le poids de ses doutes sur les épaules de son mari, elle pourrait respirer plus librement et trouver en lui la source de courage qui lui faisait défaut.

— On est deux. Ils sont deux. Tant qu'on n'est pas en désavantage numérique… risqua Gerry avec humour.

Jeannine sourit et utilisa le bas de son chandail d'allaitement pour essuyer les larmes qui lui piquaient les yeux. Tant qu'à couler de partout, aussi bien que ce soit le même vêtement qui recueille tous les fluides.

Frédérique eut à peine conscience du réveil de sa fille. N'eût été le serrement à la poitrine qui venait immanquablement avec les pleurs de Blanche, jamais Frédérique n'aurait même ouvert l'œil. C'est le réflexe d'éjection de son lait maternel qui la tirait trop souvent du sommeil. Elle ne concevait pas que son corps n'ait pas encore compris que la production de lait était inutile et qu'il continue à fabriquer le précieux liquide.

Elle retira simplement son t-shirt imbibé de lait en espérant retrouver le sommeil rapidement. C'était l'heure du boire assuré par Simon. Elle l'entendit quitter le divan et ouvrir l'armoire où ils conservaient la préparation pour nourrisson. Dans deux petites minutes, il viendrait les rejoindre pour calmer l'estomac de la petite. Il s'était offert pour le biberon de fin de soirée, prétextant qu'à cette heure, il n'était jamais couché et que ça permettrait à sa blonde de dormir plus de trois heures en ligne.

Ce qu'il ne savait pas, c'est qu'à chaque fois qu'il repositionnait ses oreillers à la tête du lit, qu'il s'assoyait avec le bébé pour le nourrir tout en poursuivant la lecture de son magazine sportif préféré, Frédérique ne dormait pas. Elle l'épiait. Elle adorait la masculinité toute vulnérable qui émanait de lui alors qu'il posait un regard curieux sur sa fille. Si elle avait longtemps douté des sentiments qu'elle ressentait pour lui, l'arrivée de Blanche venait confirmer que Simon suscitait à Frédérique une émotion puissante, inconnue d'elle jusqu'à présent. De là à nommer le mot «amour», il n'y avait qu'un pas.

— Fred?

À mi-chemin entre le sommeil et l'éveil, Frédérique mit quelques secondes à saisir qu'elle ne rêvait pas, que Simon tentait vraiment de la tirer des bras de Morphée.

— Hum?

— Y a plus de lait en poudre. Faut se dépêcher d'aller en acheter sinon on passera pas la nuit. Donne-lui son boire, je vais y aller.

Un rapide coup d'œil à l'horloge confirma à Frédérique que l'épicerie était déjà fermée.

— Y a une pharmacie ouverte vingt-quatre heures. Je vais y aller.

— T'es sûre? T'aimes pas mieux rester au chaud?

— Non, non. Ça va me faire du bien de sortir.

Depuis son accouchement, elle souffrait d'isolement. La moindre course était une occasion de divertissement. Elle s'était même découvert une passion pour remplir le réservoir d'essence de son chum. Une petite virée à la pharmacie ne pouvait pas mieux tomber, dans les circonstances.

Plutôt que d'acheter l'objet de son déplacement et de rentrer rapidement, Frédérique décida de flâner un peu dans les rayons. Après avoir déposé dans son panier deux boîtes de préparation pour nourrisson et un magazine masculin à l'intention de Simon, elle se dirigea vers le rayon des cosmétiques. Son panier se garnit de crème anticellulite, d'exfoliant hyperperformant et de masque antirides.

— Avec mes *shakes,* je devrais retrouver mon *body.*

Frédérique ajouta des barres diététiques et des milk-shakes protéinés. De son point de vue, c'était l'arsenal parfait de la femme qui venait d'accoucher, bien plus que les couches et les compresses d'allaitement.

La clinique d'allaitement se tenait une seule fois par semaine, le mardi. Une longue attente pendant laquelle Lili fit des recherches sur Internet à propos de l'alimentation des nourrissons, observa des tutoriels sur la mise au sein des bébés et entama un véritable marathon de congélation de son lait. L'allaitement, plutôt qu'un plaisir, était devenu une obsession. Entre les boires de son enfant, elle exprimait plusieurs onces de lait.

— La preuve qu'il ne boit pas assez, déduisait-elle. Il m'en reste plein.

Le nec plus ultra des tire-lait offert par Thomas se révélait un achat judicieux. Lili était aux petits soins pour l'appareil presque autant que pour son bébé, le stérilisant tous les jours et le traînant dans toutes les pièces de la maison.

Lili était reconnaissante qu'Esther l'accompagne à la clinique. Faire le pied de grue en solo dans une salle d'attente était des plus ennuyeux, mais surtout, elle pourrait en profiter pour lui soutirer quelques détails croustillants sur sa vie personnelle. Des informations qu'elle n'avait pas osé demander devant les autres.

— J'ai vu la voiture de Jean-François dans l'entrée en allant te chercher.

— À la grosseur qu'a une automobile, le contraire aurait été un signe de myopie extrême.

Lili regarda son amie avec tendresse. Elles se connaissaient depuis l'époque de *Danse lascive* et avaient partagé leur passion pour Patrick Swayze tout comme leur amour des vêtements Au Coton. Elle savait que lorsque Esther usait d'humour, c'était pour détourner l'attention. Aussi, elle revint à l'attaque de manière plus directe.

— Vous avez repris?

— On s'est jamais vraiment laissés, tenta de louvoyer Esther.

— Ta conception du couple est élastique parce qu'il est quand même parti vivre avec sa maîtresse, l'été dernier.

Agacée, Esther lui fit signe de baisser le ton. Elle était suffisamment embarrassée par cette histoire pour ne pas souhaiter en parler publiquement.

— Une mauvaise passe, se contenta-t-elle de répliquer. On essaie juste d'agir en adultes pour le bien des enfants.

— Ça veut dire que vous avez repris.

— Si tu veux.

— T'es heureuse?

La question surprit Esther. L'arrivée de Théo monopolisait son temps, la présence de Jean-François contribuait à faciliter la transition pour les plus grands, son mari dormait sous le même toit qu'elle, comme il se doit, et acceptait enfin l'idée que ce bébé surprise était le sien. Que pourrait-elle espérer de plus ?

— Oui, j'suis heureuse, s'entendit-elle répondre.

Lorsqu'elles furent appelées par l'infirmière, Lili hâta le pas. Elle brûlait d'obtenir un avis professionnel sur l'état de son allaitement, convaincue qu'elle avait besoin de dompéridone, ce médicament utilisé pour stimuler la lactation. Toutes ses recherches l'amenaient à croire qu'elle ne produisait pas assez de lait.

Elles débutèrent par la pesée des bébés. Si Théo obtint une étoile dans son cahier, l'infirmière fronça les sourcils lorsque ce fut le tour de Léonard.

— Votre bébé a presque pas pris de poids depuis sa sortie de l'hôpital.

— C'est grave ?

— C'est préoccupant, mais c'est pas alarmant.

Lili se crispa. Elle savait qu'il y avait un problème. Elle sentait que quelque chose ne tournait pas rond. Maintenant que la pesée le lui confirmait, une sourde angoisse l'étreignit.

— Venez, on va essayer de l'allaiter pour voir ce qui cloche.

Avec une infinie patience, l'infirmière prodigua des conseils à Lili pour faciliter les boires de son fils. Elle la rassura sur sa capacité à produire du lait en quantité suffisante :

— La production de lait répond à la loi de l'offre et de la demande. Si vous en tirez entre les boires, c'est parce que vous en produisez en surplus. Le problème n'est pas à ce niveau-là.

— C'est son frein de langue peut-être ?

L'infirmière sourit tristement. De plus en plus de nouvelles mamans fouillaient le Net à la recherche de solutions à leurs problèmes d'allaitement. La quantité d'histoires horribles et de mensonges qui y circulaient les orientait invariablement dans la mauvaise direction. Elles arrivaient à elle avec des verdicts préétablis, refusant souvent d'écouter son opinion professionnelle.

Léonard commençait à se tortiller, à lâcher le sein nourricier, à pleurnicher en s'agitant. Lili tenta de le consoler en le maintenant debout, contre elle.

— Il se plaint souvent comme ça pendant un boire ?

Lili n'eut pas le temps de répondre à l'infirmière, elle sentit un liquide chaud lui couler dans l'encolure du gilet, aussi bien sur le sein que vers l'omoplate. Léonard venait de régurgiter.

Gerry demanda à Jeannine d'essuyer le menton de leur fille. Il souhaitait que les jumeaux soient impeccables pour cette première photo de famille à la maison.

— Elle vient de régurgiter, expliqua-t-il.

Jeannine s'approcha avec une débarbouillette pour constater que sa fille bavait simplement un peu. De bonne grâce, elle essuya le tout pour faire plaisir à son mari. Elle expédia ensuite le bout de tissu sur le dossier d'une chaise.

Au signal de Gerry, les nouveaux parents prirent chacun un jumeau dans leurs bras et s'assirent côte à côte sur le divan, tout sourire. L'appareil se déclencha à retardement. La photo montrait un couple heureux, deux bébés à moitié endormis et une banderole sur laquelle on pouvait lire : « Bienvenue à la maison, Julien ! »

Enfin, leur fils rentrait au bercail après de nombreuses semaines d'hospitalisation. Gerry, comme Jeannine, exultait. La vie de famille dont ils avaient rêvé pendant les dix dernières années se concrétisait enfin. Dorénavant, plus de camping à l'unité de soins intensifs, plus de réserve de lait maternel à entreposer à l'hôpital, plus de nuits à faire des cauchemars sur l'état de santé de leur fils. Tout irait bien.

Lorsque le cellulaire de Gerry se manifesta, Jeannine sut dans la seconde qu'on appelait Gerry en renfort au travail.

— Castonguay est pas foutu de mener un chantier ! Faut que j'y aille.

— Ça peut pas attendre ? J'vais devoir allaiter dans quelques minutes.

— Ça va très bien aller.

Il embrassa tour à tour chacun des membres de sa tribu.

— Donnez pas de trouble à maman, vous deux, ordonna-t-il aux jumeaux, qui l'ignorèrent complètement.

Gerry quitta la maison et Jeannine se retrouva seule au salon, un bébé dans les bras et l'autre commençant à chigner sur le plancher. C'était la première fois qu'elle se retrouvait seule avec ses deux bébés et son niveau de stress grimpa en flèche.

Elle déposa Maxime aux côtés de son frère dans l'espoir de l'apaiser. La petite fut plutôt contaminée par l'humeur exécrable de son frère. Leurs vagissements allant en augmentant, Jeannine partit à la recherche de leurs chaises vibrantes. Habituellement, le bruit sourd et la vibration continue de l'accessoire calmaient les pleurs de Maxime.

Voyant l'échec de sa solution miracle, Jeannine décida d'allaiter sa fille.

— C'est elle qui crie le plus, ça doit presser.

Pourtant, l'enfant refusa le sein de sa mère et continua ses récriminations. Elle fut redéposée dans la chaise vibrante alors que Julien était mis au sein. Jeannine ne connut pas davantage de succès avec ce dernier.

Elle eut alors un éclair de génie. Elle se rendit au pas de course dans la cuisine et dénicha des suces en haut d'une tablette, bien cachées derrière un pot à fleurs qu'elle n'utilisait jamais.

Gerry lui avait expliqué que pour éviter la confusion sein-tétine, il valait mieux attendre quelques semaines avant de permettre aux bébés de téter une suce. « Quelques semaines » se terminaient aujourd'hui.

Les deux bébés rejetèrent en bloc le caoutchouc froid et rigide que leur proposait leur mère.

Jeannine se laissa tomber mollement sur le sofa. À ses pieds, dans deux chaises vibrantes, ses jumeaux étaient inconsolables. Elle cacha son visage de ses deux mains et éclata en sanglots.

Penchée au-dessus de son enfant endormi, Lili réalisa qu'elle pleurait uniquement lorsqu'elle vit des gouttes d'eau atterrir sur les joues de son fils. Son impuissance se déversait sur la chair de sa chair en grosses larmes salées.

Depuis la naissance de Léonard, Lili pleurait tous les jours. Parfois de joie, quelques fois de chagrin et souvent d'impuissance. Elle détestait ces vagues imprévues qui la submergeaient au moment où elle avait la nette impression d'avoir le cœur au sec, à l'abri.

Ça ne se déroulait pas comme prévu. Rien ne se déroulait comme prévu. L'arrivée de Léonard aurait dû correspondre à la fin du cauchemar qu'avait été sa grossesse. Elle aurait dû s'épanouir au rythme du développement de son fils. Il n'en était rien. Ce qui la minait le plus était son incapacité à comprendre cet être humain qu'elle avait mis au monde. Ce prolongement d'elle qui refusait de donner ses mots de passe ou son mode d'emploi. Cet homme en devenir qui, d'un simple pleur, lui chavirait le cœur.

À court de patience ou de solutions, Lili avait devancé le rendez-vous de Léonard chez le pédiatre. Déjà près d'un mois que le petit régurgitait tous ses boires, que son corps minuscule faisait des efforts surhumains pour évacuer le lait que, pourtant, il buvait avec avidité. L'infirmière de la clinique d'allaitement n'avait pas voulu poser un diagnostic officiel, mais elle avait mentionné des problèmes possibles de diaphragme nécessitant une opération. Éventualité qui faisait frémir Lili.

Bercer son enfant des heures durant pour soulager ses coliques n'était rien en comparaison du désespoir qu'elle ressentait chaque fois que son or blanc se retrouvait sur le plancher ou sur l'épaule de Thomas. Chaque fois que Léonard vomissait son repas, Lili se sentait rejetée. Bien plus qu'un liquide nutritif, son fils recrachait une partie d'elle, rejetait un don offert avec amour.

Devant le pédiatre, Lili n'en menait pas large :

— J'ai tout essayé ! Massage abdominal, sac magique, asseoir Léonard pour l'allaiter, allaiter plus souvent. Je sais plus quoi faire.

L'homme commença par mesurer et peser le bébé pour vite constater qu'il ne suivait pas sa courbe de croissance. Le froncement de ses sourcils commença à inquiéter Lili. Qu'un professionnel de la santé des enfants trouve la chose anormale justifiait les heures qu'elle-même avait passées à se morfondre au sujet de la santé de son fils.

Pendant que le pédiatre transférait ses données dans le dossier de Léonard, Lili remarqua que le nouveau point sur le graphique indiquait une cassure importante avec les précédents. Même constat qu'à la clinique d'allaitement, mais en plus alarmiste. « Je le savais que je manquais de lait », se reprocha Lili.

— Léonard est allergique à une composante de votre lait.

Le verdict venait de tomber. Lili ne comprenait pas qu'un bébé puisse être intolérant au lait de sa mère. Depuis sa naissance, elle était donc responsable des malaises de son fils. C'était elle qui, sans le savoir, le rendait malade.

— Votre fils fait probablement une intolérance à la protéine bovine. En tous cas, il en a tous les symptômes.

— Qu'est-ce que je peux faire ?

— Le plus simple est de vous procurer sous ordonnance une préparation hypoallergène pour nourrisson. Ça coûte la peau des fesses, mais c'est remboursé par les assurances.

Le cœur de Lili cessa de battre. L'argument économique lui était entré par une oreille et sorti instantanément par l'autre, mais l'idée d'envisager du lait en poudre comme nourriture pour Léonard rebondissait sur les parois de son crâne comme une balle de ping-pong.

Au cours des dernières semaines, elle avait courageusement apprivoisé l'allaitement. Malgré les obstacles, les difficultés, elle avait persévéré. Esther lui avait dit qu'il fallait environ six semaines avant qu'une routine s'installe entre la mère et l'enfant, et que ce mode d'alimentation devienne plaisant. Elle ne s'était tout de même pas tapé le carême sans avoir droit au chocolat de Pâques !

— Et si je veux continuer à allaiter ?

Le pédiatre soupira en lui souriant tristement.

CHAPITRE 2

Parce qu'elle refusait d'abandonner l'allaitement, Lili devait se mettre au régime.

— Une diète stricte que la majorité des mamans abandonnent rapidement, avait spécifié son pédiatre. C'est très contraignant.

Le spécialiste lui avait donc remis la liste des interdits à consommer. Le répertoire des aliments à bannir était impressionnant. Bien plus que la viande, il fallait en couper tous ses dérivés et ceux des allergies connexes : lait, soya et compagnie.

En rentrant à la maison, Lili fit le ménage du garde-manger en lisant attentivement la liste de tous les ingrédients contenus dans les produits alimentaires que Thomas avait achetés. Elle prépara une liste d'épicerie respectant à la lettre les recommandations du pédiatre, puis fouilla sur le Net pour dénicher des recettes qui lui seraient dorénavant d'un grand secours puisque la liste des interdits était vertigineuse.

Lili suivait peut-être un régime draconien, mais elle avait l'impression de reprendre le contrôle de son existence et de celle de son fils. Se sacrifier pour son enfant se teintait d'un héroïsme qui lui plaisait.

Si elle n'avait pas été au cœur de la chute d'hormones qui suit inévitablement un accouchement, elle aurait su que le contrôle qu'elle ressentait n'était qu'illusoire.

Lili souleva le sac de congélation à la hauteur de son visage. Elle le tourna et le retourna pour admirer le liquide qu'elle venait d'y verser. Son lait devenait de plus en plus blanc, le jaune du colostrum laissant place à un blanc crème appétissant. Elle s'absorbait dans la contemplation de ce liquide hautement nutritif tout en félicitant silencieusement son corps pour ce beau prodige. La machine humaine accomplissait un travail remarquable.

Avec mille précautions, elle transporta son sac dûment daté et quantifié au salon, là où Thomas venait d'installer un congélateur acheté expressément pour les repas congelés de Léonard. Lili avait débité son plaidoyer en faveur de cet achat imprévu, en alléguant que la diète sévère à laquelle elle devait s'astreindre menaçait son allaitement à moyen ou long terme.

— Si je me tanne de ma diète, j'aurai une bonne réserve de lait hypoallergène pour Léonard.

— On n'a pas de place dans le loft pour un congélateur, s'était d'abord opposé Thomas.

— Y a de la place dans le salon, entre les deux causeuses.

Thomas avait patienté, convaincu que sa blonde, pour qui l'esthétisme des lieux importait, lui faisait une blague. Elle ne pouvait pas sérieusement envisager de placer un congélateur blanc, carré et impersonnel, au cœur de leur douillet coin salon décoré avec style.

— Qu'est-ce que t'en penses?

La question avait fusé de la bouche de Lili, faisant réaliser à Thomas que l'humour ne faisait pas partie de la conversation.

Lorsque Lili souleva le couvercle de l'électroménager, ses yeux s'agrandirent comme le faisaient sûrement ceux de

Séraphin lorsqu'il soulevait un coin de son matelas pour contempler les quelques pièces de monnaie qu'il y cachait. Son trésor grandissait de jour en jour. Lili compta rapidement le nombre de sacs qu'elle avait déjà congelés. Près d'une soixantaine. Si elle avait cru ne pas produire suffisamment de lait, force était d'admettre que sa mécanique fonctionnait à plein régime.

Elle calcula mentalement le nombre de boires que représentait son inventaire et estima que le congélateur, une fois plein, offrirait une réserve de lait tout juste bonne pour un mois d'allaitement. Elle devrait exprimer son lait plus souvent.

Avant de refermer le congélateur, Lili caressa du bout des doigts les premiers sacs de lait qu'elle avait congelés pour son fils. D'un jaune soutenu, les glaçons de lait maternel avaient été séparés de leurs homologues plus récents. Le lait exprimé avant le début de son régime ne pourrait jamais être donné à Léonard. Ne lui restait qu'à le jeter. Ça libèrerait de l'espace. Jusqu'à présent, Lili n'avait pu se résigner à verser le tout dans l'évier. Ça lui semblait un sacrilège impardonnable. Chaque once de lait avait nécessité temps, énergie et amour. Toutes ces heures qu'elle avait passées reliée à son tire-lait auraient pu être utilisées à combler son déficit de sommeil. Chaque sac avait une valeur inestimable.

Lili ferma la porte tout en essayant de se convaincre que le moment venu, elle trouverait le courage de tout jeter.

Du courage, il en avait fallu une bonne dose à Esther pour quitter son lit douillet, ce matin-là. Plus les jours passaient et plus elle s'enlisait dans un brouillard épais duquel elle émergeait de moins en moins facilement. Tout perdait de sa saveur et rien n'excitait ses neurones. Si les jours suivant la naissance de Théo avaient été vécus sur l'adrénaline, la réalité rattrapait la nouvelle maman. Une désagréable sensation qu'elle ne connaissait que trop bien, mais qu'elle refusait.

Sans enthousiasme et presque de mauvaise foi, elle se rendit à son rendez-vous avec le docteur Champagne. Avant même son accouchement, son médecin de famille lui avait fait promettre un rendez-vous de suivi post-partum. La récente dépression d'Esther laissait présager le pire en combinaison avec la chute d'hormones considérable qui suit la naissance d'un enfant. À l'encontre des recommandations de la professionnelle de la santé, Esther avait arrêté la prise de ses antidépresseurs dans les semaines précédant son accouchement.

Sans grande surprise, Esther reçut un diagnostic de dépression post-partum. Il fallut un certain temps avant que les mots du docteur Champagne se fraient un chemin jusqu'à son cerveau et qu'elle comprenne l'impact d'une telle annonce.

— Je vous recommande d'arrêter l'allaitement.

— C'est hors de question, se réveilla soudainement Esther.

— Y a trop peu d'études sur les effets des antidépresseurs sur le développement neurologique et comportemental de l'enfant. Y a des risques, madame Leblanc.

— Je vais attendre que mon fils ait un an pour commencer ma médication, trancha Esther. À ce moment-là, je pourrai arrêter d'allaiter. Pas avant.

— Dans l'état où vous êtes et avec vos antécédents…

— Je peux quand même pas lui donner du lait en poudre comme la dernière des illettrées ! s'insurgea-t-elle.

Esther avait regardé un documentaire sur l'allaitement dans lequel on se référait à diverses études sur le sujet. En plus de démontrer noir sur blanc que l'allaitement était le meilleur mode d'alimentation du bébé, il présentait les statistiques selon lesquelles plus une femme est éduquée, plus les chances qu'elle choisisse l'allaitement étaient élevées. La corrélation entre le nombre d'années d'études et le pourcentage de femmes allaitant était démontrée. Acheter de la poudre au contenu douteux avec des ingrédients indéchiffrables et en faire une potion pour son poupon revenait, dans l'esprit d'Esther, à marier les «si» avec les «rais» pour faire plaisir à la vendeuse du magasin du dollar. C'était s'abaisser en deçà de son rang et niveler par le bas. C'était bon pour les filles comme Frédérique qui se préoccupent davantage de la taille de leur jeans que de la santé de leur bébé. Aucune bonne mère n'achetait cette cochonnerie de plein gré. Il fallait avoir le canon d'un fusil sur la tempe pour s'y soumettre. Esther refusait d'admettre que sa dépression était une arme de calibre majeur que la vie lui pointait entre les deux yeux.

— L'autre solution est le partage de lait maternel.

Devant le regard interloqué d'Esther, le docteur Champagne poussa plus à fond son explication.

— Donner le lait d'une autre à votre bébé. Une amie, par exemple.

Esther demeura coite, saisie par les révélations de son médecin. Elle jeta un regard furtif vers les diplômes affichés fièrement au mur du cabinet. Ils avaient été trouvés dans une boîte de Cracker Jack ou quoi? Est-ce qu'un médecin détenteur de titres aussi prestigieux pouvait vraiment proférer de telles inepties?

La spécialiste fouilla dans un tiroir et glissa un dépliant sur son bureau en direction d'Esther. Un organisme de la région offrait de mettre en contact les femmes ayant des surplus de lait maternel avec les familles qui en manquaient.

— Toutes les infos sont là-dedans pour prendre une décision éclairée. C'est important de savoir qu'il y a des risques associés au partage informel de lait.

— Le plus grand étant de me faire vomir!

À la simple idée de mettre le lait d'une autre dans la bouche de son enfant, l'estomac d'Esther se révulsait et menaçait d'expulser son contenu.

Tout le long du trajet la ramenant à la maison, Esther roula avec sa vitre baissée, malgré le froid piquant de ce début février. Elle avait besoin de s'oxygéner. Elle avait beau tourner et retourner la question dans sa tête, elle ne pouvait pas envisager de demander le lait d'une amie. Même si cette amie possédait le titre de sœur comme Lili. « Y a des limites au partage », pensait Esther.

Encore troublée par les solutions avancées par son médecin, elle s'installa devant son écran d'ordinateur. Le docteur Champagne s'était payé sa tête. Il était impossible que des mères saines d'esprit échangent du lait maternel sur le Net comme d'autres y vendent leurs jouets usagés.

En quelques clics, Esther découvrit un univers qu'elle ne soupçonnait pas. Non seulement pouvait-elle contacter des femmes sur les réseaux sociaux pour leur demander du lait, mais certains sites se spécialisaient même dans la vente du fluide maternel.

— C'est dégueulasse! cracha-t-elle avant de fermer la fenêtre sur son écran d'ordinateur.

Les poules auraient des dents avant qu'elle fasse de telles démarches.

Esther fixa longuement le bout de papier qu'elle avait à la main sans trop savoir quoi en faire. Son ordonnance d'antidépresseurs trouva finalement le chemin de la pochette intérieure de son sac à main. Il serait toujours temps de la jeter à la poubelle.

Dès que Jeannine fit mine de déposer Julien dans la balançoire, le petit commença à pleurer. Privé de l'odeur de sa mère pendant les longues semaines passées à l'hôpital, le nourrisson entendait bien réclamer les heures de présence maternelle auxquelles il considérait avoir droit.

S'il était plus frêle que sa sœur jumelle, Julien semblait néanmoins plus ratoureux. Jeannine n'avait pas été longue à remarquer que son fils synchronisait ses heures de boire avec celles de sa sœur, bénéficiant ainsi du réflexe d'éjection provoqué par la succion de l'autre. «Intelligent ou paresseux?», se questionnait-elle.

À seulement quelques semaines de vie, Julien avait une manière touchante de réclamer sa mère. Plutôt que de crier haut et fort comme sa sœur, il gémissait doucement. Une tactique qui connaissait du succès. Il recherchait sans cesse un bout de peau exposée: le pli du coude, le sillon mammaire, la joue un peu flasque de sa mère ou le confort de son cou.

Jeannine attribuait ce besoin excessif de présence maternelle au peau à peau pratiqué par Gerry depuis l'accouchement.

— Je te l'avais dit que ça deviendrait problématique. Des plans pour en faire un Tanguy.

— Profites-en donc avant qu'il ait quatorze ans, pis qu'il ait honte de te tenir la main en public, martelait Gerry chaque fois que Jeannine se plaignait des besoins intenses de leur garçon.

Voyant que son fils insistait pour jouer les bébés koalas, Jeannine soupira de lassitude. Gerry perçut la pointe d'agacement de sa femme et insista pour prendre la relève.

— T'en as assez fait, mon lapin en sucre d'orge. Va donc prendre un bon bain.

Trop heureuse de s'offrir ce petit luxe qu'elle aimait tant, Jeannine fila vers la salle de bain, fit couler une eau chaude et bienfaitrice, ajouta un peu de sels de bain aromatisés à la rose, alluma ses bougies parfumées à la vanille et s'allongea dans la baignoire. Le mélange des odeurs ne l'indisposait pas, au contraire, il rehaussait ce moment de détente. Enfin seule. Enfin comme avant.

Les petits riens qui façonnaient sa vie de couple depuis dix ans semblaient choses du passé. Jeannine s'attristait de constater que l'arrivée des jumeaux reléguait son mariage au bas de la liste des priorités. Du moins, de celle de Gerry. Jeannine aurait bien aimé bichonner son couple malgré la présence de ses enfants. Elle en ressentait un besoin viscéral. Pas question de laisser la maternité prendre toute la place et détruire la relation parfaite qui la liait à son homme. Si seulement ce dernier pouvait avoir le même objectif.

Jeannine ne macérait dans le bain que depuis quelques minutes lorsque Gerry fit irruption dans la pièce avec une Maxime réclamant le sein de sa mère.

— Elle peut pas attendre, la p'tite gloutonne, s'excusa presque l'heureux papa.

— Donne. Je vais l'allaiter dans le bain.

La magie était brisée. Il ne fallut pas une minute de plus pour que Gerry réapparaisse avec Julien dans les bras.

— Lui aussi a l'air d'avoir soif.

« Évidemment ! », songea sa mère.

En allaitant simultanément ses jumeaux dans l'inconfort de la baignoire, Jeannine se dit que la prochaine fois, elle verrouillerait la porte et se laisserait couler au fond du bain en retenant son souffle.

Frédérique arriva au café bien avant les autres. Remettre les pieds sur son lieu de travail lui procura quelques papillons dans l'estomac. Les habitués de la place l'accueillirent chaleureusement, allant même jusqu'à l'applaudir en constatant qu'elle portait un siège de bébé. Surprise par cette démonstration d'enthousiasme, Frédérique se demanda si la présence de sa fille ferait également augmenter ses pourboires. Puisque son retour au travail attendrait encore plusieurs semaines, elle ne connaîtrait la réponse à son interrogation que dans quelques mois.

Par bribes, elle relata son accouchement rocambolesque et tout ce qui l'avait conduit à garder Blanche plutôt que de la mettre en adoption. Simon fut rayé du récit. Non pas parce que Frédérique craignait de perdre l'affection et la générosité des hommes assis au comptoir, mais parce qu'il y a certains trésors qu'on préfère garder secrets, de peur de se les faire voler.

Une fois la curiosité des clients satisfaite, Frédérique passa en cuisine pour saluer ses collègues de travail avec sa fille. Loin d'être incommodée par le bruit ambiant, Blanche semblait apprécier le cliquetis incessant des ustensiles et le ronron des réfrigérateurs. Elle s'endormit, emportant sous ses paupières les exclamations attendries du personnel de cuisine. La doyenne des serveuses n'arrivait tout simplement pas à détacher son regard du petit minois irréprochable de Blanche.

— Garde-la jusqu'à la fin de ta pause. Je vais être en salle avec des amies, si y a quelque chose, proposa Frédérique.

L'autre se contenta de lui exprimer sa reconnaissance avec un sourire et de l'humidité dans les yeux.

Lorsque Frédérique réapparut dans le restaurant, Lili, Esther et Jeannine étaient déjà en train de réaménager la salle à manger pour accommoder toutes les poussettes autour de la même table. Heureusement, elles avaient convenu de monopoliser le fond du restaurant, limitant ainsi les répercussions de leur feng shui maternel sur les autres clients.

— Si votre objectif est de foutre le bordel, c'est bien parti ! les accueillit à la blague Frédérique.

— Rends-toi donc utile au lieu de chialer, rétorqua Jeannine qui ne parvenait pas à glisser sa poussette double entre les tables.

— Esther te l'avait dit d'acheter la poussette avec les sièges un en arrière de l'autre au lieu de côte à côte. Faut toujours écouter les conseils d'Esther, se moqua gentiment Frédérique en lançant un clin d'œil aux autres filles.

— C'est ton resto le problème, pas ma poussette, contre-attaqua Jeannine pour clore le sujet.

La serveuse arriva pour proposer un apéritif et remettre les menus. Si Lili demanda un jus de légumes, Esther et Jeannine se contentèrent d'un verre d'eau. Frédérique termina la commande en demandant une bonne bière blanche. Un choix qui fit sourciller les autres. Que leur amie prenne une boisson alcoolisée pour accompagner son repas n'avait en soi rien d'extraordinaire, mais ce petit plaisir leur était inaccessible à cause de l'allaitement. Une pointe d'envie traversa le regard de Jeannine. Lili remarqua alors l'absence de Blanche et s'étonna que Frédérique l'ait laissée à la maison.

— Simon prend son rôle de père au sérieux. C'est lui qui garde la petite ?

— Non, non. Elle est dans le *back store,* rectifia Frédérique avant de s'enfiler une grande lampée de bière.

— Tu l'as laissée toute seule ? s'inquiéta sa mère.

— J'suis pas imbécile ! Elle est avec Diane.

— Laisse pas ma petite-fille comme ça à des étrangers, l'admonesta Jeannine.

Frédérique choisit d'ignorer la remarque de sa mère.

— Pour répondre à ta question, Lili, Simon fait de son mieux. Je suis sûre qu'il s'implique autant que vos chums. Même si c'est pas son bébé.

— Il en est peut-être pas le géniteur, mais s'il s'implique, il a droit au titre de père, non ? questionna Esther.

Pendant qu'Esther soulevait un débat idéologique sur les critères qui font d'un homme un père, les questionnements de Lili étaient beaucoup plus terre à terre. Elle lisait et relisait le menu à la recherche d'un mets qui cadre avec sa nouvelle diète. Lorsque la serveuse vint prendre la commande, elle prétexta ne pas avoir faim. Elle expliqua aux autres qu'il était complexe de manger à l'extérieur de la maison, qu'elle ne maîtrisait pas par cœur la longue liste des ingrédients à éviter, qu'elle ne voulait pas prendre de risque et rendre encore Léonard malade. En fin de tirade, elle sortit un plat de plastique de son sac à couches.

— Tu pourrais pas juste me réchauffer ça au micro-ondes ? demanda-t-elle à Frédérique.

En s'emparant du lunch de son amie, Frédérique éclata de rire. Il n'y avait que Lili pour traîner ses restants au restaurant. Pendant qu'elle quittait la table pour remettre le repas à sa collègue, Esther en fit autant avec Théo pour changer sa couche.

— Bonne idée, ça, approuva Jeannine. Comme ça, on va manger en paix.

Elle se leva pour prendre possession de son sac à couches et réalisa, avec une certaine honte, qu'elle avait oublié de le garnir avant le départ. Heureusement qu'elle se rendait compte de son impair au moment où elle était seule avec Lili, sinon Frédérique se serait gargarisée de son erreur.

— Lili, t'aurais pas quelques couches en trop ?

De bon cœur, Lili remit deux couches à Jeannine et son paquet de lingettes humides. Cette dernière ne s'embarrassa pas d'un aller-retour aux toilettes des dames pour nettoyer l'arrière-train de ses bébés. Elle les retira un à un de leur coquille de transport et les changea directement dans la poussette, exposant leurs postérieurs aux yeux des clients.

— Franchement, tu voudrais pas aller les torcher ailleurs, on va manger ici dans cinq minutes, se plaignit Frédérique à son retour.

— La table à langer est déjà occupée par Esther, je te ferai remarquer.

Esther revint sur les entrefaites et, constatant que les assiettes n'étaient toujours pas en vue, décida d'allaiter Théo.

— Tout le monde a faim, on dirait, blagua Lili pour alléger l'atmosphère.

— Avec des jumeaux, ma p'tite fille, c'est le buffet à volonté en tout temps. Je pense que j'allaite vingt heures sur vingt-quatre.

— Moi, c'est en soirée que je trouve ça pénible, renchérit Lili. Les tétées groupées, qu'ils disent.

— Pis toi, Esther ? T'as envie de te plaindre de ton allaitement ? ricana Frédérique avant de s'enfiler le reste de sa bière.

Tous les regards se tournèrent vers Esther pour connaître sa réponse, mais elle garda la tête tournée obstinément vers celle de son enfant qui tétait. Les cheveux d'Esther cachant une partie de son visage, chacune mit un certain temps avant de réaliser qu'elle pleurait.

En voyant Simon fourrager dans ses tiroirs de lingerie fine, Frédérique se mordit la lèvre inférieure. Le coquin manipulait-il ses dentelles et dessous dès qu'elle avait le dos tourné ? Elle observa la fouille de son amant, satisfaite de constater que sa libido reprenait vie. En effet, Frédérique s'étonnait de constater que Simon n'ait aucune difficulté à patienter les six semaines d'abstinence recommandées par les spécialistes après un accouchement. Elle avait craint une baisse d'appétit charnel et constatait avec une jouissance satisfaisante qu'il n'en était rien. Son homme était clairement en manque d'elle, au point de mettre à l'envers son tiroir de sous-vêtements, probablement à la recherche du morceau de lingerie qui alimenterait ses fantasmes le temps d'une branlette sous la douche.

Elle retira son t-shirt et fit glisser sa jupe jusqu'au sol. Heureusement, elle avait enfilé des dessous coordonnés ce matin.

— Les plus intéressants sont pas dans le tiroir, lança-t-elle en s'appuyant lascivement au cadre de porte, invitante.

La réplique n'eut pas l'effet escompté. Plutôt que de céder avec fougue au désir qu'elle lui prêtait, Simon se retourna vivement comme un petit garçon pris avec la main dans la jarre à biscuits de sa mère.

— Ce sont les miens que je cherchais.

— Tu te masturbes avec tes boxers ?

Simon rit de bon cœur avant d'empoigner le jeans et la paire de bas qui trônaient sur la commode et de les glisser à l'intérieur de son sac sport.

— J'veux un *kit* de rechange pour demain matin.

Sans la regarder, il sortit une chemise de la penderie et fit même l'aller-retour entre la chambre et la salle de bain pour ajouter ses produits d'hygiène personnelle à son bagage. Visiblement, il n'avait pas l'intention de dormir ici.

Frédérique croisa les bras et se positionna en plein centre de la pièce, convaincue qu'il ne pourrait pas la contourner indéfiniment. Dès qu'elle capta son regard, elle exigea des explications :

— Tu vas dormir où ?

— Au condo.

— Ton lit est ici.

— J'ai acheté un matelas gonflable.

— Montre-moi le reçu.

Frédérique avait entendu trop d'excuses minables de la part des hommes pour gober la première version qu'un soupirant lui servait. Elle craignait que Simon n'aille dormir auprès d'une autre.

Un léger sourire aux lèvres trahissant le plaisir qu'il avait à ressentir la jalousie de sa belle, Simon fouilla son portefeuille à la recherche du bout de papier confirmant l'achat du lit de camp deux places dont il avait fait l'acquisition dans la journée. Il y avait quelque chose de sécurisant dans la réciprocité de la jalousie que lui-même ressentait devant Frédérique.

— Un matelas double ? T'as une invitée ?

— J'ai juste besoin d'espace, Frédérique.

Plutôt que de comprendre que monsieur détestait que ses pieds sortent des couvertures à cause d'un lit trop étroit, Frédérique comprit que Simon étouffait en sa présence.

— Tu veux un *break* ? dit-elle froidement, refermant sur elle une armure de circonstance.

Simon s'approcha, voulut glisser ses mains le long des bras de Frédérique, mais elle se dégagea rageusement. Vif comme une panthère, il la saisit aux poignets et l'attira à lui de force. Lorsqu'elle arrêta de se débattre et braqua ses yeux fiévreux dans les siens, il entreprit de s'expliquer avec une douceur qui contrastait avec la fermeté de sa prise.

— J'ai pas dormi plus de trois heures en ligne depuis la naissance de Blanche. Je commence à faire des erreurs au travail. J'ai besoin d'une bonne nuit de sommeil, c'est tout.

— Pis tu penses que tu vas dormir mieux sur un matelas gonflable dans un condo où y a même plus de store, pis que la lumière entre à plein ciel? cria Frédérique. Pousse, mais pousse égal.

— Je vais dormir mieux dans un condo où y a pas de bébé qui se réveille aux deux heures, cracha-t-il. Il me semble que c'est facile à comprendre!

Frédérique s'était dégagée et massait ses poignets. Elle regrettait d'avoir vanté les qualités paternelles de Simon auprès de ses amies. Aucun papa ne planterait sa compagne pour dormir à l'hôtel après l'arrivée d'un bébé.

— Ce qui est facile à comprendre, c'est que tu te trouves des excuses pour aller en baiser une autre!

— Je vais juste profiter de mon condo pendant qu'il n'est pas encore vendu.

— T'as pas l'air pressé de le vendre, en tous cas.

Las de cette discussion qui promettait de tourner en rond, Simon attrapa les poignées de son sac et se dirigea vers la porte d'entrée de l'appartement avec une Frédérique en furie sur les talons. Blanche pleurait dans son berceau, alertée par les cris des deux adultes. Frédérique ne s'en préoccupa pas, mais les pleurs intimèrent à Simon de retrouver son calme. Avant de franchir le seuil, il tenta une réconciliation.

— J'avais pas prévu ça, Fred.

— Quoi, ça?

— Le bébé. Vivre à trois. Donne-moi la chance de m'acclimater à mon rythme, OK?

Simon s'approcha pour cueillir un baiser, mais Frédérique tourna la tête. Ses lèvres épousèrent la joue gauche de sa dulcinée. Il savait que d'ici quelques heures, Frédérique reviendrait à de meilleurs sentiments, tout comme il savait qu'il ne servait à rien d'insister pour l'instant.

Dès qu'elle se retrouva seule, Frédérique berça sa fille en réfléchissant à une solution à son problème. Peut-être qu'elle devrait lui offrir une visite surprise au condo le soir même, question de valider l'authenticité de ses affirmations ?

Une chose était certaine, elle n'accepterait pas qu'il se joue d'elle. Elle n'accepterait pas qu'il lui file entre les doigts.

Esther passa à un cheveu de glisser sur le plancher mouillé. La peur lui noua les entrailles un instant lorsqu'elle songea à ce qui serait arrivé si elle avait eu son bébé dans les bras. Il aurait pu se fracturer le crâne. En observant le carrelage à la recherche de ce qui avait bien pu lui faire perdre pied, Esther constata que le plancher de la cuisine arborait de petites flaques régulières alternant de gauche à droite. Sa fille avait encore oublié d'enlever ses bottes et la neige qui y collait avait fondu, mouillant ainsi un plancher qu'Esther souhaitait impeccable.

— Emma Bellavance, viens ici tout de suite !

Juste au ton de sa mère, la fillette de cinq ans savait qu'elle allait se faire gronder. Un air penaud peint sur le visage, elle se présenta devant la matriarche.

— Depuis quand on se promène dans la maison avec ses bottes ?

— On jouait aux esquimaux. Les esquimaux, ça porte des bottes.

— Range ça tout de suite dans l'entrée.

En voyant la lèvre inférieure d'Emma frémir et ses grands yeux se remplir de larmes, Esther réalisa qu'elle avait répliqué sèchement à sa fille et s'en voulut. Dans le fond, rien de bien grave n'avait résulté de cette étourderie, mais il était trop tard pour ravaler ses paroles. La petite retirait déjà ses bottes et les transportait dans l'entrée.

Culpabilisant à cause de son attitude exagérée, Esther décida de se racheter en cuisinant un des mets préférés de sa cadette : une lasagne. Profitant du fait que Jean-François s'occupait des trois enfants, elle prit possession de sa cuisine et de ses comptoirs le temps de confectionner un mets digne de la table de Julia Child et Josée di Stasio réunies.

Ce fut un grand fracas qui, une heure plus tard, fit accourir Jean-François dans la cuisine.

— Es-tu correcte ?

Devant le four resté ouvert, mille morceaux de fonte émaillée gisaient au sol avec en leur centre, une lasagne dont le parfum agréable était la seule caractéristique encore acceptable.

Le dos appuyé aux armoires, Esther se laissa glisser jusqu'au sol, comme si cet incident ruinait sa vie à jamais, comme si le finaliste d'*Occupation double* venait de lui préférer la blonde aux gros seins qu'il disait trouver idiote depuis le début de l'aventure.

— Qu'est-ce qui se passe, papa ? questionna Antoine en arrivant dans la pièce.

— Un p'tit accident, mon bonhomme. Papa va ramasser. Pendant ce temps-là, c'est toi l'homme de la maison. Tu t'occupes de ton petit frère, OK ?

Fier de se voir attribuer une responsabilité, le garçon regagna le salon, non sans avoir jeté un regard interrogateur en direction de sa mère, toujours inerte à côté de la lasagne.

Jean-François s'accroupit aux côtés d'Esther et lui offrit son aide pour se relever. Elle l'attira plutôt à elle pour se cacher dans ses bras et sangloter. Déjà qu'elle s'était tournée en ridicule au restaurant devant ses amies en pleurant comme une Madeleine, voilà maintenant qu'elle se donnait en spectacle devant sa famille.

— Va t'étendre. T'es fatiguée.

— Mais le souper…

— Je vais faire des sandwichs aux œufs.

Après souper, Esther s'isola dans la chambre du bébé pour allaiter et brailler tout son saoul. Elle ne pouvait nier que la dépression gagnait du terrain et qu'elle sombrait un peu plus chaque jour où elle refusait d'ingérer la médication prescrite par son médecin. La détérioration de son état était si rapide. Quelques semaines plus tôt, elle était convaincue qu'elle éviterait même le *baby blues*.

— Maman va devoir arrêter de t'allaiter, mon trésor. C'est pas parce que maman t'aime pas, c'est juste que maman est malade.

Pendant toute la durée de la tétée, Esther se justifia devant Théo. Elle lui exprima ses déceptions, son chagrin et la grande frustration qu'elle ressentait à l'idée de le sevrer pour des raisons extérieures à sa volonté.

Le mutisme du bébé ne freina en rien son monologue. Au contraire, Esther voyait chaque silence comme une invitation à s'épancher davantage. Quand Théo s'endormit finalement, une coulée de lait sur le menton, elle se sentait en paix avec sa décision. Il lui fallait seulement trouver une raison valable qui justifierait de mettre fin à l'allaitement. Pas question d'admettre publiquement une nouvelle dépression, elle en ressentait trop de honte.

Assis au salon, alors qu'il avait bordé les deux plus vieux, Jean-François était troublé par tout ce qu'il venait d'entendre. Il se demanda si sa femme savait que le moniteur de la chambre du bébé était en fonction et qu'il avait tout entendu.

Depuis qu'elle avait entrepris son chemin de croix alimentaire, Lili se sentait terriblement efficace. Au lieu de subir les aléas de la vie, elle y faisait face de manière proactive. Pas question de simplement s'en tenir aux recommandations écrites de son pédiatre pour corriger les problèmes de santé de Léonard. Lili prenait le taureau par les cornes.

Elle passa tout son temps libre devant son écran d'ordinateur à fouiller le sujet des allergies. Si, au départ, ses mots-clés étaient tous en lien avec l'allergie connue de son fils, Lili eut tôt fait d'étendre ses recherches à l'ensemble des allergènes existant sur la planète.

Lorsque Thomas rentra du travail, il trouva sa douce en train de lire les étiquettes des vêtements de Léonard. S'il pensait que son fils grandissait à vue d'œil, nécessitant déjà des pyjamas plus grands, Lili corrigea son interprétation de la situation.

— Je vais donner tout ce qui est en matière synthétique. Léonard ne portera que du coton. Idéalement, biologique.

— Évidemment, tu vas faire la même chose avec nos vêtements, avança Thomas pour lui faire prendre conscience du ridicule de la situation.

— J'y avais pas pensé, mais ça serait un bon objectif, mon amour. Je savais que tu embarquerais, le remercia-t-elle en accompagnant le tout d'un baiser.

D'abord interloqué, Thomas sourit en comprenant que Lili allait leur imposer un virage vert. Que tout ce qui était chimique ou artificiel serait banni de leur environnement.

Sa blonde ne faisait jamais les choses à moitié. Heureusement, chaque lubie était abandonnée au profit d'une nouvelle après quelque temps. Thomas n'avait qu'à être patient.

Il s'approcha du sac à ordures qui patientait à côté de la porte d'entrée. En écartant les parois, il découvrit la totalité de leurs produits ménagers.

— T'as l'intention d'abandonner le ménage aussi ? lança-t-il avec humour.

— J'ai imprimé des recettes de nettoyants écologiques. Vinaigre, bicarbonate de soude, papier journal... c'est aussi efficace que ces poisons-là.

Thomas en doutait, mais il savait qu'il valait mieux que Lili expérimente elle-même plutôt que de s'opposer à ses idées. Lorsque le loft empesterait le vinaigre plutôt que la délicate odeur de citron du nettoyant à vitres commercial, elle changerait son fusil d'épaule. Le gros bon sens reprendrait bien le dessus avant que Léonard ait des dents.

En passant devant la salle de bain, Thomas eut un éclair de génie pour faire déchanter Lili et écourter cette soudaine fièvre écologique :

— Est-ce que tu veux que je jette tout de suite tes produits de beauté ? Ils sont pas très écologiques. Probablement qu'une partie de leurs ingrédients toxiques passe dans le lait maternel.

— Bonne idée !

— Je jette même ta teinture à cheveux ?

Lili hésita, laissant croire à Thomas qu'il venait de marquer un point. Il ne connaissait pas la couleur naturelle des cheveux de sa blonde, elle les teignait depuis des années. Jamais elle ne mettrait fin à ce rituel beauté.

— Tout d'un coup que j'aie des cheveux blancs... réfléchit-elle à haute voix.

Thomas décida d'abattre sa dernière carte sur la table, convaincu que sa main était supérieure à celle de Lili.

— C'est sûr que ça te vieillirait... mais tu serais sûrement aussi belle.

— Tu vas m'aimer quand même si j'ai l'air d'une p'tite vieille ?

Le baiser de Thomas fit office de réponse.

— OK. Jette tout, décida Lili.

En vidant les armoires de la salle de bain, Thomas prenait des gageures avec lui-même. Combien de temps Lili supporterait-elle de voir une repousse à la base de ses cheveux, elle qui se précipitait sur sa teinture avec une régularité maniaque ? « Je lui donne cinq semaines avant de craquer », conclut Thomas.

Vider les armoires voulait aussi dire magasiner pour les remplir de nouveau. Lili avait texté à ses copines pour leur proposer un après-midi au centre commercial. Son objectif visait surtout à remplacer ses produits de beauté. Après le ménage de Lili, Léonard avait encore à sa disposition quelques pyjamas, mais elle se retrouvait avec une trousse de maquillage complètement vide.

Des trois amies, seule Frédérique sauta à pieds joints sur l'offre de Lili. Jeannine prétexta que jumeaux et petits pots ne faisaient pas bon ménage. Elle redoutait surtout de passer pour un éléphant dans une boutique de porcelaine avec sa poussette double. Quant à Esther, elle avait texté une réponse laconique qui inquiétait Lili. Elle devrait trouver du temps pour visiter son amie dont le moral semblait au plus bas. Les larmes qu'elle avait échappées bien malgré elle lors de leur rencontre au café en disaient long.

Jamais Esther ne s'épanchait publiquement. Ça inquiétait Lili dont les appels étaient de moins en moins retournés par Esther.

Mais pour l'instant, Lili avait à ses côtés la meilleure conseillère qui soit pour le rouge à lèvres et le vernis à ongles. L'heure était aux artifices et non pas aux questionnements existentiels.

Leurs premières escales ne permirent pas à Lili de se bâtir une trousse à maquillage biologique. Frédérique se permit tout de même quelques achats, sous l'œil envieux de Lili.

— As-tu toujours envie de baiser Thomas ?

La question attira le rouge aux joues de Lili, tellement qu'elle se dit que l'achat d'un fard à joues était finalement superflu. Elle vérifia que son fils dormait dans sa poussette, comme si elle refusait que des mots aussi crus soient prononcés en sa présence pure et innocente. Elle observa les autres clients pour s'assurer que personne ne tendait l'oreille, mais repéra deux adolescentes qui se rapprochaient en faisant mine d'être absorbées par la contemplation d'un flacon de parfum. Mal à l'aise, elle décida d'adopter la stratégie de Frédérique.

— Oui. Pis toi ?

— C'est vrai qu'il est sexy ton chum, mais…

— Je veux dire Simon, pas Thomas, la coupa Lili qui n'avait pas envie de connaître les pensées lubriques de son amie au sujet de son amoureux.

— Oui, mais ça fait pas aussi longtemps qu'on est ensemble. C'est quoi tes trucs pour le garder ?

Frédérique serra le poing et pointa son avant-bras vers le haut dans un geste non équivoque.

— Je sais pas… avant l'arrivée du bébé… j'ai pas vraiment la tête à ça en ce moment, se défila Lili qu'une conversation aussi intime en public mettait mal à l'aise.

Frédérique continua son magasinage comme si la réponse lui importait peu, mais au fond d'elle-même, elle brûlait de s'armer pour faire face à la crise qu'elle pressentait dans son couple.

— Faudrait aller dans un magasin spécialisé, proposa Lili, réalisant que Frédérique n'avait aucune connaissance des cosmétiques biologiques et qu'elle profitait du périple pour garnir généreusement sa propre trousse de produits de beauté.

Lili avait déjà répertorié l'ensemble des boutiques à saveur écologique qui avaient poussé dans la région. La majorité semblait offrir les mêmes produits. Un seul arrêt serait donc nécessaire pour que son visage retrouve un semblant de vie.

Une fois à destination, Lili s'émerveilla de la grandeur de la boutique.

— T'as vu ça ? C'est le Costco du bio ! s'exclama-t-elle.

Devant elles s'étendaient des rangées complètes de produits verts portant tous différents sceaux garantissant l'innocuité de leurs ingrédients, leur provenance biologique, leur pourcentage de matière recyclée. Lili était aux anges. Dès qu'elle découvrit le présentoir des cosmétiques, ses mains, impatientes, se mirent à manipuler les produits, à tester les échantillons sur sa peau.

— On va pas s'étouffer avec les choix de couleur ! se plaignit Frédérique en imitant son amie, mais avec un enthousiasme beaucoup moins évident.

Après quelques minutes de silence ponctué d'onomatopées de satisfaction de la part de Lili, Frédérique confia ses doutes au sujet de Simon et exposa sa stratégie.

— Non seulement je vais lui coller au cul pour le surveiller, mais je vais pas lui laisser un baisodrome à portée de main.

— Qu'est-ce que tu veux dire ?

— Je vais lui vendre son condo, moi ! Son agente immobilière vaut pas d'la merde.

— Tu lui en as parlé ?

— Non. J'ai pris toutes mes économies pour passer des annonces sur le Web et dans les journaux avec une description à faire baver. J'te garantis que le condo se vend en moins de deux semaines, gagea Frédérique.

Lili sourit. Elle reconnaissait bien là le caractère volontaire et frondeur de Frédérique.

— Mais quand les gens vont l'appeler en parlant de l'annonce ?

— J'ai mis les coordonnées de l'agente. Elle va être tellement contente d'avoir des acheteurs potentiels qu'elle ne se posera pas de questions.

— Une fois le condo vendu, il pourrait quand même dormir à l'hôtel.

— Peut-être, mais ça laisse des traces...

Frédérique avoua sans aucune gêne qu'elle n'hésiterait pas à ouvrir le courrier de Simon pour avoir accès à ses relevés de cartes de crédit et vérifier si ses nuits à l'hôtel étaient en occupation simple ou double. Avec une bouilloire et un peu de patience, il y avait moyen de décacheter une enveloppe et de la refermer sans même que le destinataire s'en rende compte. Et une maman à la maison avait beaucoup de temps libre pour mener une enquête en profondeur.

— J'veux pas péter ta balloune, mais la majorité des gens reçoivent maintenant leurs factures électroniquement.

Frédérique n'avait pas envisagé cet obstacle. Si elle n'avait pas accès aux informations confidentielles de Simon, tout son plan s'effondrait. Un air de malice s'imprima sur ses traits lorsqu'elle trouva la solution à ce problème anodin.

— S'il reçoit ses comptes sur l'ordi, il va les regarder à la maison. Toi, madame-nouvelles-technologies, tu dois être capable de jouer dans un ordinateur pour avoir accès à ça ?

— Oui, hésita Lili, consciente du sous-entendu et de la tournure des événements.

— T'es ma complice, susurra Frédérique, ravie.

Lili se rassura en se disant que les choses ne se rendraient probablement pas là, que Simon recevait peut-être ses comptes par la poste et qu'elle pourrait toujours prétendre son impuissance à pirater l'ordinateur de son amie. Mais l'image d'une mère emprisonnée dont le fils de cinq ans vient la visiter en prison s'imprima une fraction de seconde dans son cerveau.

Frédérique piaffait d'impatience à l'appartement. La grande aiguille de l'horloge avait fait le tour du cadran à plus d'une reprise sans qu'elle parvienne à joindre Simon. Peut-être qu'il faisait exprès de ne pas répondre en voyant le numéro de téléphone entrant sur l'afficheur ?

Rageuse, elle habilla sa fille et commença à s'emmitoufler avec la ferme intention de faire irruption au condo. Simon laissait en permanence un double des clés au crochet de l'entrée au cas où Frédérique aurait été la seule disponible pour faire visiter sa propriété à de potentiels acheteurs. Elle fourra le trousseau de clés dans sa poche de manteau et s'apprêtait à attacher Blanche dans sa coquille lorsque son cellulaire vibra. Simon. Appel vidéo. Elle décida de ne pas répondre.

En vitesse, elle se défit de ses vêtements d'extérieur, retira Blanche de son habit de neige et s'installa confortablement au salon pour rappeler son homme. Elle prétexterait avoir été en train de changer une couche pour justifier l'appel manqué. Excuse qu'elle n'eut même pas le temps de servir à Simon, car dès qu'il activa la caméra de son appareil téléphonique, il monopolisa la conversation.

— Salut beauté, je sais que t'as essayé de me rejoindre dans les dernières heures, mais j'étais en pleine visite du condo. Trois visites juste ce soir. Plus que pendant le dernier mois. Incroyable, non?

— Incroyable, en effet, répondit stoïquement Frédérique, jubilant à l'idée que son plan porte des fruits avant terme.

— Je voulais aussi m'excuser pour ce matin.

Frédérique aurait voulu crier qu'elle s'excusait aussi, qu'elle reconnaissait sa part de faute dans la querelle qui les avait opposés, qu'elle regrettait de laisser la jalousie guider son attitude envers lui, qu'elle l'aimait, mais elle garda un silence obstiné, prisonnière de son orgueil.

— Je trouve juste qu'on n'a pas la vie d'un nouveau couple. On passe nos soirées à la maison, à rien faire ou à faire des choses chacun de son côté.

— T'as juste à m'inviter au resto pour me cruiser, suggéra Frédérique d'un ton boudeur.

— OK, mais Blanche?

— Je vais la faire garder, répliqua Frédérique comme si on venait de lui demander si elle aimait les hommes.

Ils conclurent un marché pour un souper romantique le lendemain soir.

— T'es sûr que tu veux pas venir dormir ici, tenta Frédérique en orientant la caméra de son cellulaire vers sa poitrine qu'elle massait langoureusement de sa main libre.

Simon refusa l'invitation, ce qui vexa légèrement Frédérique. Il se dépêcha de conclure leur entretien et de raccrocher pour sombrer dans un sommeil réparateur et ininterrompu, pendant que Frédérique tentait sans succès d'endormir Blanche en choisissant mentalement les sous-vêtements qu'elle porterait, ou pas, le lendemain soir.

Jeannine faisait les cent pas dans le salon en jetant des coups d'œil beaucoup trop rapprochés à l'horloge murale.

— Jeannine, il est neuf heures et dix ! Profite donc de la présence de notre petite-fille au lieu d'angoisser sur les quelques minutes de retard de Fred.

Sans grande surprise, Frédérique avait contacté Gerry pour quémander quelques heures de gardiennage. Un contrat que s'était empressé d'accepter le grand-papa. Lorsqu'il avait annoncé la nouvelle à Jeannine, cette dernière s'était opposée au projet.

— On en a déjà deux !

— Ça nous fera une pratique pour le prochain, avait-il répliqué avec un clin d'œil.

— T'as le droit de rêver ! Ça paraît que c'est pas toi qui les portes.

Devant la mauvaise humeur de sa femme, Gerry avait expliqué les multiples raisons pour lesquelles il avait accepté de garder Blanche quelques heures.

— Ils sont jeunes, ils ont besoin de bouger un peu, de sortir. C'est pas facile pour un couple l'arrivée d'un bébé. Pis c'est la première fois que Fred a l'air amoureuse.

Jeannine roula des yeux, les mœurs légères de sa fille contrastant avec sa conception personnelle du couple. Elle appréciait Simon, mais aurait gagé ses enfants que Frédérique ferait tout pour bousiller son bonheur avant longtemps.

— C'est juste pour une couple d'heures.

Ce que Gerry avait gardé pour lui, c'est que Frédérique lui avait demandé de prendre Blanche pour la nuit, prétextant que n'importe qui pouvait lui donner un biberon et qu'ils devraient se lever de toute manière pour les jumeaux. Gerry avait refusé, voyant clair dans le jeu de sa belle-fille. Peu importe les circonstances, elle essayait de faire réagir sa mère, comme une petite fille espiègle qui mettrait des grenouilles dans le pot de biscuits cuisinés par maman.

Les trois coups discrets cognés à la porte d'entrée agirent sur Jeannine comme le coup de pistolet avisant les coureurs du début d'un sprint. Elle se propulsa littéralement dans l'entrée avec l'intention de sermonner vertement sa fille. Lorsqu'elle constata que Simon se trouvait de l'autre côté de la porte, elle se radoucit. « La p'tite vlimeuse a envoyé son chum en pâture ! », ricana Gerry en venant saluer son gendre.

— Désolé pour le retard ! s'excusa d'emblée Simon.

— La prochaine fois, vous devriez choisir un restaurant où le service est plus rapide, suggéra sournoisement Jeannine.

— Fred avait envie de faire un peu de lèche-vitrine après le souper, expliqua Simon.

Jeannine lança un regard entendu à Gerry. Un regard qui disait : « Tu vois bien qu'elle fait exprès ! »

Après avoir emmitouflé Blanche, Gerry la remit à regret dans les bras de Simon et le laissa filer. Il se rendit au salon et fit clignoter à quelques reprises l'ampoule du plafond pour attirer l'attention de Frédérique qui patientait toujours dans la voiture. Lorsqu'elle tourna la tête dans sa direction, il lui fit de grands signes de la main, bientôt imité par Jeannine qui sourit exagérément pour cacher son agacement. Quand leur parodie de duchesses du carnaval fut terminée, ils décidèrent d'un commun accord d'aller se coucher pendant que les jumeaux ne les réclamaient pas.

Gerry s'apprêtait à basculer dans le pays des rêves lorsque Jeannine se mit à parler :

— J'aimerais ça que tu prennes soin de moi.

Ne sachant pas trop s'il avait rêvé ou si Jeannine s'adressait bel et bien à lui, Gerry tendit l'oreille. Un soupir profond émanant de l'obscurité lui confirma que sa femme ne dormait pas.

— Qu'est-ce qui te ferait plaisir ?

— Un restaurant en amoureux.

Au fond, Jeannine enviait sa grande fille.

Fatigué et au bord de l'inconscience, Gerry n'avait pas la force d'expliquer qu'ils auraient peut-être de la difficulté à trouver une gardienne pour des jumeaux allaités.

— Je m'occupe de tout.

— T'es un amour ! conclut Jeannine au moment même où Gerry commençait à ronfler.

Le lendemain soir, Jeannine resta interloquée devant la transformation qu'avait subie son salon. Une nappe recouvrait la table centrale. Dessus, Gerry avait pris soin de disposer en éventail tous les menus des restaurants environnants qui livraient à domicile. Comprenant qu'elle n'aurait pas le plaisir de sortir ainsi qu'elle l'envisageait, elle se renfrogna. Son humeur grise s'envola lorsque Gerry apparut, vêtu d'un veston élégant et les cheveux coiffés comme s'il venait subitement de se découvrir un lien d'appartenance avec la mafia italienne. Elle pouffa de rire.

— Qu'est-ce qu'il y a de drôle, madame ? demanda Gerry avec un accent étranger à mi-chemin entre le grec et l'espagnol, et que clairement, il ne maîtrisait pas.

Les larmes aux yeux tellement la scène l'amusait, Jeannine hésita sur la réponse à fournir. Était-ce l'unique bouton de son veston qui menaçait de traverser la pièce comme un bolide de formule 1 qui la faisait rire ? Était-ce le fait qu'il ait délibérément omis d'enfiler un pantalon ? Ou encore la rose qu'il retenait de manière grotesque entre ses dents ?

— T'es fou !

Gerry sortit momentanément de son personnage de tombeur fantasque pour expliquer son plan. Dès que les jumeaux demanderaient à être allaités, ils commanderaient leur souper au restaurant. Ainsi, le repas serait livré au bon moment pour qu'ils mangent tranquillement. Gerry proposa aussi à Jeannine de visionner un film.

— *Pretty woman !* s'extasia Jeannine à l'idée de revoir ce classique du cinéma américain.

Voyant que les jumeaux ne montraient aucun signe de faim, les parents les installèrent côte à côte pour visionner en famille ce que Jeannine considérait comme un des meilleurs films des années 1990.

— Ça aurait dû gagner des Oscar ou des MetroStar.

En quelques secondes seulement, Julien manifesta son désintérêt pour les histoires de prostituées.

— Ton fils a l'air en désaccord !

Gerry mit le film sur pause et insista pour que Jeannine choisisse le restaurant auquel elle souhaitait commander le repas. Gerry se chargerait de téléphoner pendant qu'elle allaitait. Après avoir tergiversé aussi bien sur le choix du restaurant que sur celui des mets, Jeannine finit par donner le feu vert à son mari pour la commande.

Lorsque les jumeaux eurent terminé leur repas du soir, le livreur se faisait toujours attendre. Chaque fois qu'elle entendait le bruit d'une voiture, Jeannine se précipitait à la fenêtre pour constater que le véhicule en question continuait sa route.

— Est-ce qu'on repart le film ?

À défaut de se remplir l'estomac, Jeannine accepta de manger l'écran des yeux, le beau Richard Gere alimentant ses fantasmes depuis de nombreuses années.

— Ah merde ! s'exclama-t-elle.

— T'auras jamais si bien dit, rigola Gerry en soulevant Maxime pour lui sentir le derrière. Changement de couche !

L'image sur l'écran de télé fut figée de nouveau. Entre les deux changements de couches – car Julien aussi exigea d'avoir les fesses au sec –, le livreur se présenta avec la commande.

— C'est pas ça que j'ai commandé, reprocha Jeannine, dès que son mari déposa son repas devant elle.

— Y a dû avoir une erreur au resto. Tu veux que je les rappelle ?

— Ben non, j'ai faim là, là.

Elle empoigna sa fourchette, résolue à prendre une bouchée même si elle avait un bébé dans les bras. Jeannine espérait que plus rien ne vienne gâcher sa « sortie resto en amoureux ». Les jumeaux l'entendaient autrement. Chacun réclama une présence parentale.

— Monte le son, cria Jeannine pour enterrer les pleurs de Maxime qui était inconsolable dans les bras de son père. J'entends pas le film !

Jeannine se dandinait en station verticale, espérant que ses mouvements répétés finiraient par endormir Julien. De sa main libre, elle essayait de prendre une bouchée de temps en temps. Pour sa part, Gerry avait déjà accepté de réchauffer son repas au four à micro-ondes lorsque les enfants seraient endormis.

— Arrête le film, je comprends rien, finit par abdiquer Jeannine. On sortira quand ils auront dix-huit ans.

Gerry lui offrit un sourire contrit qu'elle lui retourna de peine et de misère. La soirée était vraiment un gâchis total.

Lorsqu'ils se glissèrent sous les couvertures, épuisés, des mets chinois continuaient de refroidir dans le salon et Richard Gere ne connaissait pas encore les tarifs de Julia Roberts.

De nombreux sacs réutilisables trônaient sur la table de la cuisine d'Esther. Chacun débordait d'aliments frais achetés au supermarché. Elle espérait juste que Jean-François ait suivi à la lettre la liste d'épicerie qu'elle avait préparée à son intention.

Son œil fut attiré par une boîte de biscuits. Les préférés d'Emma. Elle comprit tout de suite que Jean-François avait été victime d'une campagne de chantage émotif comme seule sa fille de cinq ans savait en faire dans les allées d'un marché d'alimentation. L'amour filial et les compliments étaient toujours à la hausse dans la rangée des desserts. Sans rien dire, elle rangea la boîte dans l'armoire. Rien ne servait de reprocher cet achat à son mari, il connaissait très bien sa position sur le sujet.

— Je comprends maintenant pourquoi tu préfères faire l'épicerie toute seule, commenta Jean-François en entrant dans la cuisine.

Esther lui sourit avec indulgence. Après avoir rangé deux sacs complets de fruits et légumes colorés, elle avait oublié la boîte de biscuits. Tout y était et son mari avait pris la peine de choisir des fruits bien mûrs et des légumes craquants.

Elle venait de ranger les conserves de légumineuses dans le garde-manger lorsqu'elle vit la préparation pour nourrisson que Jean-François avait laissée bien en évidence sur la table de la cuisine.

Sachant maintenant que sa femme était en dépression et qu'elle devait sevrer leur enfant, Jean-François avait pris l'initiative d'acheter un aliment de substitution. Le moral d'Esther était au plus bas et chaque journée qui passait sans qu'elle consomme la médication appropriée à son état empirait les choses. Il voulait la voir sourire...

Il se doutait bien qu'au-delà du chagrin d'abandonner l'allaitement, Esther ressentait une cuisante humiliation à l'idée d'acheter elle-même du lait en poudre. Combien de fois il l'avait vue porter un regard réprobateur sur ces jeunes femmes qui n'avaient pas fait le choix de l'allaitement. Esther exigeait le meilleur en tout et le lait maternel entrait dans cette catégorie. Elle redoutait sûrement le jugement de ceux qui verraient un tel produit dans son panier d'épicerie, ignorant qu'une bonne partie de la population n'avait pas la même dévotion qu'elle pour l'allaitement. Par cet achat, il lui démontrait son appui. Il lui évitait aussi de renier ses croyances en public.

— Dans les circonstances, j'ai pensé...

Esther leva une main pour lui signifier de se taire. Comment savait-il? S'était-elle trahie? Avait-elle laissé traîner son ordonnance? Avec dignité, elle essaya de refouler les larmes qui tentaient de s'évader de ses yeux. Elle voulut parler, expliquer, dire quelque chose, mais sa gorge était nouée, lui refusant l'expression de ses pensées.

— Ça fait pas de toi une moins bonne mère, la rassura Jean-François avec toute la douceur qu'il possédait.

Contre toute attente, Esther s'élança et envoya valser la boîte contre les armoires. Jamais Jean-François n'avait assisté à une démonstration de violence de la part de sa femme. Le contenant d'aluminium roula sur le sol pendant que les larmes en faisaient autant sur les joues d'Esther.

Elle-même surprise par ce geste rageur, Esther tenta de retrouver son calme.

Jean-François s'apprêtait à s'excuser lorsque Esther pivota sur elle-même pour lui faire face. Il lut distinctement le mot «merci» sur les lèvres de sa femme.

Thomas berçait doucement son fils, surpris lui-même que le petit ait accepté un biberon sans rechigner. S'il était crispé au début de l'opération, la collaboration de son fils et son air satisfait avaient contribué à rassurer le nouveau papa. Il comprenait maintenant pourquoi sa blonde aimait allaiter. Lorsqu'ils le nourrissaient, Léonard les couvait d'un regard reconnaissant. Une bouffée de fierté fit sourire Thomas qui eut la nette impression que son fils lui avait souri en retour pendant une fraction de seconde.

Voyant que Léonard avait toujours faim malgré les trois onces de lait ingurgitées, Thomas entreprit de remplir de nouveau le minuscule biberon de plastique qu'il avait acheté. Lili faisait la sieste lorsque le poupon avait démontré ses premiers signes d'insatisfaction, et Thomas y avait vu l'occasion de laisser sa douce se reposer et de se rapprocher de son fils. Lili avait toujours du lait maternel au frigo ou dans le congélateur. Il était facile pour lui de pallier l'absence de la maman.

Il versa un peu de lait dans le biberon et le mit au four à micro-ondes pour le réchauffer légèrement. Les quelques secondes qu'il avait programmées furent malheureusement parfaitement synchronisées avec l'arrivée de Lili.

— T'es pas en train de chauffer du lait au micro-ondes?

— Inquiète-toi pas, je vérifie la température avant de lui donner.

— Tu bousilles tout ce qu'il y a de bon en faisant ça!

Thomas ignorait que la cuisson pouvait détruire les précieux anticorps maternels contenus dans le lait. Lili lui fit un résumé explosif de tout ce qu'elle avait lu sur le sujet. Elle s'employa ensuite à critiquer l'initiative de Thomas.

— C'est trop tôt pour le biberon. Des plans pour qu'il veuille plus prendre le sein après ça! T'aurais dû me réveiller. Pis pourquoi t'as pas acheté un biberon en verre? Le plastique peut se dégrader.

— J'ai choisi la même marque que ton tire-lait. C'est des biberons de tire-lait! s'emporta Thomas, habituellement maître de ses émotions.

Dans l'énervement, il avait récupéré le biberon réchauffé et tentait maladroitement d'en visser la bague. Le biberon lui glissa des mains et répandit son contenu sur le sol.

Lili s'agenouilla, en proie à une véritable crise de larmes. Bien plus que quelques millilitres de lait, elle voyait, étalés sur son plancher de cuisine, tous les efforts qu'elle fournissait pour offrir un lait sans allergène à son bébé. Elle voyait les heures passées collée à son tire-lait. C'était une partie d'elle qui gisait sur le carrelage et qui était gaspillée.

Ce ne fut qu'à ce moment qu'elle réalisa à quel point ses seins la faisaient souffrir. Elle avait sauté un boire et le lait engorgeait sa poitrine en plus de tremper son chandail. Suivant son regard, Thomas aperçut les cercles humides qui grandissaient à vue d'œil sur le tissu. Il retint de justesse un sourire inapproprié en pensant qu'il était rare que Lili lui serve une montée de lait pareille!

Jeannine s'éternisa dans les rangées de la pharmacie. Les jumeaux dormaient paisiblement, côte à côte. Pourvu qu'elle maintienne la poussette en mouvement, les deux bébés gardaient les yeux fermés et tournaient vers les clients leurs minois angéliques.

En venant se pavaner sur son lieu de travail, Jeannine savait bien qu'elle serait le centre d'attention. Pendant quelques minutes, Martine délaisserait la lecture des magazines à potins, la grosse Monique interromprait le placement des boîtes de chocolat et la sublime Noémie déposerait sa lime à ongles pour venir admirer ses jumeaux. Sa prédiction se révéla exacte. Ce qu'elle n'avait pas anticipé, c'était que même la clientèle s'intéresserait à sa progéniture. Un petit velours bien accueilli par Jeannine qui se lança dans le récit de son accouchement, ajoutant ici et là un facteur de stress supplémentaire, faisant une pause dramatique lorsqu'elle sentait ses auditeurs captivés, gonflant la réalité au même titre que son ego.

Avant de quitter les lieux, une parfaite étrangère l'avait complimentée sur sa façon de faire face à ces circonstances aussi dramatiques.

— Vous êtes une mère modèle. Affronter toutes ces épreuves avec sérénité, c'est pas rien ! lui avait-elle soufflé à l'oreille avant de s'éloigner.

Si elle avait été plus téméraire derrière le volant, Jeannine aurait sûrement commis un excès de vitesse pour rentrer à la maison et répéter à son mari le compliment dont elle avait été le sujet. Si une étrangère pouvait percevoir chez elle les qualités qui font d'une femme une bonne maman, comment pouvait-elle douter d'elle-même à présent ?

Dès qu'elle mit le pied dans la maison, elle appela Gerry à la rescousse pour extirper les jumeaux de leurs coquilles de transport.

— Tu sais pas ce qui m'est arrivé ? commença Jeannine, excitée juste à l'idée d'évoquer de nouveau le moment de grâce qu'elle venait de vivre.

— La couche à Julien déborde. Donne-moi une minute.

Pendant que Gerry faisait disparaître la couche souillée, Jeannine, trop heureuse de ne pas se salir les mains, retira Maxime de sa coquille pour la déposer délicatement dans sa balançoire. Ainsi, son mari pourrait lui accorder toute son attention à son retour.

— Le pédiatre a téléphoné, annonça Gerry en faisant irruption dans la cuisine. Le rendez-vous a été remis à la semaine prochaine.

— Tu l'as noté sur le calendrier ?

Dès que Gerry acquiesça, l'information fut évacuée du cerveau de Jeannine. Son calendrier annuel, mettant en vedette les plus beaux chats du monde, lui tenait lieu d'agenda, de carnet de téléphone et d'aide-mémoire. Elle avait beau posséder un téléphone intelligent depuis quelques mois, elle ne faisait pas confiance aux nouvelles technologies qui pouvaient faire faux bond à tout moment.

Elle s'apprêtait à faire l'étalage de son anecdote survenue à la pharmacie lorsque le téléphone sonna. Gerry se dépêcha de répondre, prétextant qu'il pouvait s'agir d'un appel professionnel.

— Si c'était pour le travail, on t'appellerait sur ton cellulaire.

— J'ai avisé les gars que j'étais à la maison.

Gerry se retrouva en ligne avec un homme qui, de son français laborieux, lui expliqua qu'il faisait des sondages sur les habitudes de consommation. Poliment, Gerry finit par raccrocher en souhaitant bonne chance à son interlocuteur qui devait, plus souvent qu'autrement, essuyer des refus quand il ne se faisait pas carrément raccrocher au nez.

Jeannine pouvait enfin partager ce qu'elle venait de vivre.

— J'ai fait fureur avec les jumeaux. Tout le monde a pris un moment pour venir les admirer. Mais le summum, c'est quand une cliente, que je connais ni d'Ève ni d'Adam, est venue me…

Le reste de la phrase resta en suspens. Jeannine réalisa que son mari ne l'écoutait même pas. Après avoir déposé son fils, il consacrait toute sa personne à Maxime.

— M'écoutes-tu ?

— Ben oui, continue, proposa Gerry en faisant des risettes à sa fille.

— La dame est venue me dire à quel point j'étais une mauvaise mère, enchaîna Jeannine en cherchant à vérifier si son homme l'écoutait vraiment.

— Ah ouain, laissa-t-il tomber distraitement.

— Elle m'a dit que pour une femme qui a accouché y a presque deux mois, je faisais dur. Je devrais perdre du poids, selon elle.

Le silence qui suivit lui confirma qu'elle parlait dans le beurre et aurait eu un échange plus constructif en s'adressant à une crevette. Déçue, elle planta sa famille là pour se réfugier dans sa chambre, se demandant combien de temps Gerry mettrait pour se rendre compte qu'elle avait changé de pièce.

En voyant son amant les yeux rivés à son iPad, Frédérique pensa tout de suite qu'elle allait passer sa soirée seule. Simon rapportait de plus en plus de travail à la maison, quand il daignait y rentrer à une heure raisonnable. Frédérique avait la nette impression que son chum la fuyait.

Simon se leva précipitamment, traversa la pièce, prit Frédérique dans ses bras et la souleva de terre pour la faire tournoyer. Elle cria comme une adolescente dans un manège imposé par son petit copain trop téméraire.

— Le condo est vendu !

Frédérique lui sauta au cou et enroula ses jambes telles deux lianes autour des hanches de Simon. Elle lui plaqua un baiser sauvage sur les lèvres.

— J'suis contente ! Pour toi, mentit-elle.

Elle se réjouissait surtout de son propre sort puisque la vente du condo signifiait que Simon n'avait plus de lieu de retraite et dormirait à ses côtés tous les soirs.

Quand les pieds de Frédérique regagnèrent le sol, Simon retourna sur le divan et s'installa pour lire sur le iPad. Curieuse, Frédérique vint s'avachir à ses côtés pour zieuter le contenu de l'écran. Plutôt que de se retrouver devant des caractères asiatiques que Simon devrait traduire en français, elle réalisa qu'il passait le temps en surfant sur ses réseaux sociaux. Il entretenait une conversation avec une blonde incendiaire dont la photo de profil laissait deviner sans peine les mensurations parfaites. Dérangée par le physique de rêve de cette inconnue dans son salon – même si sa présence se résumait à quelques milliers de pixels sur un écran plat –, Frédérique tenta une diversion pour détourner l'attention de Simon. L'apparition d'un filet de bave à la commissure de ses lèvres était imminente et Frédérique ne pouvait supporter l'idée d'une vision aussi pathétique.

— Je fais des pâtes, t'achètes une bouteille de vin et on célèbre ta bonne nouvelle ensemble, proposa-t-elle.

— Désolé, j'ai déjà des plans pour ce soir.

Si les plans incluaient la Barbie virtuelle, Frédérique comptait bien les bousiller.

— C'est qui ? demanda Frédérique d'un air détaché en faisant mine de s'admirer les ongles.

— Mon agente immobilière.

L'espace d'un instant, Frédérique se demanda si la vente était le résultat de ses petites annonces ou du roulement de hanches de l'agente lors des visites.

— C'est avec elle que tu sors ?

— Elle m'a invité à souper pour célébrer la vente. Faut dire qu'elle empoche une bonne commission grâce à moi.

« Grâce à moi », songea Frédérique qui regrettait subitement son plan machiavélique.

— Elle a pas pensé inviter ta blonde à se joindre à la fête ? insinua Frédérique.

— Oui, oui. Mais je lui ai dit que t'avais un jeune bébé et que tu préfèrerais probablement te reposer à la maison, répondit Simon sans même lever les yeux de sa tablette numérique.

— Pas toi ?

— C'est pas mon bébé, Fred.

Le silence qui suivit sa réplique était chargé d'électricité. Simon se demanda si c'était le regard enflammé de Frédérique qui emplissait l'air d'une odeur d'orage. Il éteignit son iPad, inquiet des courts-circuits que la tempête pourrait infliger à l'appareil. Lorsqu'il daigna regarder sa blonde, il constata qu'elle s'efforçait simplement de ne pas se décomposer devant lui. Simon voulut préciser sa pensée.

— J'accepte de bon cœur que ta fille fasse partie de ma vie, mais tu peux pas exiger de moi que j'agisse comme si c'était la mienne.

Consciente qu'un esclandre provoqué par un élan de jalousie les replongerait au cœur de la chicane qui les avait opposés dernièrement, Frédérique feignit le détachement pour le questionner sur ses intentions.

— Mais toi, aurais-tu aimé ça que j'y aille?

— C'est sûr! la rassura Simon. Mais comme on a fait garder Blanche plus tôt cette semaine…

— Je vais essayer de m'arranger.

Avec l'énergie du désespoir, Frédérique tenta de trouver une gardienne pour sa fille. Jeannine refusa catégoriquement, Esther ne retourna jamais son appel et Lili déclina la proposition en expliquant que Léonard avait des coliques et qu'elle rêvait de se reposer un peu. Vaincue, Frédérique regarda Simon se mettre sur son trente-six en avalant un plat de pâtes tiédasses.

Elle échafauda un plan pour séduire Simon à son retour et songeait même à le mettre en appétit avant son départ pour qu'il ne tarde pas à rentrer lorsqu'il lui coupa l'herbe sous le pied:

— Attends-moi pas. Je vais sûrement rentrer tard.

À couper le gazon de cette manière, Frédérique se dit que Simon aurait dû être tondeur de pelouses plutôt que traducteur.

Embarrée dans la salle de bain, le visage impassible, Esther fixait le comprimé au creux de sa paume. Elle tenait littéralement dans sa main un point de non-retour. L'absorption de l'antidépresseur mettrait un terme à son allaitement. Esther avait repoussé le plus possible cette issue, mais elle peinait à faire face à ses obligations quotidiennes. Elle devait se soigner.

Elle avala le comprimé et en facilita la descente dans son œsophage avec quelques gorgées d'eau. Elle replaça une mèche de cheveux rebelle pour éviter son propre reflet dans le miroir, puis se tapota les joues pour y attirer un peu de couleur.

En vitesse, elle descendit à la cuisine préparer un biberon de lait en poudre pour son nourrisson. Il fallait que Théo ait l'estomac plein dans les prochaines heures. Il ne fallait pas qu'il réclame son sein. Avec amour, elle offrit le liquide beige à son fils tout en multipliant les mots d'excuse. Les yeux rivés à ceux de sa mère, Théo but goulûment et s'assoupit, la tétine entre les lèvres.

Esther fila prestement chez Jeannine où les autres l'attendaient probablement déjà.

Jeannine avait lancé une invitation pour une demi-journée de cuisine collective. Chaque maman devait proposer une recette de son répertoire et chacune aurait des repas congelés pour la semaine. Un concept efficace, pratique et qui leur donnerait l'occasion de renouer avec leurs bonnes vieilles habitudes.

— On se voit plus, leur reprochait Jeannine.

À son grand étonnement, Frédérique avait été la première à confirmer sa présence en proposant l'idée d'un pâté chinois. Jeannine s'était empressée de préciser qu'elle fournirait la recette d'une sauce à spaghetti de peur que les autres s'approprient son idée. Auquel cas, elle aurait été bien embêtée de fournir les instructions pour un autre mets. Lili avait suivi de peu avec une recette de chili aux lentilles. La dernière à officialiser sa présence avait été Esther, qui proposait aux autres un sauté de tofu à l'ananas. Une recette qui n'enthousiasma ni Jeannine, ni Frédérique.

Lorsque Esther arriva, Lili reprochait aux deux autres de ne pas avoir pensé à son régime strict pour l'élaboration de leur mets.

— Y a du bœuf haché dans chacune de vos recettes. Je pourrai même pas en manger.

— On fera une version végétarienne. Tu dois avoir des lentilles brunes, Jeannine ? demanda Esther.

— Est-ce que j'ai l'air d'une hippie ? Pis l'idée d'une cuisine collective, c'est de se sauver de l'ouvrage en cuisinant la même chose en grande quantité. Là, si on cuisine en fonction des goûts de chacun…

Lili roula des yeux au plafond. Jeannine parlait du problème comme si elle avait précisé qu'elle ne voulait pas son chili trop épicé. La santé de son fils dépendait directement des ingrédients utilisés. Pourquoi ne voulait-elle pas comprendre ça ? Lili se retrouva donc à l'épicerie à parcourir les allées pour trouver lentilles et légumineuses afin de modifier les recettes pour sa diète personnelle.

Pendant ce temps, les cuisinières firent une pause pour nourrir leurs bébés. Blanche eut droit à son biberon et Jeannine allaita les jumeaux à quelques minutes d'intervalle.

— J'aimerais ça donner des biberons comme toi, ma fille. L'allaitement m'épuise tellement !

— *Be my guest*. J'ai mis mon deuxième biberon au frigo.

— Gerry le prendrait pas. Il insiste pour que je continue. Il trouve que c'est le rôle d'une femme d'offrir le meilleur à ses petits.

En entendant ça, Esther se raidit imperceptiblement. Elle s'assura que Théo dormait toujours et pria silencieusement pour que Lili revienne au plus sacrant et qu'elles commencent à cuisiner. Sinon, elle devrait se trouver une excuse pour retourner chez elle et donner un biberon à son fils.

— Qu'est-ce que t'en penses, Esther ?

Esther ne savait que répondre. Elle approuvait tout à fait le discours de Gerry, mais dans les circonstances, qui était-elle pour faire la leçon aux autres sur les avantages de l'allaitement ou les risques associés aux préparations pour nourrisson?

— L'allaitement, c'est pas juste le lait! intervint Frédérique, coupant Esther dans son élan.

— J'voulais l'opinion d'Esther.

— Continue, Frédérique. Ça m'intéresse, prétexta Esther, trop heureuse de se défiler.

— C'est le geste aussi. Moi, quand je donne les biberons, je berce ma fille. J'y parle des nouvelles tendances sur les podiums. Y a... je sais pas... un échange. Ça vaut au moins autant que ton superlait que tu donnes à reculons, reprocha-t-elle à Jeannine.

Pendant que la mère et la fille se disputaient amicalement, Esther, assise en retrait, prit une grande inspiration. Les propos de Frédérique lui enlevaient un poids des épaules. Jamais elle n'aurait cru trouver un réconfort dans les idées de la plus jeune du quatuor, sa conception de la maternité apparaissant à des années-lumière de la sienne. Lorsque Frédérique regarda dans sa direction, Esther lui sourit avec reconnaissance.

Lili déposa ses plats sur le comptoir, exténuée, mais satisfaite. Thomas et elle pourraient prendre congé de cuisine pendant les quatre prochains jours. Un véritable luxe pour des nouveaux parents. Les filles s'étaient quittées en se promettant de remettre ça très bientôt. En plus de l'économie de temps et d'argent que procurait la formule, elles avaient toutes passé un agréable moment. Sauf Esther...

Sa meilleure amie s'était éclipsée avant même la fin de la troisième recette. Elle avait bafouillé des excuses en lien avec son nombre réduit d'heures de sommeil, mais Lili n'avait pas été dupe. Quelque chose clochait…

Elle s'installa à sa table de travail et fit une demande de vidéoconférence à Esther.

— C'est moi qui ai ta portion de pâté chinois, dit-elle d'entrée de jeu lorsque l'autre accepta sa demande. Veux-tu que je te l'apporte ?

— Ça peut attendre un jour ou deux. J'ai de quoi nourrir ma tribu.

— T'as vu la tête de Jeannine quand elle a goûté à ton sauté de tofu ? Ça valait cent piastres ! se moqua gentiment Lili.

Esther se contenta d'un faible sourire. « Elle ne fait même plus d'efforts pour cacher que ça ne va pas, songea Lili. C'est encore pire que je ne le croyais. »

— Qu'est-ce qui se passe, Esther ? Je te reconnais plus.

Après un silence qui parut une éternité à Lili, Esther décida de jouer franc jeu avec elle.

— Post-partum.

— Ça va passer. Moi aussi, je suis déprimée.

Esther hocha la tête en signe de négation.

— Dépression profonde. Je dois prendre de la médication.

Lili observa un silence respectueux. Elle se souvenait de ce jour où Esther lui avait confié sa dépression. Un aveu plus douloureux pour Esther que la mise au monde d'un enfant. Lili ne doutait pas que son amie aurait préféré garder le secret, mais fut reconnaissante de la confiance qu'elle lui témoignait en partageant son état.

— Jean-François est au courant ?

Devant l'affirmative, Lili se dit qu'Esther cheminait en tant qu'individu. Elle exigeait toujours et encore la perfection d'elle-même, mais acceptait au moins que cette perfection ait de temps à autre un visage humain.

— Pourquoi tu m'en as pas parlé ?

Esther ne sut que répondre. Elle cacha maladroitement son visage pour laisser libre cours à son chagrin. Lili patienta sans dire un mot, comprenant que l'aveu précédent n'était pas complet et qu'Esther luttait contre elle-même pour lui révéler un autre secret.

— Je dois arrêter d'allaiter.

— Oh ! Esther...

Lili avait l'impression de vivre par procuration la douleur de son amie. Combien de fois, depuis la naissance de son aîné, Esther lui avait-elle partagé la joie qu'elle avait d'allaiter ? Combien de fois avait-elle rêvé de mettre à son tour un enfant au monde en lisant la félicité sur le visage d'Esther qui allaitait ? Combien cette nouvelle la ravageait !

En voyant son amie si dévastée, Lili se mit en mode réaction. Il y avait sûrement une solution au problème. Une image s'imposa à elle. Celle de son congélateur plein à craquer de lait maternel qu'elle ne pourrait jamais offrir à son fils à cause de son intolérance à la protéine bovine.

— Je pourrais te donner mon lait. J'en ai pour les fins et les fous !

Lili se trouvait très généreuse de faire une telle proposition. Le lait qu'elle destinait à l'origine à Léonard ne pouvait pas avoir meilleure sortie de secours que la bouche de Théo. Tant qu'à le jeter...

Fière de sa décision, elle remarqua d'abord qu'Esther ne réagissait pas et refusait d'exposer son visage à la caméra.

— Qu'est-ce que t'en penses ? insista-t-elle.

Un problème technique mit fin à la communication avant qu'Esther ne puisse répondre à la question. Lili se dépêcha de recontacter son amie et s'étonna que sa demande demeure sans réponse. On aurait dit qu'Esther avait quitté la maison précipitamment.

Dans sa cuisine, Esther tremblait de rage. Elle avait bien fait de mettre un terme à cette discussion ridicule. Elle regrettait de s'être confiée à Lili.

Jeannine plaça une portion de sauté au tofu dans un bol et la fit chauffer au four à micro-ondes. Elle aurait aimé partager cette découverte culinaire avec Gerry, le goût sucré de l'ananas camouflant à merveille le goût fade que Jeannine associait au tofu. Son mari serait fier qu'elle essaie de nouveaux mets. Elle conserverait la recette et tenterait de la reproduire éventuellement en doublant la quantité d'ananas et de noix de cajou.

La soirée se déroula au ralenti. Jeannine guettait l'arrivée de Gerry tout en sachant très bien qu'il n'arriverait qu'aux petites heures du matin. Il avait eu la courtoisie de la prévenir qu'un problème sur un chantier allait le retenir au travail. Après s'être assuré que les enfants allaient bien, il était retourné prêter main-forte à ses employés.

Heureusement pour Jeannine, les jumeaux étaient épuisés par tout le va-et-vient de la popote entre amies. Le mouvement et le bruit engendrés par la cuisine collective les avaient gardés en alerte une partie de la journée. Ils semblaient récupérer après l'agitation de la matinée.

Une fois ses deux charmants garnements repus, Jeannine les coucha en espérant pouvoir faire de même sous peu et reprendre des forces. Elle repensait à la discussion qu'elles avaient eue en début de journée au sujet de l'allaitement. Les arguments invoqués par Frédérique étaient pleins de bon sens. Peut-être pourrait-elle les soumettre à son mari ?

Jeannine réalisa qu'elle se laissait prendre à son propre jeu. Un peu plus et elle se croirait lorsqu'elle affirmait que Gerry insistait pour qu'elle allaite. Dans les faits, il lui avait toujours laissé le libre arbitre. C'était elle qui tenait à allaiter parce que dans sa tête, allaitement était synonyme de réussite maternelle.

— J'ai quand même allaité presque deux mois. C'est mieux que rien.

Sa décision était prise, Jeannine cessait l'allaitement. Qui reprocherait à une mère de jumeaux d'acheter de la préparation pour nourrisson ? Ils possédaient déjà les biberons, ne manquait que la poudre en conserve. Fébrile à l'idée de terminer ce calvaire qui lui pesait, Jeannine entra dans la chambre de ses enfants. Ils dormaient à poings fermés. Si elle faisait vite, elle serait de retour dans moins de quinze minutes, l'épicerie se trouvant à seulement quelques coins de rue.

Elle passa son manteau, chaussa ses bottes et prit soin de bien barrer la porte. Au moment de déverrouiller la portière de la voiture, Jeannine eut un moment d'hésitation : serait-il plus sage d'attendre demain ?

Elle chassa cette pensée. Elle ne s'absenterait que quelques minutes. Que pourrait-il arriver dans un si court laps de temps ?

CHAPITRE 3

Lili réajusta sa tuque et la cala davantage sur ses oreilles. Le thermomètre indiquait une température de pôle Nord, mais il faudrait plus qu'un mercure frileux pour l'empêcher de se rendre chez Esther. Cependant, elle n'aurait pas infligé une telle cure de froid à son fils. Papa resterait au chaud avec Léonard pendant qu'elle affronterait la Sibérie. Lili ne savait pas si le record de froidure de la journée serait attribuable à Dame Nature ou à Esther.

Quelques minutes avaient été nécessaires à Lili pour comprendre que la connexion Internet de sa meilleure amie fonctionnait à merveille et que c'était plutôt Esther qui avait intentionnellement coupé la communication. Lili ne voyait pas en quoi son offre était choquante jusqu'à ce qu'elle inverse la situation et s'imagine dans la position de la maman ne pouvant offrir son lait à son bébé. Lili proposait son lait avec générosité, mais elle n'était pas convaincue qu'elle aurait accepté le lait d'une autre pour Léonard. Probablement qu'Esther, drapée dans sa fierté et son orgueil, ne pouvait consentir à un tel cadeau. Elle avait toujours eu de la difficulté à accueillir l'aide des autres. «Miss Perfection», comme se plaisait à la surnommer Frédérique, n'avait jamais besoin d'autrui.

Lili espérait que la nuit ait calmé le jeu et que son amie soit revenue à de meilleurs sentiments à son égard. Elle avait l'excuse parfaite pour se pointer chez Esther : sa part de la cuisine collective. Les bras chargés de plats de plastique, Lili sonna en espérant qu'on la laisse rapidement entrer pour bénéficier de la chaleur du foyer dont elle avait détecté l'odeur de bois brûlé en descendant de sa voiture.

Personne ne venait ouvrir. Peut-être les coups timides qu'elle avait assénés à la porte d'entrée n'avaient-ils pas été entendus par l'occupante des lieux. Lili retira donc sa mitaine pour infliger de nouveaux coups de jointures plus bruyants. Toujours rien. Elle ne pouvait quand même pas utiliser la sonnette. On ne sonne pas chez de nouveaux parents en risquant de réveiller un bébé qui vient de s'endormir de peine et de misère.

Lili résolut de patienter encore un peu. Si Esther se trouvait en plein milieu d'un changement de couche, elle ne pouvait se précipiter à sa rencontre. Elle en était à cette réflexion lorsqu'elle vit distinctement bouger le rideau ornant la fenêtre de la cuisine. Esther n'était pas retenue par une quelconque tâche maternelle, elle ne voulait tout simplement pas répondre.

Le cœur comprimé par le chagrin, Lili regagna sa voiture. Deux petites boules de glace s'accrochèrent à ses cils inférieurs, le froid cristallisant ses larmes naissantes. Elle voulait fuir, oublier l'affront qu'elle venait de subir. Se faire rejeter, se faire ignorer de la sorte la blessait profondément.

Soudainement, elle rebroussa chemin et revint vers la maison d'un pas déterminé. Elle n'acceptait pas le comportement immature de son amie. Comment pouvait-elle mettre en jeu plus de vingt ans d'amitié pour un simple différend ?

Un sourire effronté aux lèvres, elle entreprit d'user la patience d'Esther en sonnant à qui mieux mieux. Elle ne doutait pas que, tôt ou tard, son amie ouvrirait la porte pour lui intimer de mettre fin au supplice. Après quelques minutes de ce manège, elle commença à douter de l'efficacité de ses méthodes. Elle allait abandonner lorsque Esther ouvrit la porte à la volée, les yeux exorbités, un Théo hurlant dans les bras.

Lili présenta les plats sans dire un mot. Elle considérait qu'Esther devait expliquer son comportement. Ce n'était pas à elle de quémander des excuses. À part abuser de la sonnette d'entrée, elle n'avait rien fait de mal.

Esther accepta les repas apportés par Lili sans manifester d'émotion. Elle n'avait pas eu le temps de digérer la proposition de son amie et était incapable de verbaliser ce qu'elle ressentait. Lili aurait dû savoir qu'elle avait besoin de temps et respecter son silence.

— Merci. Je dois rentrer, le petit va geler.

Avant même qu'elle réalise qu'on ne l'invitait pas à entrer pour se réchauffer, Lili se retrouva devant une porte fermée.

Jeannine relut les instructions sur l'emballage de son mélange à gâteau. Satisfaite et certaine d'avoir respecté les différentes étapes, elle enfourna la préparation et prit soin d'activer une minuterie afin de ne pas oublier de retirer le dessert du four.

Elle venait à peine de commencer à popoter que son comptoir de cuisine ressemblait à un chantier de construction mal dirigé. Constatant que Maxime commençait à se tortiller dans sa chaise vibrante, Jeannine reporta le ménage qu'elle s'apprêtait à faire.

— Je nettoierai tantôt. À quoi ça servirait que maman fasse deux fois la même chose ? questionna-t-elle sa fille sans attendre véritablement de réponse.

Une fois l'attention de Maxime détournée vers un hochet, Jeannine se sentit d'attaque pour entamer la préparation de son plat principal: un pâté au poulet. Elle avait acheté une pâte du commerce, un poulet rôti qu'elle effilocherait, des légumes congelés précoupés. Finalement, il n'y avait que la béchamel liant le tout qui risquait de lui donner du fil à retordre.

En vitesse, elle désossa le poulet. Si quelques tendons ou bouts d'os survécurent au carnage, Jeannine n'en eut cure. Son poulet était prêt. Elle pouvait passer à la béchamel.

Elle venait à peine de mélanger la farine au beurre fondu que Julien réclama ses bras. Consciente qu'elle ne pouvait pas arrêter sa recette à cette étape, elle ajouta le lait tout en faisant sautiller son fils de l'autre bras.

— Aide maman un ti-peu là. J'ai presque fini.

À grands coups de fouet, Jeannine tenta de dissoudre les grumeaux qui résistaient à ses efforts. Les pleurs de Maxime eurent raison de sa détermination.

— Ça paraîtra pas, essaya-t-elle de se convaincre.

Au diable la noix de muscade et les autres assaisonnements que recommandait Ricardo, Jeannine retira le poêlon du feu et entreprit de calmer ses bébés en leur chantant des ritournelles. Elle avait remarqué que les jumeaux s'apaisaient dès qu'elle chantait. Son répertoire était épuisé depuis longtemps lorsqu'elle parvint enfin à mettre au four le pâté rempli et refermé. Avant d'oublier, elle régla la minuterie en fonction du temps de cuisson recommandé. Elle avait trois quarts d'heure devant elle. Amplement pour allaiter et revenir nettoyer.

À peine dix minutes s'étaient écoulées lorsque Jeannine réalisa qu'en utilisant sa minuterie pour le pâté, elle avait effacé le temps nécessaire à la cuisson du gâteau. Elle coupa le repas des enfants en deux, ce qui provoqua une vague de mécontentement et sortit du four le gâteau, à peine calciné. Elle surveillerait plus attentivement la fin de cuisson du pâté.

Gerry rentra avant qu'elle n'ait eu le temps de tout débarrasser et sourit tristement à sa femme.

— Ça va se nettoyer tout seul, promit-elle. J'ai fait ça pour qu'on ait du temps ensemble. On va pouvoir jouer au Scrabble !

Avant l'arrivée des jumeaux, le couple aimait bien s'installer à la table de la cuisine, avec un bol de chips au ketchup, pour jouer à des jeux de société. Jeannine essayait à sa manière de garder vivants ces petits riens qui définissaient sa vie de couple.

Gerry saisit très bien l'intention de sa femme, mais l'idée de devoir se casser la tête pour aligner des lettres lui donnait déjà mal au crâne. Par amour, il garda ses réserves pour lui et commença le ménage, espérant que le boire des jumeaux serait bientôt fini afin qu'il puisse dorloter ses amours, manger en vitesse, gagner comme toujours la partie de Scrabble et se coucher.

Lorsque Gerry retira un deuxième os de sa portion de pâté, Jeannine se mit à rire franchement.

— Je suis peut-être allée un peu vite sur le désossage.

— Fais-toi-z'en pas, c'est très bon, mentit Gerry tout en ajoutant généreusement du sel à son pâté fade. C'est toujours meilleur quand on n'a rien à préparer.

— J'trouve ça pas pire, même si c'est moi qui l'ai fait, se vanta Jeannine dont les papilles gustatives pouvait rivaliser avec les yeux de Ray Charles.

Déjouant les statistiques et probabilités, les jumeaux furent de véritables anges pour le reste de la soirée. N'eussent été les trois appels que Gerry dut prendre pour dépanner un de ses employés, la soirée aurait été parfaite.

Jeannine eut la chance de gagner les deux parties de Scrabble qu'elle imposa à son mari. Le mot le plus payant de la soirée pour Gerry fut : « sommeil ».

Depuis que Simon avait vendu son condo, l'humeur de Frédérique était au beau fixe. Son amant passait toutes ses nuits à l'appartement. Elle avait l'impression d'avoir le contrôle, d'influencer la destinée de son couple et cette domination la grisait. Même Simon s'en portait mieux. Il rentrait plus tôt à la maison et se fendait en quatre pour couvrir Frédérique de mille attentions. « Tellement que ça devient suspect », pensa-t-elle.

Elle en déduisait que la vente du condo renflouait les coffres de Simon et qu'il avait besoin d'un généreux coussin de liquidité pour se sentir maître. Un filet de sécurité que la vente du condo renforçait. Jamais ils ne parlaient de leurs finances personnelles, chacun gérait ses avoirs de son côté, mais Frédérique se doutait bien que la santé financière de son amant se portait à merveille comparée à la sienne. Le compte conjoint n'était pas un projet à court terme pour eux. Ça demandait une transparence que Frédérique évitait comme la peste. Unir ses maigres avoirs à la fortune présumée de Simon équivalait tout de même à mettre à nu ses habitudes de consommation. Frédérique aurait permis à un régiment de reluquer son cul plutôt que d'exposer son relevé de compte en banque au seul regard de Simon.

Elle fut tirée de sa rêverie par une bière qui arriva dans son champ de vision. Simon lui tendait la bouteille. Dès qu'elle la saisit, il souleva les jambes de sa blonde pour libérer une place sur la causeuse et s'asseoir auprès d'elle. Frédérique n'avait jamais étudié en psychologie comportementale, mais elle sentit tout de suite que Simon lui cachait quelque chose. Il buvait sa bière trop rapidement, tapotait sa jambe de manière inconsciente et lissait ses cheveux vers l'arrière comme si une mèche tombant dans un œil pouvait mettre fin à ses jours.

— Faut qu'on se parle.

Une phrase assassine que Frédérique avait toujours redoutée. Quelques mots banals qui sous-entendaient un paquet d'emmerdes à venir. Un gars qui prononce « faut qu'on se parle » est un homme qui enfile une armure avant de lancer sa grenade.

Elle croisa les bras en signe de repli sur elle-même. Pas question de lui faciliter la tâche en l'abreuvant de questions, l'œil inquiet. Elle se contenterait d'attendre sa déclaration en silence.

— On vient de m'offrir un contrat. Au Japon. J'ai pas encore accepté, ajouta-t-il rapidement. Je voulais en parler avec toi.

— Sais-tu, c'est la première fois que j'entends une excuse aussi originale pour plaquer une fille.

— Arrête de dramatiser. C'est un contrat d'un mois. Une mise à l'essai. T'auras même pas le temps de t'ennuyer.

— Pourquoi tu m'en parles, d'abord ?

La question le prit de court. Frédérique eut le temps de repenser à toutes les attentions dont la couvrait Simon depuis quelques jours. Finalement, ça n'avait rien à voir avec la vente du condo. Monsieur préparait sa sortie en douce.

— Je t'en parle parce que t'es ma blonde.

Elle en eut le souffle coupé. C'était la première fois que Simon lui donnait un titre officiel dans sa vie. Frédérique hésitait entre fondre de reconnaissance et se ronger les ongles d'angoisse.

Esther se félicita de ne pas verser de larmes. Depuis qu'elle avait introduit le biberon dans la vie de Théo, chaque fois qu'elle préparait la boisson de son fils, elle pleurait de déception ou de culpabilité. Les antidépresseurs commençaient à faire effet ou la résignation avait pris le dessus sur son chagrin.

Si Antoine avait posé quelques questions en voyant sa mère donner du lait en poudre au bébé, sa curiosité avait vite fait place à l'excitation qui accompagnait le privilège de nourrir lui-même son petit frère. Tous les membres de la famille semblaient prendre plaisir à gaver le petit dernier, Emma et Antoine allant même jusqu'à bricoler un calendrier des boires pour comparer le nombre de biberons que chacun offrait au bébé et s'assurer que l'autre n'ait pas l'honneur de tenir la bouteille de lait plus souvent.

Au début, Esther préférait que quelqu'un d'autre donne à boire à Théo. Le simple fait de lui mettre une tétine dans la bouche lui brisait le cœur. Surtout que le poupon avait le réflexe de tourner la tête vers sa poitrine à la recherche du sein nourricier. Mais le temps faisait son œuvre et Esther usait de sa prérogative de mère pour s'isoler avec Théo et le nourrir tout en lui caressant la joue.

Esther s'apprêtait à s'asseoir confortablement dans sa chaise berçante avec Théo lorsque la vibration de son cellulaire lui coupa son élan. Elle fit quelques pas en direction de l'appareil téléphonique pour constater que Lili tentait de la joindre pour la millième fois. Honteuse de sa conduite lors de leur dernière rencontre, Esther n'était pas prête à affronter les reproches de Lili, même s'ils étaient grandement justifiés. Elle retourna à la berceuse pour s'y blottir avec bébé et lui donner le biberon avant que le liquide ne soit trop froid.

Avant que Théo n'ait bu sa dernière gorgée, son iPhone vibra à deux nouvelles reprises. Convaincue que Lili faisait un excès de zèle, Esther ignora son téléphone. Elle rappellerait sa meilleure amie lorsqu'elle serait prête à admettre ses torts. Pour l'instant, son orgueil l'empêchait de franchir avec élégance le pas qui les séparait.

Si elle avait daigné jeter un œil à la fenêtre de son appareil, Esther aurait constaté avec stupéfaction que le numéro affiché n'était pas celui de Lili, mais plutôt celui de la clinique dentaire qui l'employait.

« Grosse tête de mule », marmonna Lili en songeant à Esther dont le mutisme commençait à lui taper royalement sur les nerfs. Les messages répétitifs ne semblaient pas atteindre leur cible. Lili changea donc de tactique et essaya de faire vibrer la fibre sentimentale d'Esther.

Elle sortit un vieux carton rempli de souvenirs d'adolescence et y dénicha de vieilles photos qui les mettaient toutes deux en vedette. Ici, on voyait Esther avec ses broches aux côtés d'une Lili dont le toupet rivalisait avec la tour de Pise. Là, elles avaient en main leur diplôme du secondaire, en tête des milliers de rêves et beaucoup trop de fard sur les joues. Sur une autre, elles se partageaient une immense serviette sur une plage du Sud. Chaque image racontait un bout de leur amitié.

Lili étala ses photos préférées sur le sol et photographia le tout. La mosaïque colorée ne laisserait pas Esther indifférente.

Elle s'apprêtait à tout ranger dans sa boîte à souvenirs lorsque Thomas passa la porte, le bébé dans les bras, et se mit à lorgner les clichés qui traînaient encore sur le plancher.

— Hummm... J'suis content de pas t'avoir connue à cette époque-là, dit-il en désignant une photo où Lili se prenait clairement pour une émule de Boy George. Tu m'aurais fait peur!

Il récolta une taloche derrière la tête pour le commentaire désobligeant.

— Toi, Léonard, t'aurais voulu d'une maman avec une tête comme celle-là? questionna-t-il son fils en dirigeant son visage vers le sol.

Lili rit de bon cœur avant de soupirer de lassitude.

— Elle refuse toujours de répondre? s'enquit le papa.

Lili opina de la tête. Thomas l'entoura d'un grand bras protecteur. Il connaissait l'importance d'Esther dans la vie de sa blonde. Elle lui avait expliqué les circonstances qui avaient mené au silence d'Esther. Il ne doutait pas qu'avant longtemps, ce différend soit oublié, mais en attendant, voir sa douce aussi chamboulée lui était difficile à accepter.

Pour lui changer les idées, il attira son attention sur son sujet de prédilection: leur fils.

— T'as remarqué que Léonard dort toujours avec la tête tournée à droite?

— Pas particulièrement, répondit évasivement Lili tout en rangeant ses souvenirs.

— Il commence à avoir le crâne plat, je trouve.

La nouvelle eut l'effet d'une bombe sur Lili. Son bébé-plus-que-parfait avait-il vraiment un défaut physique? Comment se faisait-il qu'elle ne l'ait pas détecté? Elle palpa la tête de son fils et dut bien admettre que Thomas avait raison. Que devait-elle faire pour freiner la progression du problème ou remédier à la situation ? « Esther a eu le même problème avec Antoine », se souvint-elle sans pour autant parvenir à extirper de sa mémoire les mesures prises par son amie pour contrer le problème. Pourquoi Esther s'obstinait-elle à garder le silence au moment où ses conseils pourraient être si précieux ?

Lorsque Simon avait franchi la porte de l'appartement, sa valise à la main, en direction de l'aéroport, Frédérique avait refusé d'endosser le rôle de la petite amie éplorée qui multiplie les démonstrations de tristesse. Elle s'était absorbée dans un changement de couche pour avoir l'air détachée. Il y avait finalement du bon dans le fait d'être mère, un bébé étant l'excuse parfaite pour se soustraire à des au revoir déchirants.

Une fois seule, Frédérique passa en mode action comme une adolescente dont les parents quittent la maison pour le week-end et qui voit s'ouvrir devant elle toutes les promesses de débauche possible. Pas question de rester seule ce soir.

Elle commença par téléphoner à Cindy, pour lui proposer une virée shopping mémorable. Fashionista jusqu'au bout des doigts, Cindy connaissait toutes les bonnes adresses, les designers émergeants et les tendances internationales. Lorsque leurs budgets ne leur permettaient pas d'acquérir les objets les plus tendances, les deux jeunes femmes n'avaient pas hésité, par le passé, à pratiquer le vol à l'étalage en duo. Frédérique sourit à l'évocation de ce souvenir remontant à plus d'une année.

Trop heureuse d'avoir des nouvelles de sa complice de délits vestimentaires, Cindy accepta la proposition et les deux jeunes femmes se donnèrent rendez-vous le lendemain.

Frédérique arriva en poussant le landau de Blanche.

— C'est quoi ça, demanda Cindy en plissant le nez comme si la poussette sentait mauvais.

— Imagine-toi donc que c'est ma fille.

— T'es maman ? Toi ? T'as toujours dit que les enfants, c'était juste bon pour nous déformer le *body*.

— On commence par où ?

Frédérique n'avait pas envie de disserter sur la beauté de la maternité ou la force des liens de filiation, trop consciente que Cindy n'en avait rien à faire et qu'elle lui opposerait un baratin sur l'absurdité de la grossesse et du rôle de mère qu'elle-même véhiculait hier encore.

Chaque fois que Blanche manifestait sa présence, Frédérique entendait en écho un soupir discret, mais audible, de sa copine. Lorsqu'elle décréta un temps de pause pour donner un biberon, Cindy lui annonça qu'elle ferait du repérage dans une boutique pendant ce temps.

L'éclaireuse avait déniché de fort beaux morceaux que Frédérique rêvait d'ajouter à sa garde-robe, mais lorsqu'elle regarda l'étiquette attachée à la manche de la robe convoitée, elle se rembrunit. Elle calcula rapidement que ce simple vêtement représentait près d'un mois de couches et de préparation pour nourrisson et le remit à regret sur son cintre.

— Si t'as pas le budget, tu sais quoi faire… suggéra Cindy. En plus, avec une poussette, c'est super facile. Faut bien que ça serve à quelque chose ces petits monstres-là.

Devant le miroir dans sa cabine d'essayage, Frédérique étouffa en silence la colère qu'elle ressentait. On venait de traiter SA fille de petit monstre. C'était valable pour les enfants des autres qui bavaient ou mangeaient leurs crottes de nez, mais pas pour sa précieuse fille. Comment Cindy osait-elle ? Frédérique reçut cette déclaration comme une gifle. Elle se rhabilla en vitesse, s'assura qu'aucun vêtement ne soit tombé dans ses affaires et abandonna Cindy sur place. Cette fille-là lui rappelait trop celle qu'elle était autrefois, avant Blanche.

Quelques jours plus tard, Frédérique donna rendez-vous à Cassandre pour un cinq à sept et s'y pointa avec son bébé. Le malaise de son amie était perceptible, à un tel point que Frédérique crut bon de crever l'abcès.

— C'est quoi ton problème ?

— C'est pas trop trop *winner* pour cruiser, expliqua-t-elle en pointant Blanche du menton. Tu pouvais pas la faire garder ?

— T'es venue pour dénicher ta baise ou pour me voir ? s'offusqua Frédérique.

Mais déjà, Cassandre ne l'écoutait plus, laissant dériver un regard lascif sur tout ce qui promettait de lui réchauffer l'entrecuisse dans les prochaines heures. Remarquant qu'un grand ténébreux avait repéré son amie, Frédérique cala sa bière, dit au revoir à Cassandre et se dirigea prestement vers l'inconnu.

— Elle déteste les hommes, déclara-t-elle en désignant Cassandre. Elle les attire dans son lit juste pour leur transmettre son herpès.

Frédérique lui tapa un clin d'œil complice avant de se retourner vers sa copine pour lui signifier qu'elle venait de lui arranger le coup.

Avant de quitter l'établissement, Frédérique remarqua qu'au moment où Cassandre se levait pour ferrer son poisson, l'homme filait en douce vers les toilettes pour l'éviter.

Le carnet d'amitié de Frédérique était largement amputé depuis son accouchement et les choses n'allaient pas en s'améliorant. Après avoir installé la coquille de Blanche sur la banquette, elle s'assit derrière le volant et consulta son cellulaire. Toujours pas de nouvelles de Simon, mais une invitation de sa mère pour un café le lendemain en compagnie de Lili. Frédérique accepta sur-le-champ, amusée de constater que l'idée de passer une heure en compagnie de sa mère ne la rebutait pas autant qu'avant.

Jeannine triturait nerveusement les peaux mortes entourant ses ongles. Lorsque ses doigts ne venaient pas à bout d'une cuticule déshydratée, ses dents prenaient le relais pour arracher la membrane desséchée. Elle tenait mordicus à ce que son couple demeure en haut de la liste des priorités et mijotait un plan pour capter l'attention de son mari. La veille au soir, elle avait eu une idée de génie qu'elle s'apprêtait à exposer à sa fille et à Lili.

— Je veux faire des photos coquines.

Frédérique s'étouffa avec sa gorgée de café pendant que Lili se demandait si elle avait bien compris le sens donné par Jeannine au mot « coquine ».

— Pis j'ai besoin de vous deux. Photographe, dit-elle en désignant Lili. Pis toi, styliste.

Jeannine se souvenait des talents de Frédérique pour mettre en valeur leurs formes épanouies pendant la grossesse. Sa fille s'était toujours bien habillée, mais de là à croire qu'elle pouvait mettre son amour des guenilles au service des autres… Cependant, après la démonstration convaincante des vêtements de maternité, Jeannine comptait sur Frédérique pour trouver la lingerie idéale afin de camoufler ses menus défauts physiques.

— Tu veux vraiment faire ça tout de suite ? questionna Lili en se référant au fait que Jeannine avait accouché dans les derniers mois et que son corps n'avait pas encore eu le temps de revenir à la normale.

— Pas tout de suite, mais dans les prochains jours.

Lili ne put s'empêcher de zieuter Jeannine des pieds à la tête en se demandant par quel miracle elle arriverait à lui offrir les photos qu'elle désirait. Il y avait des limites au pouvoir maquillant d'une lentille.

Suivant son raisonnement silencieux, Frédérique joua de franchise avec sa mère, espérant mettre un terme à cette idée de fou.

— T'es pleine de bourrelets, t'aimes pas mieux attendre quelques mois ?

— Non. J'ai peut-être une chance de perdre mes poignées d'amour en attendant, mais je vais assurément perdre mes seins.

Devant le regard interrogateur des deux autres, elle développa sa pensée.

— J'ai arrêté l'allaitement, mes seins vont dégonfler. Ils sont beaux, là. C'est le temps d'immortaliser ça.

Les deux autres se consultèrent du regard, sceptiques. Jeannine joignit les mains en signe d'imploration.

— OK pour moi, trancha Frédérique. Mais viens pas chialer si t'as l'air d'un jambon.

— Je te fais confiance, répliqua Jeannine en posant une main sur celle de sa fille.

Elle s'imaginait déjà telle une Monica Bellucci posant devant la lentille d'un photographe de réputation internationale. Comme si le produit final dépendait uniquement des sous-vêtements qui se trouveraient devant l'objectif de Lili et non pas de la femme qui les endosserait.

Quelques jours plus tard, Jeannine, vêtue uniquement d'un déshabillé bleu ciel en dentelle, se tenait devant la caméra, mal à l'aise et le corps couvert de chair de poule.

— Tu voulais te la jouer "poule de luxe", c'est réussi, la taquina sa fille en avisant le hérissement des poils de sa mère.

Jeannine rit nerveusement en se frottant les bras pour se réchauffer et prit une pause qui rappelait plus facilement les mannequins du catalogue *Sears* que les nymphes de *Victoria's Secret*.

— Décoince un peu, on dirait que tu te concentres pour pondre un œuf.

— J'ai jamais fait ça. Je sais pas comment me placer.

Lili prit les choses en main et commença à diriger Jeannine qui appliquait au mieux les indications reçues. Peu importe la pose qu'elle prenait, il y avait toujours un bourrelet disgracieux, un débordement de chair ou une vergeture qui trouvait le moyen de figurer sur la photo. La séance allait être longue.

— Jeannine, déconstipe ! ordonna Frédérique. Sinon, on va être encore ici à Pâques.

— Tu ferais pas mieux à ma place.

Frédérique décida de clouer le bec de sa mère en prenant son défi au mot. En moins de temps qu'il n'en faut à un éjaculateur précoce pour déshabiller sa nouvelle blonde, Frédérique fut en sous-vêtements, à prendre des poses lascives et à jeter des regards incendiaires à l'appareil photo. À quelques pouces d'elle, Jeannine était médusée par la confiance de sa fille et son assurance. L'idée qu'elle ait déjà posé nue lui traversa soudain l'esprit. Comme elle serait gênée que l'anatomie de sa grande fille circule sur les écrans d'ordinateur des vieux mononcles libidineux. Mieux valait ne pas creuser le sujet...

Lili fit plusieurs clichés dont son modèle n'aurait pas à rougir. Le résultat était convaincant, assez pour que Jeannine tente de l'imiter, à sa manière. Lili essaya tant bien que mal de poursuivre son travail, mais finit par éclater de rire devant les moues exagérément boudeuses de Jeannine. Frédérique lui emboîta le pas quelques secondes plus tard.

— Quoi ? Je fais la même chose que toi, s'insurgea Jeannine avant d'éclater de rire à son tour.

Ce fut à ce moment que la magie opéra. Lili avait devant elle deux femmes complètement détendues, riant à gorge déployée, complices. Elle les mitrailla rapidement avant qu'elles ne reprennent possession d'elles-mêmes.

— J'me demande si Lili ferait mieux ? insinua Frédérique.

— Viens ! On fait une photo de nous trois.

Lili ajusta son retardateur, posa l'appareil photo sur trépied et se joignit au duo pour sourire à l'objectif. Les trois amies agirent comme si elles se trouvaient coincées dans un Photomaton et grimacèrent autant qu'elles se prirent pour des Bond girls. Lorsque les bébés se manifestèrent, elles se couvrirent pour faire une photo de groupe.

— Dommage qu'Esther soit pas là, nota Jeannine.

La phrase faisait écho aux pensées que Lili ruminait depuis le début de la séance.

Le résultat n'était pas celui escompté, mais les trois femmes partirent toutes avec de beaux souvenirs. Jeannine eut une seule photo coquine potable. Un cliché qui se résumait à son visage et son sillon mammaire. Elle avait déjà hâte de l'imprimer et de la montrer à Gerry.

Une fois l'œuvre d'art imprimée, Jeannine avait acheté un cadre au magasin du dollar pour mettre sa photo en valeur.

Ravie du résultat, elle avait déposé le tout sur la table de chevet de Gerry. C'était le meilleur endroit pour réveiller sa fibre amoureuse. Dès qu'il verrait le cliché, son homme ne pourrait s'empêcher de la désirer. Elle serait alors étendue de l'autre côté du lit, prête à le recevoir.

Pourtant, le scénario de Jeannine ne se réalisa pas. Gerry éteignit sa lampe de chevet et tomba lourdement sur le matelas, omettant même de lui souhaiter bonne nuit avant de s'endormir.

Le lendemain matin, alerté par les pleurs de Maxime, Gerry quitta le lit précipitamment, les paupières supérieures encore soudées à leurs homologues du dessous. Jeannine observa la table de chevet de son mari. Quelques biberons à moitié vides y avaient trouvé refuge pendant la nuit, camouflant le cadre. La photo lui semblait pourtant en évidence la veille…

Le soir venu, Jeannine gagna la chambre des maîtres avec la ferme intention d'obliger Gerry à remarquer son cadeau. Elle déposa le cadre sur son oreiller.

— Wow! T'es vraiment belle. C'est un nouveau maquillage?

Cela avait été le seul commentaire de Gerry lorsqu'il aperçut la photo coquine de Jeannine. Aucune remarque sur sa poitrine, son regard de braise ou ses lèvres entrouvertes, invitantes. Gerry la questionnait sur son choix d'ombre à paupières. Jeannine n'en revenait pas! Si son mari avait la libido aussi endormie, il était temps qu'elle se réveille.

En ouvrant la porte du réfrigérateur, Esther s'attendait à ce que la nausée la saisisse à bras le corps. Contre toute attente, ses yeux se posèrent avec appétit sur les aliments frais qui ne demandaient qu'à être cuisinés. En avisant le compartiment à légumes qui débordait, Esther saliva à l'idée de mijoter une soupe généreuse. Peut-être même un potage de légumes racines dans lequel elle verserait une bonne quantité de crème fraîche pour en rehausser la saveur. Satisfaite, elle choisit soigneusement ses carottes, son panais et le restant de rutabaga qui seraient pelés, coupés et réduits en purée pour garnir la table du souper.

Esther constatait avec joie que ses antidépresseurs commençaient à faire effet. Pour elle, retrouver le goût de cuisiner était un signe indéniable de bonne forme physique et mentale. D'autant plus qu'elle avait envie de mitonner des légumes et non pas un dessert bourré de sucre juste bon à calmer ses émotions trop intenses. L'appel du tubercule sonnait comme le présage d'une période de mieux-être. Elle en soupira d'aise en s'armant de son économe. Il n'y avait rien de tel que les légumes pour mettre Esther de bonne humeur.

Le cellulaire vibra de nouveau. Concentrée sur sa tâche, elle ne regarda pas qui tentait de la joindre. Elle se rembrunit momentanément en pensant à la chicane qui l'opposait à Lili. Fallait-il qu'elle soit orgueilleuse pour refuser l'aide d'une amie ! En ce moment même, Lili devait se morfondre et espérer de ses nouvelles. Il était temps de mettre fin à ce cirque grotesque.

Esther s'empara de son téléphone intelligent au moment même où Jeannine lui faisait parvenir un courriel. En ouvrant la missive électronique, elle vit apparaître sur son écran une photo mettant en vedette Lili, Frédérique et Jeannine. Les trois femmes riaient aux éclats, complices. Seuls quelques mots accompagnaient l'image : « Faudrait que tu sois là, la prochaine fois. »

Esther eut un pincement au cœur. Alors qu'elle imaginait Lili se rongeant les ongles d'angoisse à cause de son silence, voilà qu'elle la découvrait détendue et souriante en compagnie des autres. Comme si elle se fichait éperdument qu'Esther n'y soit pas. Comme si leur différend pouvait bien attendre. Et comment se faisait-il que la photo lui soit envoyée par Jeannine? Lili voulait-elle lui cacher qu'elle s'amusait ferme en son absence?

Esther fixa ses légumes d'un air résolu. Pas question de se laisser contaminer par ces émotions négatives. Elle s'apprêtait à terminer sa besogne lorsqu'elle se rappela avoir loupé un appel. Elle espérait, sans vouloir l'admettre, que Lili en soit l'auteur. L'icône de la messagerie confirmait la réception d'un message. Esther composa son mot de passe et coinça le cellulaire entre son épaule et son oreille. L'incontournable «vous avez un nouveau message» lui fut déclaré par la voix préenregistrée. Esther mourait d'envie d'entendre la voix de Lili lui succéder.

— Esther… c'est Claude. Faut vraiment qu'on se parle.

Cette voix… Cet homme… et tous les problèmes qu'ils sous-entendaient. Esther mit fin instantanément à sa romance improvisée avec une carotte, le cœur au bord des lèvres et l'appétit envolé.

Trempé de sueur et cherchant son souffle, Jean-François sentit le mal de cœur le gagner. À regret, il diminua la cadence et s'obligea à boire quelques gorgées d'eau fraîche à même sa gourde d'entraînement. À ses côtés, sur un autre vélo de *spinning*, Thomas y allait à fond la caisse. Il faisait preuve d'une endurance surprenante pour un nouveau papa dont les nuits étaient sûrement aussi hachurées que les siennes.

— Tu te dégonfles, vieux! lui hurla Thomas pour enterrer la musique de discothèque que le propriétaire du gym faisait jouer en fond sonore.

— Le manque… de sommeil… haleta Jean-François sans même pouvoir terminer sa phrase tellement il avait le souffle court.

— Imagine s'il fallait que t'allaites!

Jean-François se fit la réflexion qu'à l'heure actuelle, sous son toit, il jouait effectivement au sein de substitution en donnant le biberon à Théo aux petites heures du matin. Étant donné la dépression majeure d'Esther, il lui avait proposé de s'occuper de leur fils pendant la nuit de sorte qu'elle puisse récupérer. La manœuvre, jumelée à la prise d'antidépresseurs, semblait d'ailleurs efficace: Esther reprenait tranquillement vie. Mais pendant ce temps, le déficit de sommeil gagnait Jean-François. Comment les femmes faisaient-elles?

Le commentaire de Thomas confirma à Jean-François qu'il n'était pas au courant qu'Esther avait abandonné l'allaitement. Assurément, Lili avait été mise au parfum, mais elle n'en avait pas soufflé mot à son amoureux. Par respect pour sa femme, dont l'orgueil était piétiné à cause de cette décision, Jean-François s'abstint de révéler le secret d'Esther.

— On devrait se faire un souper, proposa Jean-François lorsque ses fréquences cardiaques reprirent un rythme plus normal. Les filles sortent plus à cause des bébés, je suis sûr qu'elles seraient bien contentes de se voir un peu.

Ce fut au tour de Thomas de s'étonner. Depuis près de deux semaines, Esther refusait d'adresser la parole à Lili. Comment se faisait-il que son pote ne soit pas au courant de la mésentente?

— Quand tu seras capable de pédaler comme un homme, on s'en reparlera, le taquina Thomas, espérant changer de sujet.

De retour à la maison, Thomas s'était empressé de rapporter sa conversation à Lili. En apprenant qu'Esther cachait encore des choses à son mari, Lili fut prise d'une bouffée de sympathie pour elle. Comme il devait être difficile d'affronter tous ces tourments sans personne à qui se confier ! Elle avait largement fait sa part pour tenter une réconciliation et n'importe quel juge aurait tranché en sa faveur dans une cause l'opposant à sa meilleure amie, mais Lili accepta de bon cœur de faire un ultime effort pour renouer avec Esther.

Lorsqu'elle arrive chez son amie d'enfance, son cœur et ses doigts participaient à un véritable duel, chaque partie de son corps rivalisant avec l'autre pour le titre du cogneur le plus acharné. Le premier dans la poitrine, les seconds sur la porte d'entrée.

La porte ne mit que quelques secondes à s'ouvrir sur un Jean-François un peu étonné par l'ardeur de la visiteuse.

— Entre, avant de tout défoncer ! ricana-t-il.

— Esther est là ?

— Dans le bain. Tu veux entrer ?

— Non, non. Je lui apportais juste ça.

Lili tendit un grand sac de plastique à Jean-François qui l'ouvrit, poussé par la curiosité. À l'intérieur, il trouva des dizaines de sacs de lait maternel congelé. Surpris, il fronça les sourcils et fixa Lili, en attente d'une explication.

L'espace d'un instant, Lili eut envie de punir Esther et de déballer à Jean-François son offre de lait. Mais s'il lui restait ne serait-ce que l'ombre d'une chance de regagner l'amitié d'Esther, la provocation ne servirait à rien.

— J'ai pus de place dans mon congélateur.

— Me semblait que vous en aviez acheté un expressément pour ça… répliqua Jean-François d'un air soupçonneux.

— Déjà plein ! mentit Lili.

— Waou ! Tu y vas fort, ma Lili ! dit-il, un sourire ambigu sur les lèvres.

L'idée que Jean-François soit en train de l'imaginer, exprimant son lait, le sein connecté à une machine, fit rougir Lili.

— J'ai juste peur de pas être capable de continuer ma diète encore longtemps. Je fais des réserves. Au cas où…

Bien sûr, elle mentait encore. Le lait qu'elle avait retiré de son congélateur avait été exprimé avant le début de sa diète. Lili espérait qu'Esther comprenne sa véritable intention, mais surtout qu'elle ne jette pas son précieux cadeau dans un accès de rage. Pour camoufler son malaise, Lili retira sa tuque momentanément pour se gratter le cuir chevelu.

— Nouvelle mode ? demanda Jean-François en pointant la tête de la visiteuse. Je pensais pas que la repousse était tendance.

— Très drôle, ironisa Lili en lui assénant un coup de tuque sur l'épaule.

Chaque fois qu'elle passait devant un miroir, elle ne pouvait s'empêcher de se trouver négligente, comme une adolescente qui s'offre une coloration professionnelle, mais qui n'a pas les moyens de récidiver le mois suivant. Son engagement à retirer tous les produits toxiques de sa vie commençait à lui peser, mais elle devait continuer son combat. Pour le bien de son fils.

— Parlant de tête, tu diras à Esther que j'ai besoin de conseils. Léonard commence à avoir la tête plate. J'me rappelle plus ce que vous aviez fait pour Antoine…

— C'est pas sorcier, faut varier la position du bébé.

— Peut-être qu'Esther a d'autres trucs…

Jean-François éclata de rire.

— Elle va te répéter exactement ce que je viens de te dire. T'as pas besoin d'Esther, j'suis là ! se vanta Jean-François

Lili pensait exactement le contraire. Elle avait besoin de sa meilleure amie.

Dans un geste exempt de féminité et de délicatesse, Frédérique asséna un bon coup de pied sur le métal de la sécheuse. Le bout de sa chaussure laissa une mince balafre concave sur le côté de l'appareil électroménager. La machine refusait de fonctionner.

— Merde ! Pas maintenant !

Chaque soir, Blanche se tortillait de douleur, son petit bedon envahi par des crampes inexpliquées. Simon avait confié à Frédérique que sa mère le mettait jadis sur la sécheuse lorsqu'il était lui-même affligé de coliques. Depuis, Frédérique actionnait le cycle de séchage le plus long chaque fois que son bébé manifestait son inconfort. La vibration de l'appareil agissait comme une panacée. En plus d'être la seule façon de soulager les coliques, elle permettait parfois de différer le biberon de quelques minutes, de remplacer une suce égarée ou de donner un répit à maman pour prendre une douche. Ce soir, le remède universel n'était pas à portée de main. Frédérique berça inlassablement sa fille jusqu'à ce qu'elle s'endorme, épuisée par son combat.

— T'aurais pas pu "fucker" quand l'autre était là, bordel ! cracha-t-elle à l'intention de sa sécheuse. Lui, il est capable de te faire fonctionner.

Il était rare que Frédérique engage la conversation avec un meuble ou un objet inanimé. Le monologue qu'elle destinait à sa sécheuse lui rappelait l'absence de Simon et la cruelle douleur que cet éloignement lui causait. Elle refoulait ce sentiment, trop consciente qu'il s'apparentait à l'idée qu'elle avait de l'amour.

Pour s'enlever Simon de la tête, elle se mit en mode action, fouillant la Toile à la recherche d'un réparateur de sécheuse. Après quelques appels, elle trouva son homme et lui intima d'arriver à l'appartement au plus sacrant.

Une heure plus tard, la raie du technicien occupait le devant de l'appareil. «Si au moins y avait été jeune et sexy», fantasma Frédérique. La providence avait plutôt fait débarquer un homme dans la cinquantaine, dont le gras abdominal recouvrait une partie de la ceinture inefficace qui tentait de maintenir son pantalon en place.

L'homme scruta la machine sous tous ses angles, dévissa et revissa quelques pièces inutilement et au bout de deux heures, affirma que le problème était résolu. Total de la facture: plus que ce qu'il en coûtait habituellement à Frédérique pour une journée complète de soins au spa.

Il était temps que Simon rentre à la maison...

Jeannine avait quitté la maison depuis quelques minutes seulement lorsqu'elle gara la voiture aux abords du chantier. Si l'horloge numérique du véhicule ne lui mentait pas, les employés de Gerry feraient leur apparition d'une minute à l'autre.

Elle laissa le moteur tourner de peur que le froid n'envahisse l'habitacle, syntonisa une chaîne de radio dont l'animateur matinal s'apprêtait à faire son entrée en ondes et plaça le rétroviseur de manière à observer les véhicules circulant dans la rue. Deux camionnettes ralentirent à l'approche du chantier. Le cœur de Jeannine accéléra imperceptiblement la cadence.

Quatre hommes, têtes et mains nues, comme si le mois de juin sévissait en plein cœur de mars, descendirent des véhicules utilitaires et commencèrent à décharger du matériel. Jeannine remonta le col en fausse fourrure de son manteau et sortit de sa voiture.

D'un pas déterminé, elle fonça vers le quatuor, oubliant les canards qui figuraient sur son pantalon de pyjama et les cernes violets qui bordaient probablement ses yeux.

— Castonguay ? cracha-t-elle au premier qui daigna tourner la tête dans sa direction.

Pour toute réponse, l'homme bourru lui désigna un confrère du menton et continua sa besogne.

— C'est toi, Castonguay ? questionna Jeannine une fois devant l'homme désigné.

— Oui.

Le grand gaillard croisa ses immenses bras sur sa poitrine dans un geste de défense. Que lui voulait cette femme étrange qui sortait à cinq heures trente du matin, en pyjama, pour lui parler ?

— Écoute-moi bien, mon grand garçon, reprit Jeannine sur le ton d'une mère qui gronde son fiston, ton boss a besoin de repos. Tu vas arrêter de l'appeler pour tout et pour rien.

Devant l'incompréhension de son interlocuteur, Jeannine lui empoigna l'oreille pour qu'il se penche à sa hauteur et entende bien ce qu'elle avait à lui dire.

— Si t'es pas capable de diriger un chantier, je vais dire au boss de te remplacer, menaça-t-elle.

— La bonne femme va "caller" Gerry, les *boys !* ricana le plus jeune du groupe.

Jeannine lâcha l'oreille qu'elle était en train de tordre pour fusiller le jeunot du regard.

— Sois poli, jeune homme, sinon je suis en position de te faire perdre ta job.

— *Try me!* souffla ce dernier en s'empoignant l'entrejambe vulgairement.

Devant l'éclat de rire général des hommes rassemblés, Jeannine tourna les talons et, en marmonnant son mécontentement, regagna sa voiture. Les gars de chantier la regardèrent filer, convaincus qu'il ne s'agissait que de la première folle qu'ils croiseraient aujourd'hui. Lorsqu'elle fit crisser les pneus sur la glace au démarrage et que l'arrière de la voiture dérapa légèrement, ils s'en donnèrent à cœur joie. Jusqu'à ce que...

— Heille? C'est pas le char du boss, ça?

— Tabarnak, c'était la femme à Gerry!

— Le jeune, t'es dans marde, conclut Castonguay qui tremblait pour sa propre job.

Quelques minutes plus tard, Jeannine sentit un téléphone vibrer contre sa hanche. Sans quitter la route des yeux, elle sortit le cellulaire de Gerry de la poche de son manteau. L'afficheur confirmait que Castonguay tentait de le joindre, probablement pour relater son esclandre. Jeannine sourit sournoisement en déposant le cellulaire sur le siège du passager. Elle effacerait le message avant de remettre l'appareil à son propriétaire. Heureusement qu'elle avait eu l'idée de subtiliser le téléphone de son amoureux avant de quitter la maison pour être certaine qu'aucune sonnerie ne trouble son sommeil. Jeannine se donnait pour mission de regarnir le capital d'énergie de son mari, quitte à poser des bombes sur ses chantiers.

En s'installant sur la banquette de cuirette, Frédérique fit glisser quelques mèches de cheveux devant ses yeux. Si elle avait pu se fondre dans le tissu synthétique, elle l'aurait fait. Elle détestait s'attabler seule au restaurant. Son métier de serveuse lui apportait la conviction qu'un repas en solo était synonyme de personnalité beige, de vie sexuelle se résumant aux plaisirs solitaires et de charisme de poupée gonflable. Tout ce qu'elle ne désirait pas incarner. Même la présence gazouillante de Blanche n'atténuait pas ce sentiment d'être une laissée pour compte. Elle s'empressa donc d'activer l'écran de son cellulaire et de s'absorber dans les actualités insignifiantes qui défilaient sur les réseaux sociaux.

Lorsque la vibration de l'appareil se fit sentir, Frédérique frissonna en réalisant que l'appel provenait de Simon, à l'autre bout du globe. Il demandait une vidéoconférence. Frédérique dégagea son visage en repoussant ses cheveux en arrière, s'ébouriffa la tignasse pour lui donner du volume, tira subtilement son décolleté vers le bas et appuya sur l'écran pour accepter la communication.

Lorsque l'image de son amant apparut à l'écran, Frédérique suspendit son souffle. Il avait les cheveux en bataille, l'œil fatigué et un sourire à faire lubrifier une religieuse. Le simple passage de sa main dans ses cheveux contenait la définition de la masculinité. Frédérique regrettait de ne pas être à la maison. Une séance de sexe virtuel lui aurait fait le plus grand bien.

— Tu dis rien ?

— C'est toi qui appelles, le relança Frédérique.

Simon sourit de plus belle. L'insolence de Frédérique lui manquait cruellement. Plutôt que de le lui verbaliser, il se contenta de soupirer.

— T'es où ?

— Au resto. Tu pensais quand même pas que j'allais me cloîtrer pendant ton absence.

Frédérique regretta aussitôt sa pique. Pourquoi passait-elle en mode défensif ?

— Pis Blanche ?

Frédérique fit pivoter son iPhone vers la coquille de sa fille qui patientait sagement à ses côtés. Contre toute attente, elle entendit Simon qui s'adressait au bébé, lui demandant comment elle allait, lui disant qu'il s'ennuyait de la bercer, qu'il la trouvait jolie, ce à quoi Blanche grimaça un sourire.

— Elle aussi, elle s'ennuie de toi, je pense, intervint Frédérique d'un ton las.

— T'es au p'tit japonais du coin ? s'écria Simon en voyant le décor défiler devant la caméra intégrée au téléphone portable. Je pourrais presque croire que tu t'ennuies...

— J'avais une rage de sushis, le corrigea-t-elle.

Frédérique avait effectivement choisi le restaurant en pensant à Simon. À défaut d'être à ses côtés, elle pouvait prétendre une escapade de deux heures au pays du Soleil levant pour se plonger dans une rêverie avec lui.

— On mange ensemble ?

Pendant que Simon commandait du riz, du natto et une soupe miso pour son petit-déjeuner, Frédérique s'empiffrait de sushis colorés comme dernier repas de la journée. La communication fut interrompue subitement, mais Simon rappela quelques minutes plus tard, au grand bonheur de Frédérique. Le repas était consommé depuis longtemps lorsque Simon annonça qu'il devait quitter l'endroit pour le travail. Elle n'avait pas vu le temps passer.

En mettant fin à la conversation, Frédérique fut tirée de sa rêverie par le serveur qui lui tendait l'addition. Il s'éclipsa, la laissant seule avec l'image de Simon encore imprégnée sur la rétine. Le temps de trouver sa carte de crédit et de la glisser près de la facture, et le serveur était de retour avec une douzaine de roses rouges.

— C'est sûr que c'est pas pour moi, objecta-t-elle.

— Si, si.

L'homme lui désigna la carte accompagnant le bouquet. Frédérique décacheta l'enveloppe et lut les quelques mots qui y figuraient : « Une pour chaque jour d'ici mon retour. Simon »

— Mais… comment ?

Frédérique repassa le fil de la soirée et réalisa que Simon avait sûrement profité de leur interruption de service pour commander des fleurs à distance. Après tout, il était facile de nos jours de trouver une adresse sur Internet. Si ça se trouvait, il avait bénéficié de la collaboration de Thomas pour que les fleurs lui soient envoyées sur-le-champ. « Une pour chaque jour d'ici mon retour. » Ça voulait dire que Simon rentrait au pays dans moins de deux semaines. En respirant ses fleurs, Frédérique fut prise d'un vertige. Elle était en train de tomber amoureuse. Le problème, c'était qu'elle n'avait jamais été adepte de chute libre.

Avec impatience, Lili noua ses cheveux en une queue de cheval banale. Un observateur extérieur aurait pu croire qu'elle ne se satisfaisait d'aucune coiffure à cause de la repousse de couleur tellement apparente que même la plus savante des mises en pli n'arrivait pas à la camoufler. Mais l'énervement de Lili tenait davantage à une détresse émotive que capillaire. Esther ne donnait toujours pas signe de vie et ignorait superbement chacun de ses courriels et textos. Elle devait se résoudre à tourner la page. Pour son bonheur et celui de Léonard qui méritait une maman épanouie et heureuse.

Lili boudait devant le réfrigérateur ouvert lorsque Thomas revint de sa séance d'entraînement matinale. À voir la contrariété peinte sur le visage de Lili, il choisit de prendre les commandes du déjeuner pour ne pas avoir à mastiquer de la vache enragée.

— T'as envie d'une omelette au fromage ?

Lili grimaça. Elle avait envie de son amie. Aucun mets ne pouvait remplir le vide qu'Esther lui laissait dans le cœur. Mais peut-être que remplir son estomac pourrait amoindrir l'espace laissé vacant un peu plus haut à gauche dans son anatomie.

— Je pensais déjeuner seule. T'arrives tôt. Vous avez modifié votre entraînement ?

— Jeff est pas venu ce matin.

— Il est malade ?

— Non. Esther allait au gouvernement pour le numéro d'assurance sociale du p'tit. Jeff faisait le taxi pour les plus vieux, j'pense.

Le visage de Lili s'illumina. Elle consulta l'horloge rapidement et embrassa fougueusement son amoureux avant de courir vers la penderie pour trouver de quoi s'habiller.

— Ça prend combien de temps, faire une omelette ? cria-t-elle en enfilant un chandail propre.

Une heure plus tard, Lili mettait le pied dans les bureaux du gouvernement canadien. Elle avait eu le temps d'ingurgiter l'omelette concoctée avec amour par Thomas, d'essayer de dompter son apparence de mère négligée, et de convier Frédérique et Jeannine à la rencontrer au bureau de Service

Canada. Si elle redoutait qu'Esther ait déjà quitté les lieux, l'efficacité et la rapidité des services gouvernementaux plaidaient plutôt pour qu'elle soit sagement installée dans la salle d'attente.

Un regard circulaire permit à Lili de localiser Esther en moins de deux, mais elle hésitait à l'affronter seule. Esther serait obligée de lui parler s'il y avait des témoins, alors qu'elle serait bien capable de la planter sur place si elle osait s'approcher en solo. Lili recula donc entre les portes d'entrée et patienta jusqu'à l'arrivée de Jeannine et Frédérique.

Son cœur battait la chamade comme lors de son premier rendez-vous galant avec Thomas. Chaque pulsation cardiaque témoignait de l'importance de l'amitié dans la vie de Lili. Surtout maintenant qu'elle était nouvellement maman et retirée du marché du travail.

Heureusement, Frédérique et Jeannine furent ponctuelles et arrivèrent en simultané quelques minutes plus tard.

— Esther est pas là ? s'enquit Jeannine.

— Je ne l'ai pas vue. Elle devrait pas tarder, mentit Lili.

— Madame perfection qui est en retard, se moqua Frédérique. Elle doit être en dedans, tu sais ben.

En s'étirant le cou, Frédérique repéra Esther à l'endroit même où Lili l'avait aperçue quelques minutes plus tôt. La seule différence que Lili nota, c'était que son amie s'apprêtait à donner un biberon à son fils.

— Qu'est-ce que je disais : impossible qu'Esther arrive la dernière.

Les trois femmes passèrent les portes et se dirigèrent vers le quatrième membre du groupe. Lorsqu'elle les aperçut, Esther se crispa, mais son flegme habituel reprit rapidement le dessus sur l'émotion. Mis à part le fait qu'elle soit incapable de regarder Lili dans les yeux, rien dans son comportement ne pouvait trahir l'état de la situation entre elles aux yeux des deux autres mousquetaires.

— Faut-tu prendre un numéro? s'informa Jeannine.

Esther se contenta de pointer le distributeur et Jeannine se déplaça pour prendre trois coupons.

— Mère Teresa de l'allaitement est passée au biberon. Méchant revirement de situation, nota Frédérique sans savoir qu'elle jetait de l'huile sur le feu.

— Faut bien utiliser les réserves qu'on tire. Ça a une date de péremption, le lait maternel, intervint Lili en sortant innocemment un biberon de son propre sac à couches.

Lili savait bien que ce n'était pas du lait maternel que contenait le biberon qui se déversait dans la bouche de Théo, mais si Esther jouait le jeu, qui ferait la différence?

— As-tu arrêté l'allaitement? demanda Jeannine à Lili en lui tendant son numéro. Avec la diète que tu t'imposes, ça ferait longtemps que j'aurais abandonné.

— Non, non. J'introduis juste le biberon pour que Léonard puisse se passer de moi plus que deux heures, ironisa Lili.

— Me semble, oui. Qu'est-ce qui me dit que c'est pas de la poudre dans vos biberons? argumenta Frédérique pour taquiner ses amies proallaitement.

— Regarde la couleur, fille. C'est évident que c'est leur lait, expliqua Jeannine en scrutant la paroi du biberon d'Esther.

Le regard de Lili se porta sur la bouteille que tenait sa meilleure amie. Jeannine avait raison. Il n'y avait aucun doute. C'était du lait maternel que buvait le fils d'Esther. Restait juste à déterminer quel sein avait produit le précieux liquide.

— Faut pas que l'allaitement nous empêche de vivre, poursuivit Lili, encore sous le choc de sa découverte. À un moment donné, ça serait le fun de se planifier une sortie de filles, sans bébé, non ?

— Mets-en, approuva Jeannine. Quand tu veux ! Y a un nouveau spa qui vient d'ouvrir dans le coin de…

Le boniment de Jeannine se fondit dans les bruits ambiants. Lili fixait Esther en espérant un regard. Quand son amie daigna enfin la regarder, elle ne fut pas certaine de ce qu'elle vit tellement l'émotion la gagnait. Esther avait-elle vraiment articulé un « merci » silencieux à son intention ?

— … mais d'ici là, j'ai besoin de gardiennes pour une sortie en amoureux. Y a des volontaires ? s'informa Jeannine d'une voix suppliante.

— Sérieux, on a déjà toutes un bébé. Tu vas pas nous en imposer deux de plus, s'opposa Frédérique.

— Prends-en juste un, proposa Jeannine.

— Si quelqu'un prend le deuxième, j'veux ben te dépanner, offrit sa fille.

En l'absence de Simon, l'appartement était vide, les soirées longues et les distractions limitées. Frédérique acceptait de dépanner sa mère en prévision d'un retour d'ascenseur.

Les regards bifurquèrent vers Esther qui secoua vigoureusement la tête de gauche à droite.

— J'en ai trois à la maison. Je fais déjà ma part.

Jeannine tourna la tête en direction de Lili et tenta un dernier plaidoyer :

— C'est Gerry qui en a vraiment besoin, mentit Jeannine. Y est au bout du rouleau !

Lili se remémora le visage cerné du nouveau papa. Elle savait que Gerry s'impliquait davantage que la majorité des pères et ne doutait pas que la présence des jumeaux lui vole de nombreuses heures de repos.

— OK. Mais juste quelques heures.

Jeannine exultait. Toutes les pièces du puzzle se mettaient en place pour qu'elle puisse enfin s'offrir une soirée en tête-à-tête avec son homme. Peu lui importait de devoir passer la moitié de sa journée à attendre sur une chaise inconfortable pour obtenir des numéros d'assurance sociale pour ses jumeaux. Elle s'apprêtait à faire toute une surprise à Gerry et jouissait à l'avance de l'effet qu'elle allait produire.

Le numéro d'Esther fut appelé. Elle sortit le certificat de naissance de Théo de son sac à main, document essentiel à l'obtention du numéro d'assurance sociale convoité.

— C'est maintenant que vous me dites que ça prend ça? râla Frédérique. J'suis ici pour rien, là!

— Au contraire, tu vas jouer un rôle crucial: tu vas nous tenir compagnie, répliqua Lili en pouffant de rire.

— L'amitié, c'est important, renchérit Esther tout en adressant un sourire sincère à sa meilleure amie. En passant, il faut que tu viennes à la maison, Lili.

— Pourquoi?

— Pour le cale-tête.

L'air ahuri de Lili en disait long sur son incompréhension.

— Le coussin ergonomique pour que Léonard ait une belle tête ronde. Je trouvais plus celui d'Antoine, alors j'en ai acheté un pour toi.

Dès que son mari l'avait informée des angoisses de Lili, Esther y avait vu l'excuse parfaite pour renouer avec son amie.

— J'te jure que vous en avez de l'argent à dépenser pour acheter des gadgets pareils! se moqua Frédérique.

Esther se dit qu'au contraire, l'amitié de Lili en valait largement l'investissement.

En cachette de Gerry, Jeannine avait réservé une table au restaurant italien qu'ils aimaient tant. Celui où son mari l'emmenait invariablement pour souligner un événement important ou célébrer leur anniversaire de rencontre. Juste à penser aux cannellonis gratinés et Jeannine salivait d'impatience. Elle visualisait la soirée parfaite : la bouche gourmande de Gerry et ses doigts qui glissent le long de sa coupe de vin rouge comme une promesse pour le retour à la maison. Ils s'offriraient même probablement une pointe de gâteau au chocolat qu'ils partageraient comme de jeunes tourtereaux.

Jeannine ouvrit la penderie et sélectionna avec soin des vêtements pour son amoureux. Son choix se porta instantanément vers une chemise d'un bleu profond qui allait à merveille à Gerry. Une chemise de qualité qu'il ne portait plus pour éviter que de la bave ou des régurgitations en tachent les épaules. Ce soir, il n'aurait aucune excuse pour ne pas l'enfiler puisqu'ils se retrouveraient en amoureux, loin des bébés.

En arrivant au salon, Jeannine s'interposa entre Gerry et le téléviseur pour attirer son attention. Elle lui désigna les vêtements qu'elle tenait maintenant à bout de bras, devant elle.

— Jeannine, tu caches mon programme. J'veux pas manquer la fin du reportage.

Le bulletin télévisé relatait l'histoire d'une jeune mère négligente ayant laissé ses enfants sans surveillance dans la voiture familiale. Le plus vieux avait désengagé le frein à main et causé un accident. Heureusement, les enfants s'en tiraient avec des blessures mineures.

— Tu parles d'une imbécile ! Partir en laissant ses enfants seuls !

Jeannine songea à son expédition à l'épicerie. Mieux valait ne pas en souffler mot à Gerry.

— C'est quand même pas la faute de la mère si le p'tit a joué avec le bras de vitesse.

— On laisse pas des enfants seuls, se contenta de répliquer Gerry.

Souhaitant revenir à ses moutons, Jeannine recula de quelques pas et éteignit le téléviseur avant de s'approcher de son mari. De nouveau, elle tendit les vêtements dans sa direction. Lorsqu'il accepta de les prendre, il remarqua que Jeannine portait une robe neuve ornée d'un décolleté délicieux et des talons un peu trop hauts pour lui assurer une démarche naturelle. Avec quelques hésitations, Jeannine tourna sur elle-même. Ses talons s'enfoncèrent dans le tapis du salon et elle retrouva son équilibre de justesse.

— T'es jolie, confirma Gerry avec toute la sincérité que pouvait lui permettre son état végétatif.

— Jolie ? C'est tout ?

Jeannine marcha vers son homme, plaça un genou entre ses jambes et avança la poitrine pour lui mettre son décolleté à deux pouces du visage. En étirant les lèvres, Gerry aurait pu goûter la peau tendre à la naissance des seins de Jeannine, mais il n'en fit rien. Il se contenta de sourire.

Jeannine s'attendait à ce qu'il lui empoigne la poitrine à deux mains, à ce qu'il se noie dans son décolleté ou qu'il lui retrousse le bas de la robe. À tout le moins, elle espérait une remarque salace, un commentaire coquin, un regard lubrique. Rien. Il tourna la tête et déposa sa joue contre le buste de Jeannine avec tendresse.

— Je suis un homme chanceux.

Malgré sa déception, Jeannine décida de ne pas se laisser démonter par l'attitude de Gerry. Après un bon repas en tête-à-tête, elle trouverait assurément le moyen de l'allumer.

— Encore plus chanceux que tu le crois. On sort en amoureux.

La surprise se peignit sur les traits de Gerry au grand bonheur de Jeannine.

— On fait garder les jumeaux et on va au resto.

— T'aurais pas plutôt le goût qu'on loue un film et qu'on se fasse livrer à manger ? Je suis claqué.

— Fais un effort, mon ours en sucre. J'ai envie qu'on se cruise un peu.

Gerry n'avait aucun désir de revêtir autre chose que ses vêtements d'intérieur moelleux et extensibles. Il avait pris du poids les derniers mois et savait pertinemment que la chemise préférée de Jeannine ne lui allait plus. Les boutons au niveau de l'abdomen refusaient de fermer adéquatement.

— On peut se cruiser en pyjama. Depuis quand il faut une chemise pour te séduire ?

Jeannine perdit son sourire. Elle se dégagea et fit quelques pas dans la pièce, essayant de trouver des arguments pour inciter son mari à lui emboîter le pas dans le plan qu'elle avait prévu pour la soirée.

— Ça fait une semaine que je travaille pour organiser cette sortie-là, chevrota Jeannine au bord des larmes

Gerry se leva à son tour et prit sa femme dans ses bras. Il l'embrassa doucement.

— OK, d'abord.

À contrecœur, mais sans rien laisser paraître, il commença à se déshabiller en plein milieu du salon pour enfiler les vêtements inconfortables choisis par Jeannine. Il se battait avec les derniers boutons de la chemise lorsqu'il lui demanda :

— Qui va garder les jumeaux ?

— Frédérique et Lili.

Gerry s'étonna que les deux jeunes mamans aient accepté de venir chez lui pour garder ses enfants. Décidément, la maternité changeait sa belle-fille.

— Faut y aller, sinon on va être en retard.

Gerry jeta un coup d'œil à sa montre. Il était à peine dix-sept heures trente.

— À quelle heure les gardiennes arrivent ?

— Franchement Gerry ! Déjà qu'elles nous rendent service, j'étais pas pour leur demander de venir chercher les enfants. C'est nous autres qui doit les reconduire.

Juste l'idée de devoir réveiller les jumeaux pour leur enfiler leur habit de neige et de devoir garnir le sac à couches découragea Gerry. Sa bonne volonté s'effritait. Lorsqu'il vit Jeannine revenir avec les deux sacs à couches sous le bras, il voulut la raisonner.

— Ils partent pas pour une semaine à Cuba. Juste un sac devrait suffire pour trois heures de gardiennage.

— Chacun son sac, sinon va falloir en vider la moitié chez Frédérique avant d'apporter Julien chez Lili.

— Tu fais garder les p'tits séparément ? s'emporta Gerry.

— Tu pensais quand même pas que Frédérique avait accepté de s'occuper des jumeaux en plus de Blanche ? Elle prend Maxime et Lili prend Julien.

— Non !

Le mot de trois lettres avait été prononcé avec conviction. Tellement que Jeannine en resta bouche bée.

— On va pas séparer les enfants, continua Gerry.

— Tu l'as dit toi-même, c'est juste pour une couple d'heures.

— Ils sont trop petits.

— Ils vont probablement dormir et se rendront compte de rien.

— Pas question.

Gerry commença à déboutonner sa chemise, la retira et enfila son large t-shirt devant le regard interloqué de Jeannine.

— Qu'est-ce que tu fais ?

Sans même prendre la peine de répondre, Gerry retira son pantalon propre et se glissa dans son bas de pyjama élimé. Il se cala confortablement dans le sofa.

— Veux-tu ben me dire quelle sorte de mère pense à…

Jeannine s'empourpra. Même si Gerry n'avait pas formulé le reste de sa pensée à voix haute, ce que sous-entendait le début de sa phrase lui glaça le sang. C'était la première fois qu'il critiquait ouvertement son rôle de mère.

Sur ce, Gerry se saisit de la télécommande et alluma le téléviseur en prenant soin de monter le volume pour bien faire comprendre à sa femme que la discussion était close : il ne sortirait pas ce soir.

Frédérique regarda sa fille. La petite bonne femme n'avait aucune idée de l'importance du moment et dormait comme un loir. Frédérique aurait aimé lui voler une parcelle de quiétude. Pendant quelques secondes, elle envia l'innocence de Blanche. Elle avait cherché le sommeil toute la nuit sans jamais le trouver et son estomac avait refusé d'avaler quoi que ce soit pour déjeuner.

Pour la millième fois, Frédérique vérifia qu'elle se trouvait bien au bon endroit. Elle ne fréquentait pas souvent les aéroports et craignait de louper l'arrivée de Simon. Peut-être aurait-il été préférable de l'aviser qu'elle viendrait le chercher plutôt que de vouloir lui faire une surprise ?

Nerveusement, elle tenta de capter son reflet dans une vitre pour s'assurer que son apparence était impeccable. Pas question de risquer un aller-retour aux toilettes des femmes pour retoucher son rouge à lèvres et ajuster sa tenue. Il suffirait qu'elle s'absente un instant pour que Simon lui échappe.

Les passagers commencèrent à franchir la porte de sécurité. Frédérique s'étira le cou dans tous les sens et se dressa sur la pointe des pieds pour scruter chaque visage. Elle s'étonna d'être touchée par les retrouvailles auxquelles elle assistait. Chaque accolade, chaque poignée de main, chaque étreinte ne faisait qu'augmenter sa fébrilité. Durant sa nuit d'insomnie, elle avait imaginé le retour de Simon un million de fois. Si chaque fantasme différait du précédent, ils avaient tous en commun une étreinte passionnée qui se déroulait au ralenti, comme dans les films. Il lui tardait de vivre enfin cette scène digne des plus grands films d'amour. Où donc était Simon ?

Le flot des arrivants ralentit considérablement, faisant craindre le pire à Frédérique. Elle avait sûrement manqué le retour de son chum. Peut-être avait-il retardé son départ d'une journée en oubliant de l'aviser ? Mais peut-être aussi était-il simplement en train de s'envoyer en l'air avec une hôtesse de l'air un peu trop jolie.

Les scénarios les plus rocambolesques commencèrent à se succéder dans son cerveau. Chacun mettant en vedette un Don Juan portant les traits de Simon et une myriade d'amazones asiatiques. Heureusement, le pleur léger de Blanche détourna son attention et la fit atterrir brutalement dans la réalité. Frédérique lui chatouilla les lèvres avec la suce et le bébé engloutit la tétine avec bonheur.

Lorsqu'elle releva la tête, Simon se trouvait à quelques mètres d'elle, immobile, une énorme valise à la main, le visage inexpressif. Ils se fixèrent sans bouger pendant ce qui sembla une éternité à Frédérique. Elle espérait qu'il lui lance un sourire comme lui seul en avait le secret, mais il n'en fit rien et resta de marbre. Frédérique regretta de s'être déplacée. Simon n'avait visiblement pas envie qu'elle soit là.

Figé par la surprise, Simon était incapable d'amorcer un mouvement en direction de Frédérique. Tout au long du vol de retour, il avait fantasmé sur ces retrouvailles. Frédérique le tétanisait par sa beauté. Comment avait-il pu quitter le pays aussi longtemps et se priver d'elle ?

Lentement, sans la quitter des yeux, il s'avança dans sa direction, le cœur battant. Arrivé à sa hauteur, il lui fit face en silence, et ils s'absorbèrent mutuellement dans le regard de l'autre. Avec douceur, il posa sa paume contre la joue de Frédérique. Le contact lui confirma qu'elle était bien en chair et en os devant lui. Qu'il ne s'agissait pas d'un mirage causé par son désir violent de la retrouver.

Le contact léger les électrisa simultanément, on aurait dit qu'une décharge électrique les propulsait l'un vers l'autre. Ils s'embrassèrent passionnément. Ce fut Frédérique qui se détacha la première du baiser. Elle devait reprendre son souffle. Alors qu'elle s'apprêtait à souder de nouveau sa bouche à celle de son amant, des mots qu'elle aurait préféré retenir glissèrent entre ses lèvres avec urgence :

— J't'aime, Simon !

La bouilloire émit son sifflement habituel, annonçant à Esther que l'eau était prête à être utilisée pour infuser la tisane. Elle entreprit donc de verser le liquide chaud dans les tasses où patientaient déjà deux sachets à saveur de poire-gingembre. Juste à côté, le cale-tête qu'elle avait acheté attendait sa nouvelle propriétaire. Lili ne tarderait pas à arriver.

La chaîne stéréo jouait *Les quatre saisons* de Vivaldi de manière à peine perceptible pour ne pas réveiller Théo. Les notes pimpantes égayaient tout de même l'ambiance. L'humeur d'Esther était au beau fixe.

Lili avait bien quelques minutes de retard, mais Esther lui pardonnait facilement cet accroc aux bonnes manières. Elle était heureuse de sa réconciliation amicale.

La minuterie se fit entendre à son tour. Esther enfila ses mitaines de four pour retirer un appétissant gâteau du fourneau. Un effluve de vanille envahit la cuisine. Le plan de travail impeccablement nettoyé accueillit le dessert. Martha Stewart pouvait aller se rhabiller !

De timides coups portés à la porte d'entrée arrachèrent un sourire à Esther. Elle se dépêcha d'enlever son tablier pour recevoir sa visiteuse.

Elle faillit tomber à la renverse en ouvrant la porte. Claude était sur son perron.

— Je peux entrer ?

Esther ne bougea pas d'un iota, redoutant de se retrouver seule dans la même pièce que son patron. Elle aurait voulu trouver la force de le chasser, mais son cerveau tournait soudainement au ralenti et aucune excuse plausible ne lui vint à l'esprit pour justifier un congédiement. Elle se contenta de laisser entrer l'air froid, espérant que ce serait suffisant pour chasser le rouge qu'elle sentait lui monter aux joues.

Devant le silence de la maîtresse des lieux, Claude posa une main à plat sur la porte d'entrée et commença à la pousser doucement pour se frayer un passage. Il ne quittait pas Esther des yeux pour s'assurer qu'elle ne s'oppose pas à son initiative de pénétrer à l'intérieur. Du même coup, il réduisait considérablement l'espace qui le séparait d'Esther. Sa chevelure avait une odeur vanillée qui l'enivra instantanément.

Il la prit par la taille pour qu'elle se déplace d'un pas sur sa gauche et ainsi pouvoir refermer la porte. Esther plaqua son dos au mur. Le vestibule lui semblait soudainement trop petit pour elle et lui. Elle vit son regard se poser sur sa bouche. Ça n'augurait rien de bon. Un homme ne fixe pas les lèvres d'une femme à moins de vouloir l'embrasser. Elle avala péniblement sa salive.

— J'ai envie... de parler. Et comme tu retournes pas mes appels...

— J'attends quelqu'un, souffla Esther avec difficulté. Tu devrais partir.

— Juste deux minutes, s'opposa Claude.

— Je peux pas.

Esther ne savait pas si elle ne pouvait pas supporter sa présence deux minutes, si elle ne pouvait pas avoir une conversation avec lui, ou si elle ne pouvait pas l'embrasser et redoutait que ça se produise. Sa poitrine se soulevait et s'abaissait de plus en plus vite, trahissant le trouble que suscitait la présence de Claude.

— J'ai besoin de savoir, Esther.

Elle ferma les yeux de peur qu'il y lise quelque chose. Elle comprenait à mots couverts qu'il lui demandait une fois de plus s'il était le père de Théo. Elle ne possédait pas la réponse à cette question.

— Claude... Je veux pas le savoir. Il faut oublier...

En ouvrant les yeux, elle réalisa que Claude avait reculé d'un pas, résigné. Elle se dit qu'elle était en train de gagner la partie. Lorsqu'elle le vit fouiller dans la poche intérieure de son manteau, elle ne comprit pas tout de suite ce qu'il faisait. Il en extirpa une enveloppe blanche qu'il lui tendit. Aussitôt qu'elle s'en saisit, Claude baissa le regard et posa la main sur la poignée de porte, prêt à sortir. De dos, il murmura une dernière chose avant de partir :

— Tu me laisses pas le choix, Esther.

Esther se précipita à la fenêtre pour le regarder monter à bord de sa voiture et quitter son champ de vision. Elle posa les yeux sur l'enveloppe qu'elle avait toujours à la main, la décacheta et déplia l'unique feuille qu'elle contenait : une demande de test de paternité.

Chapitre 4

En pénétrant dans le cabinet d'avocats, Esther se félicita d'avoir revêtu un tailleur de bonne qualité et d'avoir noué ses cheveux en un chignon compact sur sa nuque. Ses perles de culture convenaient tout à fait à l'opulence des lieux. Elle prit place sur une des deux chaises Philippe Starck que lui avait indiquée la réceptionniste en se demandant s'il s'agissait de reproductions ou de véritables créations du designer français.

On la fit patienter pour qu'elle comprenne bien que l'horaire de maître Martel était surchargé et que le célèbre avocat lui faisait une fleur en acceptant de la rencontrer le jour même.

Une fois assise en face de l'imposant personnage, elle tendit rapidement la lettre et exposa le problème. Le regard scrutateur de cet homme ne lui plaisait pas. Esther sentait qu'il la déshabillait des yeux. Et ce n'était pas qu'il imagine la courbe de sa hanche ou le galbe de son sein qui l'inquiétait, mais plutôt qu'il décode l'intérieur de son cerveau.

— Je veux savoir ce que doit faire mon amie pour éviter les problèmes, énonça Esther.

La commissure gauche de l'avocat s'étira en un rictus moqueur. Il n'était pas dupe du mensonge proféré par Esther, mais décida de n'en rien laisser paraître. Aucun client ne payait ses honoraires excessifs pour conseiller un ami.

— Cette lettre provient d'un ex-petit ami, d'un amant jaloux?

— Une aventure d'un soir, rectifia Esther.

— Est-il possible qu'il soit le père de l'enfant?

— Probablement pas.

— Alors, dites à votre amie d'accepter la demande. Le test prouvera que l'enfant n'est pas de lui.

— Mais si elle n'a pas envie de soumettre son enfant à ce test?

— Rien ne l'y oblige. La lettre n'a aucune valeur légale.

— Claude ne peut pas la forcer à passer un test de paternité?

— Tant que votre amie ne reçoit pas un ordre de la cour, rien ne l'y contraint.

Esther soupira de soulagement.

— Ça vous rassure? Pour votre amie, j'entends?

— Oui. Merci, monsieur Martel.

Esther se leva prestement pour lui tendre la main. Lui se fit un plaisir de la retenir un peu plus longuement que la bienséance l'aurait exigé. Lorsqu'elle se pencha pour récupérer son sac à main, le tissu de sa jupe lui moula l'arrière-train. Maître Martel se fit la réflexion qu'avec une croupe aussi appétissante, il espérait que cette cliente revienne le consulter. Elle s'apprêtait à sortir de son bureau lorsqu'il eut envie de l'admirer encore quelques secondes de plus. Pour le plaisir de la décontenancer, il lui lança:

— Un an.

— Je vous demande pardon?

— C'est le délai maximal pour changer l'acte de naissance d'un enfant. Tenez-le à distance pendant douze mois. Après ça, votre amant n'aura plus aucun recours contre vous.

Esther eut envie de le reprendre, de rectifier la situation, de sauver son honneur, de cacher le rouge qui lui montait aux joues, mais le sourire de son interlocuteur et la lueur de malice qu'elle lisait au fond de son œil la dissuadèrent. Elle se contenta de relever le menton avec dignité et de tourner les talons en priant pour ne plus jamais remettre les pieds dans ce bureau.

Jeannine souriait béatement en admirant le kiosque à revues. Ses magazines préférés se côtoyaient sur le présentoir avec des gros titres promettant des révélations chocs sur ses vedettes préférées. La lecture de ses revues à potins la grisait. C'était un rituel hebdomadaire auquel elle ne dérogeait sous aucun prétexte.

Elle adorait l'audace vestimentaire d'une telle, les changements de look capillaires d'une autre et la vie amoureuse tumultueuse de la majorité des vedettes du petit écran. Elle prenait plaisir à s'imaginer dans leur peau le temps d'une lecture. Jeannine choisit quelques parutions, les déposa sur le pare-soleil de la poussette double et se dirigea vers la caisse pour payer ses achats.

Elle était venue avec l'intention d'acheter des magazines pour Gerry, afin de lui changer les idées et de le mettre dans de meilleures dispositions à son endroit, mais quitterait la boutique avec ses publications préférées à elle.

La majorité des commerces n'était pas aménagée pour circuler aisément avec une poussette aux larges dimensions. De peine et de misère, Jeannine se fraya un chemin en replaçant sur les présentoirs les magazines qu'elle faisait chuter sur son passage.

Une jeune cliente lui offrit son aide pour parvenir à destination. Elle en profita pour reluquer l'intérieur de la poussette et s'extasier devant les jumeaux endormis.

— J'aimerais tellement ça, avoir des jumeaux, confia la jeune femme.

— C'est *cute*, mais c'est de l'ouvrage, soupira Jeannine.

— J'imagine… heureusement qu'il y a les grands-parents pour donner un coup de main.

— Encore faut-il qu'ils soient vivants ou à proximité.

— Puis qu'ils aient l'énergie pour s'occuper de deux bébés, renchérit la jeune femme.

— J'vous le fais pas dire. C'est demandant ces petites bêtes-là ! blagua Jeannine.

— Ces deux-là sont bien chanceux d'avoir une grand-maman impliquée comme vous.

Insultée par la méprise de la cliente, Jeannine demeura coite. La colère l'empêchait même de remettre cette insolente à sa place. De quel droit lui crachait-elle au visage qu'elle avait l'air d'une grand-mère ?

Frédérique chevauchait Simon depuis quelques minutes seulement lorsqu'elle sentit son amant se crisper et jouir. Malgré sa déception de ne pouvoir poursuivre sa cavalcade, elle sourit, satisfaite de sa victoire : le corps de Simon ne savait lui résister, du moins ce qui se trouvait en dessous de la taille. La tête, c'était autre chose.

Depuis son retour d'Asie, Simon semblait moins enclin aux plaisirs charnels et aux parties de jambes en l'air. Frédérique s'attendait à ce qu'il lui saute littéralement dessus après une absence aussi longue. Elle espérait une visite de la banquette arrière de la voiture entre l'aéroport et l'appartement. Anticipait de perdre ses vêtements à quelques pas de la porte d'entrée. Prévoyait une nuit agitée où elle devrait implorer Simon de lui accorder quelques heures de sommeil. Il n'en fut rien. Frédérique devait à tout coup prendre l'initiative des moments intimes et s'en désolait. Elle redoublait donc d'ardeur pour séduire chaque parcelle de l'anatomie de Simon et lui redonner le goût de la baiser comme avant. Une éjaculation précoce comme celle qu'il venait de lui servir témoignait quand même un peu du pouvoir de séduction qu'elle avait sur lui. Sa réaction rassurait Frédérique. Il avait sûrement été abstinent pendant son voyage pour réagir de la sorte et le corps de Frédérique lui avait manqué.

— Il était temps que tu reviennes au pays, le taquina-t-elle.

Simon garda les yeux fermés pour baigner encore quelques instants dans la volupté où l'avait propulsé son orgasme. Il se contenta de sourire béatement. Frédérique recouvrit son corps par le sien et se reposa un instant avant de rouler sur le dos et d'écarter les cuisses sensuellement.

— Au tour de madame, maintenant.

Simon ne réagissait pas. En se relevant sur un coude, Frédérique fut bien obligée de reconnaître que Simon s'était endormi. Si elle souhaitait se libérer de ses tensions, elle en était quitte pour passer en mode manuel.

Frustrée, elle quitta le lit et trouva refuge sous la douche. Le soleil se pointait à l'horizon et Blanche ne tarderait pas à se réveiller. L'eau chaude qui parcourait son corps lui apporta bien peu de réconfort. Simon lui échappait. Il lui glissait entre les doigts. Même le sexe ne semblait pas un argument suffisamment puissant pour obtenir ce qu'elle désirait.

C'était la première fois que Simon ne la satisfaisait pas au lit. Qu'il n'avait pas la délicatesse de se préoccuper de son plaisir à elle. Si le cul ne lui permettait pas de mettre la main sur ce qu'elle recherchait, comment s'y prendrait-elle ? Elle voulait juste un écho à son « je t'aime ».

Thomas empoigna la bouteille de vin rouge et se servit de nouveau. Il approcha la coupe de son nez pour profiter des notes boisées de l'alcool et en ingurgita une bonne lampée. Du coin de l'œil, il observa Lili en train de donner le sein à Léonard, au salon. Depuis qu'elle avait renoué avec Esther, sa blonde était d'humeur agréable. À moins que ce soit seulement le fruit du hasard et que la réconciliation soit survenue au moment où les hormones de Lili revenaient à la normale ? Pour Thomas, ça demeurait un mystère.

— Tu pourrais l'allaiter ici ?

— C'est plus confortable sur le divan, s'opposa Lili.

Depuis la naissance de leur fils, Thomas pouvait compter sur les doigts d'une main le nombre de repas qu'ils avaient véritablement partagés tous les deux. Léonard semblait prendre un malin plaisir à réquisitionner sa mère dès que Thomas déposait les assiettes sur la table. Quand ce n'était pas pour boire, monsieur avait des crampes inexpliquées ou quémandait la chaleur des bras maternels.

Voyant que Lili cachait sa poitrine et assoyait le bébé pour lui faire émettre un rot, Thomas ramassa un plateau et y disposa leurs assiettes refroidies, leurs coupes, leurs ustensiles et apporta le tout au salon. Après tout, si le divan était plus confortable que les chaises de cuisine pour allaiter, il l'était tout autant pour souper.

— Madame est servie, dit-il fièrement en disposant son arsenal sur l'ottoman.

— Tu devrais manger dans la cuisine.

— J'ai envie d'être avec toi, Lili.

— T'as pas peur qu'on salisse ?

— Je nettoierai.

Thomas leva son verre en proposition de toast. En voyant le vin danser dans la coupe, Lili se rembrunit légèrement.

— T'en veux un peu ? suggéra Thomas.

— Je peux pas.

— Tu viens d'allaiter. T'as le temps pour quelques gorgées avant ton prochain boire, non ?

— Il est en poussée de croissance. C'est l'heure des tétées groupées. Dans moins d'une heure, je suis sûre que mon glouton va être encore affamé, dit Lili avec tendresse tout en caressant le dos de son fils.

Thomas déplaça le coussin d'allaitement afin de libérer une place à côté de Lili et de s'y asseoir. La perspective de se coller en famille lui plaisait. À peine eut-il posé ses fesses sur le divan que Lili lui demandait de faire réchauffer son assiette au four à micro-ondes pendant qu'elle terminait de faire roter Léonard.

— Je meurs de faim !

À contrecœur, Thomas se releva, prit possession de l'assiette et se dirigea vers la cuisine pour en faire réchauffer le contenu.

À son retour, il déposa doucement l'assiette devant sa belle.

— Tu me manques, Lili.

Mais sa phrase se perdit derrière l'intensité des pleurs de Léonard qui manifestait haut et fort son désir de maman.

Esther arpentait la maison à la recherche du moindre grain de poussière qu'elle pourrait mettre à mort. Les salles de bain étaient impeccables, le fourneau nettoyé, les fenêtres si propres qu'un oiseau risquait de s'y fracturer le crâne pendant la journée. Les derniers jours, elle avait astiqué chaque recoin de la maison en essayant de canaliser ses pensées sur les tâches à accomplir et ainsi éviter l'élaboration de scénarios catastrophes.

Si la propreté des lieux la réduisait au chômage domestique, Esther était convaincue de dénicher un bouton à recoudre, un bas à repriser ou un ourlet de pantalon à effectuer dans les garde-robes de ses enfants. Un examen minutieux des différents vêtements lui confirma qu'elle était une mère exemplaire: tout était en état d'être porté. Le panier à linge sale était vide, les tiroirs ordonnés, les chaussures cirées à la perfection.

Elle songea un instant à cuisiner un dessert, mais constata que la jarre à biscuits débordait. En ouvrant le réfrigérateur, force fut de constater qu'ils avaient déjà mitonné des plats pour une bonne partie de la semaine.

À court d'idée, Esther s'assit à la table de la cuisine et commença à feuilleter le journal local. Rien ne captait son attention plus de trois secondes. Ses pensées revenaient sans cesse à sa préoccupation première: le test de paternité exigé par Claude. Ce papier lui pourrissait l'existence depuis qu'elle avait lu les mots qu'il portait. Même si elle ne donnait pas suite à la demande de son patron, Esther se doutait bien qu'il reviendrait à la charge. Comment lui faire entendre raison?

Elle avait beau se creuser les méninges, elle ne voyait aucune solution pour se sortir de ce merdier. En attendant, il fallait se croiser les doigts, se faire discrète et tenter de s'occuper. Si au moins Théo était un enfant difficile et demandant, elle aurait une distraction, mais bébé se faisait pousser des ailes d'ange et une auréole depuis quelques jours. Peut-être qu'elle devrait reprendre sa pratique du yoga? Un peu d'exercice physique ne lui ferait pas de tort.

Ce fut alors qu'elle aperçut une annonce dans le journal. Une annonce qui tombait comme un cadeau du ciel.

Au loin, Esther vit Jeannine qui lui faisait de grands signes de la main. Elle répondit à ses salutations avec enthousiasme tout en s'emplissant les poumons de l'air vif de ce début avril. Le soleil était radieux, une véritable invitation à sortir.

Haletante, Jeannine arriva en maudissant les poussettes doubles, beaucoup moins maniables que le format ordinaire.

— C'est pas juste. J'vais forcer plus que vous autres, se plaignait-elle.

Esther avait découvert une nouvelle initiative de la municipalité : un cours de cardio-poussette offert aux jeunes mamans désireuses de se créer un réseau social tout en retrouvant une certaine forme physique. Sans attendre, elle avait réservé et payé quatre places. Une générosité qui visait à s'assurer la participation de ses amies.

Frédérique avait été la première à répondre à l'invitation. Si le plein air ne l'enchantait pas, elle approuvait l'idée de brûler des calories. Elle ne devait pas se laisser aller. La survie de son couple dépendait directement de l'intérêt charnel qu'elle saurait susciter chez Simon et il n'y avait rien de mieux qu'une fesse rebondie et une cuisse élancée pour garder l'attention d'un homme.

Lili, pour sa part, ne voyait pas l'urgence de se lancer dans une remise en forme. L'argument qui avait fait pencher la balance était que le cours était une activité mère-enfant. Tous les prétextes étaient bons pour être auprès de Léonard. Elle aurait refusé de s'entraîner au gym avec Brad

Pitt si on interdisait à fiston l'accès à la salle d'entraînement. Pour elle, il s'agissait simplement de bouger un peu en agréable compagnie tout en permettant à Léonard de s'oxygéner le cerveau.

Quant à Jeannine, l'aspect social de l'offre l'attirait comme une groupie sur les tapis rouges. Elle s'attendait ni plus ni moins qu'à une grande marche en plein air avec quelqu'un pour décider si on tournait à gauche ou à droite à la prochaine intersection. Rien de bien forçant et tant d'oreilles dans lesquelles déverser ses déboires de mère de jumeaux.

Quelques minutes à peine après le début du cours, Jeannine était rouge tomate et suait à grosses gouttes. Pourtant, elle ne faisait aucun des exercices recommandés et se contentait de marcher aux côtés des autres mamans.

— C'est les cuisses qui doivent travailler, Jeannine, pas la langue, râla Frédérique, le souffle court.

— As-tu entendu ce que je viens de dire ? On m'a prise pour une grand-mère, s'insurgea Jeannine.

Les participantes se contentèrent de sourire en silence. Jeannine ne faisait pas son âge. Et ce n'était pas un compliment, pas du genre de ceux qu'on adresse pour être poli à une femme vieillissante. Tout en elle exsudait la ménopause, la retraite, les pantoufles en Phentex et l'ostéoporose. Même les idées qui franchissaient ses lèvres appartenaient majoritairement à la génération de sa mère. La vie n'avait pas toujours été tendre à son endroit et son corps portait les marques du temps. Elle avait l'air vieille.

— Qu'est-ce que tu lui as répondu ? questionna Lili.

— Je lui ai montré ma cicatrice de césarienne. Ça lui en a bouché un coin à la p'tite jeune, mentit Jeannine.

— Tu t'es déculottée en plein magasin pour prouver ton point ? douta Frédérique.

— Certain !

— Elle a été capable de trouver la cicatrice parmi les vergetures ?

Frédérique reçut un regard noir pour son commentaire impertinent. Lili lui fit également les gros yeux pour l'inciter à retenir sa langue. Elle-même conservait quelques fines stries roses depuis sa grossesse. Des vestiges qu'elle aurait dû porter comme un trophée, comme une preuve de vie, mais qui lui faisaient envisager de jeter tous ses bikinis.

— Dans quelques semaines, ça paraîtra plus. J'ai vu une info-pub hier, expliqua Jeannine. Une crème antivergetures miraculeuse !

— Pour trois versements de 29,99 dollars, enchaîna Frédérique sur un ton moqueur.

— 39,99 dollars, rectifia Jeannine.

— T'es naïve, Jeannine, intervint Esther. Gaspille pas ton argent pour ça.

— De toute façon, les gilets bedaine, c'est pas de ton âge ! continua Frédérique de plus belle.

— C'est pas ce que j'ai voulu dire, rectifia Esther. Un bébé, ça coûte cher…

Frédérique ne le savait que trop bien. Ses virées au spa se métamorphosaient en achats de couches et de préparation pour nourrisson. Rien de bien sexy et bénéfique pour son moral.

— Franchement, Esther ! Quand ça concerne nos enfants, on calcule pas.

Toutes regardèrent Lili qui ne leur prêta nullement attention, absorbée qu'elle était par la contemplation de son fils.

— Tu gagnerais peut-être à rééquilibrer ton budget, rétorqua Frédérique.

— Qu'est-ce que tu veux dire ?

Frédérique chercha l'appui de Jeannine et d'Esther, mais les deux détournèrent le regard et firent semblant de s'intéresser aux directives du moniteur qui recommandait à présent d'utiliser les bancs de parc pour faire quelques pompes. Chacune savait très bien sur quel terrain miné Frédérique allait s'aventurer et ne souhaitait pas risquer son amitié sur ce champ de bataille.

— Je veux dire que tu devrais payer pour aller chez la coiffeuse, pis t'acheter autre chose que du linge mou.

Lili regarda les femmes autour d'elle. La majorité portait des vêtements sport identiques aux siens et arborait une queue de cheval. En quoi son apparence différait-elle ?

— Lili, t'as l'air d'une fille qui fait du cardio-poussette vingt-quatre heures sur vingt-quatre, sept jours sur sept.

— T'exagères !

— C'est rare, mais là, j'suis d'accord avec ma fille.

Lili tourna le regard en direction d'Esther, certaine que son amie de longue date prendrait sa défense.

— T'es moins soignée qu'avant, se contenta de dire Esther.

— Je viens d'accoucher ! Normal que je sois pas tirée à quatre épingles !

— Ça va bientôt faire quatre mois ! Vas-tu te servir de cette excuse-là jusqu'à ses dix-huit ans ? voulut savoir Frédérique.

— Une bonne mère s'occupe de son enfant…

— Une mère équilibrée s'occupe d'elle, rectifia Frédérique.

— Pis de son couple, ajouta Jeannine.

— La grossesse, c'est pas une excuse pour se laisser élargir le derrière pis se négliger, précisa Frédérique.

— C'est tellement superficiel comme discussion, tenta Lili pour clore le sujet.

— Tout ce qu'on veut dire, c'est qu'on t'aime et qu'on veut pas que tu t'oublies, intervint Jeannine avant que la querelle dégénère.

— Drôle de manière de dire "je t'aime", bouda Lili.

— Ma fille a jamais eu le tour avec les mots doux. Ce qui sonne pas comme une insulte est habituellement un compliment. Elle est comme ça, on la changera pas!

Pendant que Frédérique repensait à la déclaration d'amour à sens unique qu'elle avait faite avec plus ou moins de doigté à Simon, Jeannine se demandait si sa grande fille venait d'entendre la sienne.

Frédérique détacha minutieusement l'étiquette qui pendait à la dentelle de sa culotte neuve et la laissa tomber au sol plutôt que de faire l'effort de la jeter à la poubelle. Elle portait une merveille de féminité à laquelle elle n'avait pas su résister. Un ensemble de sous-vêtements importés d'Italie qui venait de lui coûter la peau des fesses tout en la mettant en valeur par l'étroitesse de son tissu. Le cardio-poussette semblait déjà porter ses fruits.

Elle s'admira dans le miroir de la chambre à coucher. Un nouvel amant ne pourrait jamais savoir qu'elle avait accouché quelques mois plus tôt, mais Simon connaissait son anatomie d'avant grossesse. Elle trouvait que la maternité lui avait soutiré une partie de sa beauté, la laissant avec un bassin plus large, une taille moins définie et des seins moins fermes. Heureusement que les designers de soutiens-gorge déployaient tout leur savoir pour rehausser artificiellement ce que la nature vous volait.

Elle enfila tout de même un peignoir de soie par-dessus ses sous-vêtements neufs pour masquer un peu ses imperfections, mais prit soin de le laisser ouvert pour mettre ses attributs en vitrine. Quand Simon entra dans la pièce, elle se contenta de s'adosser au mur dans une pose ingénue.

— Miam, se délecta Simon, c'est nouveau ?

— Non, j'ai toujours envie de toi. Rien de nouveau là-dedans.

Simon s'approcha pour toucher la fine dentelle du bout des doigts.

— Sexy !

— Pas nouveau. J'le suis en toutes circonstances, murmura Frédérique.

Pendant un bref instant, Frédérique crut que Simon allait la prendre dans ses bras, lui dire à quel point il était fou d'elle. La lingerie avait cet effet sur les hommes. Elle déliait les cœurs en plus de gonfler les sexes.

— On devrait vendre ce que contient ton tiroir de dessous. On serait riches !

Simon savait pertinemment que le vice de sa blonde augmentait considérablement le solde mensuel de sa carte de crédit. Frédérique recevait très peu de prestations de maternité et son compte en banque devait être à sec.

— De toute manière, je te préfère nue, conclut-il en l'attirant vers le lit et en dégrafant sa brassière.

Elle le repoussa gentiment et rattacha son vêtement.

— Au prix que ça coûte, tu vas l'admirer un peu avant de le jeter au pied du lit, nargua-t-elle.

— T'es cruelle, gémit Simon.

Voyant que son homme était sous le charme, Frédérique en profita pour mettre son plan à exécution. Toute cette mise en scène avait un but précis. Jusqu'à présent, tout se déroulait exactement comme elle l'avait imaginé. Sa journée de magasinage, d'épilation au laser et de pose d'ongles serait vite rentabilisée si Simon continuait à se conformer à ce qu'elle avait prévu.

— Qu'est-ce que tu penses de s'ouvrir un compte conjoint ?

— Mon érection m'empêche de bien comprendre ou tu me parles vraiment de compte conjoint, là ?

En minaudant et en déshabillant langoureusement Simon, Frédérique expliqua sa demande.

— Ça serait plus simple de mettre nos ressources en commun, pis ça m'éviterait de toujours quémander chaque fois qu'une facture doit être payée.

Si l'argument était valable, Frédérique se garda bien de préciser qu'à ses yeux, un compte conjoint était une preuve d'engagement, un « je t'aime » monétaire qu'elle accueillerait volontiers à défaut d'un engagement sentimental. Elle se questionnait souvent sur la fortune de Simon, son salaire annuel, l'importance de ses placements. Il ne rechignait pas à partager ses avoirs, mais n'en révélait jamais l'abondance.

— Parlant de comptes, y en a qui traînent sur le comptoir. Tu les as pas encore payés ?

— J'suis un peu à sec, avoua Frédérique.

— Je m'en occupe, mais faudrait peut-être couper un peu dans les dépenses, beauté.

— J'suis sûre que t'as pas envie d'avoir un singe poilu en Fruit of the Loom dans ton lit !

— Bon argument !

— Y a un prix à payer pour dormir avec une déesse...

Simon lui sourit. Il savait à quel point il était chanceux qu'une splendeur comme Frédérique s'offre à lui avec autant de bonne volonté. La majorité des canons se contentait d'ouvrir les jambes et de gémir au bon moment pour simuler leur participation. Frédérique était entreprenante, imaginative au lit et toujours volontaire pour calmer son appétit érotique.

— Tu pourrais reprendre le travail.

— Je viens juste d'accoucher ! s'exclama Frédérique.

— Ça fait quatre mois.

— C'est ce que je disais. C'était hier!

— T'allaites pas. Tu pourrais très bien reprendre quelques *shifts* par semaine, du temps partiel.

— Pis Blanche?

— On lui trouve une garderie.

— Ça tombera pas du ciel!

— Tu pourrais faire des *shifts* de soir. J'vais être à la maison.

— Tu vas la garder, toi?

Simon se contenta de sourire devant l'air ahuri de Frédérique. Il se garda cependant de dire qu'il avait maintenant un peu l'impression d'être son père adoptif et qu'en ce sens, il ne garderait pas, mais resterait simplement à la maison avec sa fille pendant que Frédérique travaillerait un peu. Le bébé lui avait manqué pendant son séjour au Japon.

— Ça te ferait du bien de sortir. Pourquoi tu penses que tu dépenses autant depuis des semaines? Tu t'ennuies.

Frédérique recouvrit son corps avec les pans de son peignoir et entreprit de le nouer. Elle espérait un engagement concret avec Simon et se retrouvait avec un retour au travail qui lui pendait au bout du nez. Décidément, son plan ne valait pas un clou.

— Ça me fait plaisir de payer pour l'appart, les comptes, l'épicerie, continua Simon. Mais tu devrais prendre en charge tes plaisirs personnels.

— Tu profites aussi de mes "plaisirs personnels", comme tu dis.

— Plus maintenant, on dirait bien, se moqua-t-il avec douceur en voyant Frédérique quitter le lit.

En ramassant l'étiquette de prix que Frédérique avait jetée au sol, Simon grimaça. Peut-être qu'un compte conjoint était finalement une bonne idée afin qu'il contrôle un peu les dépenses de sa fougueuse blonde.

Jeannine salivait devant une recette de gâteau triple chocolat. Les stylistes culinaires lui donnaient énormément de complexes. Elle ne se souvenait pas d'avoir réalisé une recette dont le résultat ressemblait aux photos de ses livres de cuisine. Jamais le produit final dans sa cuisine n'approchait celui du papier. Parfois, on pouvait remarquer une lointaine ressemblance, mais jamais Jeannine n'obtenait un plat aussi appétissant.

Lorsqu'elle entendit le plancher du corridor grincer, signe que le poids de Gerry ne diminuait pas, Jeannine quitta la section desserts pour s'absorber dans les recettes de potages aux légumes.

— As-tu pensé à mon offre ? demanda-t-elle dès que Gerry mit le pied dans la cuisine.

Plus tôt, Jeannine lui avait annoncé qu'elle avait l'intention de s'astreindre à un nouveau régime alimentaire. Il fallait couper dans les calories si elle désirait perdre le poids accumulé pendant la grossesse et retrouver la silhouette de ses vingt ans. L'idée était de rajeunir son image. « Un corps mince fait toujours plus jeune », scandait Jeannine.

— Si ça peut nous aider à retrouver un peu d'énergie, je suis partant, répliqua mollement Gerry.

Pour ne pas vexer son ours adoré, Jeannine s'était gardée de lui dire que le but premier était de perdre du poids. Gerry avait fait une grossesse sympathique qui se prolongeait au-delà de l'accouchement. Il ne pouvait pas compter sur le bébé, le liquide amniotique ou le placenta pour perdre quelques livres comme par magie, du jour au lendemain, et devrait faire des efforts. Éventuellement, elle lui proposerait un programme d'entraînement, mais se contentait pour l'instant de s'attaquer à leur alimentation.

— J'ai trouvé plein de recettes vitaminées. J'vais nous faire un menu pour la semaine pis dresser la liste d'épicerie pour tout cuisiner.

— Excuse-moi, Jeannine, mais qui a le temps de cuisiner tout ça, ici ?

Jeannine sourit de toutes ses dents à son amoureux. Si elle était désignée pour préparer les repas, leur perte de poids était assurée, mais s'accompagnerait d'une perte d'appétit à court terme. Ils savaient depuis longtemps que la science culinaire ne lui réussissait pas. Concevoir un pâté chinois s'apparentait étrangement à la compréhension des théorèmes de Pythagore ou de Thalès auxquels Jeannine n'avait rien saisi à l'école. La chimie des aliments lui échappait complètement.

Voyant qu'elle le désignait unilatéralement comme chef exécutif de la maison, Gerry s'opposa avec vigueur. Il avait bien assez de nourrir les enfants la nuit, pas question d'assurer l'alimentation de jour des adultes en passant dans la cuisine le peu de temps qu'il pouvait consacrer au sommeil.

— Pourquoi tu nous inscrirais pas à Jenny Craig ? Ils fournissent les repas tout préparés, non ?

— Ça coûte bien trop cher ! J'travaille pas en ce moment.

— Pis moi, j'travaille trop. J'ai pas envie de me mettre ça sur les épaules en plus du reste.

— On coupera dans autre chose. Les repas, c'est primordial pour être en santé.

Gerry s'approcha de sa femme. Il la prit dans ses bras et l'embrassa sur le front avant de lui demander :

— C'est quoi cette folie-là subitement ? Ça te vient d'où l'idée de changer le contenu de notre assiette ?

— Ça va nous faire du bien, dit-elle en lui tapotant la panse.

— C'est la seule raison ? insista Gerry.

— Les jumeaux sont jeunes. Si tu veux conduire ta fille devant l'autel un jour, faut prendre soin de nous autres.

— C'est pour prendre soin de moi que tu vas engueuler mes gars sur le chantier ?

Jeannine fut décontenancée un instant. Comment cela se faisait-il que Gerry soit au courant de son commando matinal ?

— J'vois pas de quoi tu veux parler.

— Castonguay m'a raconté une drôle d'histoire. Une femme qui les a menacés...

— En quoi ça me concerne ?

— La femme en question portait un pyjama avec des canards. Comme le tien, bizarre, hein ?

— J'suis sûre que je suis pas la seule à en avoir acheté un. Ça prouve rien.

— T'as raison. Ça devait pas être toi. Quand tu recroiseras la femme qui aurait pu faire ça, tu lui diras qu'elle devrait reculer le siège du conducteur après avoir roulé dans mon camion. Mes jambes sont plus longues que les siennes.

Jeannine sourit, démasquée.

— J'voulais que tu te reposes.

— Pis moi, j'veux que tu sois heureuse. Fais-le ton menu. Je verrai ce que je peux faire, abdiqua Gerry.

Jeannine l'embrassa tendrement avant de reprendre l'exploration de ses livres de cuisine. Elle n'entendit pas Gerry soupirer dans son dos. Il se disait que tôt ou tard, il faudrait qu'il en jette un peu dans la cour de sa femme. Comme il ne pouvait pas lui déléguer son travail – elle avait déjà traumatisé une partie de son équipe avec son intervention – et qu'il était hors de question qu'il sacrifie son estomac aux expériences culinaires désastreuses de Jeannine, il devrait trouver le moyen qu'elle s'occupe un peu plus des jumeaux. Gerry savait que ce serait un grand défi à relever.

Thomas se présenta au loft avec un bouquet à la main. Il y avait longtemps qu'il n'avait pas assemblé des fleurs pour Lili. Le cadeau était tout simple et se composait de quelques gerbéras ensoleillés. Une fleur appréciée par sa douce.

Il se félicita de son choix judicieux en voyant Lili fondre de bonheur et se jeter à son cou en signe de reconnaissance. Il passait ses journées à monter des ornements floraux et des chefs-d'œuvre végétaux à l'intention de ses clients. Pour chaque bouquet, il imaginait la personne qui le recevrait, l'émotion qu'elle ressentirait. Ça faisait partie intégrante de son art. Pouvoir assister en direct à une réaction aussi vive lui faisait grandement plaisir.

Pendant que Lili cherchait un vase élégant dans lequel plonger les longues tiges vertes, Thomas s'approcha et risqua quelques baisers sur la nuque de sa dulcinée. Elle pencha légèrement la tête sur le côté et suspendit sa recherche le temps d'un respire. S'il croyait qu'elle s'abandonnerait à l'étreinte, il en fut quitte pour se faire repousser doucement avec un sourire de petite fille mal à l'aise par l'intimité qui venait de les envelopper.

— Ça te dirait de te mettre belle et de sortir au resto en amoureux ?

— Me mettre belle ? Je le suis pas déjà ?

Thomas n'osa pas reluquer Lili des pieds à la tête. Il savait que sur son chemin visuel, il croiserait une paire de chaussettes en laine, un pantalon d'intérieur deux tailles trop grand pour sa blonde qui ne semblait pas voir qu'elle perdait graduellement le poids de sa grossesse, une camisole d'allaitement probablement victime d'une montée laiteuse imprévisible surmontée d'une veste descendant à mi-cuisse pour camoufler les rondeurs appétissantes laissées en vestiges sur son corps par l'arrivée de Léonard. Au sommet de cet ensemble vestimentaire aussi féminin qu'une nageuse est-allemande gonflée aux stéroïdes, le visage cerné de Lili et sa terrible repousse de cheveux complétaient un tableau qui ne correspondait pas nécessairement à la définition de l'adjectif « belle » dans le dictionnaire. Mais dans l'encyclopédie personnelle de Thomas, Lili était synonyme de beauté, aussi répondit-il ce que son cœur lui dictait au lieu de laisser ses yeux le faire.

— T'es toujours belle. Donc, c'est oui ?

Lili garda le silence et commença à remplir son vase. Le bruit de l'eau coulant du robinet masquait le silence embarrassé et lui offrait les secondes voulues pour trouver quelque chose d'intelligent à répondre.

— On pourrait se faire livrer un repas. Ça va coûter plus cher pour rien en sortant au resto.

— J'suis encore capable de payer du pourboire quand j'ai envie d'un tête-à-tête avec ma blonde.

— Pis qui va s'occuper de Léonard ?

— J'ai demandé à ton père. Il se fait une joie de venir tenir compagnie à son petit-fils.

— Léonard boit jamais à la même heure le soir. Ça va être difficile de réserver.

— Un mardi soir, pas besoin de réservation.

— Et si Léonard a faim ? J'ai pas eu le temps de dégeler du lait maternel.

— T'apportes ton cellulaire et on dit à ton père de nous appeler dès que bébé manifeste une fringale.

— Oui, mais si on vient juste de recevoir nos assiettes ?

— On demande un *doggy bag*.

— Je sais pas. Avec ma diète, c'est toujours compliqué de manger à l'extérieur.

— On y va pour de l'asiatique. Poisson et riz vapeur c'est gagnant !

À court d'arguments, Lili accepta à contrecœur. L'idée de se séparer de son fils, ne serait-ce que le temps d'engloutir quelques sushis, ne lui souriait guère. Dans la demi-heure qui suivit, elle changea de tenue à de multiples reprises, ne se satisfaisant jamais de son apparence. Au bord des larmes, elle arrêta son choix sur une robe de maternité. Elle trouva refuge à proximité de la boîte de mouchoirs où elle essuya discrètement ses yeux. Lili avait déjà décidé que cette sortie serait un gâchis. Elle n'avait aucune envie d'en profiter.

Juste à côté, dans la salle de bain, en train de se parfumer, Thomas sifflait un air joyeux.

Le lendemain, Thomas essayait de s'absorber dans son travail pour oublier sa sortie de couple de la veille. Lili avait été incapable de tenir une conversation de plus de deux minutes si le sujet ne gravitait pas autour de leur fils. On aurait dit que son univers, habituellement si riche et varié, ne tournait plus qu'autour de Léonard. Retirez-le de l'équation et Lili devenait muette, surveillait son cellulaire ou répondait par onomatopées, ne laissant aucun doute sur son intérêt devant le sujet abordé.

Thomas lui offrait justement la chance de s'évader quelques heures, d'oublier son rôle de mère et elle ne saisissait pas l'occasion. Il en vint à la conclusion qu'elle n'avait tout simplement pas envie de retirer sa peau de maman, ne serait-ce que le temps d'un souper. L'accouchement était récent. Le jeune papa ne doutait pas que les choses rentreraient dans l'ordre sous peu. Il avait hâte…

De nouveau, Thomas secoua la tête pour revenir à l'instant présent. Il devait assembler quelques bouquets commandés par Internet au cours de la nuit. Il fallait un peu plus de concentration, sinon le salon funéraire recevrait des félicitations-pour-ta-retraite-Gérard.

La clochette tinta, annonçant l'entrée d'un client. Un large sourire illumina son visage lorsqu'il reconnut Magalie Demers. La jeune femme avait été le maître d'œuvre du shower de Lili et ses amies. À titre d'organisatrice d'événements en tous genres, Magalie avait pris l'habitude de venir à la boutique de Thomas pour combler les besoins floraux de ses nombreux clients. Mariage, baptême, funérailles ou shower, les fleurs faisaient toujours partie de la fête. Thomas ne pouvait que se réjouir de cette collaboration qui lui assurait une visibilité intéressante et l'occasion d'élargir sa clientèle.

— J'ai besoin d'un immense centre de table composé majoritairement d'œillets, lança-t-elle sans même prononcer les salutations d'usage.

— Tu me niaises?

— Non. Madame Vadeboncœur a déjà lu que ça symbolise la fidélité conjugale. Elle tient à ses œillets pour son soixantième anniversaire de mariage.

Thomas soupira de découragement. L'œillet était passé de mode depuis longtemps et lui rappelait l'odeur des salons mortuaires de son enfance. Cette fleur banale se trouvait dans sa boutique en petite quantité et il ne la proposait jamais d'emblée à ses clients.

Magalie fit le tour du comptoir et s'assit sur le tabouret vacant à côté de Thomas. Sans aucune gêne, elle pigea dans le plat de bonbons situé au coin du comptoir. Elle s'amusait de la réaction du fleuriste. Chaque fois qu'elle lui commandait des œillets, il rouspétait et tentait de faire diversion vers une autre variété de fleur.

— On pourrait pas la convaincre d'opter pour des roses rouges? Soixante ans d'amour, ça vaut au moins la noblesse de la rose, non?

— Qui t'a parlé d'amour? J'ai juste dit qu'ils fêtaient soixante ans de mariage.

Après un bref instant de surprise, Thomas lui sourit en coin. Magalie avait toujours le mot pour le déstabiliser. Alors que lui-même entretenait l'espoir d'être amoureux de sa Lili jusqu'à sa mort, Magalie, célibataire, semblait avoir une vision beaucoup plus terre à terre des relations de couple. Il espérait juste que son cynisme ne le contamine pas.

— C'est à quel nom déjà?

— Seigneur, on a la concentration d'un hamster ce matin!

— Mauvaise soirée, dit Thomas avec un vague signe de la main.

— C'est pas toujours facile, les nouveaux bébés.

Thomas se contenta de sourire mollement et de lui laisser ses illusions. Il ne voyait pas l'utilité de dévoiler que c'était sa douce moitié qui lui rendait la vie difficile.

Magalie ne pouvait s'empêcher de le dévorer des yeux. Dieu qu'il était craquant avec son air un peu perdu et sa grande simplicité. S'il n'était pas pris…

— Est-ce que je marque Madame Œillet ou tu vas me répondre?

— Vadeboncœur.

Les deux se sourirent, une fraction de seconde de trop pour que ce soit innocent. Puis Thomas commença à remplir le bon de commande pendant que Magalie s'absorbait de nouveau dans la recherche d'un bonbon de la couleur désirée. Elle n'osa pas le regarder pour formuler sa demande :

— T'as envie de sortir prendre un café ?

En pénétrant dans le cabinet de dentiste pour lequel elle travaillait depuis plus de dix ans, Esther eut la nausée. Elle qui conservait son flegme en toutes circonstances s'étonnait d'avoir aussi peu de contrôle sur ses moyens.

Elle déposa au sol la coquille de transport qui abritait Théo afin d'essuyer pour une énième fois la paume de ses mains. Elle devait inspirer profondément pour se calmer avant d'affronter ses collègues de travail. C'était aujourd'hui qu'elle effectuait sa visite de courtoisie. Tout le monde le sait bien, une nouvelle maman doit exhiber fièrement son rejeton sur son lieu de travail pour justifier son congé de maternité, alimenter le département à potins de l'entreprise et faire couiner les secrétaires qui ont passé l'âge de concevoir.

Esther détestait exhiber son fils de la sorte. Elle redoutait les germes et microbes que tout le personnel transmettrait à son fiston. Chaque fois qu'une hygiéniste embrassait la menotte d'un de ses enfants ou lui caressait doucement le visage, elle avait envie de sortir sa bouteille de désinfectant et d'en asperger son rejeton des pieds à la tête. Elle se consolait en se disant que Théo serait le dernier à lui imposer un tel pèlerinage.

Comme elle s'y attendait, dès qu'elle mit les pieds dans la clinique, ses collègues de sexe féminin s'agglutinèrent autour du bébé pour l'admirer de plus près. Personne ne songea même à prendre de ses nouvelles. On n'en avait que pour le bambin.

Rapidement, le petit fut extirpé de son moyen de transport et commença la ronde des bras, passant d'une inconnue à l'autre comme on se tend la corbeille de pain lors d'un souper entre amis. Esther se contenta de sourire à chacun des incontournables commentaires que doivent essuyer les nouvelles mamans sur l'apparence de leur enfant. Elle s'apprêtait à reprendre possession de Théo lorsqu'elle vit Claude cueillir délicatement le bébé des bras de la secrétaire qui terminait la ronde.

— Il était temps que vous veniez, dit-il en fixant l'enfant du regard.

Esther ne savait que trop bien que son patron ne faisait pas référence aux quatre mois séparant son accouchement de sa visite, mais ça lui offrait une couverture aux yeux des autres qui ne pouvaient comprendre le sens réel des mots prononcés.

— C'est toi qui empêches mon personnel de travailler, reprocha-t-il gentiment au poupon qui dormait.

Les employés comprirent le sous-entendu et quittèrent la réception pour reprendre leurs activités, laissant Claude et Esther en présence des deux réceptionnistes du bureau.

— J'ai des papiers à te faire signer pour ton congé de maternité, mentit le patron.

Au moins, Claude lui facilitait le travail. Elle n'aurait pas à trouver d'excuse pour se retrouver seule avec lui. Visiblement, il était le premier à souhaiter un tête-à-tête. Et pour cause, il savait que le matin même, son huissier avait rendu visite à Esther.

Thomas trouvait l'invitation alléchante. Passer une petite heure en agréable compagnie ne pourrait que lui faire du bien. Inviter un client à luncher ou lui offrir une bouteille de vin n'était pas monnaie courante dans le domaine de la fleuristerie, mais Thomas songea qu'une travailleuse autonome comme Magalie devait planifier un budget de représentation pour tisser des liens serrés avec ses partenaires d'affaires. La proposition était sans doute honnête et amicale, cependant une petite lumière rouge, symbole de danger, commença tout de même à clignoter à l'arrière du cerveau de Thomas.

— Je ferme à neuf heures ce soir, c'est un peu tard pour un café.

— Ça dépend à quelle heure tu te couches.

Décidément, Thomas n'aimait pas la tangente que prenait la conversation. Se faisait-il des idées ou la dernière phrase de Magalie était-elle à double sens ?

— Je passe mon tour... pour cette fois-ci.

— Alors, je vais te relancer, lui promit Magalie.

Thomas se mordit les doigts. Qu'est-ce qui lui prenait de laisser la porte entrouverte ainsi ? Même s'il savait qu'il avait pris la bonne décision, une partie de lui aurait aimé que Magalie insiste encore.

— Tu vas me coûter une fortune !

— Pardon ? s'enquit Thomas.

— Un café, c'est moins cher qu'une virée au département cosmétique. Tu me flushes, alors je vais me remonter le moral à la pharmacie en m'achetant du maquillage.

Sans un au revoir, sans se retourner, Magalie gagna le trottoir, laissant Thomas avec un sourire niais sur le visage.

— Cette fille-là est géniale ! s'exclama Thomas pour lui-même.

Esther prit soin de bien refermer la porte du bureau derrière elle. La conversation qu'elle s'apprêtait à avoir avec Claude ne devait surtout pas s'ébruiter. Le plus naturellement du monde, Claude s'était calé dans son siège en gardant le bébé endormi au creux de ses bras. Esther n'osa pas le lui reprendre, consciente qu'il était l'enjeu de la discussion à venir et que Claude s'en servait comme d'une arme.

Avec calme et maîtrise, Esther prit place sur une des deux chaises qui se trouvaient en face du bureau. Mettre un meuble en bois massif entre eux deux était une bien mince protection, mais elle valait mieux que de risquer un contact physique, qu'il soit violent ou passionnel.

Avec une lenteur toute calculée, Esther sortit l'enveloppe blanche que lui avait remise l'huissier le matin même et la déposa sur le bureau à égale distance entre eux. Elle souhaitait se mettre à table rapidement et proposer son compromis à Claude. Utilisant toute la force de sa volonté, elle releva la tête et planta son regard dans celui, bleu océan, de son patron.

Elle attendit un instant, mendiant en silence des explications qui ne vinrent jamais. Plutôt que d'engager la conversation, Claude ouvrit un des tiroirs de son bureau et en retira quelques photos qu'il déposa à côté de la lettre envoyée à Esther. D'un geste du menton, il l'invita à y jeter un coup d'œil.

— As-tu l'intention d'aller devant la cour?

— Pas si t'es raisonnable. On est deux adultes…

— L'huissier?

— C'est pas un ordre de la cour, mais je savais que ça t'amènerait ici.

— T'as aucune raison valable de croire que…

— Regarde les photos, insista Claude avant même qu'elle ait complété son idée.

Esther se saisit de la pile de clichés et comprit rapidement qu'il s'agissait des photos de famille de son patron. Ses grands enfants posaient fièrement pour la caméra, ici en voyage de pêche, là lors du dépouillement d'un arbre de Noël ou encore à vélo. Plus Esther parcourait la pile, plus elle reculait dans le temps. Les enfants rajeunissaient jusqu'à devenir des bébés qui posaient innocemment dans les bras de Claude ou de sa défunte épouse. Lorsqu'elle parvint au dernier cliché du lot, Esther fronça les sourcils.

— Mon fils, à l'âge de trois mois, lui expliqua Claude.

Esther ressentit un vague sentiment de malaise, difficile à expliquer. Ce bébé-là avait un air de parenté avec son Théo.

Avant de rentrer à la maison, Esther s'assura de ne plus avoir les yeux rouges. Aucune trace d'émoi ne devait rester imprégnée sur son visage pour affronter sa famille. Si Jean-François pouvait attribuer une crise de larmes à des motifs rationnels, Esther savait pertinemment qu'elle ne pourrait pas berner ses enfants clairvoyants.

Dès qu'elle mit le pied dans la maison, Jean-François sentit que quelque chose n'allait pas.

— J'suis fatiguée, éluda Esther.

Jean-François s'approcha et lui vola Théo des bras.

— Viens, mon bonhomme, on a une mission à accomplir.

Jean-François gagna le deuxième étage et entreprit de faire couler un bon bain chaud à sa femme. Il avait loué un film pour les enfants et ils ne se plaindraient pas d'avoir le privilège d'en commencer le visionnement avant le souper. Gâterie que leur refusait systématiquement Esther, prétextant que la télévision abrutissait les enfants et qu'ils étaient toujours trop agités à table lorsqu'ils regardaient une émission avant un repas.

Il prit soin de mettre la robe de chambre d'Esther dans la sécheuse pour rendre le vêtement chaud à la sortie du bain et revint à la cuisine où il trouva Esther la tête dans le réfrigérateur. Elle se redressa, une bouteille de vin blanc à la main.

— Maman a trouvé notre cadeau, dit-il à l'intention de Théo avant de le déposer dans sa balançoire.

Esther adorait les sauvignons blancs néo-zélandais. À cause de ses antidépresseurs, elle évitait de consommer de l'alcool, mais ce soir, une coupe de vin lui ferait le plus grand bien. Jean-François lui ôta la bouteille des mains et entreprit de la déboucher avec doigté et d'en servir un verre à Esther.

— Maintenant, tu vas prendre un bon bain et je m'occupe du souper.

— Théo va être dû pour boire bientôt, objecta Esther.

— Antoine va se faire un plaisir de lui donner son biberon, répliqua Jean-François.

Pendant qu'Esther s'enfilait une bonne gorgée de vin derrière son rang de perles, Jean-François en profita pour se glisser dans son dos et lui masser les épaules. Dès que Théo émit une plainte, elle se déroba aux mains chaleureuses qui la touchaient pour prendre son bébé.

Jean-François lui lança un regard sévère et lui retira son fils. Il approcha son oreille de la bouche de l'enfant.

— Qu'est-ce que tu dis, fiston ? Tu préfères être dans les bras de maman parce qu'elle est plus jolie que papa ? T'as du goût, comme ton père.

Esther frissonna devant l'absolue confiance de son mari en leur lien de parenté. Au début de la grossesse, il n'admettait pas qu'il puisse être le géniteur de Théo à cause de sa vasectomie. À présent, il avait foi dans les mensonges d'Esther.

Esther s'efforça de sourire, ce qui convainquit Jean-François qu'il pouvait reprendre son petit manège. Un bébé était l'outil parfait pour draguer ouvertement sa femme et il n'avait pas l'intention de s'en priver.

— Moi aussi, je voudrais être tout le temps collé sur elle, mais il faut qu'elle se repose un peu. Puis, elle est très sexy lorsqu'elle sort du bain avec ses cheveux mouillés et sa peau parfumée. Fais-moi confiance, tu le regretteras pas.

Jean-François lança un clin d'œil à sa femme avant de préparer le biberon du bébé, qui s'agitait de plus en plus. Esther, tiraillée par sa conscience, monta à l'étage pour se laisser couler au fond de la baignoire. Le bain. Le vin. Le congé de souper. Esther espérait juste que cette mise en scène n'ait pas pour objectif de l'attirer dans les bras de Jean-François. En ce moment, elle n'avait vraiment pas la tête aux rapprochements.

En déposant la liasse de feuilles au coin de la table de la cuisine, Frédérique se sentait invincible. Elle avait enfin élaboré le scénario parfait pour connaître la profondeur des sentiments de Simon à son endroit. Elle prit le temps de se servir un café avant de s'asseoir à table, devant les papiers qu'elle avait obtenus un peu plus tôt à son institution financière.

Elle savait que Simon sortirait de la chambre à coucher dans moins de deux minutes et fit mine de s'absorber dans la lecture des formulaires qu'elle avait étalés devant elle. Dès qu'elle aperçut Simon du coin de l'œil, elle se frotta le front avec exagération et soupira comme si on annonçait trente centimètres de neige en plein mois d'avril. Aucune école de théâtre ne l'aurait acceptée après une aussi piètre performance, mais l'attention de Simon fut captée.

— Pas encore des comptes, j'espère?

— Pire. C'est de la paperasse pour une assurance-vie. Du vrai chinois!

— Dans ce cas-là, je devrais pouvoir t'aider, blagua Simon en référence à son métier de traducteur.

Il s'approcha et commença la lecture du formulaire que lui tendit Frédérique.

— C'est pour toi ou pour Blanche?

— Les deux.

Simon continua sa lecture en diagonale. Toutes les cases étaient dûment remplies par Frédérique. Le coût exigé pour l'assurance était raisonnable et la prime suffisante en cas de besoin.

— Tout a l'air correct. Qu'est-ce qui t'embête?

Frédérique vint se pencher au-dessus de son chum pour faire semblant de chercher une information sur la feuille qu'il avait toujours à la main. Lorsqu'elle fut convaincue que la longueur de sa recherche était crédible, elle pointa la seule question à laquelle elle n'avait pas répondu, à savoir le bénéficiaire de sa propre assurance-vie.

— Le bénéficiaire, c'est la personne qui empoche l'argent en cas de décès, expliqua patiemment Simon.

— Franchement! Je sais ce que c'est un bénéficiaire, s'offusqua Frédérique.

— Alors, marque le nom de Blanche. Il me semble que c'est évident! Si tu meurs, l'argent lui revient.

— Si t'avais lu comme il faut, tu verrais que ça prend un deuxième nom. Au cas où elle serait mineure.

Simon prit quelques secondes pour relire la question. Sa belle disait vrai.

— Mets ta mère.

— Es-tu fou!

— Gerry?

— Y est vieux. Y a des chances de péter au frette avant moi.

Frédérique se mordit l'intérieur des joues. Si son beau-père adoré l'entendait... Logiquement, elle aurait bien évidemment inscrit son nom comme deuxième bénéficiaire, mais elle souhaitait écarter toutes les possibilités pour obliger Simon à se commettre envers elle.

Simon réfléchissait. À part sa mère et son beau-père, Frédérique n'avait personne de vraiment significatif dans son entourage. À moins que...

— Ça fait même pas un an qu'on se connaît, Fred.

— Pis?

— Ça serait plus logique que ce soit Jeannine ou Gerry qui figure dans le formulaire.

— C'est avec toi que Blanche habite. Si je meurs, tu vas pas la donner à Jeannine! T'es comme son père, risqua Frédérique.

— Mets Gerry, trancha Simon comme s'il n'avait pas entendu le dernier argument de Frédérique. Dans un an, si on est encore ensemble, on repensera à tout ça.

— Comment ça SI on est encore ensemble?

— Tu sais bien ce que je veux dire, soupira Simon qui sentait poindre l'orage. On sait pas ce que la vie nous réserve. Ce serait prématuré de me désigner comme responsable de ta fille.

— Blanche t'aime, s'emporta Frédérique. Si t'es pas capable de l'aimer en retour...

Son idée s'étouffa dans sa gorge en même temps qu'elle essayait de réprimer un sanglot. Elle parlait de Blanche, mais savait très bien qu'à travers cette altercation, il était question d'elle et de ces sentiments qu'elle souhaitait partagés.

— Je te laisserai pas lui faire du mal, souffla Frédérique, blessée. J'suis tannée des gars qui acceptent pas de s'engager!

En levant le ton, Frédérique avait apeuré Blanche qui commença à pleurer. La mère accourut à ses côtés pour la soulever doucement et la serrer contre son cœur. Avec chacun de ses cris, la petite exprimait la douleur ressentie par Frédérique qui refusait de se mettre à pleurer devant son amant.

Simon se sentait attaqué par les remarques de sa blonde. Les derniers mois, il avait accepté de vivre avec Frédérique et sa fille, même si le bébé ne devait pas faire partie de l'équation de départ. Il avait sacrifié un voyage en amoureux pour meubler l'appartement en fonction de la petite. Il payait plus que généreusement sa part et déliait les cordons de sa bourse – de plus en plus maigre – pour répondre aux exigences de Frédérique. Il endossait le rôle de père de substitution selon ses capacités en apprenant, sur le tas, à changer des couches. Il se levait la nuit lorsque Blanche avait un chagrin inexpliqué ou qu'elle demandait à boire. Il n'avait jamais voulu d'un bébé et trouvait honnêtement qu'il faisait son bout de chemin. Que voulait-elle de plus?

Depuis son retour d'Asie, Frédérique n'était plus la même. Elle semblait soucieuse, guettait ses allées et venues, posait un peu trop de questions. Si, au départ, il attribuait ce changement de comportement à l'éloignement qu'ils avaient vécu, il redoutait maintenant que ce soit la véritable personnalité de Frédérique qui ressorte et que leur lune de miel soit déjà terminée.

— T'es injuste. Tu sais très bien que je m'implique.

— Pas comme je voudrais.

— Qu'est-ce que tu veux? s'emballa Simon qui criait par-dessus les pleurs de Blanche.

— Elle mériterait que tu l'aimes un peu.

— Je l'aime, ta fille! Si je l'aimais pas, penses-tu que je t'aurais proposé de retourner au travail pendant que je m'en occupe!

— Tu comprends rien!

Frédérique quitta la pièce pour se soustraire à l'échange de plus en plus virulent qui l'opposait à Simon. C'était le genre de comportement qui avait le don d'exaspérer Simon. Ça lui mettait carrément le feu au derrière. Sans même se donner la peine de la pourchasser dans l'appartement, il lui cria à tue-tête:

— Qu'est-ce qu'il y a à comprendre?

— Que t'as jamais répondu à mon "je t'aime"...

Frédérique serra sa fille d'un peu plus près, espérant la faire taire. Elle venait enfin de lâcher le morceau. Elle espérait de tout cœur que Simon vienne la rejoindre, la prenne dans ses bras et lui murmure des «je t'aime» à l'infini pour panser la profonde blessure qu'elle ressentait. Blanche pleurait tellement qu'elle enterra la réponse de Simon. Tout ce que Frédérique entendit en provenance de la cuisine fut le silence.

Un véritable barda, venant de la cuisine, parvint aux oreilles de Jeannine. Gerry était mécontent et le faisait savoir à grands bruits de casseroles qui s'entrechoquent et de coutellerie qui tombe au sol. Un peu plus et ce seraient les assiettes qui voleraient contre les murs! Venant tout juste d'endormir son fils, Jeannine se fit un devoir de revenir à la cuisine pour implorer un armistice à son mari et un peu de silence.

— Les petits dorment. Ça serait dommage qu'ils se réveillent parce que t'es choqué contre moi.

— T'aurais pu m'en parler avant. Tu le sais que le samedi j'suis occupé avec tes folleries de repas santé qui prennent une éternité à cuisiner.

— Je voulais te faire une surprise.

— Méchante surprise ! Tu t'en vas pour la journée, pis tu me laisses les enfants sur les bras en plus de la préparation des repas pour la semaine.

Jeannine avait décidé de s'offrir une journée de transformation extrême. De nombreuses émissions de télévision proposaient des changements de look instantanés, des pertes de poids considérables et des métamorphoses en profondeur. Même les magazines féminins emboîtaient le pas avec leurs chroniques mettant en vedette la fille d'à-côté qui, après un moment passé entre les mains d'une styliste et d'une coiffeuse, devenait un canon de la mode. Chaque vilain petit canard cachait un sublime cygne. Jeannine était déterminée à trouver le sien.

Évidemment, elle n'avait pas les moyens d'engager une magasineuse professionnelle ou de mettre les pieds dans un salon de coiffure fréquenté par le gratin de l'Union des artistes. Elle jugea que ses nombreuses lectures de magazines et ses heures assise devant l'écran de télévision à observer les transformations des autres la qualifiaient pour ce rôle d'un jour : elle serait donc sa propre styliste.

Son premier arrêt de la journée fut le centre commercial.

— Toutes les boutiques à la même adresse et pas de stationnement à payer !

Jeannine avait pris soin de repérer quelques boutiques dont la clientèle avait l'âge de sa fille. En mettant le pied dans la première, elle se félicita de son choix : l'âge moyen des clientes présentes avoisinait l'âge légal pour entrer dans les bars. Ici, elle était certaine de trouver des vêtements qui rajeuniraient sa garde-robe et lui donneraient un look actuel et moderne.

Elle jeta son dévolu sur un *skinny* jeans d'un corail éclatant et y jumela une blouse dont l'imprimé représentait des hiboux. En sortant de la cabine pour vérifier le résultat, Jeannine demanda l'avis de la vendeuse.

— Je vais aller vous chercher la blouse une taille plus grande, proposa l'adolescente anorexique qui pensait secrètement que même la taille extralarge n'améliorerait en rien le résultat final.

Le tissu fin moulait le corps de Jeannine et accentuait les poignées d'amour qui débordaient de son pantalon coloré. Elle enfila le vêtement plus grand et revint se poster devant le miroir amincissant de la boutique. Elle se retourna pour voir l'apparence de ses fesses dans le pantalon convoité et fut satisfaite de la rondeur de son postérieur. C'était surtout ses cuisses, le problème. Avec un jeans aussi serré aux mollets, ses cuisses paraissaient énormes.

— J'suis pas habituée à cette coupe-là, commenta-t-elle.

— Tout le monde dit ça la première fois, l'encouragea la vendeuse qui espérait une commission.

— Peut-être qu'avec des accessoires, je me sentirais moins… moulée.

La vendeuse revint avec colliers, foulards, ceintures et chaussures, tous plus juvéniles les uns que les autres. Mais Jeannine hésitait. Refusant d'avoir consacré près d'une heure à satisfaire une cliente qui menaçait de quitter la boutique les bras vides, la jeune vendeuse mit en application la règle numéro un de la travailleuse à commission : flatter la cliente dans le sens du poil.

— C'est un bon investissement, ça vous avantage. C'est un look branché. Vous avez l'air jeune comme ça.

Le mot tant recherché venait d'être prononcé : jeune. Jeannine arracha les étiquettes de prix pour conserver ses nouveaux vêtements – à force de le porter, le jeans s'assouplirait sûrement un peu – et sortit sa carte de crédit. Elle jeta dans le fond d'un sac les vêtements avec lesquels elle avait quitté la maison le matin. Elle se sentait déjà dix ans plus jeune.

Ensuite se succédèrent le salon de bronzage d'où Jeannine ressortit avec un teint d'écrevisse, la clinique de soins esthétiques où les prix du Botox la découragèrent, le spa pour le sauna infrarouge censé vous faire brûler plus de six cents calories en trente minutes en restant assise à ne rien faire et finalement, le salon de coiffure.

— Je veux changer de tête !

— Coupe, couleur ?

— Tout !

— La grosse tendance, c'est les plumes dans les cheveux.

— *Go !*

Jeannine s'abandonna aveuglément aux bons soins de la coiffeuse qui sortait de l'école et rêvait de participer, un jour, quand elle aurait l'expérience et le talent nécessaires, à des compétitions capillaires de renommée internationale. Elle lui promit une tête qui ne passerait pas inaperçue et Jeannine fut servie.

La tête que faisait Lili valait largement les cinquante dollars que Thomas avait dépensés en chèque cadeau. Les yeux arrondis par la surprise, la bouche ouverte comme un poisson hors de l'eau, Lili ne savait que dire. La stupeur la rendait muette.

Thomas était rentré du travail avec une minuscule enveloppe à la main. Il avait déposé le pli sur la table à quelques centimètres de l'ordinateur personnel de Lili.

— Cadeau, s'était-il contenté d'annoncer.

Excitée, Lili avait décacheté l'enveloppe pour trouver à l'intérieur une carte-cadeau de sa pharmacie préférée. Visiblement, l'initiative de Thomas l'étonnait. En temps normal, il aurait ficelé un délicat bouquet à même l'inventaire de son commerce. Au mieux, il aurait songé à ces chocolats fins qui faisaient saliver Lili juste à prononcer le nom du maître chocolatier qui les créait. Un jour de grande audace, il aurait peut-être envisagé l'achat d'un bijou délicat que Lili ne porterait que pour lui faire plaisir. Aujourd'hui, il innovait.

Ce n'était pas tant le cadeau en soi qui surprenait Lili, mais le fait que Thomas ait pris le temps d'écrire quelques phrases à l'intérieur de la carte-cadeau. Son amoureux n'excellait pas avec les mots. Pour lui, une fleur était l'équivalent d'une déclaration d'amour, un chocolat fondant sur la langue la traduction du plaisir qu'il avait à partager sa vie avec Lili. Pas besoin de faire un pléonasme en ajoutant des synonymes verbaux à l'objet.

— Tu deviens poète.

Thomas rougit. Il se doutait que ses mots étaient mal choisis, malhabiles. Sa blonde gagnait sa vie à aligner les siens dans les magazines et il avait toujours un peu honte des quelques phrases qu'il lui offrait et de celles, encore plus nombreuses, qu'il n'osait pas lui faire lire.

— Je sais que j'ai pas l'tour, s'excusa-t-il.

Elle le fit taire en tournant vers lui un visage ému et deux yeux humides.

— Merci, murmura-t-elle. Ça me touche beaucoup.

Thomas se félicita intérieurement d'avoir suivi son instinct et d'avoir utilisé sa conversation avec Magalie pour redonner un sourire à sa blonde. Après tout, il n'y avait pas mieux qu'une autre femme pour comprendre la sienne.

— Tu choisis ton moment, tu me laisses le bébé et tu vas te gâter.

Lili sauta sur place comme une gamine. Elle adorait flâner à la pharmacie. Elle en oublia même ses nouvelles allégeances écologiques et se mit à rêver de petits pots luxueux.

Sans hésitation, elle envoya un texto à Esther pour l'inviter à se joindre à elle. Prétexte idéal pour profiter de son amitié retrouvée. En attendant la réponse de sa meilleure amie, elle délaissa ses pantoufles et son pantalon mou au profit d'un jeans et d'une paire de bottes avec, coquetterie exceptionnelle depuis son accouchement, un petit talon. Le téléphone vibra. Esther lui donnait rendez-vous dans une demi-heure au rayon des cosmétiques.

Après moult recommandations à Thomas au sujet de Léonard, Lili quitta le loft avec une légèreté semblable à celle du voyageur moyen s'envolant pour une semaine tout inclus à Cuba. Le jeune papa ne put s'empêcher de sourire en voyant sa blonde gagner la voiture. Un peu plus et elle lui aurait dressé une liste avec les numéros d'urgence en cas de besoin. Dans les dernières minutes, elle avait agi avec lui comme s'il était une gardienne d'enfant novice qui vient à la maison pour la première fois et non le père de Léonard. Mais peu importe, son but était atteint : Lili rayonnait et allait prendre un moment juste pour elle.

Le teint d'Esther semblait encore plus vert sous l'éclairage aux néons de la pharmacie. Elle avait appliqué avec soin quelques produits de maquillage avant de quitter la maison, mais il y avait une limite au pouvoir camouflant des cosmétiques. Un cache-cernes faisait disparaître les cercles bleuâtres autour de l'œil, un bon fond de teint dissimulait les imperfections cutanées, mais aucun produit n'était reconnu pour effacer le chagrin ou l'angoisse du visage d'une femme. Elle s'efforça tout de même de sourire lorsqu'elle aperçut Lili.

Les deux amies s'étreignirent. Par son enlacement, Lili exprimait toute sa joie de vivre un moment entre copines, comme dans le bon vieux temps. Esther, pour sa part, s'accrochait à son amie pour lui soutirer un peu de son allégresse. Dès que l'étreinte se termina, Esther regretta d'être venue. Elle se sentait fragile.

— Qu'est-ce qui se passe ? s'inquiéta Lili en remarquant le regard fuyant de sa meilleure amie.

— Ça me fait du bien de te voir, mentit Esther en éclatant en sanglots.

Touchée, Lili enveloppa son amie de ses bras et lui frotta le dos longuement pendant qu'Esther faisait des efforts surhumains pour reprendre le contrôle de ses émotions. « Sa dépression lui fait la vie dure », songea Lili. Hypersensible, Lili ne pouvait que comprendre ce débordement d'émotions. Elle-même était constamment à fleur de peau à cause du manque de sommeil. Elle trouvait même rassurant qu'Esther-la-femme-forte confesse une faiblesse.

— On se voit pas assez souvent, enchaîna Esther pour s'assurer de détourner la conversation.

— Ça a été la même chose à chacun de tes accouchements, lui reprocha doucement Lili. La différence, c'est que cette fois-ci, moi aussi je suis débordée et je maintiens un peu moins le contact.

— Je pensais justement qu'en vivant la même chose, on allait en profiter pour se voir davantage.

— Il est pas trop tard pour s'y mettre, conclut Lili. Si on commençait par se choisir un nouveau vernis à ongles ? Frédérique m'a dit que les couleurs printanières sont géniales !

— Avoue qu'elle a plutôt dit qu'elles étaient écœurantes, la corrigea Esther.

— Bandantes, pour être plus exacte.

Esther força un sourire et se dirigea vers le présentoir de bouteilles colorées. Les deux filles analysaient les couleurs d'un air sceptique. Les tendances de la saison étaient surprenantes, déroutantes même, pour Esther. Qui se peignait les ongles en bleu, en turquoise ou en rose fluo ? Si Lili arrêta son choix sur un corail punché, Esther se rabattit sur un vieux rose plutôt classique.

— Tu devrais oser pour une fois, lui conseilla Lili. Sortir de ta zone de confort. T'es trop parfaite.

— Si tu savais…

— Quoi ? T'as raté un pâté chinois ? T'as pas passé la balayeuse depuis trois jours ? Dis-moi pas que tu portes la même brassière deux jours de suite ! fit semblant de s'offusquer Lili.

— Très drôle.

Pour se soustraire à la conversation qui risquait de dégénérer, Esther s'intéressa aux mascaras. Lili abandonna ses taquineries et commença à garnir joyeusement son panier d'emplettes dont le coût total dépasserait largement le montant offert par Thomas.

Au bout d'une heure de magasinage, Lili décida qu'elle en avait assez. Elle voulait rentrer à la maison pour retrouver son chum et son fils.

— Il me manque du shampooing et de la préparation pour nourrisson, intervint Esther.

Les deux femmes se dirigèrent vers la rangée de produits pour bébé. Esther avait un peu honte de faire l'achat du lait artificiel et préférait reléguer cette tâche à Jean-François. Mais, noyée entre la bouteille de shampooing à venir et ses produits cosmétiques, la boîte de lait maternisé serait moins apparente.

— Esther, je vais tirer un peu de lait pour Théo, mais je pourrai pas te fournir encore bien longtemps, avoua Lili à regret.

— Je comprends.

Les dons de Lili ne comblaient pas la totalité des besoins de Théo. Esther et Jean-François pratiquaient donc un allaitement mixte. Esther donnait le lait maternel, Jean-François la préparation pour nourrisson. Le deuil de son allaitement n'était pas encore complet.

Esther ajouta la préparation pour nourrisson à son panier et s'apprêtait à quitter la rangée lorsque Lili la retint. Il y avait tant d'articles pour bébé attrayants. Elle souhaitait choisir un petit cadeau pour Léonard. Un bavoir avec l'inscription «Le plus fort c'est mon père» trouva refuge auprès du vernis corail de Lili, suivi de près par de nouvelles suces, un hochet en forme de voiture de police, de minuscules chaussettes ornées de robots sympathiques et un tube de dentifrice pour nourrisson à saveur de fruits.

Si le bonheur de Lili grandissait à chaque article qui s'ajoutait à son panier, celui d'Esther diminuait à chaque seconde passée à contempler les articles pour tout-petits. «Le plus fort c'est mon père»... Esther caressa du bout des doigts la bavette bleue en songeant à ses problèmes actuels.

— Je sais pas qui est le père de Théo.

Lili cessa sa fouille pour regarder son amie. Esther fixait le coin d'une tablette sans oser croiser le regard de son amie d'enfance. De grosses larmes déboulèrent sur ses joues sans qu'elle essaie de les essuyer. Elle craignait le jugement de Lili, mais l'aveu la soulageait d'un poids énorme.

Lorsqu'elle réalisa que le temps s'écoulait sans que Lili ose de commentaires, sans qu'elle lui fasse une scène, sans qu'elle s'enfuie en courant, Esther risqua un regard dans sa direction. Lili s'approcha et se contenta d'essuyer les joues d'Esther en silence.

— J'ai eu une aventure. Juste une. Juste un soir.

— Avec qui ?

— Claude.

— Ton patron ?

Esther baissa les yeux, honteuse, mais acquiesça.

— Au moins t'en as choisi un beau, lança Lili.

— Franchement ! s'offusqua Esther.

Lili s'excusa prestement et expliqua qu'elle voulait juste détendre l'atmosphère. Que la révélation la surprenait, qu'elle était mal à l'aise et avait réagi stupidement.

— Quelqu'un est au courant ?

— C'est justement ça le problème.

Jean-François et Esther se remettaient à peine d'une séparation de quelques mois. Cette révélation mettrait en péril leur couple encore fragilisé par les remous de la dernière année. Lili se dit que si Jean-François était au fait de la trahison d'Esther, orgueilleux comme il l'était, les chances que son amie se retrouve mère monoparentale étaient élevées.

— Ton mari ?

— Pire.

La pire éventualité pour Esther, Lili le comprenait, était que l'amant soit au parfum et réclame de connaître la vérité.

— Qu'est-ce que tu vas faire ?

Esther sourit tristement en hochant la tête de gauche à droite.

— On va trouver une solution, la rassura Lili. En attendant, on fait comme si de rien n'était. On commence par acheter ta bouteille de shampooing.

En mettant le pied dans le loft, Lili abandonna son sac d'emplettes à côté du paillasson et chercha son fils. Elle ne se donna même pas le temps d'enlever son manteau avant de le prendre dans ses bras et de lui murmurer des mots d'amour à l'oreille. Les révélations d'Esther l'attristaient plus qu'elles ne la choquaient. L'image de couple idéal qu'elle entretenait au sujet de sa meilleure amie et de Jean-François en prenait pour son rhume. D'abord Jean-François qui quittait Esther avec une p'tite jeune et maintenant Esther qui s'envoyait en l'air avec son patron. Finalement, l'herbe n'était pas toujours plus verte chez les voisins.

Encore troublée, elle déposa Léonard dans les bras de son père avant de revenir dans l'entrée pour récupérer le sac qu'elle y avait laissé.

— Ç'a été long ! On commençait à s'ennuyer, la taquina Thomas.

— On avait du rattrapage à faire, se justifia Lili.

Elle s'assit à côté de son amoureux et commença par extirper les chaussettes du sac de plastique.

— Maman a apporté un cadeau pour son bébé d'amour.

Elle fit danser les bas devant le regard indifférent de son fils puis les tendit à Thomas. Il n'était pas surpris que sa blonde ait utilisé une partie de son cadeau pour leur fils, même si ce n'était pas le but de l'exercice.

Lili enchaîna avec le hochet que Léonard accepta de mâchouiller et d'humecter de bave avec bonheur. Lorsqu'elle fit apparaître les suces, Thomas commença à être franchement agacé. Elle n'avait rien acheté pour elle. Plus le sac d'emplettes se vidait, plus Thomas sentait sourdre la colère et la déception. Désireuse d'offrir des babioles à son fils, Lili avait remis sur les tablettes les articles de maquillage qu'elle avait d'abord convoités.

Certaine de faire grande impression avec son prochain article, Lili déposa le bavoir sur la poitrine de son fils avec fierté, sachant que le message qu'il véhiculait toucherait Thomas. Mais ce dernier se levait au moment même où Lili s'attendait à ce qu'il lise le slogan brodé sur la bavette.

— J'suis déçu. Je voulais que tu penses à toi. Que tu te gâtes. Pas que tu dépenses mon cadeau en articles pour bébé.

Lili voulut se justifier, mais Thomas ne lui en offrit pas la chance. Il s'éloigna d'un pas rapide, laissant Lili encore plus triste qu'à son arrivée. Est-ce que ça valait vraiment la peine qu'elle extirpe sa boîte de coloration capillaire du sac et le pourchasse à l'autre bout du loft pour s'excuser ?

Esther cogna à deux reprises à la fenêtre avec ses jointures. Quelques secondes suffirent pour que le visage de Claude apparaisse entre les lattes du store vertical. D'abord surpris, il sourit puis se précipita dans l'entrée pour déverrouiller la porte de la clinique.

— Qu'est-ce que tu fais là ?

— Fallait que je te parle.

Le patron enclencha de nouveau le verrou de la porte d'entrée de son commerce et invita Esther d'un signe de la main à passer dans son bureau pour plus de confort.

— Tu veux un café ? proposa-t-il.

Elle accepta. Moins par envie de caféine que pour gagner un peu de temps et fignoler mentalement l'intervention à venir. Elle se félicitait d'avoir fait un détour par la clinique avant de regagner la maison. Elle connaissait bien les habitudes professionnelles de Claude. Il n'était pas rare que le grand patron reste à la clinique le vendredi après l'heure de fermeture. Il lui avait déjà confié que ses enfants allaient en visite chez leurs grands-parents maternels de temps en temps et que ça lui permettait de mettre à jour la paperasse entourant le bon fonctionnement de son entreprise. La clinique était déserte, le calme permettait d'abattre plus de travail que pendant les heures de bureau.

Claude lui tendit sa tasse fumante avant de s'asseoir à ses côtés. Esther s'attendait à ce qu'il prenne place derrière son bureau. La proximité qu'il lui imposait la troublait. Son parfum avait des notes d'interdit irrésistibles.

— J'ai pris une décision, annonça-t-elle.

— Je t'écoute.

En compagnie de Lili, elle avait cherché des solutions à son problème, essayé d'imaginer un plan d'action permettant de ménager la chèvre et le chou. Malheureusement, les deux femmes n'avaient trouvé aucune échappatoire pour sauver les meubles. Esther avait bien une option risquée en tête, mais elle s'était gardée de la partager avec Lili.

— Je dois penser d'abord à mes enfants. Emma et Antoine n'ont pas à subir les conséquences de nos actes.

Esther remarqua le durcissement de la mâchoire de Claude. Il serrait les dents. La partie était loin d'être gagnée.

— Je regrette rien de ce qui s'est passé ce soir-là, Esther.

Au souvenir de son aventure extraconjugale, Esther devint écarlate. Sa poitrine se souleva malgré elle, révélant à Claude le trouble qui la gagnait. Elle manquait d'air. Ne pouvait-il pas reculer de quelques pieds ? Lui laisser un peu d'espace ?

— Moi non plus.

C'était la vérité. Claude lui avait offert un cadeau inestimable en la basculant sur son bureau à la fin du party d'employés. Il lui avait donné une dose massive de plaisir, la chance d'apprivoiser une partie d'elle qu'elle refoulait depuis toujours et l'occasion de tester ses sentiments envers Jean-François. Cette incartade charnelle lui avait fait prendre conscience de la force des liens qui l'unissaient à son mari. L'inconfort qui découlait de son aventure lui en révélait beaucoup sur elle-même.

Devant cet aveu de réciprocité, Claude lui prit la main. Esther lui abandonna cette partie de son anatomie. Il le fallait pour la suite des choses.

— Je ne veux pas de scandale. Pour mes enfants. Tu peux comprendre ça ?

Claude hocha la tête, résigné. Qu'Esther songe à ses petits en pareille circonstance l'honorait. Elle lui prouvait, une fois de plus, qu'elle était une mère exemplaire.

— Je veux que tu me promettes d'abandonner l'idée d'un test de paternité ordonné par la cour.

Claude se leva comme si une décharge électrique l'avait éjecté de son siège. Si Esther s'entêtait à refuser un test de paternité, il n'aurait d'autre choix que d'engager des procédures légales pour faire la lumière sur l'affaire. Son refus était un aveu de culpabilité. Il portait en lui la conviction que Théo était son fils. Il arpenta nerveusement la pièce en silence jusqu'à ce qu'Esther lui saisisse le bras pour l'arrêter.

Elle s'installa devant lui. Leurs corps n'étaient séparés que par quelques centimètres. La colère qu'il commençait à ressentir se changea soudainement en une pulsion sauvage de désir. Il avait envie le lui déchirer ses vêtements pour exposer sa peau, d'enfouir ses mains dans sa mise en pli trop parfaite pour lui ébouriffer les cheveux. Il voulait retrouver le regard éperdu qu'elle lui avait jeté au moment où il l'avait fait jouir, près d'un an plus tôt.

Il en était à se battre avec ses pulsions sexuelles lorsqu'il eut la surprise de voir Esther amorcer un baiser brûlant. En la soulevant par les fesses, il l'obligea à enrouler ses jambes autour de ses hanches et pressa son bassin contre le sien. Il fit quelques pas en direction du mur pour y adosser celle qu'il avait l'intention de posséder. Il abandonna ses lèvres pour lui mordre la peau tendre du cou et grogner de plaisir. Esther en profita pour mettre ses mains sur les épaules de son patron et le repousser lentement.

— Promets-moi.

Claude n'en avait rien à cirer du test de paternité. En ce moment, tout ce qui lui importait était d'assouvir son envie d'elle. Un peu plus brusquement qu'il ne l'aurait souhaité, il lui empoigna un sein et en goûta la naissance en fouillant l'encolure du chemisier d'Esther. Mais cette dernière lui saisit fermement le visage pour l'obliger à la regarder.

— Promets-moi... et je vais quitter mon mari.

Thomas fixait la porte de la salle de bain. Déjà près d'une heure que Lili avait trouvé refuge dans la petite pièce. Il avait clairement entendu sa belle barrer la porte à double tour, lui en interdisant l'accès. Il regrettait d'avoir dit tout haut ce qu'il pensait tout bas depuis quelque temps. Au fond, peu importait que Lili soit revenue de la pharmacie avec des articles destinés à Léonard. Elle avait accepté de sortir sans son fils, ce qui, en soi, était déjà une petite victoire. Il aurait dû se réjouir du petit pas de sa blonde plutôt que de lui reprocher de ne pas courir aussi vite que lui.

Lili s'adaptait difficilement aux changements engendrés par l'arrivée de Léonard. Thomas était étonné de constater que son amoureuse résistait à la nouveauté, à l'évolution de leur enfant. Bien sûr, fiston était amoureux fou de sa mère et n'hésitait pas à la réclamer, mais Thomas constatait de plus en plus que son fils s'attachait à lui et qu'il arrivait à survivre à l'absence de Lili. Thomas gagnait aussi en assurance et cette confiance en lui trouvait écho chez Léonard. Bébé s'abandonnait à ses bras. Même si Thomas comprenait qu'un lien unique soudait Lili à leur fils, il sentait bien que son fiston cherchait aussi à créer un lien avec lui. Une relation différente, moins fusionnelle, mais tout aussi importante.

Devenir parents jetait un éclairage nouveau sur leur couple. Thomas entrevoyait des facettes de Lili qu'il n'aurait même pas soupçonnées. Il était fascinant qu'une tierce personne lui en apprenne sur la femme qui partageait sa vie depuis quelques années. D'autant plus que cette petite personne n'avait que quatre mois de vie à son compteur.

Lili avait toujours été celle qui devait le convaincre d'oser. Il était plus casanier, moins à la recherche de sensations fortes, plus facilement satisfait de sa vie. Depuis leur rencontre, c'était Lili qui lui tirait sur la manche pour qu'il s'ajuste à son tempo supersonique. Il avait souvent la langue à terre à essayer de la suivre. Depuis qu'ils étaient parents, c'était différent.

Thomas entendit la poignée de la salle de bain tourner. Il se croisait les doigts pour ne pas voir apparaître une Lili aux yeux rougis par sa faute. Il craignait que sa blonde n'ait passé la dernière heure à broyer du noir et à culpabiliser à cause d'une phrase lancée avec précipitation. Il comptait bien s'amender auprès de sa douce.

Lili sortit de la salle de bain. Thomas ne trouva rien à dire. Elle le fixait en attendant une réaction. Il se leva et vint la rejoindre.

— T'es magnifique, lui souffla-t-il avec sincérité avant de l'étreindre.

En serrant sa blonde dans ses bras, Thomas réalisa qu'il devait continuer à essayer de la sortir de sa torpeur. Que dorénavant, il avait le droit de la bousculer un peu, avec amour. Elle en avait besoin pour avancer, pour se retrouver. Il remercia la vie de lui offrir la chance de redécouvrir sa douce grâce à la maternité. Jamais il n'aurait soupçonné que l'arrivée d'un enfant donne un second souffle à son amour.

Lili venait de se teindre les cheveux. Thomas savait que c'était le premier pas vers le retour de la Lili qu'il connaissait et aimait.

Au petit matin, Simon ouvrit l'œil. Il mit quelques secondes à réaliser qu'il se trouvait encore sur le canapé du salon. Étonné de ne pas avoir entendu Frédérique rentrer, il entreprit de se lever. Les courbatures se firent rapidement sentir. Il avait passé l'âge de dormir sur le divan. Chaque muscle endolori lui rappelait cruellement qu'il n'avait plus vingt ans. En se massant le cou, il se dirigea vers la cafetière. Il était encore tôt, mais Blanche ne tarderait pas à réclamer son premier repas de la journée. Frédérique serait ravie de trouver une grande tasse de café chaud en sortant du lit.

Depuis quelques jours, l'ambiance était tendue à l'appartement. Le «je t'aime» tardif de Simon n'avait pas de valeur aux yeux de Frédérique.

— Fallait que ça vienne de toi. Pas que tu me le dises parce que j'te serre les couilles!

C'était vrai qu'il avait repoussé le moment le plus possible. Son expérience lui avait appris que dès qu'un homme avoue ses sentiments, les femmes s'emballent et se mettent à parler de fiançailles et de mariage, d'achat de chalet et de renouvellement d'hypothèque. La relation qu'il avait avec Frédérique lui convenait et il craignait qu'un aveu vienne tout gâcher. Devant la fureur de celle qu'il aimait sincèrement, il avait murmuré un «je t'aime, tu le sais bien» pas très convaincant.

C'était trop peu, trop tard. Et Simon ne voyait pas comment recoller les pots cassés. Dès qu'il sortait la colle, Frédérique brandissait un marteau menaçant de tout fracasser de nouveau.

Le café était passé depuis un bon moment lorsqu'il se risqua à pénétrer dans leur chambre. Peut-être arriverait-il à amener Blanche au salon pour permettre à Frédérique de faire la grasse matinée?

Il resta interdit devant la chambre vide. Sa blonde avait découché sans même le prévenir. Il fallait qu'il l'ait diablement blessée pour qu'elle agisse ainsi. Si elle n'hésitait pas à grimper aux rideaux à la moindre contrariété, Frédérique avait au moins le mérite de jouer franc jeu et d'annoncer ses couleurs. Un coup semblable ne lui ressemblait pas.

Les heures passèrent sans que Frédérique donne la moindre nouvelle. Simon décida de piler sur son orgueil et de la contacter sur son cellulaire. Aucune réponse.

En soirée, commençant à être inquiet, il téléphona à Lili pour savoir si elle était complice de l'escapade de Frédérique. Sa blonde pouvait très bien avoir trouvé refuge chez une amie et avoir passé la journée à déblatérer sur son compte. Il l'avait quand même un peu cherché. Surprise, Lili lui avoua qu'elle n'avait pas eu de nouvelles de Frédérique depuis deux jours.

Après une nouvelle tentative infructueuse pour joindre Frédérique sur son cellulaire, à contrecœur, Simon téléphona chez Jeannine et Gerry. Il fut soulagé que ce soit le maître des lieux qui réponde. Il se voyait mal faire face à une Jeannine en furie. Si sa fille avait trouvé refuge chez elle, elle l'accuserait de tous les torts. Les deux femmes étaient généralement à couteaux tirés, mais Simon savait que Jeannine provoquait Frédérique simplement pour avoir son attention. Elle n'hésiterait pas à lui passer un savon.

— Comment ça va, le gendre?

Simon ne put s'empêcher de sourire. Gerry avait le don de mettre les gens à l'aise. Dès le départ, il avait accueilli Simon comme un membre de la famille à part entière. Il était probablement le seul à connaître Frédérique aussi bien que lui. Malgré tout l'amour qu'il portait à sa belle-fille, Gerry était un être impartial qui savait faire la part des choses.

— Mieux que ma blonde, j'imagine, risqua Simon.

— Comment ça?

Ce n'était pas la réponse à laquelle il s'attendait. Gerry n'était pas du genre à jouer les innocents. Si Frédérique avait trouvé refuge chez eux, il lui aurait dit d'emblée pour le calmer. Son pouls s'accéléra, il avait un mauvais pressentiment.

— Gerry, est-ce que Frédérique est chez vous?

— Pourquoi tu demandes ça?

— Elle est pas rentrée de la nuit, je sais pas où elle est.

Gerry éclata d'un rire authentique. Depuis qu'il connaissait Frédérique, elle avait découché à de multiples reprises. Simon n'était pas le premier petit ami à téléphoner à la maison pour se faire rassurer.

— Vous vous êtes chicanés?

— Un peu, concéda Simon.

Il n'avait pas envie d'étaler sa vie privée. La teneur de leur dispute n'était pas d'intérêt public et il refusait d'en dévoiler le contenu à son beau-père.

— Fais-toi-z'en pas. C'est sa façon de te punir, dit tendrement Gerry. Elle t'aime beaucoup, tu sais.

— Moi aussi, murmura Simon, touché.

— Dis-lui souvent, mon gars. Elle en a besoin.

Simon se promit de faire un effort pour verbaliser ses sentiments. Dès que Frédérique mettrait les pieds dans l'appartement, il lui redirait à quel point il l'aimait. Il insisterait sur la sincérité de ses mots. Il lui avouerait qu'elle occupait constamment ses pensées, qu'elle lui manquait dès qu'elle sortait de son champ de vision. Il lui dirait tout ce qu'elle voulait entendre.

Simon en était à son huitième café lorsque, à quatre heures du matin, il prit le téléphone. Le cœur battant à se rompre à cause de l'énervement et de la surdose de caféine, il tira une chaise pour s'asseoir. Dès que la voix à l'autre bout du fil lui répondit, il inspira profondément pour déballer son histoire d'un seul souffle.

— Bonjour, je m'appelle Simon Meilleur, j'appelle pour signaler la disparition de ma copine et de sa fille.

CHAPITRE 5

La cuisine du petit appartement se transforma graduellement en quartier général. Après que les policiers furent venus pour prendre une déposition complète, Gerry, Jeannine et leur marmaille étaient arrivés en renfort aux petites heures du matin. Dès que Simon les avait mis au courant de l'absence prolongée de Frédérique, ils étaient venus apporter leur soutien.

Si Gerry persistait dans son idée que Frédérique réapparaîtrait sous peu, en pleine santé, le fait qu'elle ait emmené avec elle la petite Blanche le turlupinait. Il espérait juste que l'instinct paternel qu'il avait développé avec les années à l'endroit de Frédérique ne le trompait pas.

Jeannine accompagnait Simon dans sa beuverie de café. Elle ne tenait pas en place et avait entrepris le grand ménage du printemps. L'absurdité de son comportement ne lui échappait pas, mais ses mains et son cœur de mère, impuissants devant la disparition de sa grande fille, avaient besoin de s'activer, de se sentir utiles.

Elle, si fière à l'idée de se pavaner avec son nouveau look capillaire devant les autres, remisa celle de parler des tendances des grands salons de coiffure. L'heure n'était pas aux bonnes nouvelles. Tous ceux qui la croisèrent ce matin-là se demandèrent ce qui était le plus épeurant: sa nouvelle tête ou la disparition de Frédérique.

Pendant que sa belle-mère faisait le ménage, Simon multipliait les appels dans l'espoir de trouver quelqu'un qui sache où se trouvaient Frédérique et Blanche. Les cheveux en bataille, les yeux rouges à cause du manque de sommeil, il faisait pitié à voir. Il ne pouvait se résoudre à patienter les bras croisés. Même si les policiers l'avaient assuré que tout serait mis en branle rapidement pour retrouver sa copine et sa fille, Simon avait besoin de s'impliquer.

Au cours de la dernière heure, Lili et Esther étaient venues à l'appartement en soutien au chum de leur amie. Lili était passée en coup de vent, proposant d'utiliser ses réseaux sociaux pour lancer une chasse à la femme. En publiant une photo de Frédérique et en donnant la description des vêtements qu'elle portait la dernière fois que Simon l'avait vue, Lili était convaincue de pouvoir la retrouver rapidement. Pas question d'attendre que les autorités fassent leur travail. Elle connaissait la puissance des réseaux sociaux. De plus, elle s'était proposée pour une visite des lieux fréquentés par Frédérique : le café, l'institut d'esthétisme qu'elle affectionnait, le centre d'achats. Peut-être quelqu'un lui confirmerait-il qu'elle y avait mis les pieds la veille.

Quant à Esther, toujours aussi organisée, elle avait pris soin de garnir le réfrigérateur de Simon de sandwiches pour tous, de crudités, de trempettes faites maison et de cubes de fromage. Elle avait frustré ses enfants en emportant ses appétissants muffins aux bleuets fraîchement sortis du four. Les petits estomacs étaient fort mécontents de perdre leur collation au profit des adultes que s'apprêtait à visiter maman.

Gerry posa une main rassurante sur l'épaule de son gendre. L'homme n'a pas besoin de mots pour exprimer son appui. Les quelques claques qu'il lui asséna à la hauteur de l'omoplate valaient mieux que tous les conseils creux ou les encouragements bidon qu'il aurait pu formuler.

Lorsqu'un cliquetis se fit entendre en direction de la porte de l'appartement, chacun retint son souffle. La tête de Frédérique passa le cadre de porte. Penchée pour ramasser la coquille de transport de sa fille et le sac à couches, elle ne remarqua pas tout de suite le comité d'accueil qui l'attendait.

Lorsqu'elle dégagea son visage en replaçant ses cheveux derrière son oreille, la scène incongrue la figea sur place. Jeannine était à genoux sur son comptoir, une guenille à la main alors que Gerry avait l'air de prodiguer un massage à un Simon en piteux état.

— Est-ce qu'on avait un brunch de prévu à matin ?

Jeannine descendit du comptoir et fit un pas en direction de Frédérique. Gerry la retint par le bras. Il la savait capable de gifler sa grande fille à ce moment. La peur qui lui tordait les boyaux depuis l'appel de Simon ne trouverait pas d'apaisement dans une caresse, mais dans la violence d'un affrontement. Gerry devait s'interposer rapidement pour éviter que les sentiments de Jeannine n'empirent la situation.

— On va y aller, nous autres.

Jeannine fixait sa grande fille, la mâchoire tremblante d'émotion. Gerry dut la pousser de manière insistante pour que ses pieds acceptent d'avancer et de quitter la pièce. Il lui arracha son torchon des mains, attrapa le sac à main de sa femme au passage et le couple gagna le couloir de l'immeuble. Une fois Jeannine éloignée, Gerry revint sur ses pas pour soulever les coquilles de transport dans lesquelles dormaient paisiblement les jumeaux, indifférents au drame familial.

Maintenant seul avec sa blonde, Simon se leva péniblement.

— J'vais rappeler les policiers.

— Les policiers ? s'étonna Frédérique.

Simon s'approcha de celle qu'il imaginait déjà morte dans un fossé. Elle avait l'air déconnectée. Étonnée que son entourage soit dans tous ses états.

— T'étais où ? articula-t-il d'une voix blanche.

— On s'est payé une sortie de filles, dit-elle en désignant Blanche du menton. Je reprends la job au café demain. J'ai décidé de me gâter avant mon retour au travail.

Frédérique mentait à moitié. Si elle avait effectivement réservé une chambre dans une coquette auberge pour faire le vide de stress et le plein d'énergie avant son retour au travail, elle voulait surtout s'éloigner de Simon pour opérer une mise à jour de ses sentiments et penser à la suite des choses. Elle voyait bien que son escapade improvisée l'avait ébranlé et ne pouvait que s'en féliciter.

Simon aurait eu mille questions et mille reproches à formuler. Il se contenta de serrer Frédérique contre lui. Elle s'attendait à ce qu'il la critique, la menace de disparaître ou qu'il mette fin à leur relation sur-le-champ. Lorsqu'elle sentit les soubresauts des épaules de Simon, un sentiment de culpabilité imprévu l'envahit. Son amoureux pleurait à chaudes larmes, comme un bébé. N'était-ce pas là un « je t'aime » muet ?

Tel un fœtus, Esther était recroquevillée, dos à Jean-François. Chaque soir, c'était le même scénario qui se répétait : elle fixait le mur, il tentait un rapprochement, elle ne réagissait pas.

Depuis l'aventure de son mari, Esther se refusait à lui. Si elle lui avait longtemps interdit le lit conjugal, le fait de maintenant dormir ensemble compliquait les choses. Chaque soir, il l'embrassait tendrement sur l'épaule en lui souhaitant bonne nuit. Esther savait qu'il guettait ses réactions. Un simple geste d'ouverture de sa part et Jean-François tenterait de lui faire l'amour. Elle n'était pas certaine d'être prête.

Il lui était difficile d'oublier que son mari en avait caressé une autre, plus jeune et probablement plus ferme. Difficile d'effacer ces images malsaines qui revenaient la hanter chaque fois que Jean-François cherchait un peu d'intimité.

Depuis l'accouchement, il gardait une distance respectueuse, conscient qu'Esther avait besoin de temps pour lui pardonner son infidélité. Qu'elle ait également besoin de sa patience pour réintégrer son corps de femme ne semblait pas déterminant. Il ne voulait simplement pas la brusquer, suffisamment lucide pour comprendre qu'un faux mouvement lui vaudrait un nouveau laps de temps d'abstinence.

Ce soir, lorsque Jean-François déposa un baiser sur l'épaule de sa femme, il osa lui caresser doucement le bras, sans aucune insistance. Ce seul contact lui occasionna une érection qu'il prit soin de ne pas coller au creux des reins d'Esther. Combien de temps allait durer le supplice ? Était-elle seulement consciente du désir qu'elle suscitait en lui ? De la testostérone qui commençait à lui sortir par les oreilles ?

Concentrée sur les imperfections de la peinture couvrant les murs de sa chambre, Esther espéra dans un premier temps que son mari se lasse rapidement de son petit jeu. Ses pensées évoluaient autour de la fuite puérile de Frédérique. Esther trouvait évident que la jeune femme cherchait à attirer l'attention. Puis, petit à petit, l'image de Frédérique s'évanouit et une pulsion endormie sembla vouloir se réveiller. Sans trop y réfléchir, Esther se tourna sur le dos.

C'était le signal. Celui qu'il attendait. Celui qu'elle évitait. Fébrile et croyant à peine à sa chance, Jean-François prit possession du corps de sa femme. Les amants étaient maladroits. Leur couple, si bien rodé autrefois, cherchait son rythme à présent. Leurs corps, si familiers l'un de l'autre, avaient peine à retrouver leur harmonie, leurs habitudes. Esther se plaignit qu'il était appuyé sur ses cheveux ; lui se retint de chialer lorsqu'elle lui asséna un coup de coude au visage sans le vouloir. Leur étreinte était gauche, aussi nulle que celle d'une aventure d'un soir, quand les corps cherchent leur satisfaction personnelle et non pas celle de l'autre. Ce n'était pas un partage. Juste la prise en otage consentante d'un corps par un autre.

Esther fit un effort pour y prendre du plaisir. Elle souhaitait une réconciliation épidermique. Le miracle espéré ne se produisit pas, mais Jean-François semblait prendre son pied. Esther se dit qu'elle pourrait ainsi le tenir à distance pendant quelques jours.

Une fois repu, Jean-François se laissa choir dans le lit aux côtés de sa femme. La glace était brisée. Leur vie sexuelle reviendrait à la normale. Il avait l'intention de remettre ça, dès demain. Peut-être même avant le lever du jour...

Esther aurait souhaité trouver refuge contre l'aisselle de son mari et s'endormir rapidement. Elle s'en voulait de rester immobile à fixer le plafond. La gaucherie de ces retrouvailles intimes ne faisait que rehausser la chimie des corps qu'elle avait ressentie, l'avant-veille, dans le bureau de Claude.

Jeannine déposa sa balance électronique sur le plancher de la cuisine. Elle avait l'intention d'en avoir le cœur net au sujet de la prise de poids de Gerry.

— Tu veux pas sérieusement que je monte là-dessus? questionna Gerry.

— Oui, monsieur. Tout de suite à part ça.

Gerry se gratta la panse, prit le temps d'engloutir le coin de rôtie au Nutella qui restait dans son assiette avant de se lever pour monter sur la balance. Jamais il n'aurait osé contredire sa femme: elle était d'une humeur massacrante depuis la fugue de Frédérique.

— Deux cent douze. C'est pas si pire, déclara-t-il en descendant du pèse-personne pour terminer son déjeuner.

— Pour cinq pieds huit pouces, c'est trop, trancha Jeannine.

— J'ai des gros os.

— Faut appeler *Le livre Guinness des records.* T'es le seul adulte que je connaisse qui prend trente livres d'os en une année.

Gerry sourit. Il savait bien que son tour de taille avait augmenté. Il mangeait davantage pour compenser le manque de sommeil. Pendant la grossesse, il accompagnait Jeannine dans ses fringales nocturnes et l'habitude ne l'avait pas quitté à la naissance des jumeaux. Il se disait parfois qu'il remédierait à la situation, mais il repoussait constamment cet effort.

— J'achève le pot de Nutella. Après, on a dit qu'on rachetait plus de cochonneries. Ça va se perdre tout seul, ces livres-là!

Le régime imposé par Jeannine n'était suivi qu'à moitié par Gerry. Il avait accepté de se «sacrifier» pour manger les aliments camelotes qu'ils avaient dans les armoires. Croustilles, chocolat et tartinade au caramel accompagnaient abondamment les soupes de légumes et les pâtes de blé entier qui figuraient maintenant sur leur liste d'épicerie. Plus il y avait de navet et de bette à carde au menu et plus Gerry était généreux en caramel pour coiffer ses rôties. Il appréhendait la vision du fond du pot de tartinade.

— À notre âge, trente livres, ça se perd pas comme par magie, rectifia Jeannine. J'aimerais ça aussi que tu t'habilles quand t'es à la maison.

— J'suis pas tout nu, déclara Gerry en montrant son pyjama.

— T'es en mou. C'est pire. J'aimerais ça que tu fasses un effort. Tu te laisses aller.

Gerry accusa le reproche. Il n'était pas vraiment conscient de ce supposé relâchement. S'il portait des vêtements d'intérieur, c'était par envie de confort et parce que plusieurs de ses vêtements lui serraient le torse.

— Je vais faire un effort, pour toi, mon colibri en caramel.

Satisfaite, Jeannine quitta la cuisine, emportant le pèse-personne avec elle. Gerry en profita pour faire dorer une rôtie additionnelle, tout en se disant que s'il avait été une femme et Jeannine un homme, jamais elle n'aurait pu lui servir pareil sermon sans risquer de dormir quelques jours sur le sofa.

Léonard dans les bras, Lili reluqua la rôtie parfaitement intacte qui reposait au coin du comptoir. Voilà plus d'une heure que son estomac criait famine, mais bébé ne lui donnait pas l'occasion de se sustenter. Elle s'étonnait encore du vortex temporel dans lequel vous emprisonnait un nourrisson. Avant d'être mère, lorsqu'elle entendait une nouvelle maman dire qu'elle n'arrivait pas à trouver cinq minutes pour prendre une douche, Lili souriait. La femme en question devait être bien désorganisée pour ne pas trouver trois cents malheureuses petites secondes pour se doucher. Maintenant, elle comprenait.

Elle réalisa qu'elle n'avait pratiquement rien mangé de la journée en entendant Thomas rentrer du travail. Ils en seraient quittes pour un autre souper de pizza congelée.

Rapidement, un effluve de mets asiatiques envahit la pièce. Thomas avait fait un détour pour se procurer les délices thaïlandais auxquels ne pouvait résister Lili. En humant l'odeur d'arachide du pad thaï, Lili saliva d'anticipation.

— Sans soya, précisa Thomas, sachant très bien que Lili pouvait refuser d'en manger à cause de son sacro-saint régime. J'ai vérifié les ingrédients.

— Merci.

— La journée a bien été ?

Lili se contenta d'une grimace. Depuis deux jours, Léonard refusait qu'on le pose par terre, il s'agrippait à ses parents tel un koala, n'hésitant pas à mouiller ses joues de grosses larmes de crocodile dès qu'on osait le déposer au sol. S'il trônait sur les genoux de maman, avait un sein à portée de bouche et des bras chauds comme couverture, il devenait un ange.

— Passe-le-moi.

Lili ne se fit pas prier pour tendre son paquet d'amour à Thomas. Les bras ainsi libérés, elle pourrait avaler une bouchée en paix. Thomas lui désigna le sac de plastique dans lequel patientait leur souper.

— Mange pendant que c'est chaud.

Avidement, Lili ouvrit la petite boîte en carton et se rendit à la cuisine pour dénicher une fourchette. Normalement, elle aurait pris plaisir à manger avec ses baguettes, mais sa faim exigeait des bouchées que seule une fourchette pourrait lui offrir. La tête à quelques pouces au-dessus du contenant, elle enfourna son mets en un temps record au plus grand plaisir de Thomas.

Rassasiée, Lili retrouva une humeur plus clémente et commença à décrire sa journée à son amoureux. Les détails anodins dont elle l'abreuvait ne le captivaient guère, mais il faisait semblant de s'y intéresser, sachant bien que tout ce qui concernait Léonard avait une importance cruciale aux yeux de sa maman, même lorsqu'il s'agissait d'une couche anormalement pleine ou d'un surplus de salive suspect.

Lili s'attaquait aux dernières bouchées de son souper lorsque le regard de Thomas fut attiré par un détail surprenant : sa blonde arborait une manucure française. Elle osait parfois se peindre les ongles avec du vernis, mais jamais elle n'était satisfaite lorsqu'elle essayait de vernir le bout de ses ongles en blanc. Le résultat n'était jamais aussi professionnel qu'elle l'espérait. Thomas en déduisit donc qu'elle avait pris rendez-vous chez l'esthéticienne pour obtenir le résultat impeccable qu'il pouvait observer.

— Tu t'es fait faire les ongles aujourd'hui ?

Lili rougit instantanément et tenta maladroitement de camoufler ses mains.

— Je sais, j'aurais pas dû.

— Pourquoi tu dis ça ?

Lili trouvait bien superflu de se payer ce petit luxe alors que ses prestations de maternité suffisaient à peine à couvrir leurs dépenses mensuelles. Elle se trouvait égoïste d'avoir dépensé une poignée de dollars pour un artifice qui ne durerait que quelques jours tandis qu'elle aurait pu acheter un nouveau pyjama à son fils. Inconsciemment, elle redoutait le jugement de Thomas.

— C'était pas une dépense essentielle. Puis Léonard a braillé tout le long, j'étais tellement gênée.

Thomas afficha une moue compatissante. Il était heureux que sa blonde remette son nom en haut de sa liste de priorité, même si celui de Léonard serait bien difficile à détrôner. Pendant que Lili, mal à l'aise, fouillait du regard le fond de sa boîte de pad thaï, Thomas l'enveloppa d'un regard amoureux. Il retrouvait lentement, mais sûrement, la femme qui le faisait vibrer. Il appréciait ses efforts : la teinture et maintenant la manucure. Lili était une jeune maman drôlement séduisante.

Thomas se rapprocha de sa douce en tenant le bébé assis sur lui. Il lui saisit une main et l'apporta devant le visage de leur garçon pour admirer les efforts de l'esthéticienne.

— Nous, on aime ça, hein bonhomme ? C'est très sexy.

Il gratifia Lili d'un regard coquin pendant que Léonard agrippait la main de sa mère pour en mordiller les phalanges et baver de bonheur dans sa paume offerte. Papa et maman s'aimaient, il le sentait.

Lili et Thomas arrivèrent au café les derniers. Tous les copains étaient déjà réunis avec leurs rejetons et monopolisaient une bonne partie des chaises disponibles pour la clientèle. Les poussettes réduisaient considérablement l'espace réservé aux serveuses pour aller et venir entre les tables, gênant du même coup chaque parent désireux de quitter la salle à manger pour se rendre au petit coin. L'ambiance n'en souffrait pas pour autant, les rires fusaient de part et d'autre, et les éclats de voix ne semblaient en rien déranger le repos des bambins qui sommeillaient.

— Bonne première fête des Mères! lança chaleureusement Esther à Lili en l'enlaçant.

Il n'en fallut pas davantage pour que Lili ait la larme à l'œil. Au-delà de la fierté qu'elle ressentait à souligner sa maternité, c'était le souvenir de sa mère décédée en cours de grossesse qui occupait toutes ses pensées. Esther resserra son étreinte, consciente du chagrin de son amie. La solidité d'Esther contamina Lili qui se ressaisit rapidement et lança un sourire sincère à sa copine de longue date.

— Merci, lui murmura-t-elle.

— Où qu'elle soit, elle est fière de toi, tu le sais, hein?

Lili savait.

La ronde des embrassades commença. Comme il était plaisant de sortir de la maison pour se retrouver entre adultes. Lili embrassa chaleureusement Jean-François qui lui tendit Théo.

— Lui aussi veut un bisou de matante Lili.

Lili s'exécuta avec plaisir. Jean-François couvait l'enfant d'un regard fier. Il n'hésitait pas à vanter les mérites de son fils en prenant bien soin d'appuyer sur le pronom possessif précédant le prénom de l'enfant.

— Mon Théo a percé sa première dent, lança-t-il à haute voix comme si le chérubin venait d'être admis dans une université prestigieuse ou qu'il avait découvert un remède au cancer.

Lili ne put s'empêcher de se demander s'il se doutait de l'infidélité d'Esther pour faire ainsi étalage de sa fierté paternelle.

Les menus passèrent de main en main et chacun commanda ce que son estomac appréciait, ou, comme Lili et Gerry, ce que sa diète lui permettait. Si les adultes se plaisaient dans les conversations qui avaient cours, il en était autrement pour Antoine et Emma qui commençaient déjà à s'impatienter. La fillette de cinq ans tira sur la manche de son père jusqu'à ce qu'il daigne lui accorder un regard.

— C'est l'heure des cadeaux? demanda-t-elle avec espoir.

Puisque le chef-cuisinier semblait débordé et que les assiettes ne seraient livrées que dans plusieurs minutes, Jean-François acquiesça silencieusement à la requête de son unique fille.

Emma sortit une enveloppe de la grande poche intérieure du manteau de son père et la jeta sur la table devant Esther.

— Ouvre, maman!

Comme Esther terminait sa conversation au lieu de déchirer l'enveloppe ainsi que l'exigeait Emma, celle-ci retira le cadeau des mains de sa mère pour lui donner un coup de main. En deux secondes, l'enveloppe gisait sur le plancher et Esther prenait connaissance du contenu fabriqué par ses enfants: des cartes de souhaits dessinées à la main où des lettres alignées avec hésitation formaient les mots «je t'aime maman».

Émue, Esther embrassa les cheveux de ses enfants, fière de sa famille.

— J'ai pas de dessins, moi? questionna Gerry qui se rappelait avec délices les coupons offerts par les enfants lors du shower.

Emma avait dessiné un nourrisson dont la couche débordait pour signifier à sa mère qu'elle se portait volontaire pour changer la couche du bébé à naître. La selle dépassait en grandeur celle du bambin, ce qui avait causé l'hilarité générale.

À la grande surprise de Gerry, la fillette sortit un dessin à l'intention du papa gâteau.

— Maman dit que c'est toi la femme du couple, lança Emma avec aplomb.

— Emma ! rougit Esther.

La formulation ne laissait aucun doute. Une enfant de cinq ans ne pouvait pas avoir inventé une telle phrase. Il fallait qu'elle l'ait entendue à de multiples reprises pour ainsi la répéter.

— Ta maman a raison, souffla Gerry dans le creux de l'oreille de la fillette qui éclata d'un rire cristallin avant de trouver refuge entre son père et sa mère.

Emma aimait beaucoup le monsieur-à-la-grosse-bedaine. Secrètement, elle était convaincue que, décembre venu, Gerry se laissait pousser la barbe et montait dans un traîneau magique pour distribuer des cadeaux aux enfants sages. Son dessin était en quelque sorte un argument pour s'attirer des faveurs au prochain temps des fêtes.

Pour faire oublier le malaise de sa femme, Jean-François attira l'attention de tous en offrant son cadeau à Esther : un magnifique bracelet à breloques.

— Il y en a une pour chaque enfant, précisa-t-il lorsque Esther commença à retourner chaque colifichet.

Jean-François avait eu la délicatesse de faire graver la date de naissance des enfants à l'endos de chaque petit porte-bonheur. Une quatrième breloque portait la date de leur mariage. Muette d'émotion, Esther se contenta d'offrir un sourire attendri à son mari. Jean-François avait le don de la surprendre.

— Est-ce que j'ai droit à un bijou, moi aussi ? questionna Gerry qui prenait un malin plaisir à étriver Emma.

— Non, ça coûte trop cher, justifia la fillette.

Depuis quand le Père Noël exigeait-il des cadeaux en échange de ceux qu'il apportait en fin d'année ?

— Tu te l'es fait dire, mon Gerry, se bidonna Simon.

Gerry éclata de rire, faisant tressauter sa graisse abdominale.

— Calme-toi, tu risques de faire sauter tes boutons de chemise ! plaisanta Jeannine en voyant le tissu du vêtement se tendre sur la panse de son homme.

— Tu devrais venir au gym avec nous autres, Gerry. Quelques semaines de *spinning* et ta femme pourra plus chialer sur ton tour de taille, déclara Jean-François.

— Ça va nous donner l'occasion de parler un peu dans le dos des filles, ajouta Simon qui venait tout juste de s'engager à reprendre l'entraînement en salle avec Jean-François et Thomas.

— Si le gendre m'accompagne, j'accepte !

Thomas ne put s'empêcher de penser qu'au-delà des livres à perdre, c'étaient les cernes de Gerry qu'il faudrait effacer. L'homme semblait au bout du rouleau malgré sa bonne humeur habituelle. Un peu d'exercice ne pourrait pas lui faire de tort et lui redonnerait un peu d'énergie.

— C'est à mon tour d'offrir mon cadeau, déclara Gerry.

Jeannine se doutait bien du cadeau qu'elle recevrait. Gerry avait apporté son étui à guitare au café. Elle se demandait simplement si son homme avait eu le génie de choisir une pièce de circonstance ou s'il s'apprêtait à lui chanter une ritournelle country humoristique comme il en improvisait à profusion à la maison pour la faire rigoler.

Il se racla la gorge avant d'entamer la magnifique ballade de Vincent Vallières : *On va s'aimer encore*. Jeannine porta les mains à son cœur, touchée par ce cadeau surprenant. Lorsqu'il abandonnait ses parodies country, la voix de Gerry se faisait veloutée et très touchante. Le chanteur eut de la difficulté à terminer sa prestation, contaminé par l'émotion générale. C'était une magnifique déclaration d'amour qui ravissait Jeannine. Son homme était un conjoint formidable.

— Tiens, c'est pour toi, lança banalement Frédérique en déposant une carte devant sa mère.

Étonnée, Jeannine observa sa fille, se demandant s'il s'agissait d'une mauvaise blague. La dernière fois que Frédérique avait souligné la fête des Mères, elle était écolière et le cadeau offert était un bricolage obligatoire réalisé pendant le cours d'arts plastiques. Qu'elle ait, de sa propre initiative, décidé de lui offrir un cadeau pour l'occasion la surprenait grandement. À moins que Simon ait quelque chose à voir avec cette idée ?

Jeannine dirigea son regard vers l'amoureux de sa fille qui secoua la tête de gauche à droite en réponse à la question muette de sa belle-mère.

Délicatement, avec tout le respect qu'on réserve aux trésors et objets de valeur, Jeannine décacheta l'enveloppe. Elle y trouva une carte ne contenant que quelques phrases avec la signature de Frédérique au bas. Bien sûr, elle aurait préféré que sa fille prenne une carte vierge et qu'elle fasse l'effort de lui composer un message personnel, mais Jeannine relut les quelques lignes en se disant que si Frédérique n'en était pas l'auteure, elle en était à tout le moins la messagère.

— Merci, murmura-t-elle en étreignant maladroitement sa grande fille.

Un silence respectueux s'installa autour de la table. Frédérique se laissa embrasser longuement. Chacun savourait cette réconciliation si longtemps espérée par Jeannine. Demain, les deux femmes seraient sûrement comme chien et chat, mais l'armistice actuel laissait présager que la maternité avait le pouvoir de changer les choses, lentement, mais durablement.

— Ça suffit, là ! C'est juste une carte, risqua Frédérique pour se défaire de l'accolade de sa mère. Y en a qui ont pas encore reçu leur cadeau, prétexta-t-elle en toisant Thomas.

Le fleuriste déposa un grand rectangle enrubanné devant sa blonde. Au réveil, Lili avait reçu un magnifique, mais traditionnel, bouquet de fleurs de la part de son chum. Elle ne s'attendait pas nécessairement à recevoir autre chose, mais prit possession du cadeau avec plaisir, déchirant le papier d'emballage comme une enfant.

Sa bouche se figea en un grand O muet lorsqu'elle eut retiré tout l'emballage. Thomas avait encadré une photo d'elle et de son fils en grand format. Lili fronça les sourcils, elle ne se rappelait pas que Thomas les ait photographiés. Depuis la naissance de Léonard, elle se désolait que son amoureux n'ait pas le réflexe de la prendre en photo avec leur fils. Elle multipliait les clichés père-fils, mais comptait très peu de photos où elle apparaissait aux côtés de Léonard.

— C'est pas aussi beau que si c'était toi qui avais pris la photo, s'excusa Thomas, mais je l'aime beaucoup celle-là, avoua-t-il.

En remerciement, il savoura un long baiser de la part de Lili qui retourna tout de suite à la contemplation de son cadeau dès qu'elle sépara ses lèvres de celles de son chum. « Bingo ! », se dit Thomas.

Finalement, Simon déposa un minuscule écrin de velours devant la place occupée par Frédérique.

— C'est peut-être pas ma fille, mais… dit-il devant l'air déconcerté de Frédérique.

La belle lui sourit, heureuse que son cavalier ait décidé de souligner l'événement. Elle se doutait bien que Simon lui avait déniché un petit quelque chose, mais un bijou… ça dépassait ses attentes. Elle espérait juste que les boucles d'oreilles soient en or. Trop de ses amants avaient opté pour de l'argent par le passé sans noter qu'elle avait une préférence marquée pour le métal doré. S'il fallait qu'elle découvre des pendentifs argentés, sa déception serait difficile à camoufler.

Avec appréhension, elle ouvrit la petite boîte à bijoux et figea son mouvement dès qu'elle y aperçut non pas des boucles d'oreilles, mais une bague. Elle avait beau se tenir loin des coutumes religieuses et de tout ce qui faisait référence aux unions officielles, elle n'était pas ignare. Simon venait de lui offrir une bague de fiançailles.

Lili s'étira le cou pour voir l'intérieur du baguier et poussa un cri de joie devant le présent que venait de recevoir Frédérique. Les autres l'imitèrent et bientôt, tout le monde applaudit chaleureusement le geste de Simon. Encouragé par la réaction de leur entourage, Simon se pressa contre Frédérique pour lui voler un baiser.

— Tu l'aimes ? questionna-t-il.

— Elle est magnifique, répondit laconiquement Frédérique, encore sous le choc de sa découverte.

Simon lui retira la minuscule boîte des mains, en extirpa la bague et la passa sans cérémonie à l'annulaire gauche de son amante. Les applaudissements redoublèrent d'intensité, suivant la même pente ascendante que le malaise de Frédérique.

Discrètement, Frédérique retira sa bague et la glissa à l'intérieur de la poche de son jeans moulant. Si elle acceptait volontiers de porter le bijou en présence de ses proches qui ne cessaient de s'extasier devant la parure dorée, elle se faisait un devoir de la faire disparaître dès qu'elle mettait les pieds au travail. Simon n'avait pas abordé la signification de son cadeau avec elle. L'objet devait parler de lui-même. Une chose était certaine pour Frédérique, une bague comme celle-là n'aidait en rien à la collecte de pourboires généreux.

Même si les habitués du café qui lui rôdaient autour avaient vu son ventre s'arrondir au cours de la dernière année, plusieurs semblaient avoir déjà oublié sa grossesse. Il faut dire que les décolletés vertigineux et les talons qu'elle arborait faisaient grandement diminuer le quotient intellectuel des hommes prenant place sur les tabourets du bar.

Frédérique n'hésitait pas à jouer de ses charmes auprès de la clientèle pour récolter quelques dollars de plus. Le fait d'être mère ne changeait rien à son comportement. Ici, derrière le bar, elle n'était pas Frédérique-la-mère, mais Frédérique-la-séductrice. Pas question de traîner des photos de sa fille pour émouvoir les autres et encore moins d'afficher un signe d'engagement amoureux comme celui que venait de lui offrir Simon.

Certaines collègues de travail lui avaient bien reproché à mots couverts de jouer les ingénues alors qu'elles considéraient que son statut de mère aurait dû mettre fin à ce manège. Frédérique n'en avait cure. Blanche ne serait jamais un éteignoir à sa sensualité, une excuse pour accumuler des livres superflues ou une raison pour devenir sage. Elle refusait d'être vue comme une mère. Elle était Frédérique-la-tigresse, la croqueuse d'hommes qu'elle avait toujours été et comptait bien demeurer. N'en déplaise à ses collègues envieuses.

— La vue est belle, au bar, commenta un nouveau client en lorgnant sans aucune subtilité les profondeurs du décolleté de Frédérique.

— Le paysage est gratuit, mais pas le stationnement, répliqua la serveuse.

— J'vais te prendre une bière.

— Je pensais que tu voulais autre chose, rétorqua Frédérique, aguicheuse, avec une grande familiarité.

Les yeux de l'homme brillèrent d'une lueur de convoitise qu'elle connaissait bien. Juste avec cette réplique, elle venait d'augmenter son pourboire de moitié. Si elle jouait prudemment, l'homme lui laisserait le contenu de son portefeuille avant la fin de la soirée. Son comportement chatouillait le bas-ventre du client. Frédérique ressentit une étrange chaleur au niveau de la nuque et se retourna brièvement en direction de sa collègue. C'était probablement le regard incendiaire de l'autre serveuse qui lui grillait ainsi la peau du cou.

Thomas s'était glissé sous les couvertures de bonne heure. Dès qu'il avait vu Lili s'installer pour faire un brin de lecture au lit, il avait saisi l'occasion de se joindre à elle avec un magazine dont il n'avait pas l'intention de tourner les pages bien longtemps.

Il commença par chercher le contact de son pied du bout des orteils. Lili adorait réchauffer ses extrémités contre les mollets calorifiques de son amoureux. La tactique était surtout efficace lors des longs mois d'hiver, mais Thomas avait prévu le coup en aérant la chambre pendant que Lili marinait dans le bain. L'air ambiant était frisquet. Sans détourner les yeux de son roman, Lili blottit ses petons contre la jambe tendue sous les draps.

Thomas fit mine de s'absorber dans la lecture d'un article, mais zieutait constamment sa blonde par-dessus la page de son magazine. Encore une page ou deux et Lili s'endormirait. Depuis la naissance de Léonard, elle n'arrivait pas à enchaîner la lecture d'un chapitre complet.

L'allaitement du petit lui hachait ses nuits et elle tombait lourdement dans les bras de Morphée après quelques pages. Combien de fois avait-il éteint la lumière de la table de chevet de sa blonde après avoir ramassé le livre tombé ouvert sur sa poitrine ? Il devait agir s'il ne voulait pas entendre Lili ronfler dans les prochaines minutes.

Il lança son périodique au sol, espérant que le simple son de l'atterrissage attirerait l'attention de sa douce. Le bruit mat fit froncer les sourcils de Lili qui le regarda avec incrédulité.

Thomas se passa une main dans les cheveux. Un geste qui avait toujours plu à Lili. Elle y voyait un soupçon de timidité terriblement sexy. Devant cette déclaration de désir à peine voilée, Lili sourit tendrement à Thomas. Ses tentatives de rapprochement ne passaient pas inaperçues aux yeux de Lili, mais la majorité du temps, elle faisait mine de les ignorer, préférant l'indifférence au refus qu'elle se sentait obligée d'opposer à Thomas. Elle ne voulait, pour rien au monde, le blesser dans sa masculinité, mais elle n'avait pas la tête aux plaisirs de la chair.

Pour sa part, Thomas croyait que le comportement de Lili lui signifiait en grandes lettres de néon qu'elle était prête pour des retrouvailles charnelles. Sinon, pourquoi aurait-elle soudainement, en quelques jours, refait sa teinture, manucuré ses ongles, épilé ses jambes laissées en jachère depuis la naissance du bébé ?

Sentant qu'elle lui glisserait des mains de nouveau s'il ne s'enhardissait pas, Thomas se surprit lui-même en capturant les lèvres de Lili. Son désir d'elle était refoulé depuis trop longtemps pour s'exprimer avec délicatesse. Il s'en voulut un peu de cette sauvagerie et recula de quelques pouces pour rechercher l'approbation dans le regard de sa blonde.

Lili se contenta de déposer son livre sur la table de chevet et d'éteindre la lumière. Une pointe de déception traversa Thomas. Elle le privait intentionnellement d'un de ses sens. La jeune femme n'avait pas retrouvé la taille fine qu'elle affichait avant sa grossesse et cachait ses menus défauts dans l'obscurité de la chambre. Si seulement elle pouvait comprendre à quel point ces changements physiques lui importaient peu. Si seulement elle pouvait se voir à travers ses yeux à lui. Si seulement il pouvait l'embrasser du regard.

Malgré son impatience de la posséder, Thomas s'obligea à quelques préliminaires. Lili coopérait moins qu'à l'habitude. Il devait la réchauffer. Il en était à se dire qu'il pouvait sûrement passer à la prochaine étape lorsqu'elle le repoussa légèrement.

— Écoute ! J'pense que c'est Léonard.

Thomas tendit l'oreille, mais tout ce qu'il parvint à entendre fut le silence parfait du loft. « La masturbation rend sourd, mais quand même », songea Thomas. Si le bébé s'était manifesté, il l'aurait entendu. Il laissa tout de même Lili guetter un son, un pleur en provenance de la chambre du bébé avant de reprendre sa mission de séduction. Lili commençait à se mouvoir sous ses mains lorsqu'elle se figea de nouveau.

— J'te dis que j'entends le bébé.

Surprenant Thomas, elle se glissa hors du lit pour se rendre dans la chambre de fiston. Thomas ferma les yeux avec la ferme intention de conserver sa prodigieuse érection. Lili revint avec le moniteur à la main.

Thomas l'avait intentionnellement laissé sur le comptoir de la cuisine pour qu'aucun objet ne puisse détourner l'attention de Lili pendant l'amour. Elle contrecarrait ses plans de façon magistrale en allumant le moniteur et en le déposant sur sa table de chevet. Dès lors, la respiration douce du bébé envahit la chambre à coucher.

Satisfaite et rassurée, Lili essaya tant bien que mal de se concentrer sur les caresses patientes de son chum. Elle chercha par tous les moyens à se livrer au plaisir, mais une partie d'elle-même refusait l'abandon nécessaire à la jouissance physique. Décidément, il faudrait qu'elle trouve une autre pièce où exposer son cadeau de fête des Mères. Elle ne pouvait pas être une déesse du sexe alors que l'incarnation de sa maternité était en gros plan sur le mur de sa chambre.

Lili observa l'image que lui retournait la caméra intégrée à son ordinateur avant de faire une demande de vidéoconférence à Esther. Elle repoussa l'idée de quelques minutes, le temps de passer un chandail propre, de nouer ses cheveux en une queue de cheval banale et d'appliquer une couche de mascara sur ses longs cils. Lorsqu'elle trouva son image présentable, elle s'assit devant son ordinateur pour contacter sa meilleure amie.

Esther répondit rapidement. Sa mise en pli était impeccable, son maquillage recherché et Lili pouvait voir, sur le comptoir derrière elle, que son amie avait déjà à son actif la fabrication de brownies aux fèves noires – un dessert acceptable parce que bourré de protéines – qui embaumaient sûrement la maison familiale. L'espace d'une seconde, elle se demanda si Esther avait trouvé le moyen d'étirer le temps. Avec trois enfants, comment parvenait-elle à maintenir ainsi la cadence ?

— Mauvaise nuit ? questionna Esther devant la mine blafarde de Lili.

Lili raconta sans pudeur ce qui s'était passé la veille entre elle et Thomas. Sans entrer dans les détails physiques, elle étala tout de même ses sentiments, et chercha un peu de compassion et de soutien de la part d'Esther.

— Faut remonter en selle, Lili. Plus t'attends, plus c'est difficile.

Lili trouvait étrange qu'Esther lui recommande de se forcer à faire l'amour, même si elle venait clairement de lui expliquer qu'elle n'en ressentait ni le besoin ni l'envie. Après trois grossesses, son amie devait savoir de quoi elle parlait.

— Mais... toi et Jean-François ? voulut savoir Lili.

Esther se mordit l'intérieur de la joue. C'était une chose de donner un conseil. C'en était une autre de le mettre soi-même en application. Jamais Esther n'aurait supporté d'exposer ses déboires sexuels, même devant son amie d'enfance. Il fallait qu'elle s'en sorte avec élégance.

— C'est pas pareil, se contenta-t-elle de répondre.

Devant le regard interrogateur de Lili, elle se sentit obligée de fournir une explication supplémentaire :

— Je pense toujours à l'autre.

Lili hocha la tête sans oser demander si l'autre en question était la maîtresse de son mari ou son amant d'un soir. Il était évident qu'Esther ne souhaitait pas s'étendre sur le sujet.

Le silence s'installa. Lili se demanda si, en près de vingt ans d'amitié, elle avait déjà connu une panne de conversation semblable avec Esther. Elle s'étonnait de la réserve de son amie et sentait bien qu'elle lui cachait quelque chose. Elle ne savait simplement pas si elle avait le droit de tirer les vers du nez d'Esther. Même au nom de l'amitié.

— Je sais que tu me caches des choses, risqua-t-elle. Je veux juste que tu saches que je suis là si t'as envie de parler.

Esther soupira de soulagement. Lili avait ce don merveilleux d'ouvrir des portes chaque fois qu'elle ne savait pas comment mettre un sujet sur la table. Encore une fois, elle venait de lui tendre une perche qu'Esther saisit avec plaisir.

— J'ai peut-être fait une gaffe.

Esther raconta son étreinte passionnée avec Claude. Elle se garda bien d'évoquer le désir qu'il faisait naître chez elle et relata plutôt les circonstances dans lesquelles la rencontre s'était produite.

— Je lui ai dit que je quitterais Jean-François.

Lili cligna des yeux, certaine qu'elle avait mal entendu, que son service Internet éprouvait des ratés et que la friture sur la ligne était responsable de cette hallucination auditive. Pourtant, le regard baissé d'Esther et sa façon nerveuse de triturer une tache imaginaire sur la nappe impeccable de sa table laissaient présager qu'au contraire, Lili avait très bien compris.

— C'est ce que t'as l'intention de faire ? Pour vrai ?

— Voyons, Lili ! s'insurgea Esther. C'était juste pour gagner du temps.

Elle expliqua sa stratégie à Lili. Si elle jouait bien ses cartes, le délai pour une requête officielle en paternité devant la cour expirerait avant que Claude ne découvre la supercherie. Elle était convaincue que son mensonge calmerait les ardeurs de son patron en attendant.

— Tu vas quand même pas coucher avec lui dans les prochains mois pour valider ce que tu lui as dit ? interrogea Lili, mal à l'aise de l'aveu d'Esther.

— Je pense pas avoir à me rendre là. C'est quoi les chances qu'on trouve l'endroit et le temps pour être seuls ?

— Esther, t'es en congé de maternité. T'es toute seule à la maison à longueur de semaine.

Esther devait bien admettre que Lili avait raison. Si Claude souhaitait l'adosser au mur de nouveau, ce n'était pas les occasions qui manqueraient les prochains mois. Esther frissonna sans savoir si c'était de peur ou d'excitation.

Jeannine, tout sourire, pointait l'écran d'ordinateur à Gerry. Au brunch de la fête des Mères, elle n'avait pas manqué de soutirer à Thomas les informations nécessaires pour inscrire Gerry au gym qu'il fréquentait avec Jean-François. Elle avait rapidement trouvé le site Internet de l'entreprise et souhaitait partager sa découverte avec Gerry.

Jeannine se réjouissait à l'idée que son homme dépense des calories sur un vélo stationnaire. Elle dessinait mentalement le *six pack* d'abdominaux qu'elle espérait voir naître sur son ventre. Avec un peu d'ardeur, il parviendrait peut-être à avoir la silhouette des vedettes américaines que les paparazzis photographiaient sur les plages chaudes de Malibu.

Bourru, Gerry parcourait la description du centre d'entraînement sans grand intérêt. Il n'avait jamais mis les pieds dans un gym et se demandait bien à quoi ça rimait de s'y mettre à son âge.

— S'encabaner pour suer. Tu parles d'une idée !

Plus il y pensait et moins il avait envie de rencontrer un entraîneur privé pour être évalué et recevoir un plan d'entraînement personnalisé. Mais Jeannine, ne voulant pas lui offrir la chance de changer d'idée, avait déjà payé un abonnement annuel incluant le suivi chaque mois par un entraîneur certifié. Gerry était fatigué juste à y penser.

— T'as vu ? s'emballa Jeannine. Y ont même une garderie sur place. Tu vas pouvoir amener les jumeaux.

— Ça coûte déjà assez cher de même, on va pas en plus payer pour une gardienne quand je m'entraîne.

— En tous cas, tu pourras pas te servir des p'tits comme excuse pour pas aller t'entraîner, gloussa Jeannine.

— T'es en congé de maternité pour ça, mon canard de marmelade, t'occuper de toi et des jumeaux, lui rappela gentiment Gerry.

— Mais dans quelques mois, je vais retourner au travail.

— Les gars s'entraînent entre six heures et huit heures du matin, avant la job. T'es à la maison à ce moment-là.

— Tu pourrais me donner un p'tit *break* de temps en temps.

«Moi, j'en ai-tu des p'tits *breaks*?», pensa Gerry sans oser formuler son idée à voix haute.

— J'accepte d'amener les p'tits à la garderie si tu viens t'entraîner avec moi, la défia-t-il.

D'abord prise de court par la proposition inattendue de son conjoint, Jeannine retomba rapidement sur ses pattes.

— Je fais du cardio-poussette. C'est assez.

— Une fois par semaine.

— Officiellement, oui. Mais chaque fois que je sors prendre une marche, je me fais un cours personnel.

Gerry exagéra sa moue dubitative. Il n'en croyait pas un mot. D'abord, Jeannine ne sortait pratiquement jamais faire une marche de santé. Elle prétextait que la poussette double était trop lourde. Et lorsqu'elle sortait, coiffée et maquillée, ce n'était sûrement pas pour détruire son travail sous l'effort. Frédérique lui avait même déjà confié que les cordes vocales de sa femme travaillaient davantage que ses cuisses lors de leurs séances officielles entre amies.

Gerry soupira. L'abonnement était en rigueur. Il savait bien que demain matin, Jeannine le pousserait en bas du lit à l'aube pour qu'il aille s'entraîner. L'idée de faire semblant et d'aller plutôt lire tranquillement le journal dans un café lui traversa l'esprit. Surtout qu'au café, on servait des beignets chauds délicieux… Ce plan était plus qu'attirant.

Malgré ses pensées délinquantes, Gerry se pointa à la salle d'entraînement à l'heure proposée par Thomas. Déjà, les chums de Lili et d'Esther suaient abondamment sur les vélos de *spinning*. Thomas prit la peine de descendre du sien pour montrer à Gerry les ajustements possibles à apporter à l'équipement avant de se mettre au travail. Une fois le guidon et le siège correctement positionnés, Gerry chevaucha sa monture.

Plein de bonne volonté, Gerry commença à pédaler doucement. Il eut une pensée pour Jeannine. «La p'tite bonyenne serait bien trop fière que je lui annonce que j'aime ça m'entraîner!» Cette seule pensée fit naître un sourire niais sur son visage. Il sentait que la torture prévue serait finalement un agréable moment. Que de délier ses membres inactifs lui ferait le plus grand bien. Sa femme le connaissait et ne souhaitait que son bien-être. Il réalisait que son inscription dans ce gym était finalement un beau cadeau. Il prendrait le temps de la remercier en rentrant à la maison. Enthousiaste, il augmenta la cadence.

Après cinq minutes à pédaler en essayant de suivre le rythme des autres, le quadragénaire décida que son postérieur ne quitterait plus la selle du vélo. «C'est quoi l'idée de se mettre debout pour pédaler, de toute façon?», songea-t-il. Voyant que cette décision n'était pas suffisante pour ralentir ses pulsations cardiaques, Gerry diminua au minimum la tension exercée sur la roue du vélo.

Ça permettrait aux muscles de ses cuisses de récupérer un peu.

Jean-François arrosa Thomas avec sa gourde pour attirer son attention. Le regard malicieux, il pointa Gerry du menton. Thomas se tourna sur sa droite pour constater que le pauvre bougre peinait sous l'effort. Lorsqu'il retira ses écouteurs de ses oreilles avec l'intention de parler à Gerry, il réalisa même que le mari de Jeannine ahanait tellement l'exercice lui était ardu.

— Prends ça mollo, Gerry! lança Thomas.

L'autre se contenta de lever une main pour démontrer qu'il allait très bien, que même si son visage était rouge tomate, que son cœur voulait sortir de sa poitrine et que ses jambes étaient comme du coton, il n'avait pas l'intention d'abandonner. Que Thomas lui recommande de ralentir la cadence piqua même son orgueil. Il allait montrer à ces jeunots de quoi il était capable. Peut-être même viendrait-il les jours où les autres prenaient une pause de l'entraînement. Question de progresser plus rapidement, de recouvrer ses capacités physiques et de les impressionner.

En passant la porte du café, Frédérique soupira d'aise. Elle n'avait pas réalisé à quel point le travail lui avait manqué pendant son congé de maternité. Son emploi la valorisait énormément et les regards concupiscents de certains clients lui faisaient le plus grand bien.

Si, au départ, l'idée d'avoir un horaire vierge l'avait charmée, elle avait rapidement tourné en rond dans l'appartement, cherchant comment meubler ses journées. Sans compter qu'un bébé de quelques mois n'était pas très stimulant au niveau de la conversation. Elle aimait Blanche de tout son cœur, mais sa petite poupée de chair ne lui suffisait pas. Elle avait besoin de parler à des adultes, besoin qu'on la regarde, besoin de testostérone dans son entourage.

Elle avait le meilleur des deux mondes en reprenant le travail à temps partiel. Officiellement, son employeur l'embauchait une semaine sur deux, ce qui lui permettait de continuer à recevoir des prestations de maternité par intermittence. Dans les faits, elle travaillait deux ou trois jours chaque semaine, en échangeant des quarts officiels de travail avec ses consœurs serveuses.

Qui plus est, elle n'avait pas besoin de trouver une gardienne pour sa petite. Simon s'était engagé à rester à l'appartement pendant qu'elle vaquerait à ses occupations professionnelles. Il rentrait même une heure plus tôt lorsque l'horaire du café l'exigeait.

Frédérique s'enferma quelques instants dans les toilettes de l'établissement pour retoucher son maquillage et ajuster sa tenue. La petite robe noire qu'elle avait choisi de porter aujourd'hui mettait ses courbes en valeur. Le décolleté du vêtement était sage pour Frédérique, mais elle y agençait un collier dont l'extrémité balayait sensuellement la naissance de sa poitrine. Invariablement, cet accessoire brillant attirait le regard des messieurs sur ce que la robe ne permettait pas de voir. Satisfaite, elle ébouriffa savamment sa crinière avant de gagner le plancher pour travailler.

Le résultat escompté ne se fit pas attendre : le pourboire tombait sur le comptoir comme une manne prodigieuse. Les œillades des clients virèrent au velours et dès qu'elle surprenait un homme en train de la reluquer, Frédérique n'hésitait pas à se pencher sensuellement pour remonter ses bas résille le long de ses jambes fines.

Si le spectacle ravissait la gent masculine rassemblée au bar, il avait le don d'exaspérer les autres serveuses qui voyaient fondre au soleil leur chance de quitter le café avec un pourboire décent ou pendue au bras d'un mec appétissant. Tous n'en avaient que pour Frédérique. Ou presque. Tant qu'il y avait un portefeuille garni dans la poche du client, Frédérique ne s'embarrassait pas de son apparence. Elle harponnait tout de même les plus séduisants dès qu'ils franchissaient la porte du commerce.

Un jeune adonis faisant fortune - ou prétendant la faire - dans le domaine de la vente était en train de se prendre dans les filets tendus par Frédérique lorsqu'une de ses collègues lui fit signe qu'elle désirait lui parler. Les deux femmes se mirent en retrait pour échanger.

— Tu devrais t'habiller comme une mère.

— Ça veut dire quoi, ça ?

— Que les jupes ras la fesse ou les vêtements trop moulants, ça a pas sa place dans la garde-robe d'une maman.

— Les minijupes, ça a pas sa place dans le placard d'une toutoune. Le fait d'être mère a rien à voir là-dedans.

— Pense à l'image que ça envoie à ta fille.

— Ma fille a même pas six mois. Elle s'en fout. Pis elle est pas ici à ce que je sache.

— Ton accoutrement met les clients mal à l'aise.

Frédérique ricana.

— Le seul malaise que je perçois, c'est une grande tension dans certains pantalons. Pis pour détendre le tissu, les clients sortent leur portefeuille de leur poche. Ça te cause un problème ?

À bout d'arguments, la serveuse regagna son poste de travail et Frédérique arbora le sourire de la victoire. Il pleuvrait des préservatifs avant qu'elle troque ses vêtements aguichants contre des cols roulés de matante.

— Elles sont jalouses.

— Exactement ce que je pensais.

Frédérique n'avait pu s'empêcher de relater sa conversation à Simon en mettant le pied à l'appartement. Les mots de sa consœur lui tournaient dans la tête et elle avait besoin de valider avec quelqu'un d'autre que ses tenues vestimentaires étaient appropriées.

— Celle qui t'a dit ça pèse au moins trente livres de plus que toi ? s'amusa Simon.

— Minimum. Elle a pas de seins, des cuisses grosses comme des troncs d'arbre et des cheveux grichou, énuméra Frédérique avec une joie évidente.

Simon lorgna les courbes délicieuses de Frédérique. Ce serait un véritable péché de soustraire ces merveilles au regard humain. Cependant, une partie de lui aurait apprécié que ces charmes lui soient offerts en exclusivité. Que Frédérique traîne à moitié vêtue dans l'appartement le ravissait, il en était autrement lorsqu'elle se donnait en spectacle en public.

Évidemment, il ne s'attendait pas à ce qu'elle endosse la robe d'une religieuse, mais depuis son retour au travail, il notait aussi qu'elle y allait généreusement de sa peau exposée.

— Tant que c'est pour le pourboire et non pour les clients, conclut Simon.

Frédérique fronça les sourcils.

— Est-ce que monsieur a peur que j'expose mon *body* pour me trouver un meilleur amant ?

Amusée par la situation, la belle s'assit à califourchon sur son chum, lui promenant sa marchandise féminine à quelques pouces du visage.

— Monsieur espère vous satisfaire dans ce domaine, précisa Simon avant de laisser courir ses lèvres sur la peau épicée de sa partenaire.

Frédérique planta ses ongles dans le dos de Simon pour l'obliger à resserrer son étreinte et à enfouir son visage entre ses seins. Elle lui agrippa les cheveux pour l'empêcher de reculer et le forcer à poursuivre sa caresse buccale. Dès qu'elle sentit que sa respiration s'accélérait, elle entreprit de déboutonner la chemise de son amant. Par jeu, il lui saisit les poignets pour l'en empêcher. Une lueur de malice traversa les yeux de Frédérique. Elle avait envie de lui. Là, tout de suite, dans la cuisine. Que ce soit sur la table ou encore le plancher. Pourvu que son désir s'exprime dans l'urgence.

Simon la souleva avec délicatesse et le couple se retrouva debout. Lentement, tout en possédant la bouche de Frédérique avec tendresse, Simon l'attira vers la chambre à coucher. Frédérique voulut s'opposer.

— C'est plus confortable au lit, tenta-t-il comme argument.

Frédérique se laissa donc guider à regret. Depuis qu'il lui avait offert une bague hors de prix, Simon perdait son mordant. Il prodiguait des préliminaires à n'en plus finir, la couvrait de compliments aussi surprenants qu'inattendus et Frédérique n'était pas certaine d'apprécier le changement. Il lui faisait l'amour comme dans les romans, alors qu'elle souhaitait parfois une p'tite vite de film pornographique. Elle souhaitait grimper aux rideaux et lui la couchait dans un lit de pétales de rose.

Lorsque la tension sexuelle trouva son apogée, Simon attira Frédérique pour blottir son corps contre le sien. Satisfait, il caressa longuement le corps alangui de sa blonde. Il emprisonna ses doigts pour porter sa main à sa bouche et l'embrasser. Un malaise s'empara de lui.

— Ta bague est où ? demanda-t-il calmement.

— Dans la poche du jeans que tu m'as retiré.

— Et qu'est-ce qu'elle fait là ?

— Je la porte pas au travail. C'est mauvais pour le pourboire.

Lui qui craignait qu'en lui offrant une bague, Frédérique se mette à lui parler de mariage réalisait qu'il n'en était rien. Bien pris qui croyait prendre ! Soudainement, les minijupes de Frédérique plaisaient un peu moins à Simon.

Esther traversa le stationnement en courant. Elle ne devait pas se faire repérer. Sa jupe crayon et ses bottes à talon ralentissaient considérablement sa progression. Pourquoi n'avait-elle pas revêtu des chaussures sport et un pantalon ?

En jetant des regards furtifs aux alentours, elle souleva l'essuie-glace de la voiture de Jean-François, y coinça une petite enveloppe et refit le trajet en sens inverse avant de trouver refuge dans sa propre voiture. Elle riait seule, comme une gamine.

Lorsqu'elle et Jean-François se fréquentaient, ils avaient l'habitude de s'écrire des mots doux et de les déposer sur le pare-brise de la voiture de l'autre. Chaque fois, c'était un cadeau-surprise, une découverte excitante, un plaisir de plus à ranger dans la boîte des bons souvenirs de couple.

Avec le mariage et l'arrivée de leur premier enfant, cette tactique de séduction avait été abandonnée de part et d'autre. Bien sûr, il arrivait à Esther de griffonner un « je t'aime » à la hâte au coin de la liste d'épicerie qu'elle remettait à Jean-François. Lui téléphonait encore lorsqu'il la savait absente du domicile familial pour enregistrer un mot d'amour sur le répondeur, mais ces démonstrations d'affection se faisaient de plus en plus rares. Sans compter que la maison était un lieu de vie commune. Pas surprenant d'y trouver des indices d'affection, à commencer par le chahut des enfants, preuve tangible de leur histoire d'amour. Mais une déclaration publique, affichée sur la voiture de l'autre, avait un je-ne-sais-quoi de plus officiel.

Tapie derrière son volant, Esther guetta la sortie imminente de Jean-François. Les minutes s'écoulèrent sans que son mari se pointe le bout du nez. Elle commençait à se poser des questions. Pourquoi était-ce si long? Se pouvait-il qu'il lambine à cause des yeux doux de sa cliente?

Lorsqu'elle le vit franchir la porte de la boutique de suppléments sportifs qu'il avait pour cliente, Esther glissa de quelques pouces vers le bas, cherchant à se dissimuler encore plus. Elle voulait être témoin de la réaction de son mari, mais ne souhaitait pas qu'il la sache présente.

Jean-François s'engouffra dans son auto sans remarquer la missive d'Esther. Elle entendit la mise en marche du moteur et vit le véhicule reculer. Il s'en allait. Comment pouvait-il avoir loupé sa surprise en plein pare-brise? Peut-être avait-elle mal coincé l'enveloppe sous l'essuie-glace et la lettre d'amour se trouvait-elle à présent sur le bitume? Elle rageait intérieurement.

Esther s'apprêtait à démarrer sa propre voiture lorsqu'elle remarqua que Jean-François venait d'arrêter la sienne et dépliait son corps à l'extérieur de l'habitacle en tendant le bras vers la vitre avant. Elle asséna une claque de ses deux paumes sur le volant, faisant tinter les breloques de son bracelet. Ainsi positionné, Jean-François était de dos et elle ne pouvait voir son visage.

À n'en pas douter, il venait d'ouvrir la lettre et en faisait la lecture, car il demeurait immobile, la portière de l'automobile grande ouverte. Elle était en train de manquer le spectacle. À quoi servait-il de rester sur les lieux si c'était pour river son regard à la nuque de son mari ? Ne lui restait plus qu'à attendre qu'il reprenne sa place sur le siège du conducteur et qu'il quitte le stationnement.

Esther espérait voir le visage de Jean-François s'illuminer devant les phrases qu'elle avait composées avec amour pour lui. Un petit paragraphe bien senti où elle le remerciait de sa patience à son endroit et d'être de retour à la maison. Même si le message était rendu à destination, la messagère se voyait privée de sa récompense.

Plutôt que de redémarrer sa voiture, Jean-François commença à jeter des regards dans toutes les directions. Visiblement, il était à la recherche de l'émettrice. « Il sait, pensa Esther. Il me connaît assez bien pour savoir que je me cache à proximité. » Elle hésitait entre incliner le siège sur lequel elle était assise pour se soustraire complètement à la vue de son mari lorsqu'elle réalisa qu'elle ne pouvait tout de même pas dissimuler sa voiture et que Jean-François en connaissait évidemment le modèle et la couleur. Elle se redressa donc.

Ce fut ce moment que choisit Jean-François pour tourner le regard dans sa direction. Lorsqu'il la repéra, un grand sourire fendit son visage d'une oreille à l'autre. Un sourire éblouissant. Un sourire amoureux.

Après avoir couché les enfants, Gerry regagna la chambre des maîtres avec l'idée de dormir au plus vite. Dans quelques heures, Julien réclamerait un biberon. Comme chaque nuit, il se lèverait pour réconforter l'enfant et satisfaire son appétit d'oiseau. Une once ou deux et fiston dormirait de nouveau. Gerry savait bien que son garçon se nourrissait d'abord et avant tout de sa chaleur corporelle et des berceuses qu'il lui murmurait inlassablement pendant son boire. La jumelle, plus enrobée, faisait maintenant ses nuits, au plus grand plaisir de ses parents.

— S'il pouvait prendre un peu de poids, souhaitait Jeannine.

— C'est bien le seul que tu souhaites voir engraisser, se moquait Gerry.

Même s'il était le seul à faire les quarts de nuit, même si le sommeil lui manquait cruellement, Gerry appréciait ces moments de calme serein, ce privilège d'être la source de réconfort ultime de son bébé. Il n'osait pas l'avouer à Jeannine, mais il espérait que dure encore longtemps ce rituel nocturne.

S'il voulait continuer à apprécier les boires de nuit, il devait cependant dormir en même temps que les jumeaux. Un objectif que, ce soir, Jeannine souhaitait différer de quelques minutes.

— Regarde dans les sacs !

Sur le lit, lancés pêle-mêle, des sacs de plastique provenant de boutiques de vêtements masculins attendaient d'être fouillés. Jeannine avait littéralement dévalisé les magasins pour offrir de nouvelles tenues à son homme. Des vêtements qui avaient pour première caractéristique de répondre aux exigences de Jeannine en matière de look.

— C'est ben trop, ma Jeannine !

Gerry n'y connaissait rien en guenille, mais il savait compter. Le nombre de vêtements contenus dans les sacs correspondait presque à la quantité de ceux qu'il possédait.

— C'est pour t'encourager dans ta remise en forme. À *The Biggest Loser*, ils disent toujours qu'il faut s'habiller en fonction de ce qu'on veut projeter. À moins que ça soit à *What Not to Wear ?*

Gerry sourit tendrement. Jeannine n'écoutait aucune émission anglophone, sa compréhension de la langue de Shakespeare se limitant à *yes-no-big-toaster-stop*. Elle baragouinait les titres originaux des productions américaines qu'elle écoutait doublées en français. Ça faisait toujours plus *big*, selon elle.

— Envoye, essaye! J'ai au moins droit à une parade de mode après les ampoules que j'me suis faites aux talons à magasiner.

Gerry sélectionna ses pièces favorites et joua les mannequins pour sa femme, tournant sur lui-même en pointant le doigt dans toutes les directions à l'image des modèles masculins du catalogue Sears. Une fois sur deux, il devait retenir sa respiration pour ne pas déborder des vêtements ou en faire exploser les boutons. Jeannine avait mal sélectionné les tailles.

— Pourtant, j'le vois que t'as déjà maigri, se justifia-t-elle.

«Encore une lubie», pensa Gerry. Il ne s'entraînait que depuis une semaine. Qu'il ait déjà maigri de quelques livres était impensable. En même temps, le constat de Jeannine le réconfortait: son lapin en sucre le voyait avec les yeux du cœur.

— Je les échangerai pas pour des plus grands, annonça Jeannine.

— Si tu veux que je les porte, va falloir, parce que sinon, je vais mourir au bout de mon respire, blagua Gerry.

— T'as juste à maigrir encore un peu, le taquina-t-elle. Mais pas trop. Sinon, je vais commencer à être complexée.

Gerry souleva sa femme de terre et la fit tournoyer avant de lui reposer les pieds au sol et de l'enlacer.

— T'es parfaite comme t'es.

Elle lui tapota le torse, l'air de dire «je ne suis pas dupe, mais merci d'essayer de me berner».

— Allez, au lit, exigea Jeannine. J'ai envie de me coller.

Le couple se glissa sous les couvertures en symbiose et contribua à creuser le centre du matelas en se collant le plus possible l'un contre l'autre. Gerry s'endormit rapidement. Sa dernière pensée fut qu'il devait faire des efforts pour diminuer son tour de taille. Jeannine semblait apprécier chacun de ses progrès et il souhaitait sincèrement la rendre heureuse et fière de lui.

Lili faisait les cent pas devant la marquise du cinéma. Elle ressentait une fierté toute maternelle à se pavaner ainsi avec son landau abritant un Léonard endormi. Le bruit de ses talons sur le trottoir scandait haut et fort: «Je suis une nouvelle maman qui ne se cloître pas à la maison, qui n'hésite pas à quitter son survêtement pour enfiler un jeans sexy et qui sort avec les copines comme avant.» Dans les faits, Lili s'angoissait à l'idée de sortir Léonard de sa routine, elle portait un jeans mais le recouvrait pratiquement jusqu'aux genoux avec un pull beaucoup trop ample et elle se servait de ses amies pour se donner le courage de faire des activités avec son fils à l'extérieur du loft.

Lili espérait que les autres se pointent le bout du nez rapidement, sinon elles en seraient quittes pour rater les bandes-annonces. Elle n'allait pas assez souvent au cinéma pour se priver de l'énorme sac de pop-corn extra beurre qui la faisait déjà saliver. Et risquer de prendre place dans son siège à la dernière minute en dérangeant tous les cinéphiles déjà assis en silence dans la même rangée la rebutait. Elle ne voulait rien manquer du spectacle, y compris la publicité annonçant l'obligation d'éteindre les cellulaires avant la projection.

Elle se félicitait de son initiative. C'était Thomas qui, en lisant le journal, lui avait parlé de ces projections-poupons ou ciné-bébés qui se multipliaient dans les salles de cinéma. Si Lili trouvait l'idée emballante au départ, elle n'avait pas encore osé l'expérience. En contactant ses amies, elle faisait d'une pierre deux coups : une seule expédition publique nécessitant le remplissage interminable du sac à couches en échange de la possibilité de voir les copines et de visionner une nouveauté sur grand écran.

— Qu'est-ce qu'on va voir ?

Lili sursauta en entendant la voix de Jeannine dans son dos. Ses trois amies étaient arrivées en douce. Pourtant, avec les poussettes, les sacs débordant de biberons, de vêtements de rechange et de couches, le trio ne passait pas inaperçu.

— Un film d'amour vraiment pas prévisible, se dépêcha de répondre ironiquement Frédérique qui ne carburait pas aux amourettes hollywoodiennes devinables dès les premières scènes d'un long métrage.

— Au moins, y aura pas de chicane pour le choix du film, philosopha Lili, taquine.

Les quatre mamans ne pouvaient pas se quereller pour faire valoir leur préférence : les bébés n'étaient admis que dans la salle où l'on projetait la plus récente comédie sentimentale. Lili avait remarqué, au fil des semaines, que les comédies romantiques à l'eau de rose étaient proposées en priorité aux nouvelles mamans. Comme si congé de maternité et effort cérébral ne pouvaient aller de pair.

— C'est quand même mieux qu'un film d'action où tout explose aux trente secondes, tenta de raisonner Esther. Comme ça, les p'tits loups vont dormir sagement.

— Sauf si la fille crie quand elle jouit.

Toutes regardèrent Frédérique avec des points d'interrogation dans les yeux.

— Vers les deux tiers du film, le gars et la fille qui ne peuvent pas se sentir au début vont baiser pour la première fois. C'est bien connu !

Le quatuor franchit les portes de l'établissement, fit un arrêt au comptoir alimentaire pour se gâter un peu et prit la direction de la salle de projection. Les quatre femmes venaient à peine de s'installer qu'on tamisa l'éclairage pour annoncer le début du film.

Assises l'une derrière l'autre pour occuper les bouts de rangée et avoir leur chérubin à leurs côtés, les quatre mamans se souhaitèrent une bonne projection.

Aussitôt que les publicités commencèrent, quelques bébés se mirent à pleurer aux quatre coins de la salle. Ceux qui avaient le sommeil lourd finirent par se réveiller, alertés par les pleurs de leurs semblables. Plusieurs mamans cueillirent leur petit paquet d'amour pour le consoler. Celles qui ne voulaient pas déposer leur maïs soufflé se contentèrent de fourrer une suce entre les lèvres de leur bébé en espérant que la magie opère.

— C'est fort, non ? cria Lili à Esther pour couvrir le jingle publicitaire en cours.

Esther se contenta de hausser les épaules en signe d'impuissance. Théo, bien collé contre la poitrine de sa mère, s'était déjà rendormi, contrairement à Léonard qui semblait agressé par le son ambiant.

Thomas avait pourtant assuré à Lili que le volume des projections était diminué en fonction des petites oreilles admises. Il y avait longtemps qu'elle n'avait pas mis les pieds dans un cinéma, mais il lui semblait que le volume sonore était semblable aux projections auxquelles elle avait assisté dans le passé.

Voyant que ses jumeaux ne toléraient pas l'ambiance sonore, Jeannine décida de prendre les choses en main. Elle se leva et se retourna vers la salle de parents désireux de regarder le film en paix.

— Y a quelqu'un qui peut avertir le projectionniste que ça a pas d'allure son affaire ? hurla-t-elle.

Tous les yeux des spectateurs se tournèrent vers elle. Seul le comédien vantant une marque de compagnie cellulaire continua son baratin sur le grand écran.

— Venez-vous souvent, madame ? apostropha-t-elle sa voisine de rangée.

Devant la réponse affirmative de la cinéphile, Jeannine poursuivit :

— Vous avez pas de bébé. Levez-vous et allez dire aux p'tits jeunes à l'entrée de baisser le son. Vous voyez bien qu'on a les bras pleins.

— Allez-y vous-même, rétorqua la femme. Le son me convient, moi.

Piquée, Jeannine se contenta de sourire malicieusement et de se rapprocher de la femme qui avait osé défier son commandement. Elle déplaça le manteau de la cinéphile pour libérer le siège situé juste à côté de celui qu'elle occupait et s'y assit.

— Moi, ça me dérange pas, roucoula Jeannine. Ma fille a de meilleurs arguments que les miens.

La petite Maxime s'époumonait pour revendiquer un peu de silence.

Mal à l'aise, la femme quitta la salle en prenant bien soin de sortir à l'autre extrémité de la rangée, celle où elle n'aurait pas à croiser Jeannine et sa fureur en couche.

— C'est bien la mère de l'autre, commenta Esther à l'oreille de Lili qui, elle aussi, ne pouvait s'empêcher de se demander qui de Jeannine ou de Frédérique déteignait le plus sur l'autre.

Personne ne sut si la spectatrice avait alerté le personnel du cinéma ou simplement quitté l'établissement, mais le son de la projection diminua de moitié. Ou la dame avait transmis la requête, ou le personnel s'était rendu compte lui-même de son erreur. Dans un cas comme dans l'autre, le film débuta et la majorité des bébés quittèrent les bras de leurs parents pour gagner ceux de Morphée.

Puisque Blanche dormait à poings fermés, Jeannine en profita pour refiler un de ses jumeaux hurlants à sa grande fille.

— Je peux pas bercer les deux, se justifia Jeannine.

— T'as deux bras, se moqua Frédérique.

— Je veux manger du pop-corn, confessa Jeannine en espérant que sa fille ne fasse pas allusion à son régime.

— Mets-les dans la poussette, pis brasse-la dans l'allée, suggéra Frédérique.

— Pas fou!

Jeannine se mit à faire rouler sa poussette inlassablement pour apaiser ses enfants. Lorsque les deux fermèrent les yeux, elle s'assit en continuant de bouger le landau du bout du pied.

Lili n'eut pas cette chance. Léonard l'obligea à arpenter le fond de la salle. Elle essaya de l'allaiter, de lui donner sa suce, rien n'y fit. Monsieur exigeait que maman le berce de ses pas.

Après une heure de projection, Lili abandonna l'idée de s'asseoir et même de juste goûter à son maïs soufflé refroidi. Esther dormait plus profondément que son fils et ne vit rien de l'histoire. Jeannine ressentait une douleur cuisante dans le mollet gauche à force de bouger la poussette pour garder ses jumeaux endormis. Il n'y avait que Frédérique qui put se concentrer sur le film: un navet prévisible dans lequel l'héroïne principale jouit maladroitement, aux deux tiers du film.

Déçues par leur expérience, les amies décidèrent de ne pas se quitter sur cette note discordante et de partager un café avant de rentrer. L'échange d'opinions sur le film bifurqua rapidement vers les aléas de la vie de nouvelle maman.

— Laisse-le pleurer, suggéra Jeannine après que Lili eut évoqué les difficultés de Léonard à trouver le sommeil ailleurs que dans ses bras.

— J'suis pas capable.

— J'ai un bon livre sur le sujet, continua Jeannine en faisant fi des émotions de Lili. Le truc du cinq-dix-quinze est infaillible!

Tout le monde avait entendu parler de cette technique qui consiste à laisser pleurer le bébé durant un laps de temps de plus en plus long entre chaque intervention. Lili avait tenté la manœuvre pendant deux nuits avant d'abandonner, rongée par la culpabilité.

— Si tu le laisses gagner facilement comme ça, il est pas fou, il va crier encore plus fort, exprima Jeannine.

— Ça me fend le cœur de l'entendre hurler. S'il me réclame, c'est parce qu'il a besoin de moi. Non?

— C'est un dépendant affectif ton gars, se moqua Frédérique. À la grosseur qu'il a, il devrait dormir ses nuits.

Frédérique avait, depuis longtemps, pris l'habitude de forcer la note sur la quantité de poudre qu'elle diluait dans l'eau du dernier biberon de la journée de Blanche. Quand ce n'était pas suffisant, elle incorporait des céréales de riz dans le liquide pour satisfaire l'appétit de sa fille. De cette manière, la petite buvait plus de calories pour la même quantité de liquide ingéré. Une astuce qui avait pour effet de rallonger considérablement les nuits de Blanche, mais que Lili ne pouvait pas mettre en pratique avec son allaitement.

— Tu devrais lui donner un biberon le soir, ton lait doit pas être assez riche.

— Dis-moi pas que t'as pas encore introduit les céréales ! À son âge, ton fils devrait manger, renchérit Jeannine.

Lili crispa légèrement la mâchoire. Déjà que Frédérique insinuait que son fils était gros, elle ne supportait pas qu'en plus, elle mette en doute la qualité de son lait maternel. Blanche était filiforme, à l'image de sa mère. Léonard avait des allures de bonhomme Michelin à côté de la poupée de porcelaine de Frédérique, mais c'était sans doute une question génétique beaucoup plus qu'alimentaire. Jeannine, qui prêchait habituellement en fonction des tendances sociales, ne savait-elle pas que les autorités en matière de santé recommandaient l'allaitement exclusif jusqu'à l'âge de six mois ? Lili se calma en se disant que si son lait n'était pas suffisamment nutritif, son fils n'aurait pas les joues aussi rebondies.

— Tu sais ce que c'est votre problème ?

— Notre problème ? questionna Lili en appuyant sur le premier mot de son interrogation.

— Le problème des extrémistes de l'allaitement, expliqua Jeannine.

Lili fut surprise du qualificatif. Si elle avouait ouvertement sa préférence pour l'allaitement, elle n'avait pas pour autant l'impression d'en faire une religion. La preuve, sa meilleure amie avait cessé d'allaiter et jamais elle n'avait jugé cette décision. Frédérique n'avait même pas tenté l'expérience et elle respectait son choix.

Maintenant qu'elle avait l'attention de toutes, Jeannine fit une pause dramatique pour augmenter l'importance de l'information qu'elle allait révéler.

— Quand Léonard te voit arriver, c'est un gros biberon humain qu'il voit. Si je réchauffe un biberon pis que je le passe sous le nez des jumeaux à deux heures du matin, c'est sûr qu'ils voudront pas dormir.

Lili n'y avait pas songé de cette manière. Peut-être que son fils demandait le sein par habitude ? Qu'il saurait s'en passer si elle envoyait Thomas le consoler en plein cœur de la nuit ? Mais pouvait-elle exiger de son amoureux qu'il se lève à tout moment alors qu'il devait travailler le jour venu ?

— J'aime mieux répondre à ses besoins affectifs pis être fatiguée que de le laisser pleurer, conclut Lili.

— Quand tu seras au bord du burn-out, on s'en reparlera. Vient un temps où il faut mettre son pied à terre avec les enfants.

Frédérique approuva le commentaire de sa mère d'un hochement de menton. Il y avait longtemps qu'elle ne se levait plus la nuit pour sa fille et la princesse dormait comme un loir de minuit à sept heures du matin. Bien sûr, sa fille avait versé quantité de larmes et hurlé à s'en fendre l'âme pendant quelques jours, mais elle avait fini par comprendre, par « casser ».

Pendant que Frédérique se félicitait pour sa technique éducative – étonnée tout de même de constater qu'elle avait ce point en commun avec sa mère –, Jeannine tut le fait que seulement cinquante pour cent de son couple adhérait à ses propos. C'était d'ailleurs un sujet de discorde entre elle et Gerry. Si elle avait effectivement cessé de répondre aux pleurs des jumeaux la nuit, lui prenait la relève pour deux. Elle tolérait de moins en moins bien le cododo tant aimé de son mari. Dès qu'un bébé trouvait refuge entre eux ou contre le torse de Gerry, Jeannine ne parvenait plus à dormir paisiblement. Elle craignait d'étouffer le bébé en roulant dessus ou de l'asphyxier en remontant les couvertures sur ses épaules dans son sommeil. Elle prétendait à qui voulait l'entendre que ses jumeaux faisaient leurs nuits, mais Gerry aurait démenti l'information s'il avait été présent.

— Toi, Esther ? Qu'est-ce que t'en penses ?

Esther eut envie d'entretenir ses amies sur les conditions d'endormissement si importantes pour que bébé retrouve le sommeil tout seul en pleine nuit. Elle fut tentée d'éviter une réponse franche en discourant sur ce qu'elle avait lu dans les manuels de maternité plutôt qu'en partageant son expérience personnelle. Elle redoutait de dévoiler le fond de sa pensée. Affirmer haut et fort qu'elle s'était levée toutes les nuits jusqu'à ce qu'Antoine ait trois ans la gênait. Elle n'avait jamais adhéré aux techniques en vogue et aux courants de pensée selon lesquels un enfant doit se passer de ses parents la nuit. Elle ne laisserait pas son fils pleurer l'après-midi s'il la réclamait, alors pourquoi le ferait-elle en pleine nuit ? Elle endossait son uniforme de supermaman vingt-quatre heures sur vingt-quatre. Sa propre phobie du noir lui interdisait d'abandonner ses enfants aux monstres qui se cachent sous les lits et menacent de vous croquer les orteils.

— Je peux pas me prononcer, j'ai la chance d'avoir des bébés qui dorment facilement et rapidement, mentit-elle.

— Même ses bébés sont parfaits, railla Frédérique.

— La pomme tombe jamais bien loin du pommier, rétorqua Esther dans un sourire avant de se tourner vers Lili. Peut-être qu'il s'endormirait au sein si tu l'allaitais au lit ?

Lili n'avait jamais été capable de nourrir son fils dans cette position pourtant tellement vantée dans les bouquins. Et de toute façon, fiston ne se contentait pas de la présence maternelle pour s'endormir : il fallait qu'il soit bercé. Une mauvaise habitude que Lili regrettait, mais dont elle était à présent incapable de se départir.

— Coudonc, t'es-tu sa mère ou son esclave ? questionna Frédérique.

Lili se contenta de boire une longue gorgée de café décaféiné pour éviter d'avoir à répondre. Elle-même se posait parfois la question. Elle préférait se ruiner en achat de cache-cernes plutôt que de faire la sourde oreille quand Léonard la sollicitait. Dans son cœur de mère, l'esclavagisme consenti était préférable à l'indifférence.

Lili rentra à la maison, heurtée par les propos tenus par ses amies. Elle se sentait jugée pour les choix qu'elle faisait. Que des inconnues aient une opinion contraire à la sienne sur les forums qu'elle fréquentait assidûment ne la dérangeait nullement. Mais que ses propres amies portent un regard hautain sur ses agissements ébranlait ses convictions. Elle devait trouver un moyen de leur clouer le bec.

Elle songea d'abord à fouiller le Net à la recherche d'études scientifiques dont les conclusions lui donneraient raison, mais réalisa rapidement que de tels arguments n'auraient aucune valeur aux yeux de Jeannine, à moins que Jennifer Lopez ou Mariloup Wolfe aient participé aux recherches.

L'idée de retracer des entrevues de stars ayant une opinion analogue à la sienne lui traversa l'esprit. Si Céline Dion se levait en pleine nuit ou que Véronique Cloutier encourageait le cododo, Jeannine serait gagnée à sa cause.

Quant à Frédérique, Lili ne voyait aucun moyen de la faire changer d'idée. À moins que…

— Qu'est-ce que t'en penses ? demanda-t-elle à Thomas.

— Excellente idée, s'exclama ce dernier.

Lili venait de lui soumettre une idée: partir pour une journée de filles dans un spa. Une sortie à laquelle les bébés n'étaient pas conviés. Si ce projet n'avait aucune chance de faire changer l'opinion de Frédérique sur la façon de gérer le sommeil d'un bébé, elle offrait tout de même l'occasion de prouver que sa vie ne tournait pas uniquement autour de son fils et qu'elle n'était pas l'esclave que prétendait son amie. «Un esclave ne s'affranchirait pas de son maître pour aller au spa», se dit-elle.

En verbalisant son idée, Lili réalisait qu'elle faisait d'une pierre deux coups avec ce projet. En plus de modifier la perception des autres mères à son endroit, elle aurait l'occasion de marier plus harmonieusement son rôle de mère et sa vie de femme. Elle se donnait le droit de penser à elle. Bon, il faudrait qu'elle traîne son tire-lait, pompe le précieux liquide entre un massage et une exfoliation aux sels de mer, et qu'elle trouve un congélateur pour entreposer ce qu'elle exprimerait, mais elle pouvait se faire à l'idée d'être séparée de son fils pendant huit ou dix petites heures.

— Vous devriez prendre un week-end, proposa Thomas.

— Charrie pas, s'opposa Lili.

— J'peux très bien m'occuper de mon fils pendant quarante-huit heures.

— Je sais. C'est pas ça la question!

Lili fit une pause et hésita à poursuivre son idée.

— Il est habitué à boire au sein. Un biberon de temps en temps, je dis pas, mais un week-end entier...

— Quand il va avoir faim, inquiète-toi pas qu'il va le prendre le biberon.

— J'ai peur qu'il soit déboussolé par mon absence.

— Je le coucherai avec un chandail que t'auras porté. Il va sentir ton odeur, pis ça va le rassurer, argumenta Thomas qui ne voyait aucune raison valable pour que Lili refuse une fin de semaine de congé.

— Pis la boutique ?

— Mon employée peut très bien prendre la relève pour une journée. Ça serait l'occasion parfaite pour tester ses habiletés en cas de besoin.

Décidément, Thomas avait réponse à tout. Lili essayait de saboter l'idée, mais aucun argument n'était valable pour contrecarrer la proposition de son conjoint. Elle joua donc sa carte maîtresse et révéla la véritable raison qui la faisait hésiter.

— Je sais pas si moi je peux me priver de lui aussi longtemps, avoua-t-elle.

Thomas passa un bras protecteur autour des épaules de sa blonde avant de lui embrasser le front.

— Essayer, c'est le meilleur moyen d'avoir réponse à la question, tu penses pas ?

— Il est tellement petit, souffla Lili.

— Demain, il va faire son entrée au cégep, répliqua Thomas pour la faire sourire. Si tu le fais pas pour toi, fais-le pour nous deux.

Lili comprit que Thomas faisait référence à leur couple et à ce désir qu'il avait de la voir autrement qu'avec le chapeau de mère de famille. Pourtant, Thomas parlait de Léonard et lui. Une escapade de Lili à l'extérieur de la maison pendant deux jours lui donnerait enfin la chance d'avoir son fils à lui tout seul. C'était l'objectif premier de sa proposition, bien avant de songer au repos que cela procurerait à sa blonde.

— Peut-être dans un mois, concéda-t-elle. Ça va me donner le temps d'apprivoiser l'idée.

Le soir même, Lili envoya un courriel commun à ses trois amies en faisant mention de l'idée de Thomas, qu'elle s'appropria sans aucune gêne. Elle proposa un week-end éloigné et un institut situé à plus de deux heures de route de la maison. La date lui assurait quelques semaines de répit avant de devoir se séparer de son fils, et la position géographique du spa limitait ses chances de flancher et de rentrer dormir à la maison.

En appuyant sur la touche d'envoi, Lili espéra secrètement que les week-ends d'Esther soient dédiés en priorité aux cours parascolaires d'Antoine et Emma, que l'établissement choisi soit trop onéreux pour le portefeuille de Jeannine ou que Frédérique ait déjà des quarts de travail prévus au café aux dates proposées. S'il fallait que tout le monde accepte…

Dès qu'elle reçut la proposition, Jeannine fantasma à l'idée d'un séjour de reine dans un spa réputé. «Au diable la dépense!» Elle méritait bien cette petite gâterie.

Plutôt que de poursuivre la longue marche qu'elle venait tout juste de commencer, Jeannine fit demi-tour pour rentrer à la maison. Elle devait planter l'idée tout de suite dans la tête de Gerry pour s'assurer qu'il puisse planifier en conséquence l'horaire de travail de ses hommes sur les chantiers. Ce serait une fin de semaine où il ne serait pas disponible pour travailler.

Sitôt la porte d'entrée franchie, une odeur suspecte s'infiltra dans les narines de Jeannine. Une odeur d'interdit. Elle secoua la tête, convaincue que ses sens lui jouaient un mauvais tour, certaine que le régime strict auquel elle s'astreignait depuis quelques semaines était responsable de cette hallucination olfactive.

Les yeux fermés, elle inspira profondément: l'odeur était toujours présente. Sous l'impulsion de la colère, elle courut pratiquement jusqu'au salon où elle trouva Gerry, avachi dans le sofa, en train d'enfourner une immense bouchée de poutine.

En apercevant sa femme, Gerry se dépêcha de refermer les lèvres sur la bouchée incriminante. Comme si l'assiette d'aluminium posée sur son ventre n'était pas une preuve suffisante pour le condamner. Tout en mastiquant sa trop grosse fourchetée, il tenta de faire diversion.

— La marche a pas été longue ! Est-ce qu'il pleut ?

Une frite trempée de sauce tenta une sortie de sa bouche pendant qu'il articulait péniblement sa question. Jeannine s'en tint au silence, et posa les poings sur ses hanches comme si elle s'apprêtait à gronder un enfant ayant fait une bêtise ou un chiot ayant uriné de nouveau sur le tapis du salon.

— Gerry Blackburn ! martela-t-elle en prenant soin d'employer un ton menaçant.

— Je sais, ma marmotte en sucre d'érable. Mais j'en avais envie depuis des semaines, confessa-t-il. Je le respecte ton régime, c'est juste un p'tit écart de conduite.

Gerry avait l'air sincèrement désolé. Il ne s'attendait pas à ce que Jeannine le surprenne en plein péché de gourmandise. Ne pouvant nier cette transgression aux bonnes habitudes alimentaires imposées par sa douce, il préférait plaider coupable et recevoir sa condamnation rapidement. S'il avouait son délit, peut-être Jeannine omettrait-elle de le questionner sur ses antécédents en la matière, lui évitant ainsi de révéler qu'il oubliait souvent sa boîte à lunch santé au profit des différents établissements de restauration rapide des alentours.

— Je vais m'entraîner deux jours de plus cette semaine pour brûler les calories, proposa-t-il en espérant attirer la clémence de sa femme.

Jeannine fit une moue dubitative. Elle dirigea son regard vers les restes du festin de Gerry avant de prendre un air faussement triste.

— T'aurais pu m'attendre, au moins, lui reprocha-t-elle.

— Il en reste, la tenta Gerry en faisant danser l'assiette argentée dans sa direction.

— Ça va me faire engraisser, essaya-t-elle de se raisonner.

— On mangera moins de céleri demain, suggéra Gerry, bien conscient de l'innocence de sa solution.

Jeannine ne se fit pas prier pour rejoindre son homme et partager sa poutine. Un sourire accroché aux coins des yeux, ils engloutirent en duo ce qui restait de fromage en grain, de sauce brune et de frites dorées. Le plaisir évident qu'avait Gerry à manger cette gâterie pinça le cœur de Jeannine. Peut-être qu'elle en exigeait trop de la part de son homme ?

Sans lui en parler, elle prit la résolution d'assouplir ses diktats en matière d'alimentation. Un peu de gras de temps en temps ne tuerait personne.

Les pleurs insistants en provenance de la cuisine attirèrent l'attention des clients du café. Au comptoir, Frédérique s'excusa avec un sourire crispé avant de disparaître par la porte réservée au personnel.

À l'heure du souper, Simon lui avait annoncé en catastrophe qu'il avait un rendez-vous important ce soir et ne pouvait s'occuper de Blanche entre vingt heures et vingt et une heures.

— C'est un contact au Japon qui est sur un gros coup pour une société qui songe à s'implanter là-bas. Un possible contrat hyperpayant pour moi.

À regret, Frédérique avait téléphoné au café pour annoncer qu'elle ne pouvait rentrer comme prévu et offrir son quart de travail à une collègue.

— Manon est en voyage et Anaïs est à l'urgence pour une cheville foulée. Je peux pas me passer de toi ce soir.

— T'as envie que j'aille travailler avec ma fille ? avait lancé Frédérique, certaine que l'argument pencherait en sa faveur.

— Tu la poseras fièrement sur le comptoir. Ça va distraire les clients.

— Je ferai pas de *tip* avec Blanche dans les bras, argumenta Frédérique.

— Pour une heure, on va s'arranger avec ton bébé, amène-la !

Simon avait donc frappé à la porte des livraisons à l'heure convenue pour remettre à Frédérique une Blanche profondément endormie dans sa coquille de transport.

— Avec un peu de chance, elle va encore dormir quand je vais la récupérer, la rassura Simon.

Blanche avait en effet l'habitude de dormir en soirée jusqu'à son boire de vingt-trois heures, celui que Frédérique saupoudrait de flocons de riz.

Frédérique avait convenu avec sa patronne de placer stratégiquement sa fille à proximité, mais tout en la camouflant au regard des clients. Toutes les dix minutes, elle s'assurait que son bébé aille bien. La serveuse partageant le plancher avec elle s'adonnait au même manège, si bien que la jeune maman avait l'impression d'avoir sa poupoune à ses côtés.

L'heure tirait pratiquement à sa fin lorsque Blanche, réveillée par un bruit d'assiette se fracassant sur le sol, s'était réveillée en sursaut. Elle était déboussolée par cet environnement inconnu et manifestait à grands cris son mécontentement devant cette surprise de taille.

À regret, Frédérique revint derrière le comptoir avec sa fille dans les bras. Elle multiplia les excuses auprès de la clientèle. Si quelques clientes vinrent tâter la menotte de la petite et se renseigner sur sa présence en ces lieux, Frédérique vit surtout la faune masculine quitter le comptoir.

Un jeune homme poussant un landau dans un parc avait de fortes chances de récolter des numéros de téléphone. Encore plus que celui qui baladait un chien miniature. Pourquoi en était-il autrement pour les femmes ?

Simon frappa à quelques reprises à la grande porte grise à l'arrière du café avant de se résigner à récupérer Blanche par la porte principale du commerce. Il ne resta que quelques minutes, le temps de vêtir décemment la petite pour regagner l'appartement. Avant de quitter la salle, il pressa Frédérique contre lui et lui imposa un long baiser qui traduisait clairement aux gens présents qu'il n'était pas son frère.

Fier comme un paon, il prit tout son temps pour sortir, en ayant soin de croiser les autres mâles de la place. Le coq venait de marquer son territoire.

Frédérique reprit le travail, convaincue à présent que le pourboire qu'elle allait récolter ce soir ne lui permettrait même pas de s'acheter un nouveau rouge à lèvres.

— Soixante dollars ! C'est du vol, s'insurgea Esther. Elle va porter son maillot de bain.

Jean-François soupira. C'était lui qui accompagnait Emma chaque semaine à son cours de gymnastique et qui interceptait les regards d'envie lancés par sa cadette aux autres fillettes qui portaient un maillot de gymnaste. Leur unique fille avait timidement demandé si elle pouvait aussi avoir son costume de «supergymnaste avec des brillants».

— Elles en ont toutes un, Esther. Emma est la seule de son groupe en costume de bain.

L'idée d'ostraciser sa fille contraria Esther. Elle consentit donc à ajouter cette dépense au budget familial. Le club de gymnastique imposait déjà des coûts d'inscription faramineux aux familles qui souhaitaient voir leurs enfants sur un trampoline ou une poutre. Voilà qu'il fallait maintenant inclure dans les frais de l'activité ceux de l'habillement.

L'argent ne manquait pas dans les coffres d'Esther et Jean-François. Si le couple faisait partie de la classe moyenne, la gestion d'Esther assurait toujours des surplus financiers qu'elle destinait à l'épargne. Depuis qu'ils se connaissaient, jamais ils n'avaient été pris au dépourvu, le solde des cartes de crédit était payé en totalité mensuellement, et la marge de crédit n'avait pas encore été utilisée.

Si Jean-François insistait pour acheter un maillot de gymnaste à sa fille, c'était bien sûr pour la fierté qu'il lirait dans les yeux de l'enfant au prochain cours, mais surtout parce qu'il avait une idée derrière la tête.

Lors de leur séparation remontant à près d'une année, Jean-François avait fait l'acquisition d'un condo. Possession immobilière qu'il louait à des connaissances depuis qu'Esther lui avait permis de réintégrer le foyer familial. Les fruits de la location couvraient pratiquement toutes les dépenses liées à cet avoir, mais Jean-François souhaitait le mettre en vente pour officialiser son retour auprès d'Esther.

Au cours des derniers mois, sa relation de couple prenait du mieux, le passage du divan au lit conjugal en étant le meilleur indice de santé. Il ne voulait pas brusquer Esther, mais croyait le moment bien choisi pour aborder la question avec elle. La lettre d'amour qu'elle lui avait écrite pendant les derniers jours étant la petite tape dans le dos qu'il attendait pour se jeter à l'eau.

— Je pourrais même me payer un maillot identique, format adulte, pour l'encourager dans les gradins, si je vendais le condo.

Esther sourit lorsque son cerveau lui transmit l'image d'un Jean-François viril vêtu d'un maillot moulant rose et mauve à paillettes dorées, dont le tissu extensible risquait fortement de lui glisser entre les fesses.

Suivant l'imagerie mentale de sa femme, Jean-François se leva, tendit les bras de chaque côté de son corps et improvisa une miniroutine de gymnastique pathétique dont la pirouette finale lui fit se cogner le gros orteil à la patte de la table de la cuisine.

— Chut! Tu vas réveiller les enfants, pouffa Esther.

Lorsqu'elle cessa de rire, elle regarda Jean-François avec intensité. Elle comprenait très bien le sous-entendu de la demande. Bien plus qu'une transaction immobilière, Jean-François lui proposait un contrat d'engagement amoureux. Il souhaitait se faire confirmer que leur couple était de nouveau sur les rails et qu'elle montait à bord du train de plein gré.

— Je pourrais te le racheter, proposa Esther.

— C'est beaucoup trop cher pour toi. T'as même pas cinquante dollars pour me payer le maillot de mes rêves, blagua-t-il.

Esther sourit un peu puis chercha une tache à frotter sur la nappe pour se donner le temps de réfléchir quelques secondes de plus. Voyant le tic de sa femme ressurgir, Jean-François se dépêcha de lui prendre la main pour couper court à sa réflexion. À ce stade-ci, il savait qu'il ne devait en aucun cas lui donner le temps de trouver des arguments pour contrecarrer son plan.

Il aurait voulu promettre à son épouse que plus jamais il ne lui serait infidèle, réciter des poèmes pour l'enflammer, mais aucun mot ne lui semblait à la hauteur de la situation. Il se contenta de tenir la main parfaitement manucurée de cette femme formidable qui lui avait donné trois beaux enfants et de la poser sur son cœur en la couvrant de sa propre main.

Esther approcha son visage et cueillit un baiser du bout des lèvres. Elle lui offrait son accord muet. Elle savait qu'elle venait de prendre la meilleure décision. Celle qui l'obligeait à choisir son camp. Son cerveau en avait la certitude, mais son cœur en doutait encore un peu.

Jeannine fit tomber quelques capuchons de chocolat dans la tasse de café qu'elle venait de remplir. Elle en porta quelques-uns à sa bouche avant de replonger la main dans le sac pour en ajouter à la boisson. Gerry serait ravi de cette petite gâterie matinale. Un instant, elle fut tentée d'ajouter de la guimauve, mais se retint. Après tout, elle était l'instigatrice des règles alimentaires à la maison et il y avait des limites à saboter ses propres efforts.

Elle ouvrit le réfrigérateur, en quête de la pinte de lait qui donnerait un fini crémeux à son café «spécial Jeannine». Quelques coups de cuillère et le breuvage noir se marbrerait d'un beige gourmand. Jeannine huma sa tasse avant d'y plonger les lèvres avec délectation.

Elle avait lu dans un magazine féminin que le lait au chocolat était recommandé pour les sportifs après un entraînement. Son café chocolaté généreusement arrosé de lait n'était qu'une variante de la solution proposée par les professionnels de la santé. Si elle, contrairement à Gerry, ne mettait pas les pieds au centre de conditionnement physique, elle jugeait qu'elle méritait tout de même cette collation d'avant-midi.

Elle lança un regard en direction de l'horloge murale. Gerry avait une bonne quinzaine de minutes de retard. Décidément, il prenait ses exercices à cœur. Plus les jours passaient, plus il allongeait son programme d'entraînement. Si seulement il avait autant de volonté en matière d'alimentation.

L'un et l'autre avaient la même faiblesse pour le glucose. Avoir la dent sucrée n'était pas une expression qui leur seyait. Dans leur cas, c'était le dentier au complet. Jeannine sourit à cette pensée, heureuse de constater après plus de dix ans de vie commune qu'elle avait fait un choix judicieux en s'amourachant de Gerry. Ils avaient tant de points en commun.

Elle déposa la tasse de Gerry à l'intérieur du four à micro-ondes et préenclencha la minuterie pour deux minutes de réchauffage. Les minutes s'égrenaient et Gerry ne rentrait toujours pas.

— Tant pis pour lui si le chocolat fait des mottons au fond de la tasse !

Pour s'assurer que le même phénomène ne se produise pas dans sa tasse personnelle, Jeannine se dépêcha de boire son café, enchantée par les dernières gorgées où le chocolat fondu s'était accumulé. C'était comme laisser couler un lapin de Pâques chaud au fond de sa gorge. Un coït guttural qui fut interrompu juste avant l'orgasme par la sonnerie du téléphone.

Jeannine reconnut le numéro de cellulaire de Jean-François. Elle possédait une mémoire phénoménale pour retenir ce genre d'information. Non pas que Jean-François appelât souvent à la maison, mais elle avait pris l'habitude de téléphoner à ce dernier si elle tentait de joindre Esther sans succès à son domicile. Au même titre qu'elle n'hésitait pas à composer le numéro du commerce de Thomas lorsque Lili, voyant le numéro appelant sur son afficheur, refusait de lui parler.

— Qu'est-ce qui me vaut ton appel de si bon matin ? lança Jeannine sans même saluer son interlocuteur.

— Je t'appelle à cause de Gerry.

— T'arrives plus à le faire descendre de son vélo, blagua Jeannine.

— Au contraire.

— Dis-moi pas qu'il est tombé face première en manquant sa pédale !

— Jeannine, assois-toi, s'il te plaît.

Jeannine s'exécuta en resserrant les pans de sa robe de chambre contre son corps. Inconsciemment, elle avait soudainement besoin que quelqu'un la soutienne, la prenne dans ses bras, et à défaut de son homme, le tissu moelleux de son peignoir pouvait agir comme couverture rassurante.

— Est-ce que Gerry est avec toi ? articula-t-elle d'une petite voix incertaine.

— Non, il est en route vers l'hôpital.

Le sang se retira du visage de Jeannine à la vitesse de l'éclair. Au bout de quelques secondes de silence, elle réalisa qu'elle avait cessé de respirer et ordonna à ses poumons de se remettre au travail.

— Qu'est-ce qui est arrivé ?

— Gerry a fait une crise cardiaque.

CHAPITRE 6

En mettant le pied à l'hôpital, Jeannine ressentit un étrange sentiment de déjà vu. L'odeur de désinfectant, la lumière crue des néons qui accentuait les teints cadavériques, la fébrilité de l'urgence : tout lui rappelait la fin tragique de sa grossesse. L'odeur de cautérisation qu'elle avait découverte lors de sa césarienne lui happa le cerveau, sans qu'elle sache s'il s'agissait d'un souvenir ou du travail présent de ses narines.

Les heures qui suivirent lui semblèrent irréelles. Elle captait ici et là des mots sortant de la bouche du personnel hospitalier. Mais aucune phrase ne parvenait en entier à son cerveau. Seuls quelques mots qui, dans son énervement, semblaient dépourvus de sens : artère obstruée, thrombolytiques, angioplastie, scintigraphie cardiaque... Un charabia médical dont elle se foutait éperdument. Tout ce qu'elle souhaitait, c'était voir Gerry, le prendre dans ses bras et s'assurer qu'il était bien vivant. Tel l'apôtre Thomas doutant de la résurrection de son Seigneur, Jeannine devait toucher son homme.

Quelques heures plus tard, elle se retrouva au chevet de son ours en chocolat, remerciant de nouveau le ciel de sa bonté : il ne lui avait pas ravi Gerry.

— Si tu savais comme je m'en veux, hoqueta Jeannine avant de fondre en larmes.

D'abord surpris par cette confidence, Gerry la laissa se vider de sa culpabilité. Dans un monologue fiévreux, Jeannine exprima toute la honte qu'elle ressentait. Qu'elle avait été bête de ne rien voir venir, de ne pas tenir compte des signaux d'alarme donnés par Gerry, de ne rien lire dans les cernes bleus sous les yeux de son canard d'amour. En lui imposant un régime alimentaire strict doublé d'un entraînement militaire, Jeannine envoyait son mari à l'abattoir. Des changements aussi radicaux devaient être incorporés graduellement dans un mode de vie et non pas d'un seul bloc.

Elle se blâmait du malaise cardiaque de Gerry et le priait de l'excuser. Son plaidoyer touchant se termina dans un concert de mouchage.

— Probablement que si j'avais respecté tes consignes alimentaires, j'en serais pas là, répliqua Gerry pour apaiser le chagrin de sa douce moitié.

Avec beaucoup d'humilité, Gerry avoua ses débauches nutritionnelles en solo, ses nombreuses escapades au royaume du fast-food et ses compulsions alimentaires alors que Jeannine dormait à poings fermés. Il mentionna au passage qu'il avait récemment découvert les boissons énergisantes et qu'il en avait abusé. Il termina son exposé en signalant ses excès dans la salle d'exercices. Non seulement il n'avait pas écouté les conseils de Jeannine sur son alimentation, mais il avait fait la sourde oreille aux recommandations de son entraîneur personnel, lequel lui préconisait une mise en forme graduelle.

Gerry croyait qu'en exposant ainsi ses petites cachotteries, il s'attirerait la sympathie de sa femme et récolterait un éclat de rire ou, à tout le moins, un sourire teinté de larmes. Lorsque Jeannine se mit à lui frapper la poitrine, il se figea donc de surprise. Elle eut le loisir de lui servir trois bonnes claques avant qu'il ne lui saisisse les poignets pour faire cesser son agression. Si la crise cardiaque n'était pas venue à bout de son cœur, la furie de Jeannine pourrait bien y remédier et l'expédier au paradis.

— Tu devrais avoir honte, Gerry Blackburn!

Son cri du cœur alerta l'infirmière qui se trouvait dans la chambre voisine. Elle passa la tête dans le cadre de porte pour s'assurer que son patient se portait bien. Lorsqu'elle vit le couple, elle se retira sans intervenir, habituée aux réactions diverses des épouses ayant eu la peur de leur vie à l'idée de perdre leur âme sœur.

— Comment t'as pu me faire ça? Comment t'as pu jouer avec ta vie aussi bêtement? T'as pas pensé un instant que si tu pars, je me retrouve seule avec trois enfants!

Si Frédérique n'entrait pas dans la définition légale d'un enfant à charge à cause de son âge, Gerry se garda bien d'en faire mention à Jeannine. Le moment, jugea-t-il, était mal choisi pour disserter sur la situation familiale dans laquelle son décès aurait plongé sa veuve. Il comprenait l'essentiel du message, tant pis pour l'exactitude des détails.

— Jeannine, tout va bien maintenant, chuchota-t-il.

C'était seulement à présent qu'il réalisait que sa crise cardiaque faisait vivre à Jeannine un retour dans le temps. Abandonnée une première fois à la naissance de Frédérique, Jeannine voyait ressourdre une peur qu'elle croyait associée uniquement à son passé. Elle était sereine quant à la solidité des liens affectifs l'unissant à Gerry, mais n'avait pas envisagé que le destin puisse lui ravir une deuxième fois le père de ses enfants.

— T'as le droit de me quitter, mais fais pas ça à tes enfants. Ils ont besoin d'un père, continua-t-elle de marteler.

— Jeannine, je m'en vais nulle part. Je suis là.

— T'as le devoir de prendre soin de toi pour les voir grandir. Tu leur dois au moins ça.

Gerry hocha doucement la tête, les yeux dans l'eau. Lorsqu'il s'était retrouvé au sol, une main crispée sur la poitrine, croyant entendre sonner le glas de sa dernière heure, la seule et unique image qu'il avait cherchée en fermant les paupières était celle du visage de ses enfants. Il n'avait même pas songé à Jeannine, à son entreprise ou à ses amis.

Gerry devant être hospitalisé pour subir une batterie de tests et reprendre des forces sous supervision professionnelle, Jeannine dut retrousser ses manches et embrasser pendant quelques jours la vie de mère monoparentale qu'elle avait connue autrefois.

S'occuper seule de jumeaux relevait des douze travaux d'Hercule à l'entendre parler. Si son agenda familial le lui avait permis, Jeannine aurait monté les marches de l'Oratoire Saint-Joseph à genoux pour implorer le retour de son mari au plus sacrant. Elle mesurait l'ampleur de la besogne abattue par son homme maintenant qu'elle devait prendre sa relève.

Heureusement, les copains se relayèrent pour donner un coup de pouce. Connaissant les talents limités de Jeannine dans une cuisine, Esther se fit un devoir de piger dans ses réserves de plats congelés pour garnir le réfrigérateur de son amie. Elle identifia chacune des portions individuelles qu'elle empila dans la glacière avant de les lui apporter. Cigares au chou, lasagne végétarienne et aubergine gratinée prirent le chemin du logement de Jeannine en priant pour ne pas finir à la poubelle. Esther savait bien que sa gastronomie personnelle ne correspondait pas aux goûts de son amie, mais à cheval donné, on ne regarde pas la bride.

Lili proposa de passer chez Jeannine pour faire du ménage. Depuis qu'elle était en congé de maternité, elle se découvrait un penchant pour les surfaces reluisantes. Frotter le plancher et récurer un évier étaient des activités qui avaient l'avantage d'être réalisables même en état d'extrême fatigue. Manier un chiffon ou une mope ne demandait aucune véritable présence d'esprit et offrait un sentiment de devoir accompli. Lorsqu'elle s'ennuyait entre les murs de son loft, Lili trouvait toujours une surface à épousseter. Avec Léonard confortablement installé dans le porte-bébé, elle pouvait vaquer aux tâches domestiques tout en s'occupant de lui. Une bonne séance d'astiquage valait n'importe quel cours de cardio-poussette, avait l'avantage de se pratiquer vêtue d'une camisole tachée par une montée de lait subite et ne demandait aucune collaboration de la part de Dame Nature. Un must, quoi!

Secrètement, Lili espérait liquider les quantités astronomiques de vinaigre, de borax et de bicarbonate de soude qu'elle avait achetées afin de rendre son ménage plus écologique. Une fois épuisés, ces ingrédients feraient la place au nettoyant traditionnel à odeur de citron. Comme l'avait prédit Thomas, les produits chimiques effectuaient leur retour en force dans le loft après une vague écolo passagère.

Lili se félicita de son choix en découvrant le désordre qui régnait chez Jeannine. Des piles de vêtements attendant d'être pliés et rangés monopolisaient le divan du salon, les biberons sales s'accumulaient dans l'évier et la chambre des jumeaux avait grand besoin d'être aérée. Il y avait des limites à la capacité d'une poubelle à retenir les relents de couches souillées. En quelques heures, la maison retrouva une allure acceptable qui donna à Lili un sentiment de satisfaction.

Frédérique aussi offrit son soutien à sa maman. Elle multiplia les allers-retours à l'hôpital pour tenir compagnie à son beau-père lorsque Jeannine devait rester à la maison avec les bébés. Elle n'hésita pas non plus à se proposer pour garder son demi-frère et sa demi-sœur pendant que Jeannine irait à l'épicerie ou à l'hôpital.

Si Jeannine s'émut de la sollicitude de sa grande fille, elle savait pertinemment que Frédérique faisait d'abord et avant tout ces efforts pour Gerry. Si son aide facilitait la vie de Jeannine au passage, tant mieux, mais l'objectif premier était d'apaiser l'angoisse de son beau-père adoré qui trouvait le temps long dans sa chambre d'hôpital et était impatient de rentrer à la maison.

Heureusement pour Frédérique, à l'âge de six mois, les bébés étaient charmés par leurs semblables. La jeune femme n'avait qu'à étendre une couverture sur le plancher du salon, disposer des coussins à titre de barrière de sécurité tout autour et asseoir les trois bambins au centre.

Pendant que Maxime cherchait désespérément à retirer les bas de Blanche, cette dernière se concentrait sur son oncle Julien dont l'attache-suce ornée d'un dinosaure exerçait sur elle une fascination qui frisait l'adoration. Frédérique et Simon assistaient au spectacle en commentant de temps à autre l'action qui se déroulait devant eux.

Frédérique se surprit à apprécier sa soirée. Elle adorait observer la faune éméchée et bigarrée d'un club aux petites heures du matin, prenait plaisir à tester les réactions des mâles en chaleur lui faisant la cour sur son lieu de travail, mais jamais elle n'aurait pensé prendre son pied en regardant des enfants jouer ensemble. Elle en tira la conclusion que les bébés étaient des adultes en devenir et qu'en ce sens, ils étaient le prélude aux relations compliquées entre hommes et femmes à maturité. Après tout, Julien n'attirait-il pas Blanche avec ses avoirs et Maxime ne démontrait-elle pas qu'une certaine rivalité existait déjà entre elles simplement parce qu'elles appartenaient au même sexe ?

Blanche, irritée par les tentatives de vol de chaussette de sa tante Maxime, commença à émettre des récriminations avant de tomber à la renverse sur le dos, abandonnant aux doigts boudinés de l'autre ce bas rose qu'elle revendiquait à grands cris.

— Donne le bas à mononcle, Maxime, intervint Simon.

Frédérique sourit. Elle avait toujours envie de prendre le parti de sa fille devant les autres bébés. Peu importait qui avait tort, Blanche lui apparaissait aussi pure que son prénom en toutes circonstances. Que Simon démontre le même parti pris envers la chair de sa chair la touchait. Il n'était peut-être pas le géniteur de son enfant, mais il s'investissait assurément à chausser les souliers d'un papa digne de ce nom.

— En principe, t'es son beau-frère, pas son oncle, le reprit Frédérique.

— Hé, la belle-sœur, donne-moi le bas de ma fille !

Simon s'accroupit pour relever Blanche dont l'humeur était toujours aussi sombre. Il recouvrit ses petits orteils du bas soutiré à Maxime et revint s'asseoir aux côtés de Frédérique. La fillette gratifia son modèle masculin d'un sourire charmeur.

— La vraie fille de sa mère, commenta Simon.

Ce petit geste protecteur, empreint de tendresse, toucha profondément Frédérique. Qu'un homme si viril s'applique à enfiler une minuscule chaussette en prenant soin de cajoler chaque doigt de pied au passage l'émouvait. Son père aurait-il fait la même chose pour elle s'il ne l'avait pas abandonnée ?

Voyant que Frédérique se perdait dans ses pensées, Simon chercha à connaître son sujet de réflexion.

— Rien, je me demandais quand Jeannine arriverait, mentit-elle.

— T'as hâte de te débarrasser des jumeaux ?

— La visite, c'est le fun quand ça colle pas trop longtemps.

— Tu dis pas ça pour moi, j'espère ? se moqua Simon en escaladant de ses lèvres le bras de Frédérique.

— Ça dépend des jours.

Simon exécuta une prise de kung-fu et, avant qu'elle ne réalise ce qui lui arrivait, Frédérique se retrouva immobilisée au sol, sous lui. La tension sexuelle se pointa le bout du nez aussi rapidement que la manœuvre avait été réalisée.

— Tu veux répéter ça ? menaça Simon.

Frédérique se contenta de sourire et de se mordre la lèvre inférieure dans un geste plus que suggestif.

— En principe, minauda Simon, la visite a pas accès à toutes les pièces de la maison.

Pour illustrer son propos à double sens, il glissa lentement une main à l'intérieur de la cuisse de Frédérique. Son jeans moulant agissant telle une deuxième peau, Frédérique sentit le contact comme si sa jambe était nue. La chaleur des doigts, leur fébrilité, tout lui parvenait en temps réel. Elle voulut refermer ses jambes l'une contre l'autre dans un geste de protestation, mais Simon eut tôt fait de s'interposer en posant un genou au sol.

— Prends des notes Julien, lança Frédérique. C'est comme ça qu'on parle à une femme, se moqua-t-elle.

Si Frédérique croyait qu'en mentionnant la présence des bébés, elle refroidirait les ardeurs de son amant, elle récolta plutôt les fruits de sa provocation. Simon, l'œil brillant de convoitise, immobilisa les deux bras de sa blonde au-dessus de sa tête en les maintenant au sol d'une seule main. Il utilisa son bras libre pour fouiller sous son t-shirt.

Loin de se scandaliser à l'idée de se donner en spectacle, Frédérique gloussa de plaisir.

— T'aimes ça, avoir un public, hein ? la gronda Simon

— Plus on est de fous, plus on s'amuse…

Frédérique savait que l'idée d'un trip à trois ou d'une baise multiple alimentait les fantasmes de bien des hommes. Même pas besoin de mettre la chose en application, la simple évocation du scénario contribuait à exciter ces messieurs. La preuve, Simon respirait plus rapidement et semblait disposé à passer aux choses sérieuses. Il déposa son corps contre celui de Frédérique, distribua des baisers mouillés dans son cou, à la naissance de ses cheveux, et mordilla son lobe d'oreille.

— Si c'est ton fantasme…

Frédérique retint un éclat de rire. Voilà que son amant faisait de la projection. Il allait sans doute lui dire qu'il était prêt à se sacrifier pour réaliser sa fantaisie sexuelle. Décidément, les hommes étaient tous pareils.

Simon recula la tête pour planter ses yeux dans ceux de Frédérique.

— Si c'est ton fantasme, reprit-il en pesant chaque mot, j'aimerais ça t'en faire un.

— Un ?

— Tu dis que plus on est de fous, plus on s'amuse. Je pourrais te faire un autre bébé.

Si l'anatomie féminine était pourvue d'un phallus, Frédérique aurait débandé.

Frédérique trouva refuge auprès de Gerry dans les jours qui suivirent. Sa conversation avec Simon l'avait jetée dans un trouble innommable. Comment Simon avait-il pu se méprendre à ce point sur ses propos ? Comment pouvait-il lui parler de faire un enfant alors qu'il savait pertinemment que sa première grossesse était un événement non désiré ? N'avait-elle pas crié sur tous les tons qu'elle détestait être enceinte alors qu'elle portait Blanche en son sein ? Qu'est-ce qui clochait chez cet homme pour qu'il s'imagine qu'elle voulait agrandir la famille ?

Lors d'un tête-à-tête, Gerry écouta le récit de sa belle-fille en silence, évitant de porter un jugement ou d'exprimer son opinion. Si ce qu'elle lui relatait le comblait de bonheur, il choisit de garder l'information pour lui. Apprendre que Simon caressait de tels projets ne pouvait que lui faire plaisir. Le jeune homme avait changé depuis la fugue de sa blonde. Il semblait chercher le moyen de se l'attacher. Gerry constatait du même coup que son gendre avait pris au sérieux ses recommandations : il ouvrait son cœur à Frédérique. Sa fille par alliance était entre bonnes mains.

— Toi, qu'est-ce que t'en penses ? se contenta-t-il de lui demander, sachant très bien qu'il lui retournait la question qu'elle venait de lui poser.

— C'est ridicule, on se connaît à peine.

Gerry éclata de rire.

— Arrête tes niaiseries, tu vas me faire faire une crise cardiaque !

C'était la blague à la mode dans la bouche de Gerry. Tout était prétexte pour rire de l'incident qui aurait pu lui faucher la vie.

— Donne-lui la chance de mieux te connaître si tu considères qu'il te connaît pas assez pour te faire un p'tit.

Frédérique baissa la tête. Ce n'était pas la première fois que Gerry lui faisait remarquer qu'elle se blindait dès qu'une relation devenait sérieuse. Mais elle était convaincue qu'en mettant son cœur à nu, elle ferait fuir son chum. Comme si son enveloppe charnelle irréprochable cachait l'âme d'une petite grosse boutonneuse qui ne parviendrait pas à retenir un homme comme Simon.

Conscient du monologue intérieur que devait se tenir Frédérique et qui minait son estime personnelle, Gerry décida de la ramener dans l'instant présent.

— Laisse-le donc juger par lui-même de ta valeur.

— J'ai pas envie de me faire “flusher”.

— Il veut pas s'en aller, il veut te faire un bébé ! s'emporta Gerry.

— J'en veux pas, moi !

— T'as juste à lui dire.

— Tout d'un coup qu'il me “dumpe” là parce que je refuse ?

Gerry soupira avec tendresse. Pourquoi les relations affectives étaient-elles si compliquées dans la tête de Frédérique ?

— Vous vivez à trois depuis six mois. Il accepte Blanche comme sa fille. Il a même passé l'éponge sur ta fugue. Si ça, c'est pas de l'amour…

— L'amour, c'est avoir envie de l'autre pis sentir des papillons dans son estomac, répliqua Frédérique. Là, j'en ai plus avec Simon.

— Les papillons, ça migre en hiver, mais ça revient aussi à chaque printemps.

Frédérique se calma et sourit. Son beau-père aurait dû être compositeur de chansons ou poète plutôt que contremaître.

— Donne-lui une chance. C'est un bon p'tit gars que t'as trouvé là.

— Je le sais, admit Frédérique.

— Les papillons vont revenir. Regarde moi pis ta mère, même après dix ans…

— *Too much information,* le coupa Frédérique qui ne tenait pas à connaître les détails de la vie intime de sa mère et Gerry.

Pendant qu'ils terminaient la partie de cartes qu'ils avaient entamée, Gerry pria secrètement pour que Frédérique apprenne à se laisser aimer. Sans même s'en rendre compte, il tricha pour la laisser gagner, comme lorsqu'elle était plus jeune et qu'il tentait de l'apprivoiser.

Esther diversifiait de plus en plus l'alimentation de son fils. Si elle respectait le précepte selon lequel on introduit un seul aliment à la fois sur une période de trois jours pour s'assurer de son innocuité chez l'enfant, elle n'attendait pas une seule journée de plus pour faire découvrir à Théo une nouvelle saveur ou une texture différente. Aujourd'hui, le garçonnet goûtait pour la première fois à l'avocat.

Forte de ses expériences antérieures, Esther privilégiait les aliments qui ne nécessitent aucune transformation. L'étape des purées n'était jamais bien longue et bébé préférait manipuler sa nourriture plutôt que de recevoir une pâtée uniforme dont seul le goût indiquait qu'il s'agissait d'un nouvel aliment.

Les morceaux d'avocat bien mûr qu'elle déposa sur la tablette de la chaise haute furent réduits en bouillie par les mains curieuses de l'enfant. Théo ne tarda pas à se mettre les doigts dans la bouche et à se familiariser avec la texture crémeuse du fruit qui sembla lui plaire. La chair verdâtre commença à envahir son visage, la coordination main-bouche n'étant pas encore maîtrisée à la perfection par le petit bonhomme.

— T'as bien raison, approuva Esther. C'est excellent pour la peau. Maman a déjà payé une fortune pour des masques comme celui-là.

Quand Théo, encouragé par le sourire de sa maman, entreprit d'étendre les bienfaits hydratants de l'avocat à sa chevelure, Esther le réprimanda. Il y avait des limites à être une mère qui laisse son enfant explorer.

Lorsque la sonnette d'entrée se fit entendre, Esther se leva tel un ressort pour accueillir le livreur. Jean-François l'avait avisée qu'ils devraient recevoir le maillot de gymnastique d'Emma dans la journée. Elle mourait d'envie de voir le produit final et d'imaginer sa gymnaste en herbe l'exhibant fièrement.

Elle s'essuya les mains à la hâte, ouvrit la porte et tomba nez à nez avec Claude.

— Je passais dans le coin.

— Je suis occupée, s'excusa-t-elle. C'est le bordel dans la cuisine, Théo fait des découvertes gustatives...

— Je ne resterai pas longtemps.

En pénétrant dans la cuisine, Claude jeta un regard circulaire à la pièce. Ce qu'Esther qualifiait de bordel ressemblait à une cuisine impeccable avec une chaise haute en dessous de laquelle une maman prévoyante et organisée avait étendu une nappe plastifiée pour ramasser facilement l'enthousiasme débordant de son fils.

Claude s'approcha de l'enfant et, le plus naturellement du monde, empoigna la débarbouillette humide abandonnée au coin de la table. Il entreprit de nettoyer sommairement le visage de Théo qui se laissa docilement faire. Cette façon qu'il avait d'entrer en contact avec le petit mettait Esther mal à l'aise. Sa familiarité exprimait un droit de possession, un lien filial. Que l'enfant lui sourie en retour n'avait rien d'étrange : Théo était la bonhomie incarnée. N'empêche, Esther souhaitait éviter ce genre de complicité trop explicite.

— T'as parlé à Jean-François ?

Esther mit un instant à saisir les propos de Claude. Que devait-elle exactement aborder avec son mari ? Leur séparation, évidemment !

— Pas encore. Ça va venir, mais je dois préparer le terrain.

— Tu voudrais pas qu'on le fasse à deux ? Je peux être là, si ça peut te faciliter la tâche.

— J'pense pas que ce soit une bonne idée.

Claude acquiesça, à regret. Il s'approcha d'Esther et tenta de lui prendre la main.

— Pas ici.

Ces deux mots étaient lourds de sens. Avec leurs six petites lettres, ils faisaient référence à leur dernière rencontre, au déchaînement des passions qui avait consumé les deux adultes et à l'interdit de reproduire la scène dans la cuisine où Esther partageait tous ses repas avec un autre.

— J'ai envie de toi, se contenta donc d'exprimer Claude à défaut de laisser ses mains porter le même message à la peau d'Esther.

Elle jeta un coup d'œil en direction de Théo qui les observait avec curiosité. S'il n'avait pas la faculté d'être délateur auprès de Jean-François, le bébé devait bien sentir que sa mère trempait dans une opération louche. Claude comprit le malaise de son employée préférée et décida de battre en retraite. Il se dirigea vers la porte d'entrée pour se soustraire au regard de Théo.

— Ma réserve de patience atteint sa limite, confessa-t-il dans un soupir qui en disait long sur l'état de son désir. Promets-moi de tout lui révéler dans les prochains jours.

Esther sentit l'étau se resserrer sur elle. Comment pourrait-elle continuer à mentir ?

Claude s'approcha tel un prédateur et effleura sa mâchoire du bout des lèvres. Pour mettre fin au supplice et s'assurer que la situation ne dégénère pas, Esther lui offrit la réponse qu'il attendait.

Ayant besoin de se confier et de partager ce qui lui arrivait, Esther se pointa chez Lili sans même la prévenir de sa visite. Lorsqu'elle lui relata son récent huis clos avec Claude et les nouveaux développements relatifs à l'histoire, Lili se mit en mode défensif. Le lien d'amitié qui l'unissait à Esther était beaucoup plus solide que celui qu'elle entretenait avec Jean-François, mais il en allait autrement pour Thomas. Les cachotteries d'Esther l'obligeaient à dissimuler certaines informations à son amoureux. Une situation inconfortable qui commençait à l'agacer royalement.

— Qu'est-ce que tu comptes faire, maintenant ?

Esther souleva les épaules dans un geste d'impuissance.

— Y a sûrement moyen d'étirer la sauce ? Lui donner un nanane pour le faire patienter.

— À moins de coucher avec lui, je vois pas ce qui va le convaincre que tu vas véritablement quitter Jean-François !

La lueur de culpabilité qui transpira du regard d'Esther fit craindre le pire à Lili.

— Esther ! T'as pas…

— Non, mais je pourrais.

Esther n'avait pas l'intention de fournir à Lili le menu détail des gestes qu'elle et Claude avaient posés l'un à l'endroit de l'autre. À quoi servirait-il de confesser chaque caresse, de déballer la chorégraphie qu'ils avaient dansée sensuellement, d'avouer chaque toucher indécent qu'elle avait consenti ? Ça ne pouvait que lui causer du tort.

— Tu penses pas que la seule solution consiste à dire la vérité à ton mari ? proposa plutôt Lili.

— Depuis un an, on marche sur le bord d'un précipice. Il va se garrocher dans le vide si je lui balance ça au visage.

— Il serait plutôt mal placé pour te juger.

Jean-François avait quitté sa femme enceinte pour une jeune maîtresse. Il avait trahi ses vœux de mariage aux yeux de Lili. Comment une simple histoire d'un soir de la part de sa femme pourrait-elle mettre fin à leur couple ? Esther passait l'éponge sur son infidélité, il devrait en faire autant.

— Les conséquences de mon geste sont plus graves, exposa Esther. Théo…

Lili comprenait. La présence de l'enfant serait comme un fer que l'on tourne dans la plaie, un rappel cruel et quotidien de la trahison d'Esther.

Lili craignait qu'Esther récidive dans son aventure extraconjugale. Par acquit de conscience et afin de bien faire comprendre à sa meilleure amie qu'elle n'approuvait pas ses manigances, Lili lui lança cette ultime menace :

— Je t'adore, Esther, mais c'est la dernière fois que je te couvre dans cette histoire-là.

Si Lili lui faisait défection, Esther savait qu'elle n'avait plus aucun allié.

Jeannine souleva le loquet de la fenêtre pour en permettre l'ouverture. Un vent d'été, chargé de chaleur, pénétra instantanément à l'intérieur. La brise traversait la maison en caressant tout sur son passage puisque Jeannine avait pris soin d'entrebâiller la porte-fenêtre du salon.

Gerry était de retour à la maison et un peu d'aération ne lui ferait pas de tort après plusieurs journées passées à l'hôpital entouré des microbes des autres. Lorsqu'elle le vit apparaître à ses côtés, le téléphone à la main, avec le dossier d'un client, Jeannine lui retira ses outils de travail.

— La job peut attendre.

— J'ai juste quelques p'tits détails à régler, plaida Gerry. Ça fait une semaine que je suis absent et j'ai laissé les gars dans la chnoute.

— Au prix que tu les payes, me semble qu'ils doivent être capables de prendre des décisions en ton absence.

Gerry se contenta de sourire. Si ses employés recevaient une paye intéressante, c'était parce qu'ils exécutaient avec minutie ses ordres et qu'ils se défonçaient physiquement pour que le travail soit effectué dans les temps. Pas parce qu'ils étaient en mesure de prendre le relais au niveau décisionnel.

— Je veux justement voir s'ils ont pris les bonnes décisions pendant que j'étais en vacances, se moqua Gerry.

— En vacances ? s'offusqua Jeannine pour qui la dernière semaine ressemblait plutôt à un marathon intensif qu'à un séjour au bord de la mer.

— C'est ma business. Je dois en prendre soin, si je veux un jour la léguer à mes enfants, expliqua Gerry sans relever le dernier commentaire de sa femme.

— Mais si ta business te rend malade, faudrait "slacker" la pédale un peu. Si tu te tues à la job, tes enfants auront pus de père. C'est pas vraiment mieux.

— Je veux leur montrer qu'il faut travailler pour atteindre ses rêves.

— Y a pas juste la job dans la vie. Ça aussi, faut le montrer aux enfants. Faut être un exemple d'équilibre pour eux.

— T'as raison.

Sans le savoir, Jeannine entraînait Gerry exactement là où il souhaitait aller. En lui reprochant de trop se consacrer à son entreprise, elle lui ouvrait toutes grandes les portes pour la demande qu'il rêvait de lui faire.

— Si Castonguay a fait une bonne job cette semaine, je pourrais peut-être déléguer un peu à l'avenir.

— Pour les enfants, ce serait merveilleux.

Jeannine n'osait pas formuler ce souhait à son intention. Les enfants constituaient une excuse parfaite pour inciter Gerry à diminuer ses heures de travail. Un entrepreneur ne calcule pas le temps investi dans sa compagnie. Il vise plutôt l'expansion de l'entreprise. Jeannine n'en revenait pas que la crise cardiaque de Gerry permette une telle prise de conscience. Avec un peu de chance, il pourrait encore en faire un peu plus à la maison.

— Voilà ce que je te propose, commença Gerry en mettant la table pour le plat de résistance. Je prends quelques jours pour valider si Castonguay est en mesure de *runner* les chantiers. Si oui…

— Si tu l'enlignes comme il faut, il va y arriver, le coupa Jeannine, pleine d'espoir.

L'enthousiasme de sa femme réjouissait le contremaître. Il pourrait enfin réaliser le rêve de sa vie. Un fantasme dont il n'avait jamais vraiment parlé ouvertement autour de lui de peur d'être jugé.

— Si oui, reprit Gerry, tu pourrais retourner à la pharmacie et moi prendre le congé parental à ta place.

— Tu veux être papa à la maison ?

— J'adorerais ça ! Pis toi, tu tournes en rond comme une lionne dans une cage. J'suis sûr que tu serais plus heureuse en voyant du monde à la job, non ?

— Peut-être, mais...

— Mais quoi ?

Jeannine n'osait pas révéler le fond de sa pensée. L'idée d'être déchargée des tâches domestiques, de retrouver une certaine liberté en laissant les jumeaux à leur père, tout ça lui plaisait, mais un argument de taille l'empêchait de faire pencher la balance en faveur de l'offre de Gerry.

— Une bonne mère ferait pas ça.

Frédérique lichait son cornet de crème glacée sans grand enthousiasme. Elle ruminait ses idées à la recherche d'une façon délicate pour annoncer à Simon qu'elle ne voulait pas d'un autre enfant. Une rigole de crème glacée molle au chocolat commença à glisser le long du cône qu'elle tenait à la main. Lorsque la crème liquide atteignit ses doigts, elle se contenta de sucer la phalange chocolatée sans démontrer la moindre contrariété.

Simon observait la scène avec intérêt. Cette femme-là exerçait sur lui un pouvoir indéniable. Elle parvenait à titiller ses bas instincts alors qu'ils étaient entourés d'enfants survoltés par l'arrivée de l'été. Lui aussi était émoustillé par cette première sortie à la crèmerie, mais pour des raisons bien différentes. Chacun des gestes de Frédérique incarnait à lui seul la définition du mot « sensualité ». L'envolée de papillons que Simon sentit au creux de son estomac lui fit prendre conscience de sa chance.

— On aurait pu aller à l'autre crèmerie, se plaignit Frédérique.

— Y aurait fallu prendre la voiture. Blanche a l'air très heureuse d'être venue en poussette.

Pour corroborer les dires de Simon, Blanche émit un gazouillis approbateur. Assise dans son landau, la coquette demoiselle tapait des mains avec enthousiasme. Les traces de crème glacée qui maculaient son beau visage poupin ne laissaient aucun doute sur la source de ce bonheur manifeste. Mademoiselle découvrait la crème glacée pour la première fois. Frédérique se moquait des regards désapprobateurs qu'elle avait interceptés au moment où elle avait planté son cornet sous le nez de l'enfant. Sa fille avait bien le droit de tremper ses lèvres dans ce plaisir gelé.

Simon prit la relève en proposant son propre cornet à Blanche. Ce geste surprit Frédérique. Elle n'aurait jamais partagé le sien avec l'enfant d'un autre. L'idée d'ingérer la bave laissée par l'enfant sur son cornet l'aurait dégoûtée. Frédérique s'étonnait qu'il n'en soit pas de même pour Simon.

La petite gourmande ouvrit grand la bouche pour savourer le dessert. Ses yeux écarquillés par le contact froid firent sourire Simon. Une pensée absurde traversa l'esprit de Frédérique : « Coudonc, il est en amour avec moi, ou avec elle ? »

Au fond, Frédérique refusait d'admettre que c'était là la source de sa frustration. Elle avait l'impression que tout tournait autour de Blanche, que chaque décision prise par Simon incluait son enfant, et visait d'abord et avant tout la satisfaction de la petite princesse. Frédérique se faisait détrôner.

— Moi aussi, faudrait faire des efforts pour me charmer, laissa-t-elle tomber de but en blanc.

Les yeux de Simon se rétrécirent légèrement. Ses pupilles se dilatèrent. Il était prêt à relever le défi. En fait, il ne demandait pas mieux.

— Toi aussi, tu veux licher mon cornet ? questionna-t-il en lui tendant sa friandise glacée.

— Pas celui-là, suggéra Frédérique en faisant glisser ses lèvres sur le pic de crème glacée surmontant toujours son cornet.

Simon se mordit la lèvre.

— T'utilises les mêmes tactiques de cruise sur ma fille pis sur moi. À mon âge, ça en prend un peu plus.

— Maman essaye de me passer un message, souffla Simon à Blanche.

— Arrête d'inclure Blanche dans nos conversations, c'est à toi que je parle ! J'suis écœurée que tout soit en fonction de madame.

Le ton acerbe de Frédérique fit tourner quelques têtes dans leur direction et détruisit instantanément l'imagerie mentale érotique de Simon.

— Si tu veux que ça marche nous deux, va falloir que t'ouvres la machine, que t'allumes le feu, le menaça Frédérique.

— Qu'est-ce que t'essayes de me dire exactement ?

— Que j'ai envie de me faire cruiser. Je... je veux avoir des papillons comme avant, se radoucit Frédérique.

Simon accusa le choc. Ses propres papillons trouvèrent refuge dans leur cocon hermétique et refusèrent de déployer de nouveau leurs ailes. Le jeune homme connaissait suffisamment Frédérique pour savoir que si son intérêt physique déclinait, ses chances de former un couple avec elle suivraient le même chemin. Au-delà du désir exprimé, Simon percevait la menace sous-entendue par Frédérique. Il était ébranlé d'apprendre que la force de son désir n'était plus partagée.

Il essayait pourtant de se montrer amoureux, prévenant, affectueux avec elle. Il croyait que c'était ce qu'elle recherchait. Il lui prit la main et y plaqua un tendre baiser. Frédérique soupira.

Vexé, Simon l'agrippa par la nuque et l'attira à lui brusquement. Leurs dents s'entrechoquèrent à l'amorce de ce contact dont la violence fit éclore quelques chrysalides dans le ventre de Frédérique. Simon n'acceptait pas qu'elle lui glisse entre les mains. Il allait se battre.

Lili contempla avec satisfaction les ailes d'ange alignées sur la table de la cuisine. À l'approche de la fête des Pères, elle avait proposé aux filles de photographier les bébés déguisés en chérubins. Des couches de coton et des ailes bricolées avec du carton ainsi qu'un vieux boa de plumes seraient suffisants pour donner un air angélique à leurs petits. La séance photo se déroulait aujourd'hui et Lili ressentait un certain trac : il fallait qu'elle parvienne à reproduire ce qu'elle avait en tête. Elle ne doutait pas que photographier cinq bébés de six mois serait un défi de taille pour la photographe amateure qu'elle était.

Les copines arrivèrent à tour de rôle et bientôt, le plancher du loft ressemblait à une pouponnière de CPE. Heureux de se retrouver nus, les bébés se laissèrent dévêtir sans problème par leurs mères. L'installation des ailes d'ange donna plus de fil à retordre que prévu. Curieuse, Blanche était déjà en train d'abîmer les ailes de Julien en tirant sur le boa dont la douceur lui plaisait, tandis que Léonard, qui ne maîtrisait pas encore très bien la position assise, chignait, couché sur le dos, incapable de participer à l'exploration des autres bébés.

Lili demanda à Esther, Jeannine et Frédérique d'installer leurs petits côte à côte sur le canapé pour la photo de groupe.

— Pourquoi on les laisse pas au sol ? suggéra Esther. Il y aura moins de risque de chute par en avant.

— C'est plus esthétique sur le divan, plaida Lili.

La vérité, c'était que Léonard serait incapable de tenir assis aux côtés des autres bébés. La seule façon de camoufler son retard de développement était d'aligner les enfants sur le divan où son fils pourrait être retenu par le dossier de cuir. Lili s'étonnait que tous les autres bébés soient maintenant capables de maintenir un certain équilibre. Elle croyait que la plupart avaient encore besoin de coussins tout autour d'eux pour être en position assise.

— On va mettre des oreillers par terre, en avant du divan, au cas où, proposa Jeannine en joignant le geste à la parole.

Sa solution lui donnait la chance de fouiner dans le loft. Jeannine récupéra donc les oreillers et coussins sur le lit de Lili et Thomas en prenant le temps de reluquer ce qui se trouvait sur leurs tables de chevet. Déçue de ne rien apercevoir de très personnel, Jeannine regagna le coin salon. Lorsque, adolescente, elle gardait des enfants, elle adorait fouiller la chambre des parents. C'était une bonne façon de faire son éducation sexuelle, croyait-elle à l'époque, et de découvrir des secrets de couple.

— Est-ce que ton fils a commencé à se tourner sur le ventre ? questionna Esther en observant Léonard.

— Ben oui ! mentit Lili. Pourquoi tu demandes ça ?

— Parce que ça fait dix minutes qu'il est sur le dos et il n'a pas bougé d'un poil.

— Avec les ailes qu'il porte, c'est normal, l'excusa Lili en soulevant son fils pour le déposer sur le divan.

Dans les faits, Léonard ne s'était encore jamais retourné de sa propre initiative. Lili le faisait parfois rouler sur le côté pour l'inciter à reproduire le mouvement tout seul, mais le garçonnet ne semblait pas pressé de mettre en pratique les enseignements de sa mère.

Les quatre femmes s'installèrent derrière l'appareil photo en tentant d'attirer le regard de leurs bébés vers l'objectif de Lili. Lorsque Julien souriait, Blanche s'impatientait. Alors qu'Esther avait enfin capté l'attention de Théo, Maxime éclatait en sanglots. Impossible d'avoir cinq bébés souriant et regardant l'objectif en même temps. Lili était découragée.

— Fallait pas s'attendre à des miracles, essaya maladroitement de la consoler Jeannine. T'es pas une photographe professionnelle, ma Lili.

Les mamans décidèrent à l'unanimité de faire une pause pour nourrir les enfants. Peut-être des estomacs remplis seraient-ils garants de plus de succès ?

Jeannine en profita pour relater aux autres la discussion qu'elle avait eue avec Gerry au sujet du congé de paternité.

— As-tu l'intention d'accepter ? voulut savoir Lili.

— Franchement ! se contenta de répondre Jeannine en riant jaune.

— Franchement quoi ?

— La place d'un bébé est auprès de sa mère.

— C'est un peu rétrograde comme affirmation, intervint Esther. Les hommes d'aujourd'hui sont tout à fait capables de prendre soin d'un bébé. Si t'allaitais, je dis pas, mais là...

— Ils ont pas l'instinct maternel comme nous, se défendit Jeannine.

Les trois autres se jetèrent un regard entendu. Gerry faisait figure d'exception en la matière. Il avait prouvé à maintes reprises qu'il possédait un instinct sûr en ce qui concernait ses enfants. Contrairement à la majorité des nouvelles mamans, il n'avait pas été contaminé par les nombreux ouvrages de puériculture à la disposition des futurs parents, et se fiait uniquement à son gros bon sens et à son instinct pour combler les besoins des jumeaux.

— Vous trouveriez pas ça choquant qu'une femme abandonne ses enfants pour travailler ? interrogea Jeannine.

— Laisser les petits aux soins de leur père, c'est pas ma définition personnelle de l'abandon d'enfant, exposa Esther.

— Je me vois pas leur faire ça, conclut Jeannine pour mettre un terme à la discussion.

Jeannine ressentait un malaise du fait que Frédérique n'avait pas émis d'opinion sur le sujet. Elle était bien consciente qu'elle tenait une position différente de celle qu'elle avait adoptée à la naissance de Frédérique. Elle espérait au moins que sa grande fille reconnaisse qu'elle avait appris de ses erreurs et ne souhaitait pas les répéter.

Peu après le repas, les bébés réclamèrent leurs suces ou s'endormirent carrément, refusant de prolonger la séance photo. Déçue, Lili dut se résoudre à faire des photos individuelles des bébés plutôt que le portrait d'ensemble dont elle avait rêvé.

Préoccupée par ses récentes découvertes concernant le développement moteur de son fils, Lili se replongea dans la lecture de ses livres de maternité. D'un ouvrage à l'autre, les données différaient très peu et partout, les experts prédisaient qu'entre l'âge de quatre et six mois, un bébé devait acquérir certaines aptitudes physiques dont le maintien en position assise.

Fidèle à ses habitudes de « geekette », Lili consulta des blogues destinés aux mamans et tendit quelques perches pour se faire rassurer. Malheureusement, les réponses obtenues ne firent qu'amplifier ses angoisses. Clairement, la majorité des mamans qui, comme elle, écrivaient tenaient à partager leur histoire personnelle bien plus qu'à fournir de l'information objective sur le cas de Léonard. Plusieurs faisaient mention de leur enfant atteint d'autisme et qui s'était développé plus lentement que la normale. Cette pensée commença à obséder Lili. Et si Léonard était autiste ?

Quelques jours plus tard, rongée par l'angoisse, Lili se présenta à son rendez-vous de routine chez le pédiatre. S'il y avait un professionnel susceptible de lui donner l'heure juste, c'était bien ce spécialiste de la petite enfance.

Lili ne put attendre la fin de l'examen de routine avant de soulever la question qui la taraudait. Le pédiatre proposa d'examiner la chose dès qu'il aurait fini de mesurer et peser l'enfant. Au moins, les résultats obtenus par Léonard prouvaient qu'il suivait maintenant sa courbe de croissance normalement. Un verdict qui rassura Lili, en partie.

— Comme ça, monsieur Léonard est paresseux ? questionna le pédiatre.

— Je dirais pas ça comme ça, répliqua Lili pour qui tous les qualificatifs négatifs n'avaient pas le droit de se retrouver dans la même phrase que le prénom de son enfant.

— Vous le stimulez régulièrement ?

La question était banale, mais le ton avec lequel elle avait été prononcée donnait l'impression à Lili d'être jugée. Comme si le pédiatre sous-entendait qu'elle ne prenait pas son rôle de mère à cœur. Comme si elle était négligente vis-à-vis de son fils. Un jugement qu'elle posait elle-même à son endroit, mais l'entendre de la bouche d'un spécialiste lui laissait un goût amer dans la bouche.

— Peut-être que j'en fais pas assez, admit-elle.

Le pédiatre lui sourit chaleureusement. L'aveu de Lili traduisait clairement le contraire aux oreilles du spécialiste. Il voyait trop souvent de ces mères idéalistes pour qui le développement de l'enfant était une question d'investissement personnel. De nos jours, les femmes voyaient leurs enfants comme un projet de vie qu'il fallait réussir au même titre qu'une carrière. Chaque retard ou échec de l'enfant était une tache au dossier maternel. Les parents estimaient leur valeur au regard des résultats obtenus par leur enfant. C'était désolant.

— Chaque bébé se développe à un rythme différent. Léonard est juste un peu plus lent.

— Y a rien que je puisse faire ?

— Je peux vous suggérer des exercices à pratiquer sous forme de jeux, mais faites-lui confiance. Je vous promets qu'il va se rendre à son bal de graduation en courant.

— Son retard vous inquiète pas ?

— Si la situation n'évolue pas dans les prochains mois, on investiguera, mais pour le moment, on n'a pas de raison de stresser avec ça.

Lili quitta le bureau du docteur avec un plan en tête. Elle était déterminée à ce que son fils rattrape son retard, quitte à se transformer en coach tyrannique, comme ces entraîneurs qui forment les espoirs chinois en gymnastique.

Jeannine patientait sagement devant la bijouterie. C'était le commerce choisi par Frédérique pour faire percer les oreilles de leurs deux fillettes. Si Jeannine était réticente à l'idée de mutiler les oreilles de Maxime, Frédérique en aurait probablement profité pour faire percer le nombril de Blanche si cela avait été possible. L'assurance de Frédérique donnait un peu de courage à Jeannine pour passer à l'acte.

Dès que Frédérique arriva, les deux femmes s'engouffrèrent dans la boutique pour sélectionner les boucles qui orneraient dorénavant les oreilles de leurs princesses. Frédérique opta pour une petite tête de lapin qui rappelait étonnamment le logo de l'empire Playboy. Quant à Jeannine, elle opta pour deux petits cœurs roses.

Lorsqu'on les invita à se rendre au fond de la bijouterie pour le perçage proprement dit, Frédérique sourit en entendant les soupirs de Jeannine.

— Ça leur fera pas mal. Si elles pleurent, c'est juste de surprise.

— Ç'a quand même quelque chose de barbare.

Pendant que deux employées cherchaient les manettes nécessaires pour introduire les tiges des boucles dans les oreilles enfantines, Jeannine essaya de penser à autre chose. Le sujet qui monopolisait toute son attention refit surface :

— T'as rien dit chez Lili quand j'ai parlé de l'idée de Gerry.

— Quelle idée ?

Frédérique jouait l'innocence. Elle n'avait pas envie d'aborder le sujet avec sa mère. Encore moins alors qu'elles étaient seules, toutes les deux, sans modérateur.

— Le congé de paternité… pis moi qui retournerais travailler.

Jeannine se pencha au-dessus des présentoirs d'alliances. Ses yeux valsaient d'un bijou à l'autre sans aucun intérêt. La manœuvre visait simplement à éviter le regard de Frédérique et à se donner une contenance.

— Tu veux mon opinion pour faire le contraire ? la piqua Frédérique.

— C'est important pour moi, répliqua Jeannine avec douceur.

— J'irais travailler.

Jeannine resta muette de surprise. Elle s'attendait à ce que sa fille se déchaîne, lui remette sous le nez les fautes qu'elle avait commises vingt-huit ans plus tôt, lui reproche de ne pas apprendre de ses erreurs ou la traite d'égoïste. C'était ce à quoi elle s'était préparée, récitant mentalement un *mea culpa* tout le long du trajet qui l'avait menée à l'appartement de sa fille.

— J'aurais l'impression de refaire les mêmes gaffes qu'avec toi.

Ce fut au tour de Frédérique de rester sans voix. Sa mère ne parlait jamais du passé de la sorte, en admettant ses torts.

— C'est pas le même contexte. Les jumeaux seraient avec leur père. Pis celui-là, tu l'as bien choisi, termina Frédérique avec amertume.

Pendant une fraction de seconde, Jeannine eut envie de répliquer que Frédérique n'avait pas su faire mieux pour Blanche. Qu'elle était drôlement mal placée pour lui reprocher d'avoir mis au monde une enfant qui ne connaîtrait jamais son père.

— Serais-tu jalouse que je reste avec les jumeaux parce que je l'ai pas fait pour toi?

Jeannine ne voyait pas pour quelle autre raison Frédérique pourrait lui recommander un retour au travail. Elle se plaignait constamment d'avoir eu une mère absente et ne pouvait pas souhaiter la même chose à ses frère et sœur.

Plutôt que d'éclater de rire, Frédérique accepta de réfléchir sérieusement à la question avant de fournir une réponse à Jeannine. Elle fit courir ses doigts le long des chaînes dorées exposées sur le comptoir.

— Peut-être, un peu. Mais c'est surtout parce que je vois bien que t'es pas heureuse à la maison avec des bébés.

— T'as du culot de m'insulter comme ça! s'offusqua Jeannine.

— C'est pas une vacherie, juste une constatation. Rester à la maison sept jours sur sept, c'est pas pour tout le monde, poursuivit Frédérique. Moi-même, je serais pas capable. J'suis assez honnête pour le dire. Ça me fait du bien de travailler au café.

Jeannine demeura muette. Si sa grande fille ressentait la même chose qu'elle, ou bien elles étaient toutes deux de mauvaises mères, ou bien elle validait la normalité de ses sentiments.

— J'ai plus de fun à m'occuper de Blanche depuis que je travaille. C'est moins lourd, avoua Frédérique. Je te comprends. Maintenant.

L'aveu coûtait cher à Frédérique. Cette confidence l'obligerait désormais à remiser les armes et à cesser de reprocher à sa mère les choix qu'elle avait faits dans le passé. La confrontation avait toujours été leur mode de communication préféré. Frédérique avait peur que les choses changent.

— C'est énervant de parler à un bébé toute la journée, hein ? reprit Jeannine sur un ton plus léger. Je sais pas comment font les mères à la maison.

— Mets-en !

Si Jeannine était assez lucide pour savoir que la guerre l'opposant à Frédérique ne prendrait pas fin du jour au lendemain, elle eut franchement l'impression d'avoir gagné la bataille. Et que ce combat se termine par un drapeau blanc, plutôt que par le décès d'un des deux opposants, était la meilleure issue possible. Finalement, la maternité avait ses bons côtés.

En voyant ses enfants courir à perdre haleine en direction des balançoires, Esther savoura le retour des beaux jours. Les escapades au parc étaient synonymes de soirées agréables à l'extérieur, d'enfants épuisés dont le sommeil était meilleur et de découvertes sensorielles pour le petit

Théo. Même le dessert perdait de son intérêt à la fin du repas si on pouvait se rendre plus tôt dans les glissoires et autres modules de jeu.

Finie aussi l'obligation de déployer des trésors d'imagination pour inventer un nouveau bricolage pendant les longues soirées d'hiver. Au parc, les enfants pouvaient jouer des heures avec une roche et un bâton de bois.

Esther regrettait juste de ne plus allaiter son poupon. Comme elle avait aimé, avec ses deux autres enfants, donner le sein en plein air, en communion avec la nature !

Pendant qu'Emma et Antoine grimpaient sur la structure de jeu, Esther installa Théo dans une balançoire et commença à pousser doucement le garçonnet. Le parc leur appartenait. Dans quelques minutes, d'autres familles viendraient sûrement envahir les lieux après avoir lavé la vaisselle et rangé la cuisine, mais pour l'instant, ils étaient seuls. C'était le temps de parler à Jean-François.

La conversation qu'Esther avait eue avec Lili avait fait son bout de chemin. Esther réalisait que la survie de son couple passait inévitablement par la révélation de son aventure extraconjugale. Elle sentait l'étau se refermer de plus en plus sur elle et seule la vérité pourrait lui permettre de respirer de nouveau.

Évidemment, avant d'en arriver à ce constat, Esther avait évalué toutes les solutions, mais aucune ne garantissait avec certitude une issue positive à cette histoire. Elle devait tout dire à Jean-François.

L'endroit et le moment n'étaient pas laissés au hasard. Une confidence dans un lieu public risquait moins de dégénérer en chicane de couple. Esther avait aussi attendu la fin du week-end pour révéler son secret. Si Jean-François, blessé par l'aveu, avait besoin de s'isoler pendant les prochains jours, il serait facile pour lui de prétexter un surplus de travail pour retarder son retour au domicile familial. Esther regrettait juste que le condo soit déjà vendu. Il aurait pu leur être utile et leur éviter de partager le même lit si sa révélation les mettait dans de beaux draps.

— Regarde ! lui souffla Jean-François en pointant Emma et Antoine qui jouaient un peu plus loin.

Les enfants essayaient de monter au sommet de la glissade sans emprunter les escaliers. Ils s'agrippaient de leur mieux aux côtés de la glissoire pour la remonter. Si Antoine, du haut de ses sept ans, y parvenait sans peine, il en était autrement pour la petite Emma. Dès qu'elle montrait des signes de fatigue, Antoine se couchait à plat ventre au sommet pour lui tendre la main et l'aider à terminer son ascension.

— On a de bons enfants, s'émut Esther en constatant la complicité de ses deux plus grands.

— Normal ! Regarde leur père ! Ça doit être génétique.

Esther sourit de la vantardise de son mari. S'il étalait avec une fierté évidente ses succès professionnels, jamais il ne bombait autant le torse que lorsqu'il était question de ses enfants.

— Nos trois enfants sont formidables, conclut Jean-François en quittant sa femme pour chatouiller les pieds de Théo chaque fois que la balançoire revenait vers lui.

Le moment ne pouvait être plus propice pour qu'Esther aborde le sujet qui la taraudait. Jean-François venait de lui ouvrir toute grande la porte.

— On est une famille formidable. C'est précieux, dit-elle en préambule. Faut pas gâcher ça.

— T'as raison. Dans cinquante ans, quand on va se bercer sur la galerie du centre pour p'tits vieux qui va nous héberger, on va se féliciter d'être encore ensemble.

— Malgré nos erreurs…

Jean-François regarda sa femme avec franchise. Depuis son retour à la maison, Esther n'avait jamais posé la moindre question ou réclamé de détails au sujet de sa maîtresse. Se pouvait-il qu'elle ressente maintenant le besoin de faire le tour de la question ? Fallait-il qu'il prenne les devants ?

— Esther, la page est tournée. Le passé, c'est le passé.

— Je sais, mais y a sûrement des choses qu'on ne s'est pas dites.

Jean-François passa une main dans ses cheveux dans le but de camoufler l'exaspération et la nervosité qu'il ressentait. Rouvrir la blessure ne l'aiderait pas à cicatriser. Jouer dans le bobo ne pouvait que les meurtrir davantage.

— J'ai jamais été aussi convaincu que ma place était avec toi.

— Moi aussi, mais…

Esther voulait se confesser, se laver de sa faute. Elle lui devait la vérité et se demandait même pourquoi elle n'avait pas vidé la question au moment où Jean-François avait signifié son envie de rentrer à la maison. Elle réalisait que les derniers mois n'étaient que mensonges, cachotteries et omissions. Elle devait parler.

— Si t'as besoin de poser des questions, la prit de vitesse Jean-François, je vais y répondre.

— Non, c'est pas ça…

— Esther, des fois, vaut mieux pas savoir. Les détails vont juste te faire du mal.

Ça, Esther le savait. C'était la raison principale pour laquelle elle ne dévoilait pas sa propre infidélité. Elle ne voulait pas blesser Jean-François inutilement. Une autre raison arrivait ex æquo : Esther supportait mal l'idée d'entacher sa réputation immaculée.

— Ce qui compte, reprit Jean-François, c'est ce qui est devant nous, pas derrière.

Là-dessus, Esther n'osa pas le contredire. Et ce qu'elle avait devant elle, c'étaient trois enfants et un mari auxquels elle tenait comme à la prunelle de ses yeux.

Accroupie en petit bonhomme pour rattacher son lacet d'espadrille, les cheveux lui balayant le visage en attendant qu'elle daigne les réunir dans une queue de cheval, Frédérique crut avoir la berlue lorsqu'elle aperçut la silhouette de Gerry se dirigeant vers elle.

— Qu'est-ce que tu fais là ?

— Tu parles d'une manière d'accueillir ton beau-père préféré !

— Tu viens marcher avec nous autres ? questionna Lili.

— Je viens voir les oreilles de ma petite-fille.

Gerry se pencha au-dessus de Blanche pour voir les petits bijoux accrochés à ses oreilles miniatures. Jeannine avait finalement fait marche arrière et les lobes de Maxime étaient toujours intacts. Les cris de Blanche l'avaient convaincue d'attendre encore un peu avant de faire percer les oreilles de sa fille.

— Maintenant que c'est fait, tu rentres à la maison ? l'agaça Frédérique.

— Mon médecin veut que je reprenne l'activité physique.

— Une bonne heure de *spinning,* ça te tentait pas ? l'étriva sa belle-fille.

— J'ai eu ma leçon.

Gerry jeta un regard circulaire. Il était le seul homme du groupe et en ressentait une certaine fierté. Il multiplia les sourires à l'intention des autres mamans rassemblées qui s'interrogeaient sur la présence de l'homme ventru s'incrustant dans leur groupe.

— Arrêtez de le dévisager comme si c'était un pédophile qui en avait après le contenu de vos poussettes, s'indigna Frédérique. Il vient de faire une crise cardiaque. Vous avez juste à courir plus vite, pis il pourra pas vous rattraper.

Jeannine lui donna un coup de coude pour qu'elle cesse ses âneries.

— C'est mon mari, crut nécessaire d'ajouter Jeannine pour celles qui s'éloignaient, mine de rien.

— Tu vas te joindre à nous chaque semaine ? voulut savoir Esther.

— Si ça vous dérange pas. Je voudrais pas m'imposer.

— C'est parfait, s'exclama Frédérique. Tu vas pousser les jumeaux pis Jeannine aura pas l'excuse du double du poids pour arrêter ses exercices. Elle va constater qu'elle est juste pas en *shape*.

— On verra bien, rétorqua Jeannine en acceptant le défi.

Le cours débuta par un segment cardio avant de faire place à quelques exercices pour augmenter le tonus musculaire.

— C'est pas facile, se plaignit Gerry.

— C'est parce que toi, t'as encore le bébé dans la bedaine, le taquina Frédérique en lui tapotant l'abdomen.

— Une attend pas l'autre à matin, ricana Gerry. Qu'est-ce qui te met de si bonne humeur ?

— Week-end d'amoureux !

Les cris d'enthousiasme des copines firent sourire Frédérique.

— On veut des détails, exigea Lili.

— Simon me sort en fin de semaine. Je sais rien d'autre. C'est une surprise.

— Et Blanche ? questionna Esther, toujours aussi pragmatique.

— Ma mère a accepté de la garder.

Frédérique échangea un regard complice avec Jeannine.

— Depuis quand c'est pas papi qu'on demande en renfort ? bougonna Gerry pour la forme.

— Depuis que monsieur se ramasse à l'hôpital en ambulance, décréta Frédérique. Je suis pas trop sûre que Blanche est en sécurité avec toi.

Gerry oublia l'espièglerie de sa belle-fille. En son for intérieur, il célébrait l'apparente réconciliation qu'il voyait entre sa femme et sa grande fille. L'étincelle brillant dans les yeux de Frédérique à l'évocation de l'escapade en amoureux qui l'attendait ajoutait à sa satisfaction. Simon avait le tour avec sa fille adoptive.

— J'pense à ça, intervint Jeannine comme un cheveu sur la soupe, on n'a toujours pas vu le résultat de notre séance photo de la semaine dernière.

Lili lui fit les gros yeux. Ça devait être une surprise pour la fête des Pères.

— J'ai pas pu m'empêcher de lui en parler, justifia Jeannine en regardant amoureusement son homme.

— C'est vrai, approuva Esther. Tu devais pas nous envoyer nos photos par courriel, Lili ?

— J'ai pas eu le temps. Ça a été une semaine difficile avec Léonard.

Lili était évasive intentionnellement. Elle ne souhaitait pas étaler publiquement ses craintes en lien avec le développement de son fils. Si elle l'avait souhaité, elle aurait trouvé le temps de regarder les clichés effectués les derniers jours, mais l'envie n'y était pas. Elle savait avec certitude que le résultat ne serait pas à la hauteur de ses attentes. Alors, aussi bien procrastiner un peu avant de contaminer ses amies avec sa déception.

— On va en faire encadrer pour le salon, s'excita Gerry.

— Moi, j'en ai promis à Emma et Antoine pour leur table de chevet, renchérit Esther.

— Ça va garnir un peu le livre de bébé de Blanche.

Lili soupira en faisant semblant que c'était l'exercice en cours qui lui coupait le souffle.

— Attendez de voir le résultat avant de commander des agrandissements, avança-t-elle prudemment.

— On a confiance en ton talent, ma Lili, décréta Jeannine au nom du groupe.

Lili se dit que le commentaire, venant de la personne qui lui avait gentiment fait remarquer qu'elle n'était qu'une photographe amateure la semaine précédente, avait de quoi surprendre. Si les mannequins au teint de pêche et aux yeux de biche des couvertures de magazine étaient retouchés au point que leurs propres mères ne les reconnaissaient plus, peut-être Lili pouvait-elle aussi avoir recours à un logiciel de correction photographique pour rehausser la valeur de son travail?

Frédérique termina le changement de couche de Blanche avec empressement. En temps normal, elle aurait différé sa besogne pour au moins voir qui téléphonait dès que la sonnerie du cellulaire s'était fait entendre, mais sa fille venait de remplir une couche au-delà de ses capacités. Même le pyjama était taché d'excréments. Jamais elle ne comprendrait qu'un si petit organisme, s'alimentant de microscopiques portions de purée, puisse produire autant de déchets. Et si odorants…

Quand Blanche eut retrouvé son odeur de poudre pour bébé, Frédérique vérifia la liste des appels entrants sur son cellulaire. Elle venait de louper l'appel de Simon.

Dans quelques heures, ils quittaient la ville pour leur week-end d'amoureux. Simon voulait sûrement la mettre au parfum des derniers détails et convenir d'une heure pour venir galamment la chercher à l'appartement. Impatiente de connaître enfin les détails de leur escapade mystérieuse, Frédérique appuya sur la touche de recomposition de son appareil téléphonique.

— À quelle heure tu viens me prendre ? lança-t-elle dès qu'elle entendit la voix de Simon.

— Ça dépend de ce que tu entends par "prendre", dit-il avec des arrière-pensées fort peu catholiques.

— Quand est-ce que tu viens me chercher ?

— Je viendrai pas.

— Oh… je te garantis que tu vas "venir", lança-t-elle, tout aussi suggestive.

— Je suis sérieux, ajouta Simon en continuant de rire. J'aurai pas le temps de passer à la maison.

Frédérique se mordit l'intérieur de la joue. Ça commençait bien mal leur pseudo rendez-vous romantique.

— On va arriver à l'hôtel chacun de notre bord ? Pas fort !

— J'ai déjà ma valise, enchaîna-t-il sans se soucier de la frustration de Frédérique, mais j'ai oublié un sac important à côté du lit. Peux-tu l'apporter pour moi ?

— T'es parti ce matin avec ta valise ? Tu savais que tu viendrais pas me chercher.

— Oui, concéda Simon.

Quelle sorte d'homme espérait conquérir une femme en lui faisant traîner ses bagages et en lui imposant de jouer elle-même les chauffeurs de service ?

— Dernière chose : t'as pas le droit de regarder dans le sac.

Sur ce, Simon lui raccrocha au nez. Frédérique entama un monologue avant de se rendre compte que son chum n'était plus là pour écouter ses protestations.

Frustrée, elle se dirigea vers la chambre à coucher pour compléter la valise qu'elle avait commencé à remplir. Elle se mit à douter de la pertinence de ce qu'elle y avait placé : une sélection hétéroclite de dessous tous plus impudiques les uns que les autres. L'envie de se procurer une ceinture de chasteté pour faire payer à Simon son manque de galanterie lui traversa l'esprit.

Avant de refermer sa valise, elle se dirigea de l'autre côté du lit, là où Simon avait oublié une partie de son bagage.

— Pas le droit de regarder, mon cul !

Frédérique ouvrit la fermeture éclair et découvrit un paquet cadeau et une enveloppe. Elle soupesa la boîte en espérant que son poids ou le bruit qu'elle en tirerait lui fourniraient des indices sur le contenu. Clairement, Simon allait lui offrir ce présent pendant le week-end. « Sûrement de la lingerie », songea Frédérique en prenant conscience de la légèreté de la boîte et de l'absence de son lorsqu'elle l'agitait.

En constatant que le rabat de l'enveloppe n'était pas cacheté, Frédérique décida de l'ouvrir. Elle serait capable de feindre la surprise en relisant la carte devant Simon lorsqu'il la lui offrirait.

Au lieu d'une carte, Frédérique trouva une lettre manuscrite. Elle se dépêcha de déplier la feuille parfumée pour lire les mots de Simon. Le pli ne contenait que quelques phrases.

« Je savais bien que tu ne résisterais pas. Ouvre le cadeau et suis les instructions à l'intérieur de la boîte. Je brûle de te retrouver. Simon »

Le mystère prenait une tournure excitante. Sans plus tarder, Frédérique ouvrit le paquet cadeau. À l'intérieur, elle découvrit une longue perruque rousse, la même que Simon lui avait apportée au café à leurs débuts.

Ses mains fouillèrent avidement le papier de soie à la recherche des instructions promises. « C'est comme une chasse au trésor sexy », s'embrasa Frédérique en découvrant une nouvelle feuille écrite de la main de Simon.

« Envie de jouer ? »

Il était difficile d'être plus évasif. Frédérique retourna la feuille en espérant y trouver plus de détails, mais rien. Un instant, elle songea à téléphoner à son amant pour obtenir des explications. Elle était assez intelligente pour comprendre qu'il souhaitait qu'elle porte la perruque ce soir, mais ça ne l'informait pas pour autant du lieu et de l'heure de leur rencontre.

Ces détails, elle les trouva épinglés à l'intérieur de la perruque au moment où elle s'apprêtait à la mettre sur sa tête.

Lorsqu'elle quitta l'appartement, son désir de Simon était aussi incendiaire que la couleur de son postiche.

Faisant fi de la recommandation de son pédiatre, Lili se mit à la recherche d'un ostéopathe et d'un physiothérapeute pour son fils. Elle souhaitait écarter rapidement les hypothèses de tension physique ou de torticolis. Si elle voulait que Léonard accélère son développement moteur, rien de mieux que de prendre le taureau par les cornes.

Les ressources spécialisées dans le soin des poupons n'étaient pas légion dans la région, mais Lili dénicha les coordonnées de quatre ostéopathes et trois physiothérapeutes. Les délais d'attente pour voir les spécialistes étaient beaucoup trop longs. Ces professionnels ne travaillaient que dix heures par semaine ou alors il y avait de nombreuses mères aussi névrosées qu'elle.

Voulant mettre toutes les chances de son côté, Lili prit un rendez-vous avec chacun des spécialistes acceptant de nouveaux clients. En précisant l'urgence de sa situation et en exigeant d'être au sommet de la liste d'attente en cas d'annulation, Lili avait bon espoir de décrocher un rendez-vous d'ici la fin du mois. Elle n'hésita pas à mentir, prétextant avoir en main une ordonnance de son pédiatre, pour accélérer les choses. « Une fois sur place, personne ne va me retourner bredouille à la maison », pensait-elle.

Lorsque tous les noms sur sa liste furent associés à une date de rendez-vous, satisfaite, Lili s'en remit au destin. Sans savoir que ce dernier n'avait pas Léonard dans le haut de sa liste de priorités.

Simon aperçut une rousse accoudée au bar de l'hôtel. Elle était en discussion avec un grand ténébreux qui, visiblement, n'avait pas l'intention de l'abandonner au comptoir au moment de regagner sa chambre.

Amusé, mais désirant tout de même être celui qui profiterait des charmes de sa blonde jusqu'au petit matin, il se dirigea d'un pas confiant vers le duo.

Plutôt que de prendre place à côté de Frédérique ou de l'embrasser avec hardiesse en présence de l'inconnu, il s'installa aux côtés de l'homme, dans le champ de vision de Frédérique. Elle sourit en le voyant agir ainsi. Il lui offrait la chance de se faire draguer, mais en étant à proximité pour s'interposer si jamais l'homme allait trop loin.

Frédérique admira sa confiance en lui. Simon n'avait pas l'intention d'user de son titre de chum pour écarter l'autre prétendant dont la cour se faisait de plus en plus appuyée. Il était prêt à partir au bas de l'échelle pour la conquérir. Juste cette démonstration de courage l'excitait.

L'inconnu était tellement concentré à lorgner la poitrine de Frédérique qu'il n'avait pas encore remarqué que le verre de la belle était presque vide. Sans perdre de temps, Simon fit signe au barman.

Lorsque la nouvelle consommation atterrit devant Frédérique, l'inconnu remarqua la présence de Simon et comprit qu'un duel venait de lui être proposé. Il jaugea son adversaire et en déduisit qu'il pouvait sortir vainqueur de la bataille. L'autre était beau gosse, bien stylé, mais un peu jeune pour attirer une femme comme cette déesse pour qui l'argent et l'expérience – ce qu'il possédait – étaient sûrement des appâts plus satisfaisants que la vigueur et la galanterie.

Pourtant, l'homme dut s'avouer vaincu après une lutte acharnée. Il quitta le bar pour regagner sa chambre en solitaire où il appellerait sa femme à défaut d'avoir mieux.

— Un autre verre ? questionna Simon.

— J'ai peur que l'alcool me monte à la tête.

— Je promets de vous reconduire moi-même à votre chambre si ça se produit. Vous êtes entre bonnes mains.

Pour bien se faire comprendre, Simon glissa sensuellement une main sur la cuisse de sa rouquine d'un soir. Ce premier contact, délicieux, décupla le désir de Frédérique qui souhaitait de moins en moins s'attarder au bar. Elle laissa tout de même Simon commander de nouveaux verres pour eux deux. Dès que les consommations leur furent offertes, elle se leva, telle une panthère.

— Ça a été un plaisir de vous rencontrer.

— Tout le plaisir était pour moi.

Elle lui tendit la main de manière cérémonieuse et distante. Une main qu'il garda prisonnière de la sienne.

Pendant tout le temps que dura leur poignée de main, Simon en profita pour détailler Frédérique du talon vertigineux de son escarpin aux boucles souples qu'il rêvait maintenant de décoiffer sauvagement, en passant par tout ce qui se trouvait entre les deux.

Frédérique s'éloigna de lui en roulant des hanches, convaincue qu'il la suivrait comme un petit chien de poche.

— Vous êtes vraiment un con de rester assis là, lui souffla le barman qui avait assisté à la drague appuyée de Simon.

— Vous en faites pas pour moi, lui rétorqua Simon en prenant le temps de siroter le contenu de son verre.

Frédérique ne connaissait pas leur numéro de chambre, elle ne pouvait pas aller bien loin. Pour le plaisir, il décida de la faire patienter un peu. À ce stade-ci, il ne doutait pas de l'efficacité de sa stratégie. Poireauter dans le hall d'entrée allait galvaniser la fougue de Frédérique et c'était lui qui allait récolter la tempête. Il ne demandait pas mieux que de se faire passer sur le corps par une tornade rousse.

Lorsqu'il se décida enfin à jeter un généreux pourboire sur le comptoir, Frédérique songeait à lui faire payer son insolence en retournant à la maison. Elle le vit apparaître dans le hall, un sourire coquin aux lèvres, et se diriger vers l'ascenseur. Elle le toisa, mais sans pour autant lui emboîter le pas.

— Vous montez ? demanda nonchalamment Simon au moment où les portes de l'ascenseur s'ouvraient au rez-de-chaussée.

Sans se presser, tout en le fusillant du regard, Frédérique marcha jusqu'à lui. Il la laissa entrer avant de s'engouffrer à sa suite. Dès qu'ils furent à l'intérieur, Simon appuya sur le bouton permettant la fermeture des portes. Pas question qu'un autre client se joigne à eux pour grimper les étages.

Ils s'ignorèrent superbement jusqu'au troisième étage. Elle pour lui faire payer son temps d'attente, lui pour qu'elle enrage encore un peu plus. L'air de l'ascenseur était chargé d'électricité. L'orage menaçait d'exploser d'un instant à l'autre.

Simon la frôla naïvement en se dirigeant vers le tableau de contrôle. Il appuya sur le bouton d'arrêt d'urgence. Frédérique recula d'un pas. Les intentions de son amant étaient on ne peut plus claires. Un frisson d'anticipation la parcourut tout le long de la colonne vertébrale.

— C'est très dangereux de se retrouver seule dans un ascenseur avec un inconnu, gronda-t-il d'une voix altérée par le désir.

— Je suis capable de me défendre.

— Vraiment ?

Un sourire carnassier aux lèvres, Simon s'approcha de sa proie. Frédérique recula jusqu'à avoir le dos appuyé au mur derrière elle. Simon s'avança, mais sans toutefois la toucher. Leurs corps étaient si près l'un de l'autre que Frédérique pouvait sentir la chaleur de Simon à travers le tissu mince de sa robe révélatrice.

Plutôt que de s'attaquer à elle et de lui retrousser la jupe, Simon recula légèrement et commença à déboutonner sa propre chemise. Lorsque ses abdominaux parfaits furent bien visibles, il dégrafa sa ceinture et la retira de ses ganses dans un geste souple. Avec un plaisir évident, il en fit claquer le cuir en la repliant sur elle-même. Frédérique sourit pour la première fois depuis qu'ils avaient mis les pieds dans l'ascenseur.

— Est-ce que c'est une menace ?

— Juste un avertissement. T'as intérêt à être docile.

— Dans tes rêves, oui !

— Comme tu veux, laissa tomber Simon avant d'entreprendre le reboutonnage de sa chemise.

Frédérique ne lui laissa pas la chance de recouvrir son torse et fit sauter le seul bouton qu'il eut le temps d'attacher.

— Je promets de t'obéir, lui murmura-t-elle à l'oreille. Mais passe à l'action!

Avec une lenteur cruelle, inversement proportionnelle à son besoin de la posséder, Simon lui remonta la robe jusqu'à la taille. Entre les deux étages, il honora chaque parcelle de son anatomie.

Lili ne ménagea aucun effort pour motiver Léonard à se retourner sur lui-même. Si la première étape de son programme d'entraînement consistait à simplement saisir les jambes de l'enfant et à entamer une rotation vers la gauche ou la droite en espérant que le petit termine le geste, Lili passa rapidement à l'étape suivante devant le peu de progrès engendré par sa méthode.

Elle déposait Léonard au sol, sur une couverture, et s'armait de tous ses objets préférés. L'arsenal se composait majoritairement de hochets ou petites peluches colorées et bruyantes, mais Lili n'hésita pas à risquer la vie de son collier favori, celui que Léonard empoignait avec passion dès qu'elle avait la coquetterie de le porter. La tactique de séduction remporta un succès relatif. Si Léonard suivait du regard les objets présentés et ouvrait de grands yeux curieux lorsque Lili les rendait sonores en les manipulant, dès qu'elle l'invitait à se retourner en positionnant l'objet au sol, le bébé abandonnait la partie, fixant son attention sur le visage de maman.

Lorsque Léonard commença à manifester l'envie de boire, Lili poussa l'audace jusqu'à s'allonger au sol, poitrine offerte, pour que fiston fasse l'effort de se rendre au buffet maternel tout seul. Furieux, le poupon piqua une crise mémorable. Le cœur en lambeaux, Lili finit par retourner son fils elle-même pour que la bouche du bébé trouve enfin une source d'apaisement.

Impuissante à changer le comportement de son fils, Lili allaita au sol, les joues barbouillées de larmes.

Ce fut dans cette position que Thomas trouva sa blonde à son retour du travail. Il vint se blottir dans son dos pendant que Léonard terminait son goûter. S'il trouvait le plancher du loft franchement inconfortable, il endura le désagrément sans rechigner. Rien ne servait de presser Lili de questions pour savoir ce qui clochait. Elle finissait toujours par livrer le fond de sa pensée.

— Léonard veut pas se retourner. J'ai beau tout essayer, tous les trucs que j'ai lus sur le Web, rien ne fonctionne.

— Peut-être qu'il faut que ça vienne de lui.

— Ça risque d'être long…

— J'étais pareil à son âge, confia Thomas. Des fois, c'est pas la vitesse avec laquelle t'apprends les choses qui compte, c'est la façon dont tu les apprends.

Lili s'étonna de la confidence. Elle réalisa subitement qu'elle connaissait bien peu de détails sur la petite enfance de Thomas. Quel genre de bébé il était, quelles étaient ses préférences à ce jeune âge ou encore s'il avait fait rapidement ses nuits.

— Monsieur tient de son papa, dit Thomas avec fierté en chatouillant la bedaine pleine de son fiston.

Son insouciance n'était pas communicative. Lili arborait toujours un air soucieux.

— Peut-être qu'il tient de toi aussi, tenta Thomas. C'est une tête de cochon qui veut faire les choses à sa façon.

— Dans les deux cas, il a du retard sur les autres. J'aime pas ça.

Thomas comprenait bien qu'au-delà du stade développemental de Léonard, ce qui fatiguait sa blonde, c'était cette impression de ne pas être une mère adéquate.

— Si tu continues à t'acharner, il va faire le contraire de ce que tu veux. Ça c'est l'orgueil de sa maman tout craché.

Lili osa enfin un faible sourire. Thomas poussa sa réflexion un peu plus loin.

— Trouves-tu que je suis un bon papa ?

— Le meilleur qui soit.

— Tu m'accuses pas d'être responsable des retards de notre fils ?

— Franchement, pourquoi je ferais ça ?

— Tu le fais bien avec toi-même.

Jeannine regarda sa montre puis, voyant la course folle des aiguilles, soupira d'exaspération. Ils étaient littéralement en train de prendre racine dans les allées du supermarché. D'ici une heure, ils connaîtraient tous les commis par leur petit nom.

Lorsque Gerry lui avait proposé de faire l'épicerie avec elle, Jeannine avait accepté sans se douter que l'activité requerrait tout l'avant-midi. Son mari n'en finissait plus de lire les tableaux nutritionnels, de comparer les teneurs en sodium de produits similaires, d'écarter tout ce qui comportait trop de gras. « Si j'avais pris l'habitude de magasiner comme ça, on serait maigres à force de jeûner », pensa Jeannine.

Malgré tout, le panier se remplissait lentement de produits santé avec lesquels Gerry avait promis de mitonner de bons petits plats. À la recommandation de son médecin, il tentait d'incorporer de petits changements à son mode de vie pour le rendre plus sain.

— Mais faut que ça goûte bon quand même, exigea Jeannine. Mon cœur est en pleine forme. Pas question que je mange de la bouette par solidarité.

— Je vais profiter de ma convalescence pour trouver des recettes à ton goût, ma biche en sucre d'orge.

En principe, Gerry pouvait reprendre le travail d'ici la fin du mois. Son médecin trouvait sa récupération acceptable et les nouveaux tests effectués confirmaient que son métabolisme tenait la route. La machine de Gerry n'aurait pas pu s'aventurer sur une piste de course, mais pouvait très bien rouler en zone scolaire.

— La prochaine fois qu'on fera l'épicerie ensemble, rappelle-moi de traîner une chaise de parterre pour me reposer.

Le commentaire malveillant de Jeannine ne découragea pas Gerry qui continua de retourner tous les pots à la recherche du meilleur yogourt qui soit.

— J'avais jamais réalisé qu'il y avait autant de choix. Regarde, un yogourt à base d'amande, sans produit laitier. T'as envie d'essayer ?

Jeannine leva les mains au ciel et tourna les talons.

— Je vais chercher le lait, pis on rentre.

— Attends, j'aimerais ça voir les alternatives au lait de vache, comme le lait de soya.

Voyant que sa douce moitié poursuivait sa route, Gerry s'adressa aux jumeaux qui le fixaient de leurs grands yeux ronds :

— Papa vous l'avait dit que ça ferait réagir maman.

Fier de lui, Gerry fit faire demi-tour au panier d'épicerie et se dirigea doucement vers la caisse. Il espérait que les nouvelles exigences alimentaires liées à sa santé cardiaque décourageraient Jeannine. Si elle lui abandonnait les rênes du panier d'épicerie, c'était un pas de plus vers le retour au travail pour elle.

La bouche pleine de maïs soufflé, Emma et Antoine trépignaient d'impatience sur leurs sièges rembourrés. Pour eux, les sorties familiales au cinéma avaient toujours une allure de fête. La rareté de ce plaisir lui conférait un caractère encore plus privilégié. Bien sûr, maman reproduisait l'événement en version salon à l'occasion, mais ici, l'écran était gigantesque et le pop-corn dégoulinait de beurre bien gras, alors qu'à la maison, les parents maintenaient le volume sonore à un niveau respectable et les grains de maïs éclatés étaient servis nature.

Jean-François passa un bras autour des épaules de sa femme. Esther accepta de reposer sa tête contre l'épaule confortable de son mari. Un scénario incontournable lors de leurs premières sorties au cinéma en amoureux, près de dix ans plus tôt. Qu'il était bon de reproduire certains gestes rappelant qu'on avait déjà été en lune de miel.

Esther jeta un œil en direction des enfants. Elle s'en voulait d'avoir laissé Théo aux bons soins de sa belle-mère. La famille n'était pas complète sans lui, mais Jean-François l'avait convaincue de la nécessité d'offrir des privilèges aux plus grands. La vie familiale s'articulait principalement autour de Théo et de ses nombreux besoins. Emma et Antoine ne jalousaient pas leur petit frère, mais on sentait poindre à l'occasion l'envie d'Emma de redevenir un bébé et l'isolement d'Antoine. Chaque enfant montrait, avec les moyens qu'il avait à sa disposition, qu'il s'ennuyait de l'attention de sa maman. Jean-François se rendait disponible pour eux le plus possible, mais n'arrivait jamais à suppléer la présence maternelle. Cette sortie au cinéma était l'occasion rêvée de les remercier de leurs efforts et sacrifices depuis l'arrivée de Théo.

Les bandes-annonces avaient débuté depuis un bon moment lorsque Esther surprit Emma en train d'essuyer ses petits doigts maculés de beurre sur l'accoudoir de son siège.

— Emma, non! chuchota-t-elle. Prends ta serviette en papier pour essuyer tes mains.

— J'en ai pas.

Voyant que sa fille disait vrai, Esther se tourna vers Jean-François.

— Merde, j'ai oublié. J'vais y aller.

Jean-François s'excusa auprès des autres cinéphiles qu'il dut déranger pour quitter la rangée de sièges et retourner au comptoir alimentaire faire provision de serviettes en papier.

Le film commença. Esther embrassa sa fille sur le front, lui vola un peu de pop-corn et se concentra sur le grand écran. Elle ne vit pas, dans la pénombre de la salle, qu'un homme assis avec ses enfants, quelques rangées derrière eux, s'était levé et était sorti de la salle à la suite de Jean-François. Si elle avait été consciente de l'événement, elle aurait eu l'impression que le film familial se déroulant devant elle prenait subitement des allures de film d'horreur. Tout ça parce que cet homme, c'était Claude.

Lili avait l'impression de tenir la vedette d'un film d'horreur. Elle effaçait à répétition les mauvais clichés croqués lors de la séance photographique réalisée deux semaines plus tôt. Mise au point défectueuse, éclairage déficient, cadrage inadéquat. Elle critiquait sévèrement son travail, mettant à la poubelle électronique chaque photo dont les qualités techniques et artistiques ne surpassaient pas ses attentes. Aussi bien dire qu'elle s'attendait à compter sur les doigts d'une seule main les clichés qui passeraient le test.

Par dizaines, les photos disparurent de l'écran de son ordinateur. La sélection finale ne contenait même pas un cliché de chaque bébé. Lili s'obligea donc à un peu plus d'indulgence et refit un nouveau choix pour offrir au moins une photo à chacune de ses amies.

La vingtaine de portraits rescapés fut passée au crible pour corriger ici un œil rouge, rogner une photo mal cadrée ou corriger légèrement l'ouverture de l'obturateur. Malgré ces retouches, ses sujets n'étaient pas toujours mis en valeur. Il était franchement difficile de photographier de jeunes bambins.

Lili se souvint à quel point le cirque déployé par ses amies pour attirer l'attention des bébés n'avait pas donné de bons résultats. Esther s'accroupissait derrière Lili en encourageant Théo à la regarder. Elle voulait aider à diriger le regard de son fils vers l'objectif, mais accrochait la photographe au passage une fois sur deux. Inutile de se demander pourquoi plusieurs photos de Théo étaient floues. Jeannine manipulait des jouets bruyants et faisait pleurer le pauvre Julien, sensible au bruit. Pourtant, sans l'utilisation de ces artifices, Maxime refusait de collaborer. Finalement, il n'y avait que Frédérique qui soit restée en retrait, mais Jeannine usait de son lien de parenté pour obtenir une risette de sa petite-fille. Le regard apeuré de Blanche sur la majorité des photos témoignait que grand-maman forçait un peu trop la dose pour capter son attention. Lili avait beau chanter le prénom des bébés sur tous les tons, obtenir leur collaboration était aussi difficile que d'accoucher sans gémir ni crier.

Lili afficha une photo de Léonard à l'écran.

— Beau bébé à maman, déclara-t-elle en prenant son écran d'ordinateur à deux mains, comme on pincerait les joues rebondies d'un enfant.

Léonard regardait fixement l'objectif, comme un professionnel. Il souriait sur chacune des images immortalisées par l'appareil de Lili.

Lili fronça les sourcils et fit défiler le diaporama des photos sélectionnées. Pendant qu'elle visionnait les clichés les uns à la suite des autres, son visage s'illumina de fierté. Léonard était le seul des bébés à regarder l'objectif directement, le seul à sourire sur commande, le seul à diriger automatiquement le regard vers la personne qui mentionnait son nom. Le fils de Lili possédait des acquis que ne maîtrisaient visiblement pas les autres bébés de son âge. Léonard était bon premier en quelque chose.

Une calculatrice à la main, Jeannine alignait les chiffres sur une feuille de papier. Peu importe ses méthodes de calcul, elle arrivait toujours au même résultat : sa famille pourrait difficilement survivre avec son salaire d'étalagiste.

Comme propriétaire d'entreprise, Gerry se versait un très faible salaire sur une base annuelle et ses prestations de paternité seraient misérables. Jumelées au salaire de commis de Jeannine, elles forceraient la famille à tirer le diable par la queue. Non seulement elle hésitait à retourner sur le marché de l'emploi pour des raisons de responsabilité maternelle, mais maintenant, le budget familial lui confirmait noir sur blanc qu'il valait mieux qu'elle reste à la maison pour s'occuper des jumeaux.

Depuis que Gerry lui avait planté dans le cerveau l'idée d'un retour au travail, le tourbillon joyeux de ses tâches à la pharmacie germait dans sa tête. Elle ressentait l'envie de travailler. L'idée d'effectuer une entrée précoce des jumeaux à la garderie lui avait aussi effleuré l'esprit. Avec l'arrivée de l'automne, il y aurait sûrement moyen de trouver des places en garderie, les grands de cinq ans la quittant massivement pour intégrer la maternelle à la fin du mois d'août. Un deuxième salaire ne serait pas de refus et permettrait quelques gâteries en famille.

Ce fut le bruit des pattes de la chaise voisine raclant le prélart de la cuisine qui la sortit de ses rêveries éveillées.

— Qu'est-ce que tu calcules ?

— Notre budget, dit-elle en se massant les tempes comme si l'exercice l'avait carrément vidée de son énergie vitale.

— C'est si pire que ça ? voulut savoir Gerry devant l'air las de sa femme.

— Je voulais voir si on pouvait se permettre un congé de paternité.

— Certain qu'on peut ! lança joyeusement Gerry. Si t'en as envie, j'exauce ton désir, ma belette en confiture !

— J'ai pas dit que je voulais pas, j'ai dit qu'on ne pouvait pas, le corrigea Jeannine.

Elle lui tendit la feuille où elle avait fragmenté son salaire hebdomadaire. Il ne restait qu'une poignée de dollars pour garnir le réfrigérateur. Trop peu pour satisfaire les nouvelles habitudes de vie de Gerry qui n'achetait pas ce qui était en promotion à l'épicerie, mais bien ce qui était bon pour sa santé peu importe le prix.

— Est-ce que tu veux retourner travailler ? questionna Gerry après avoir pris connaissance de la comptabilité de sa femme.

— J'aimerais ça, admit Jeannine au grand bonheur de son mari.

— Je peux sortir des dividendes de ma compagnie. T'as oublié ça dans tes calculs.

— Tu dis tout le temps que c'est l'héritage de tes enfants, qu'il faut pas y toucher.

— Être là pour eux, c'est aussi un bel héritage, non ?

Jeannine se pendit au cou de son mari. Il la serra dans ses bras, heureux à l'idée de réaliser son rêve. Jeannine avait déjà hâte d'annoncer la nouvelle à ses collègues.

Jean-François attrapa une pile de serviettes en papier et s'apprêtait à rebrousser chemin vers la salle de cinéma lorsqu'il tomba nez à nez avec Claude.

— Tu parles d'un hasard! Es-tu avec tes enfants? questionna Jean-François.

— Oui, dans la même salle que vous autres.

— Ça va faire plaisir à Esther de te voir.

«Mais pas pour les raisons auxquelles tu penses», songea Claude qui avait délibérément quitté la salle de projection pour rattraper le mari de la femme qu'il convoitait.

— À moi aussi, répondit-il simplement.

Jean-François lui servit un sourire courtois et s'apprêtait à rejoindre les siens lorsque Claude fit un geste pour l'empêcher de passer.

— Faut que je te parle.

Étonné, Jean-François questionna l'autre du regard. Il ne voyait vraiment pas en quoi il pouvait aider le patron de son épouse. Une fraction de seconde, il imagina l'impatience grandissante d'Esther qui attendait les serviettes en papier pour nettoyer les menottes de leur fille. Elle ne pourrait pas se concentrer sur l'histoire projetée tant et aussi longtemps que la menace de doigts graisseux planait à proximité d'elle. Jean-François sourit à l'évocation de ce trait de caractère d'Esther. Avec les années, il avait appris à aimer les défauts de sa femme. Il les trouvait même touchants.

— J'ai été marié quelques années avant le décès de ma femme, commença Claude. La famille, c'est une de mes valeurs.

Jean-François connaissait l'histoire de Claude. Le cancer avait emporté subitement son épouse, laissant la charge au veuf de leurs deux enfants en bas âge. Il ne pouvait qu'être désolé pour ce sale coup du destin. La simple idée de se retrouver sans Esther pour élever ses trois enfants l'anéantirait.

— Mon deuil est terminé depuis longtemps, continua Claude. Je suis prêt à passer à autre chose.

Jean-François sourit maladroitement. Les confidences de l'autre commençaient à le mettre mal à l'aise. Non pas qu'il fût gêné par l'intimité des propos, mais il n'entretenait pas ce genre de relation avec la personne qui les proférait. Thomas lui aurait tenu le même discours qu'il aurait été ravi de la confiance qu'on lui accordait, mais venant de Claude…

— J'ai eu une aventure avec ta femme.

Jean-François éclata d'un grand rire sonore. Esther-la-farouche n'était assurément pas le genre de femme à la cuisse légère qui se laisse retrousser la jupe par son patron entre deux traitements de canal. Jean-François savait très bien que la vertu de sa femme était à l'épreuve des plus grands Casanova. Il découvrait subitement qu'en plus d'être un gentleman et un excellent dentiste – commentaires qui revenaient souvent dans le discours d'Esther lorsqu'elle parlait de Claude –, l'homme en face de lui avait un superbe sens de l'humour.

Pourtant, lorsque son hilarité diminua, Jean-François réalisa que Claude le fixait avec un grand sérieux.

— Je pense même que Théo est mon fils, continua Claude.

— Fais attention à ce que tu dis, menaça Jean-François en réalisant que son interlocuteur n'entendait pas à rire.

— Esther veut t'en parler depuis des semaines, mais elle a beaucoup d'estime pour toi. C'est pour ça que je prends le relais.

— Mais de quoi tu parles ? s'étouffa Jean-François.

— Je suis désolé des conséquences que ça aura sur ta famille… mais on s'aime tous les deux et elle veut vivre avec moi.

CHAPITRE 7

Esther avait bien senti le changement d'attitude de son mari. Des serviettes en papier qu'il lui avait pratiquement lancées au visage, en passant par le mutisme auquel il s'astreignait, jusqu'à ce refus de la regarder dans les yeux, tout lui criait qu'un problème majeur l'attendait. Elle ne savait juste pas quelle en était l'origine.

Antoine et Emma, survoltés par le film qu'ils venaient de voir sur grand écran, furent difficiles à coucher. La petite princesse ressentait le besoin de faire à répétition le récit de l'histoire qu'elle venait de découvrir et son grand frère avait des questions à poser à maman sur la véracité de certains éléments du film.

Esther piaffait d'impatience devant les interrogations de son grand fiston. Elle, habituellement si calme quand un enfant la bombardait de questions, montrait à présent des signes d'agacement chaque fois qu'une de ses réponses était suivie d'un « oui, mais... » de la part d'Antoine.

Elle aurait volontiers fourgué un bonbon aux enfants ou consenti quelques minutes de télévision pour se retrouver seule avec Jean-François et tirer la situation au clair, mais le couple observait une règle fondamentale : jamais de chicane devant les enfants. Puisque Jean-François adoptait le comportement d'un slalomeur, évitant de se retrouver dans la même pièce que sa femme depuis leur retour à la maison, Esther ne doutait pas qu'une altercation soit inévitable une fois les enfants couchés.

Après avoir mis les plus grands au lit, vint l'heure du biberon de Théo. Esther se chargea de la tâche avec plaisir. Son plus jeune lui avait manqué.

Lorsque le benjamin trouva le sommeil, l'horloge indiquait qu'il était temps de se coucher. Esther s'étira en repoussant le chant du matelas qui l'appelait telle une sirène. S'ils avaient une autre règle à laquelle Jean-François et elle essayaient de ne pas déroger, c'était de ne jamais se coucher sur un malentendu.

— Veux-tu bien me dire quelle mouche t'a piqué ? lança Esther en mettant le pied dans la cuisine. Même Emma m'a posé des questions sur ton comportement.

Jean-François ne fit pas un mouvement. Il continua de fixer l'horizon par la fenêtre, sourd aux interrogations d'Esther. Les paroles de Claude lui fendaient le cœur chaque fois qu'il osait se les rejouer mentalement.

Sachant qu'il ne pourrait pas passer l'éponge, garder le secret et faire semblant qu'il ne s'était rien passé, Jean-François se tourna lentement vers Esther. Pour la première fois depuis la projection du film, il planta son regard dans celui de la femme qui partageait sa vie depuis près de dix ans.

— J'ai vu Claude, au cinéma.

Le sang se retira instantanément du visage d'Esther comme l'eau de la laitue dans l'essoreuse à salade dès qu'on en actionne la manivelle. Nul besoin d'en dire davantage. Esther pouvait très bien imaginer la scène qui s'était jouée entre le comptoir à friandises et la salle de cinéma. Inutile d'être devin pour comprendre que Claude, las de patienter, venait d'éventer son terrible secret. Ne sachant trop quelles étaient les informations dont disposait Jean-François, Esther conserva un silence coupable.

— C'est pas vrai, murmura Jean-François avant de couvrir son visage de ses deux mains viriles.

Esther amorça un mouvement dans sa direction. S'ils devaient régler un conflit, aussi bien être à proximité pour éviter que le ton monte trop rapidement. Les enfants ne dormaient peut-être pas tous profondément.

Jean-François lui indiqua sans équivoque qu'il ne voulait pas qu'elle s'approche. La fureur qu'elle lut à ce moment dans ses yeux lui glaça encore plus le sang. Elle eut l'absolue conviction que son mari savait tout.

— Qu'est-ce qu'il t'a dit ? osa-t-elle questionner.

— Qu'il te sautait, déclara Jean-François avec mépris.

— On a eu une aventure, le corrigea Esther dont les oreilles rougissaient devant la crudité du terme employé.

— Que Théo était son bâtard, enchaîna le mari blessé.

— Je te défends de parler comme ça de notre fils, se révolta Esther en faisant fi des larmes qui prenaient possession de ses joues.

Que ses fautes lui soient reprochées, elle pouvait en payer le prix, mais que son mari insulte un enfant de huit mois, Esther ne pouvait pas le supporter. Pas son Théo.

— Que tu… Que tu l'aimes, se reprit Jean-François qui voulait à tout prix éviter de fondre en larmes.

— Je te jure que non, plaida Esther.

— Après tous tes mensonges… Comment je pourrais te croire ?

Esther était plus transparente qu'elle voulait bien le croire. Ses tentatives de dissimulation, ses mensonges pieux, ses récits cousus de fil blanc, Jean-François les tolérait par amour. Il ne lui remettait jamais sous le nez une faute cachée, un accident domestique imputé aux enfants ou le maquillage de certains faits. Il savait qu'Esther ne mentait pas par méchanceté, mais plutôt par besoin de préserver son auréole de sainteté. Tant que les cachotteries étaient d'ordre bénin, il ne s'en formalisait pas. Mais la découverte qu'il venait de faire s'apparentait davantage à un cancer généralisé qu'à une simple coupure au bout du petit doigt.

Si Jean-François s'attendait à des excuses larmoyantes ou à un repentir sincère, il se fit plutôt servir une douche froide. Esther le cloua sur place avec sa répartie :

— Je l'ai bien fait, moi ! Tu m'as joué dans le dos pendant des mois. T'es mal placé pour critiquer une erreur d'un soir. Quand t'as voulu revenir, j'ai accepté de te faire confiance de nouveau. Tu me dois la même chose.

— La différence, c'est que moi, je me suis pas fait engrosser par un autre.

Furieux qu'elle essaye de retourner la situation à son avantage en ressortant sa maîtresse du placard, Jean-François quitta la pièce. Laissée à elle seule, Esther ne savait pas trop quelle mesure prendre pour garder intactes les fondations de sa famille. Clairement, le deuxième étage venait d'être emporté par l'ouragan. Il fallait, en priorité, descendre les enfants dans l'abri souterrain.

Ce fut le sourire aux lèvres et l'esprit guilleret que Jeannine effectua son retour au travail. Après avoir donné de généreuses accolades à ses collègues, elle s'attela à sa première tâche de la journée : ordonner le présentoir à revues. Potins, qu'en-dira-t-on, scandales et commérages s'étalaient sous ses yeux pour son plus grand plaisir. « Y a des jobs pires que d'autres », se félicita-t-elle en pensant à son choix de carrière.

L'objectif était de rendre l'étal de magazines attrayant pour les clients en s'assurant de bien mettre en évidence les plus récentes parutions. Pour Jeannine, c'était aussi l'occasion de se mettre à jour au sujet de ses vedettes préférées. Si elle ne poussait pas l'audace jusqu'à feuilleter les périodiques en entier, elle prenait tout de même le temps de lire les grands titres à la une.

— J'ai du rattrapage à faire !

Un tel avait une nouvelle flamme inconnue de Jeannine, un autre avait changé d'orientation sexuelle récemment et certaines vedettes avaient accouché sans que Jeannine soit au courant. Ce qui, dans son code de vie, était inacceptable, presque aussi condamnable que d'ignorer ce qui se passe dans la vie sentimentale de ses propres enfants.

Consciente que la grosse Monique l'observait, Jeannine lutta contre son envie de parcourir quelques articles juteux et se promit de rapporter deux ou trois magazines à la maison pour en faire la lecture.

Après les revues vinrent les analgésiques, la tablette des crèmes solaires et celle des produits d'hygiène personnelle. Jeannine se régalait de chaque petite découverte. Elle se targuait d'être à la fine pointe des tendances et de connaître l'inventaire par cœur. Un exploit digne du *Livre Guinness des records* compte tenu de la quantité de produits offerts sur les tablettes de la pharmacie. Son savoir était utile à tous et Jeannine n'hésitait pas à se transformer en encyclopédie parlante pour satisfaire les besoins de son entourage. Elle-même n'en revenait pas de la rapidité des compagnies à inventer de nouveaux produits, à revamper leur emballage pour faire croire à de l'inédit ou à user de superlatifs pour se rendre plus concurrentielles.

C'était particulièrement le cas au rayon des produits pour bébé où Jeannine échoua juste avant l'heure du lunch. Avec les sacs de congélation pour le lait maternel, les crèmes de protection pour les mamelons, les couvertures d'allaitement et compagnie, les femmes qui prétendaient encore que l'allaitement était économique et écologique faisaient assurément fausse route. Juste à voir le coût des tire-lait, Jeannine était convaincue qu'elle rentrait dans son argent avec la préparation pour nourrisson.

— Dis-moi pas que tu vas te convertir à l'allaitement!

Jeannine sursauta et fit demi-tour pour découvrir un portrait de famille attendrissant. Frédérique, Simon et Blanche étaient de passage à la pharmacie pour acheter des couches. Ce qui émut Jeannine fut de constater que Simon portait Blanche contre son torse, dans un porte-bébé. «Il est vraiment attaché à la petite», songea-t-elle en prenant une note mentale pour relater le tout à Gerry à son retour. «Grand-papa va être rassuré.»

— Coucou mademoiselle, roucoula-t-elle à l'intention de Blanche. T'es toute en beauté aujourd'hui, petite pinotte d'amour!

— Salut quand même, Jeannine, intervint Frédérique.

Elle se demandait parfois si toutes les grands-mères avaient le défaut exaspérant d'ignorer les parents et de faire la conversation à leurs petits-enfants. Non pas qu'elle tienne à avoir l'attention de Jeannine, mais il arrivait que la grand-maman vienne à l'appartement et s'informe si Frédérique allait bien juste avant son départ, soit après avoir fait le tour de l'horaire de sommeil de Blanche, de l'appétit de Blanche, des nouveaux acquis de Blanche, de la régularité de Blanche, de l'état des gencives de Blanche, des besoins pour la garde-robe de Blanche et même de la possibilité que Blanche soit gauchère parce qu'elle se mordillait surtout le poing gauche.

— Pis? Le retour au travail? questionna Simon.

— Du bonbon! Pis à voir l'état des étagères, il était temps que je revienne pour mettre un peu d'ordre ici dedans, se vanta Jeannine.

— N'importe qui est capable d'aligner des boîtes de capotes, se moqua gentiment Frédérique en sachant bien que son commentaire ferait réagir Jeannine.

— Tu sauras, ma p'tite fille, que le positionnement stratégique est un art ! Faut connaître les habitudes d'achat de la clientèle pour déterminer quel produit mettre à la hauteur des yeux.

Jeannine aurait pu épiloguer sur le sujet pendant des heures, mais l'arrivée de la grosse Monique en bout de rangée la convainquit d'abréger sa dissertation.

— Jeannine, c'est l'heure de ton lunch, lui lança sa collègue en se rapprochant. Oh ! C'est ta petite-fille ?

— C'est ma belle Blanche, confirma avec fierté Jeannine.

L'utilisation du pronom possessif agaçait toujours autant Frédérique qui ne pouvait concevoir qu'une grand-mère s'approprie ainsi le fruit de sa gestation personnelle, mais elle observa le silence.

L'adipeuse femme prit la menotte de Blanche pour la gigoter dans tous les sens. Ce qui fit sourire la petite demoiselle.

— Mon Dieu qu'elle ressemble à son père, celle-là, lança Monique à Simon. Pis, c'est un compliment, minauda-t-elle en faisant les yeux doux au chum de Frédérique.

— C'est pas son…

Jeannine reçut un coup de coude dans les côtes de la part de Frédérique. Qu'une semblable grosse laideur fasse du rentre-dedans à son chum l'amusait et Simon semblait flatté par le commentaire. À quoi bon briser la magie du moment ?

— Enfin quelqu'un qui le reconnaît ! s'amusa Simon pour ne pas briser les illusions de Monique. Ma fille tient sa beauté de sa mère, mais je suis d'accord avec vous qu'on a un p'tit air de famille.

Sur ce, il offrit un clin d'œil complice à Monique qui rougit de plaisir, pendant que Jeannine roulait des yeux au plafond, énervée par le monopole de l'attention que gagnait sa collègue.

Étonnamment, Frédérique ne s'offusqua pas du pronom possessif employé par Simon.

En ce début d'automne, les soirées étaient douces. Lili adorait lorsqu'ils pouvaient se promener en famille. Plus les jours passaient et plus Léonard semblait apprécier cette activité. Le bambin insistait à présent pour être bien assis et regarder le paysage défiler au rythme des pas de ses parents.

Pour Lili, c'était l'occasion de sortir un peu de la maison. Si elle se plaisait en congé de maternité, elle recherchait toutes les excuses possibles pour sortir et être en contact avec d'autres adultes, ne serait-ce que la caissière de l'épicerie ou le pompiste.

De retour à la maison, Lili entreprit de détacher son fils pour le porter à l'intérieur tandis que, fidèle à leurs habitudes, papa Thomas pliait la poussette pour la monter à l'étage.

— Tu l'as pas attaché!

Thomas constata qu'effectivement, en assoyant leur garçon, il avait omis l'utilisation de la ceinture de sécurité. La légère couverture dont il avait couvert les jambes potelées de Léonard avait camouflé sa négligence.

— Il aurait pu glisser et se blesser, lui reprocha Lili.

— T'as raison, mais c'est pas arrivé, lui rappela Thomas. Il va bien.

Lili était vraiment mère poule. Elle veillait à la sécurité de leur fils de manière maladive. Si Thomas ne pouvait qu'applaudir le fait qu'elle se soucie du bien-être de leur bébé, il trouvait parfois que ses craintes n'étaient pas justifiées.

— La prochaine fois, attache-le.

— J'suis pas un cave, Lili. J'ai compris.

Lili se désola de son intervention. Évidemment, Thomas ne voulait pas de mal à leur enfant, mais elle le trouvait parfois tellement insouciant. Elle ressentait le besoin de toujours contre-vérifier si Léonard était en sécurité lorsqu'il était sous la responsabilité de son père.

La petite famille pénétra dans le loft. Comme toujours, Lili vérifia le contenu de sa messagerie vocale. Thomas l'avait convaincue de ne pas traîner son cellulaire lors de leur marche de santé. Se séparer de son téléphone intelligent, ne serait-ce qu'une heure, lui était difficile.

Elle constata que sa boîte vocale contenait un message. «Sûrement Esther», songea Lili qui n'avait pas eu de nouvelles de sa meilleure amie dans les derniers jours.

Quelle ne fut pas la surprise de Lili d'entendre la voix bourrue de son patron. Elle écouta le message à deux reprises avant d'en dévoiler le contenu à Thomas.

— Mon boss veut que je rentre pour une journée la semaine prochaine. Il manque de *staff*.

— Vas-tu y aller?

Lili n'en savait trop rien. Elle n'avait pas envie de retourner au travail, mais la précarité de son emploi l'incitait à la prudence: mieux valait rester dans les bonnes grâces de son patron si elle voulait retrouver son affectation à la fin de son congé de maternité. Une pigiste n'a aucune protection professionnelle et le patron ne lui avait pas caché qu'il ne savait pas si sa place serait toujours disponible un an plus tard.

— Penses-tu que je devrais?

— C'est juste une journée… déclara Thomas en voyant l'hésitation de sa blonde.

— Oui, mais mon allaitement ?

— T'as un tire-lait portatif.

L'idée de s'enfermer aux toilettes et d'activer sa machine pour vider le contenu de ses seins n'enchantait pas Lili. Surtout que les bruits de succion de l'engin ne passeraient pas inaperçus. Lili craignait les commentaires salaces de ses collègues, majoritairement masculins.

— J'suis sûr que ton père va être heureux de garder Léonard, ajouta Thomas en pensant convaincre sa blonde d'accepter.

— J'vais pas le laisser une journée entière à mon père !

— Pourquoi pas ?

— Il connaît pas les habitudes de Léonard.

— T'as qu'à lui écrire son horaire sur une feuille. Ton père sait lire.

— J'aimerais mieux qu'il soit avec toi. J'suis pas sûre qu'il est prêt.

Lili supportait difficilement l'idée de confier Léonard à quelqu'un d'autre. Elle ne le reconnaissait pas devant Thomas, mais elle s'inquiétait même quand son fils était seul avec son père. Comme si personne, à part elle, ne pouvait répondre adéquatement aux besoins de fiston. Comme si le chérubin avait besoin de sa présence maternelle pour être heureux. Comme si le bébé ne pouvait vivre sans elle. Lili savait pertinemment qu'elle faisait de la projection, mais refusait de l'admettre.

— J'vais pas fermer la boutique pour que t'ailles travailler, s'opposa Thomas.

— J'aurais l'esprit plus tranquille. Surtout qu'à son âge, les bébés font de l'angoisse de séparation.

Léonard ne démontrait aucun symptôme d'angoisse. Lili avait simplement lu dans ses bouquins de puériculture que vers l'âge de huit mois, certains bambins deviennent soudainement anxieux en présence d'étrangers. On ne recommandait pas de faire l'entrée en garderie à cet âge, justement pour éviter le problème. Problème qui ne se pointait pas encore le bout du nez dans leur famille, mais que Lili souhaitait tout de même éviter.

— Léo adore ton père. Il le voit pratiquement chaque semaine. Pis tu vas être tellement dans le jus au travail que la journée va filer à la vitesse de l'éclair.

Thomas avait réponse à tout. Lili décida de prendre la nuit pour y réfléchir. Elle rappellerait son patron à la première heure, demain matin, même si elle doutait grandement que la nuit d'une maman qui allaite porte conseil.

Son étiqueteuse à la main, Jeannine marquait des caisses de produits selon les prix en vigueur à la pharmacie. Installé de l'autre côté de la table de la cuisine, en train de donner le biberon à Maxime tout en berçant Julien assis dans sa coquille de transport posée au sol, Gerry secoua négativement la tête.

Depuis qu'elle avait repris le travail, Jeannine rapportait de l'ouvrage à la maison tous les soirs.

— Veux-tu ben me dire quel genre de patron insiste pour que ses employés travaillent bénévolement après leur quart de travail ? s'offusquait-il. C'est de l'abus.

— C'est moi qui ai perdu la main. Faut que je retrouve mon rythme.

Jeannine lui avait expliqué que les nombreuses boîtes empilées dans leur cuisine étaient le fruit d'une initiative personnelle dont elle n'avait pas parlé au patron. À la fin de ses heures de travail, elle subtilisait en douce quelques boîtes de produits dans l'entrepôt et les glissait à l'arrière de sa minifourgonnette en priant pour que personne ne constate leur disparition.

Le lendemain matin, Jeannine rapportait le tout et se dépêchait d'installer les produits sur les tablettes. Elle commençait sa besogne quelques minutes avant l'heure officielle et négligeait même la lecture de ses magazines préférés pour compenser sa lenteur au travail. La fatigue accumulée les derniers mois ralentissait son efficacité. Elle était autrefois la plus rapide de tous les employés, mais se verrait rapidement privée de ce prestigieux titre si elle ne retrouvait pas sa vitesse de croisière habituelle. D'où l'idée de s'exercer un peu à la maison.

— Pis ?

Gerry arrêta le chronomètre que Jeannine lui avait mis entre les mains en le sommant de minuter son travail. Heureusement que Maxime avait maintenant l'habitude de tenir seule son biberon.

— Cinq minutes et trente secondes.

— Pas assez vite, s'autocritiqua Jeannine.

En la voyant ouvrir une nouvelle boîte de marchandise, Gerry comprit que la petite soirée familiale à laquelle il rêvait ne serait pas pour ce soir. Il se désolait que Jeannine leur préfère des somnifères ou des diachylons. Si au moins elle avait eu le chic de rapporter des boîtes de produits cosmétiques.

Le front plissé par l'effort et la gomme rose de son crayon de plomb fichée entre ses lèvres, Antoine se creusait les méninges. Il détestait faire ses devoirs avec papa. Ce dernier ne faisait preuve d'aucune imagination pour l'aider à comprendre les problèmes à résoudre. Jean-François se contentait de répéter inlassablement l'équation jusqu'à ce qu'Antoine risque une réponse, souvent la mauvaise.

Lorsque maman participait aux devoirs, elle n'hésitait pas à sortir les crayons de couleur ou même des raisins pour illustrer le problème mathématique. Les soustractions étaient les préférées d'Antoine. Maman lui donnait le droit de manger des raisins pour trouver la réponse finale.

— Six, tenta Antoine.

— La réponse c'est sept. Marque sept, dit sèchement Jean-François, à bout de patience.

Papa trichait. Antoine ne comprenait pas pourquoi son père lui donnait la réponse alors que maman refusait toujours de le faire. Elle disait qu'il valait mieux qu'il trouve les solutions lui-même pour s'en souvenir. Que l'effort investi l'aiderait à se rappeler le résultat la prochaine fois qu'il serait devant le même problème. Papa semblait avoir une opinion différente.

Antoine s'appliqua à tracer un sept digne de ce nom. La présence à table de sa petite sœur ne l'aidait pas à se concentrer. Emma avait effectué sa rentrée à la maternelle et même si elle n'avait pas de devoirs, elle insistait pour que ses parents lui en inventent. Elle retirait une énorme fierté d'aller enfin à l'école et souhaitait imiter la routine des devoirs et leçons de son grand frère.

Fait encore plus déroutant, papa ne montrait aucun signe d'impatience avec elle. Sa cadette pouvait inscrire n'importe quelle réponse et papa s'en satisfaisait. Antoine savait pourtant que deux plus deux ne donnait pas six comme l'avait inscrit Emma.

Comme pour illustrer le mécontentement de son grand frère, Théo se mit à pleurer. Le garçon utilisa ce prétexte pour mettre fin à son supplice.

— Tu vas pas chercher Théo? demanda-t-il à son père.

— Concentre-toi sur le prochain problème.

Le bébé réclamait pourtant des bras à grands cris maintenant. D'habitude, son père se précipitait à la rescousse de son petit frère lorsqu'il se réveillait. Qu'avaient donc de si particulier les mathématiques de ce soir pour que papa fasse la sourde oreille aux gémissements de Théo?

— Papa, Théo a du chagrin, intervint Emma avec un trémolo dans la voix.

— Sa mère va s'en occuper, trancha Jean-François.

À l'autre bout de la maison, Esther sortit de la douche de manière précipitée. Elle eut à peine le temps d'enrouler une serviette autour de ses cheveux dégoulinants et de se couvrir de sa robe de chambre avant de filer dans la chambre de Théo où le bébé, rouge de colère, lui reprocha longuement le délai entre le début de ses pleurs et son arrivée auprès de lui.

Esther profita de la crise de son fils pour joindre ses larmes aux siennes. Le pauvre chéri faisait les frais de sa dispute conjugale, se transformant en bébé fantôme aux yeux et aux oreilles de Jean-François. Depuis l'intervention de Claude, Théo ne bénéficiait plus de l'attention de son papa, ou du moins, de la figure masculine qui avait si bien joué ce rôle auprès de lui jusqu'à présent.

En constatant que le frigo était à moitié vide, Frédérique proposa à Simon de souper au restaurant. Pas question de courir à l'épicerie pour trouver de quoi se mettre sous la dent, revenir à l'appartement pour cuisiner le tout et se taper en plus la vaisselle quand il était si simple de retoucher son maquillage, se rendre au restaurant et rentrer à la maison pour regarder la télé.

— J's ais pas si Blanche va coopérer aujourd'hui, s'inquiéta Simon.

— Je viens de lui donner du Tempra, elle va dormir comme une bûche.

Simon accepta donc un souper improvisé dans ce petit restaurant asiatique qu'ils affectionnaient tous les deux. Il laissa quelques minutes à sa douce pour se refaire une beauté - comme si elle en avait besoin - et s'occupa de Blanche qui était particulièrement de mauvais poil aujourd'hui.

Quelques heures plus tôt, Frédérique s'était rendue au CLSC pour faire vacciner sa fillette. Elle ne suivait pas le calendrier de vaccination à la lettre et avait récemment réalisé que les vaccins de six mois ne figuraient toujours pas au carnet de santé de sa fille. Les trois heures qu'elle venait de perdre dans une salle d'attente avaient permis de mettre le livret de vaccination de Blanche à jour.

— T'aurais dû voir l'infirmière, relata Frédérique lorsqu'ils furent confortablement installés sur les banquettes rouges du restaurant japonais. Elle se prenait carrément pour ma mère.

Frédérique avait été l'objet des remontrances de la vaccinatrice qui lui avait répété sur tous les tons que le planning de vaccination devait être respecté, que le service était gratuit et qu'elle devait donc en profiter, qu'il ne fallait pas jouer avec la santé de sa fille en étant négligente. La femme ne prenait même pas la peine de voiler sa désapprobation. Attitude qui agaça royalement Frédérique. La professionnelle vantait les vaccins comme si elle possédait la majorité des actions des compagnies pharmaceutiques qui les produisaient.

— Je lui aurais fait avaler ses seringues, à la bonne femme ! Déjà que la réceptionniste me jugeait gros comme le bras quand je suis arrivée.

— Comment ça ? voulut savoir Simon.

— Y avait rien d'inscrit dans le carnet de Blanche dans la case "père". Madame voulait savoir si j'avais oublié de le noter. Elle pouvait pas concevoir que j'aie une enfant du péché, gloussa Frédérique.

Pendant que sa blonde utilisait ses baguettes pour porter à sa bouche gourmande un sashimi de thon, Simon concentra son attention sur la petite fille endormie à ses côtés. Frédérique avait eu raison : Blanche dormait du sommeil du juste. Après l'inconfort des vaccins, l'effet de l'acétaminophène s'était emparé du petit corps gracile de la poupoune.

Simon s'étonnait du lien affectif qui se tissait entre lui et la fillette de Frédérique. Il faut dire que Blanche avait hérité des yeux charmeurs de sa maman et de sa propension à attirer les regards. Lui qui ne s'était jamais vraiment questionné sur son désir d'avoir une famille s'acclimatait drôlement bien aux événements, au point de souhaiter un autre enfant. Grâce à Blanche, il découvrait un équilibre qu'il n'avait jamais connu. Sa vie de séducteur carriériste se voyait opposée à celle du père de famille comblé. L'harmonie qu'il vivait entre ces deux extrêmes le rendait tout simplement heureux. Il en était le premier surpris.

— T'avais juste à lui donner mon nom pour lui fermer la trappe, proposa Simon.

— Sérieux, on se fout un peu de son opinion, non ?

— Je sais bien, mais si tu voulais, tu pourrais inscrire mon nom. Ça me dérangerait pas.

— Ça changerait rien, t'es quand même pas son père. Légalement, je veux dire, se reprit-elle en voyant la déception se peindre sur les traits de Simon.

Frédérique ne savait plus trop sur quel pied danser. Jusqu'à tout récemment, Simon prétextait l'absence de lien filial entre Blanche et lui pour conserver un peu de liberté. Avec raison, puisque Blanche ne portait pas son ADN. Mais à présent, il semblait agacé lorsqu'on exposait la vérité: Blanche n'était pas sa fille.

Si Frédérique avait été blessée par la distance que Simon souhaitait conserver avec la petite, elle n'était pas certaine de lui préférer la tendance inverse semblant se dessiner.

Blanche n'avait pas besoin d'un père. Bien sûr, la présence masculine de Simon plaisait à Frédérique qui, elle, n'avait pas eu la chance de connaître ce contact privilégié si important pour une fillette. En grandissant, Frédérique n'avait eu aucune cible sur laquelle assouvir son complexe d'Œdipe. Elle se félicitait de l'existence d'un modèle masculin dans la vie de sa fille et appréciait l'implication de son chum auprès de l'enfant, mais là s'arrêtaient ses réflexions de famille parfaite. Elle restait d'abord et avant tout une mère monoparentale avec un chum vivant sous le même toit.

— Ça pourrait changer, lança banalement Simon en attaquant son maki d'anguille.

— Qu'est-ce que tu veux dire?

— Je pourrais adopter Blanche.

Devant la pharmacie ouverte, Esther contemplait d'un œil mort son flacon d'antidépresseurs. Il faudrait vraiment qu'elle parle au docteur Champagne pour augmenter sa dose. Sa prise de psychotropes faisait partie d'une routine quotidienne bien huilée. Si son flacon n'était pas en évidence à côté du tube de dentifrice, Esther aurait pu oublier d'en consommer le contenu tellement sa dépression ne se faisait plus sentir. Du moins, jusqu'à la veille…

Jean-François l'ignorait. Il faisait des efforts surhumains pour agir normalement en présence des enfants, mais se comportait comme si elle n'existait pas dès qu'ils étaient seuls. Elle lui était reconnaissante de mettre ses sentiments personnels de côté devant leur progéniture, même si elle sentait bien qu'Antoine n'était pas dupe. Sans comprendre les dédales de la situation, le jeune garçon percevait la tension palpable entre ses deux parents.

Esther avala son cachet accompagné de quelques gorgées d'eau. Elle fixa son reflet dans le miroir. Comment de tels cernes avaient-ils pu fleurir sous ses yeux sans qu'elle s'en aperçoive ? Probablement en arrosant ses joues de ses trop nombreuses larmes.

Maintenant armée de son courage en pilule, Esther gagna le garage. Jean-François s'y barricadait depuis plusieurs jours, se découvrant subitement un besoin irrépressible de réparer la tondeuse qui fonctionnait très bien jusqu'à la semaine dernière ou de cirer sa voiture pour la vingtième fois de la semaine.

Elle pénétra dans l'antre de la bête sur la pointe des pieds. Son homme s'absorbait dans le mouvement du chamois sur le capot de la voiture. Il lui faisait face, il ne pouvait pas ne pas la voir et pourtant, il poursuivait machinalement le bichonnage de sa bagnole sans se soucier de sa présence.

L'espace d'un instant, Esther songea à rebrousser chemin, mais l'amour inconditionnel qu'elle vouait à Théo l'obligea à rester sur place.

— T'as le droit de m'en vouloir, commença-t-elle, mais Théo est pas responsable de ce qui nous arrive.

Jean-François continua de faire glisser son chiffon sur la voiture même si le fini était impeccable. Esther aurait été muette et invisible que sa réaction aurait été la même.

— Ton fils s'ennuie de toi.

Jean-François lui tourna le dos pour éviter qu'elle ne voie le trouble semé par cette toute petite phrase. Si, au départ, il était incapable de regarder l'enfant dans les yeux après la révélation de Claude et Esther, à présent il s'obstinait à s'en tenir éloigné par orgueil. Parce qu'il savait que c'était son arme la plus puissante contre sa femme. Lui-même regrettait ces heures à bercer le bébé en écoutant la télé, ces tête-à-tête où il récoltait égoïstement les sourires de Théo.

— Je veux un test de paternité.

Jean-François avait dicté son ordre sans daigner faire face à Esther.

— Je suis sûre que c'est ton fils.

— J'en veux la preuve, exigea-t-il en haussant le ton.

— Qu'est-ce que ça va changer ? S'il est pas de toi, tu vas le renier ?

Jean-François n'y avait pas vraiment songé. Il voulait connaître la vérité, mais n'avait pas envisagé les différents scénarios qui pourraient survenir une fois qu'il serait en possession de l'information tant désirée.

— Si t'es si certaine que c'est mon fils, pourquoi tu refuses qu'on passe un test ?

La seule explication possible résidait dans le doute qui planait dans la tête d'Esther. Un doute qu'elle refusait de formuler, mais que Jean-François lisait dans chacun de ses silences.

— Tu parles sérieusement ? s'étonna Frédérique devant le regard inquisiteur de Simon.

Frédérique n'en revenait pas que Simon lui fasse une telle proposition. Que Blanche ait déjà ravi le cœur d'un homme comme son chum – au point où il veuille en faire légalement sa fille – la chamboulait. Le désir de Simon d'officialiser le lien l'unissant à Blanche avait de quoi émouvoir Frédérique. Sa fille pourrait avoir un père, un vrai, présent et aimant. Que pouvait-elle souhaiter de plus ?

En contrepartie, accepter la proposition de Simon revenait à partager l'amour de Blanche, un amour dont elle avait besoin. Frédérique supportait mal l'idée que sa fille puisse se tourner vers quelqu'un d'autre en cas de besoin, qu'elle ne dépende pas uniquement d'elle. Consciente que cette réflexion était égoïste, Frédérique sonda son âme à la recherche de l'origine du malaise qu'elle ressentait depuis que Simon avait lancé sa proposition entre deux sushis.

— À défaut de me marier avec toi, je pourrais le faire avec elle, blagua-t-il pour détendre l'atmosphère.

Frédérique baissa les yeux et porta son attention sur l'alliance qui encerclait son annulaire gauche. Depuis que Simon la lui avait offerte, elle évitait soigneusement d'en aborder la signification avec lui. La coutume voulait qu'on offre une bague de fiançailles à celle qu'on souhaitait éventuellement épouser. Simon n'avait jamais ouvertement formulé ce vœu, mais les indices qu'il semait ici et là laissaient croire à Frédérique qu'il n'attendait qu'un signe de sa part pour faire sa grande demande. Signe qu'elle n'avait pas l'intention de lui offrir. L'engagement à long terme lui faisait peur.

Lorsqu'elle se projetait dans le futur, elle avait de la difficulté à imaginer que Simon serait son dernier amant. Il y avait quelque chose de troublant dans l'idée de ne plus jamais vivre l'excitation d'une première rencontre charnelle. Frédérique n'arrivait pas à se résoudre à l'abandon de tels plaisirs. Elle fantasmait allègrement sur les étalons qu'elle croisait au café et rêvait secrètement de se faire basculer par l'un d'eux dans le *back store*. Comment une femme pouvait-elle rêver naïvement d'amour éternel sans songer ne serait-ce qu'un instant aux frissons qui accompagnent l'entrée en scène d'un nouvel amant ?

— Permets-moi de lui offrir ce qui t'a fait défaut, renchérit Simon.

« Ah ! Le salaud ! songea Frédérique. Il utilise mes confidences pour me faire du chantage émotif. »

— Ce qui m'a manqué, c'est la présence de mon père. Pas son nom sur un bout de papier. On pourrait attendre qu'elle soit assez grande pour nous dire si elle en a envie, tenta de différer Frédérique.

— Comme ça, ça te donne quelques années pour voir si je suis un bon candidat, ajouta malicieusement Simon, conscient que sa proposition déstabilisait bien plus Frédérique pour elle-même que pour Blanche.

— Exact ! J'ai pas envie que ma fille ait un père bedonnant ou qui cale à trente-cinq ans. Des plans pour qu'elle ait honte ! Je lui dois de choisir le meilleur candidat possible.

— On est plusieurs sur la liste ?

Frédérique se contenta de sourire. Simon parvenait toujours à se tirer d'une situation corsée en beauté. Dès qu'il sentait qu'elle se hérissait, il battait en retraite avec élégance, évitant de la brusquer. Il avait une intelligence émotive que Frédérique lui enviait. Elle avait tendance à tourner le fer dans la plaie dès qu'elle sentait qu'on résistait à ses désirs. Simon, pour sa part, remettait le fer au feu pour revenir à la charge à un moment plus opportun.

Au fond d'elle-même, Frédérique savait que jamais elle ne trouverait un meilleur papa pour sa fille.

— Madame évite de répondre… En tous cas, sache que j'ai l'intention d'être le seul sur la liste pour le prochain, lui servit-il avec son sourire enjôleur.

«*Shit* de merde!» Frédérique pensait le sujet mort et enterré. Depuis le fameux soir où ils avaient eu la garde des jumeaux, Simon n'avait plus abordé le sujet. Frédérique se demandait même si elle n'avait pas rêvé. Visiblement, non.

— Simon, y aura pas de prochain, avoua Frédérique avec douceur. Je veux pas d'autre enfant. Ni avec toi, ni avec personne.

— Je saurai bien te faire changer d'idée, crâna Simon.

— Prends le pas personnel. Blanche, c'est une erreur de parcours. J'ai jamais voulu de bébé.

— Tu devrais pas parler comme ça devant ta fille, lui reprocha Simon.

— Elle dort.

Blessé, Simon saisit ses baguettes pour se donner une contenance et fouilla des yeux les restes du repas à la recherche du prochain morceau à tremper dans la sauce soya. S'il promenait ses baguettes de gauche à droite sans trouver sa prochaine bouchée, ce n'était pas par manque de choix. C'était simplement qu'il avait soudainement l'estomac noué.

Jeannine se cacha la tête sous son oreiller dans l'espoir d'enterrer les pleurs de Maxime. Sa fille avait l'habitude de se réveiller à quelques reprises dans la nuit pour quêter l'attention et la voix douce de Gerry. Il n'y avait rien comme les berceuses fredonnées par papa pour se rendormir paisiblement.

À contrecœur, Jeannine gagna le salon avec son oreiller, sa couverture et ses bouchons, et se fit un lit de fortune dans le canapé inconfortable.

Dorénavant, elle pourrait conseiller n'importe quel client désireux de se procurer des bouchons isolants : elle avait testé la totalité de l'inventaire de la pharmacie lors des derniers jours. Si certaines marques ne valaient pas un clou, les autres offraient tout de même une diminution des bruits ambiants. Mais rien qui soit totalement efficace contre les décibels produits par sa fille.

Pour augmenter l'efficacité de ses bouchons d'oreilles, Jeannine campait sur le divan. En s'éloignant ainsi de la source du bruit, elle pouvait dormir.

Bien que composé uniquement de six lettres, dormir était un bien grand mot. Jeannine tournait sur elle-même à la recherche d'une position confortable. Lorsque son corps se satisfaisait de la posture trouvée, son esprit vagabondait à travers les multiples tâches qui l'attendaient le lendemain au travail. Tel un hamster dans la roulette de sa cage, le cerveau de Jeannine roulait à fond de train, repoussant inévitablement le sommeil. Moins elle dormait et plus elle enrageait de ne pas dormir, sachant pertinemment que sa journée de travail serait pénible et que l'utilisation d'un cache-cernes serait inévitable. « Tiens, mon prochain banc d'essai, songea Jeannine. Les expertes du rayon des cosmétiques pourront sûrement me trouver un nouveau bâton correcteur. »

Avant d'en arriver à faire chambre à part, Jeannine avait réclamé que Gerry cesse de pratiquer le cododo, et qu'il laisse les jumeaux dans leur bassinette, ce à quoi le bon papa avait répliqué qu'elle pouvait toujours rêver. Maintenant qu'il était chargé de la maisonnée, il avait bien l'intention que ses choix parentaux soient respectés.

— Je dors bien avec les bébés et eux aussi. Y a que toi que ça dérange, avait conclu Gerry.

Gerry était inflexible sur le sujet. Il préférait se priver du corps de sa femme que d'imposer la solitude à deux bébés qui recherchaient sa présence rassurante. Jeannine en était verte de jalousie. L'ambiance à la maison se dégradait.

En désespoir de cause, Jeannine songea à une autre solution. Elle commença à donner du Tempra aux jumeaux avant de les mettre au lit. Bien sûr, cette manœuvre était effectuée dans le dos de Gerry qui fanfaronnait qu'ils récoltaient enfin le fruit de ses efforts :

— Tu vois bien que le cododo fait des enfants sécures qui finissent tôt ou tard par dormir seuls comme des grands.

Jeannine espérait juste que ses enfants ne s'habituent pas trop vite au médicament. Il y avait des limites à augmenter la dose pour obtenir l'effet désiré.

Lili tira de nouveau sur l'ourlet de sa robe. Elle aurait dû s'écouter et choisir des vêtements de maternité pour son retour au travail. En optant pour le style plutôt que le confort, elle se retrouvait affublée d'une robe régulière, probablement trop petite d'une taille étant donné les quelques livres qu'elle traînait toujours depuis sa grossesse. Un pantalon de maternité à la taille élastique aurait été plus approprié pour être confiante. Dans sa robe tendance, elle se sentait trop à l'étroit. D'autant plus qu'elle devrait rivaliser avec les acrobates du Cirque du Soleil pour s'extirper de ce vêtement et exprimer son lait dans l'espace exigu des toilettes publiques. À quoi avait-elle pensé en s'habillant ce matin ?

Il faut dire que la rédaction des habitudes de Léonard lui avait bouffé pratiquement tout le temps entre son lever et son départ de la maison. Lili avait remis plus de trois pages manuscrites à son père en prenant soin d'inscrire son numéro de cellulaire sur chacune d'entre elles. À l'arrivée de son papa, elle lui avait demandé d'en faire la lecture pour s'assurer qu'il comprenait bien les pattes de mouche qu'elle avait griffonnées à la hâte.

Cette tâche avait sérieusement amputé le temps qu'elle comptait prendre pour se faire une beauté matinale. Adieu la superbe mise en pli qui avait cédé la place à un chignon serré. Adieu les yeux charbonneux qu'elle espérait créer pour masquer ses cernes. Mascara et rouge à lèvres furent tout ce qu'elle eut le temps d'appliquer. Adieu manucure aux couleurs de la saison: Lili arborait des ongles nus et partiellement rongés. Depuis qu'elle était en congé de maternité, ses talons hauts restaient cloîtrés derrière les portes de son garde-robe. Lorsqu'elle avait essayé de les chausser ce matin, un vertige l'avait saisie, tout comme une crampe aux mollets. Les chaussures plates qu'elle avait finalement choisies minaient le peu de féminité qu'elle souhaitait projeter.

En pénétrant dans les locaux du magazine, Lili s'attendait à quelques effusions de joie. Elle n'avait pas vu ses collègues depuis plus de huit mois. Pourtant, mis à part quelques salutations sincères, elle ne récolta rien de bien particulier. Elle songea que l'impression des clichés mettant en vedette Léonard et destinés à être exhibés aux yeux de tous, avait été une pure perte de temps.

L'accueil que lui réserva son patron fut tout aussi glacial. Il lui donna ses affectations pour la journée: du travail de recherche visant à rehausser les articles des autres. Un boulot qu'une stagiaire ambitieuse aurait très bien pu faire.

Elle s'apprêtait à gagner son poste de travail habituel lorsqu'elle constata qu'un petit nouveau en occupait l'espace. Surprise, elle décida de se présenter à la recrue, qui ne tarda pas à afficher ses couleurs.

— J'm'appelle Alex. J'suis responsable des chroniques gadgets et merveilles de blogues.

— Ah! T'es mon remplaçant.

L'autre la toisa avec amusement. Comme s'il était impossible qu'une fille soit responsable de telles chroniques. Lili avait l'habitude du machisme sur son lieu de travail, mais elle eut clairement l'impression que cette fois-ci, on se foutait de sa gueule. Sans plus de cérémonie, Alex retourna à son travail, oubliant jusqu'à la présence de Lili.

Malgré sa frustration grandissante, elle s'attela à la tâche avec énergie. Il était important de démontrer à son patron que le fait d'être mère ne diminuait en rien son efficacité et sa disponibilité pour l'entreprise. Que les nuits trop courtes n'affectaient pas son rendement. Qu'elle était toujours un atout essentiel pour le périodique. Et ce, même si elle-même en doutait.

Après un peu moins d'une heure de travail, Lili sentit une montée de lait. Un coup d'œil à l'horloge lui confirma que c'était l'heure du boire de son fils. Discrètement, elle prit son tire-lait et se dirigea vers les toilettes. Trente minutes plus tard, elle émergeait de la salle de bain, soulagée.

Elle tenta de dissimuler le lait exprimé dans le réfrigérateur des employés en glissant sa bouteille stérilisée entre son sandwich et son sac de crudités. L'idée que certains de ses collègues puissent voir la quantité de lait que produisaient ses seins ou la couleur du liquide la jetait dans un trouble profond. C'étaient des détails personnels qu'elle ne tenait pas à partager avec les hommes du bureau.

Lili regagna son ordinateur au moment où le grand patron venait à la rencontre du fameux Alex à qui on avait confié temporairement ses chroniques.

— Excellent boulot, encore une fois ! expédia le patron en gratifiant le jeune blanc-bec de grandes claques dans le dos.

Si le geste était banal, il heurta Lili de plein fouet. En quatre ans de loyaux et valeureux services, jamais son supérieur ne l'avait félicitée pour ses écrits.

— On lunch ensemble ce midi ?

En voyant la complicité qui unissait le jeune lèche-cul et le grand patron, Lili comprit qu'elle avait intérêt à mettre les bouchées doubles.

À midi, elle mangea en quatrième vitesse et se remit au travail sans attendre. Il fallait impressionner son supérieur. « Ça compensera tout le temps que je passe à tirer mon lait », songea Lili.

À la seule pensée de son fils, une montée laiteuse obligea Lili à se réfugier de nouveau aux toilettes en compagnie de son ami le tire-lait. La robe retroussée jusqu'aux aisselles, l'embout du tire-lait sur un sein pendant qu'elle tenait le reste de l'appareil coincé entre ses cuisses pour en assourdir le bruit de succion, Lili ruminait des idées noires.

Tout lui déplaisait chez l'homme qu'on avait engagé pour la remplacer : son air suffisant, ses montures de lunettes trop grosses pour un visage si étroit, la familiarité avec laquelle il s'adressait au patron. Elle ne l'aimait pas et devait clairement se méfier de lui.

En sortant des toilettes et en se dirigeant vers le coin cuisine des employés pour mettre son trésor au frais, Lili cherchait encore le moyen de faire un croc-en-jambe à ce jeune prétentieux lorsqu'elle se figea sur place. Le patron et Alex prenaient un café. Le patron versait du lait dans le sien. Le lait de Lili.

Lorsqu'elle raconta l'incident à Thomas, ce dernier se bidonna. Il n'avait jamais osé goûter le lait de sa blonde, par pudeur, et s'amusait du fait que d'autres l'aient testé à leur insu. Il devait bien admettre qu'à ce stade-ci, le lait de Lili avait perdu sa teinte dorée si caractéristique des premières semaines d'allaitement et qu'il était concevable de le confondre avec du lait de vache.

— Ils ont pas remarqué qu'il était dans un biberon?

— J'avais pris celui dont les chiffres gradués ont été effacés à force d'être stérilisé. Avec le bouchon de conservation, ça a juste l'air d'une p'tite bouteille de plastique. J'voulais justement pas que les autres remarquent que c'était du lait maternel.

Thomas partit dans un grand éclat de rire.

— T'entends ça, fiston? Tu t'es fait piquer ton lunch, révéla-t-il à un Léonard heureux de retrouver le sein maternel.

Pendant qu'elle allaitait tendrement leur fils, son regard soudé à celui de l'enfant, Thomas la questionna sur sa journée de travail.

— Un vrai cauchemar. On dirait qu'il m'a fait rentrer juste pour m'humilier.

Lili expliqua la relation de complicité qu'elle avait détectée entre son remplaçant et son patron, cette impression fugace qu'elle venait de perdre du galon au sein de l'entreprise, cette intuition que son poste ne lui serait pas rendu à la fin de son congé de maternité.

— Tu t'en fais probablement pour rien, tenta de la rassurer Thomas. Ta fatigue te fait tout voir en noir.

— T'as peut-être raison, concéda-t-elle.

— Je gagerais qu'avec tout ça, t'as pas eu le temps de t'ennuyer de Léo?

— Un peu quand même, mentit Lili.

Jamais elle n'avouerait devant son fils que le temps avait filé à la vitesse de l'éclair et que, n'eût été l'obligation de faire des pauses pour vider ses seins de leur contenu, elle n'aurait peut-être pas pensé à lui.

Après son absence de quelques heures, Lili souhaitait rattraper le temps perdu avec son fils. Elle s'attendait à ce que le poupon la réclame toute la soirée à grands cris et fut un peu vexée que Léonard tende les bras à son papa dès que son estomac fut rassasié.

— On voit à quoi je sers...

— Après une bonne dose d'affection maternelle, ça prend papa pour la portion jeux, expliqua Thomas.

Installé au sol, son fils assis devant lui sur ses jambes repliées, Thomas entama une séance de grimaces intensives. Le faciès tordu de son père amusa l'enfant au plus haut point, l'invitant à manifester sa joie par des risettes sonores. Lili contempla le tableau avec fierté et émotion puis eut l'idée de prendre son appareil photo pour immortaliser le moment.

Encouragé par les directives de Lili, Thomas prit son fils dans ses bras et s'amusa à le faire voler comme un hélicoptère avant de le faire atterrir sur son visage et de lui chatouiller la bedaine en soufflant bruyamment dessus. Léonard se régalait du jeu en se tortillant de plaisir. Un filet de bave atterrit sur le visage du papa.

Thomas poussa l'expérience un peu plus loin en projetant son fils dans les airs avant de le rattraper. Le manège humain surprit Léonard la première fois, mais ses yeux rieurs et ses cris enthousiastes confirmèrent à Thomas que son fils aimait la manœuvre. Il ambitionna un peu et projeta l'enfant de plus en plus haut.

— Arrête, Thomas ! Tu vas finir par l'échapper.

Dès l'instant où Léonard avait quitté les mains de son père, Lili avait cessé la prise de photos, inquiète.

— Ben, non. Regarde comme il aime ça.

Lili ne voyait pas l'allégresse de Léonard. Sa peur qu'un accident survienne prenait le dessus sur l'observation objective de la scène.

— Prends-le en photo quand il est dans les airs, lui cria Thomas.

— Il vient de boire, tu vas le faire vomir, argumenta Lili en désespoir de cause.

L'idée de se retrouver couvert de vomissures freina Thomas. Déjà que sa chemise était imbibée de salive enfantine. Il réservait habituellement ces jeux physiques aux moments où Lili avait le dos tourné, sortait pour une course ou était sous la douche. Il aurait bien l'occasion de faire vivre des émotions fortes à son fils quand sa blonde regarderait ailleurs. Ça, c'était leur secret d'hommes.

Maintenant que sa boîte de Pandore était ouverte, Esther devait à tout prix contrôler l'information qui circulait. Elle craignait que Jean-François ne partage ses découvertes avec son meilleur ami. Il ressentait sûrement le besoin de se confier à quelqu'un. Elle devait donc mettre Lili au parfum des derniers développements de son cauchemar familial avant qu'elle apprenne le tout de la bouche de son chum. Jamais Lili ne lui pardonnerait d'avoir été mise à l'écart du drame. Le titre de meilleure amie donnait droit, en principe, à la primeur de ce genre de nouvelle.

Avant de faire l'étalage de son bourbier à Lili, Esther devait affronter Claude. Elle avait entretenu avec lui l'illusion possible d'une idylle et devait maintenant rectifier le tir. Sa seule chance de reconquérir Jean-François résidait dans la mise au clair de ses sentiments avec son patron.

Lorsque Claude vint lui débarrer la porte d'entrée du commerce, Esther hésita à entrer. Se retrouver seule avec lui ne lui inspirait pas de crainte quant à sa vertu – elle n'avait pas l'intention de jouer les séductrices –, mais elle redoutait l'impact des paroles qu'elle s'apprêtait à prononcer.

Lorsqu'il voulut l'embrasser, Esther détourna la tête et lui offrit une joue pudique et impersonnelle. Celle qu'on tend à la parenté éloignée sans prendre la peine de la presser contre la bouche de l'autre. Sans un mot, Claude lui saisit le bras pour l'entraîner vers son bureau dont l'intimité était plus sécuritaire.

— Je me doutais que tu prendrais quelques jours pour faire passer la pilule à ton mari, dit Claude avec compassion. J'avais hâte de te revoir.

— Pourquoi ?

Le niveau d'eau qui montait dans les yeux d'Esther fit comprendre à Claude que la question ne concernait pas les raisons de sa hâte, mais bien le motif pour lequel il avait révélé leur secret à Jean-François.

— Il aurait fallu lui dire un jour ou l'autre. Je voulais t'épargner ça.

— T'as pas pensé une seconde à Théo ?

— Au contraire, c'est pour lui que je l'ai fait. Pour nous trois.

— Y a pas de nous, Claude.

L'incompréhension se dessina sur le visage du quadragénaire.

— Y aura jamais de nous. Je suis désolée, souffla Esther avant de fuir à grandes enjambées.

Gerry rongeait son frein. Il n'entendait que la moitié de la conversation téléphonique de Jeannine, mais avait déduit les répliques de l'interlocuteur à l'autre bout du fil : Jeannine venait d'accepter de faire des heures supplémentaires à la pharmacie.

Contrarié par ce qu'il entendait, il fit preuve d'une seconde d'inattention et se piqua l'index de la main gauche avec l'aiguille qu'il maniait. Il achevait de repriser les bas de Julien ornés de tête de lion. Ces chaussettes-jouets étaient les préférées de son fils qui adorait se croquer les orteils dès que Gerry les lui enfilait. Emporté par son enthousiasme, Julien avec arraché le pompon jaune qui faisait office de crinière sur les petits bas.

Gerry suça la goutte de sang qui perlait au bout de son doigt. Les travaux d'aiguille n'étaient pas son fort.

— Ça coûte deux piastres, ces bas-là. T'aurais pu les jeter. Je peux en acheter à la pharmacie, confia Jeannine en s'assoyant à côté de Gerry.

— Ça nous fera deux piastres de plus pour nous gâter, philosopha-t-il.

Jeannine empoigna la télécommande, ouvrit le téléviseur et se cala confortablement pour regarder la série dramatique qui débutait.

— T'as accepté de l'*overtime ?*

— Oui. Demain, répondit laconiquement Jeannine qui ne voulait pas perdre un instant de son programme préféré.

Gerry soupira bruyamment. Jeannine se contenta d'augmenter le volume du téléviseur pour ne pas l'entendre. Lorsqu'il lui avait proposé de retourner sur le marché du travail, Gerry ne se doutait pas que les fins de semaine en famille seraient hypothéquées par sa proposition. Jeannine avait toujours refusé de travailler les week-ends, prétextant qu'elle avait suffisamment donné par le passé et que ses années d'ancienneté devaient bien servir à quelque chose. Il était surprenant qu'elle se découvre subitement des envies de passer ses samedis avec des clients plutôt qu'en compagnie de sa propre famille.

Gerry avisa l'énorme panier à linge qui trônait sur le fauteuil. Avec une patience d'ange, il entreprit de plier soigneusement chaque article appartenant aux jumeaux. La quantité de textile que deux bébés pouvaient salir en quelques jours dépassait l'entendement. Gerry se félicita mentalement d'avoir résisté à son envie de passer aux couches écologiques qui auraient généré quelques brassées supplémentaires chaque semaine.

Le papa au foyer croyait bien que sa femme allait lui offrir de partager la tâche domestique, mais Jeannine restait scotchée à son émission de télévision, sans proposer son aide.

— Peux-tu m'aider, s'il vous plaît ? J'ai d'autres choses à faire avant de pouvoir me coucher.

Sans détourner le regard de l'écran, Jeannine commença à plier quelques pyjamas à une lenteur exaspérante. Gerry s'activa pour terminer la tâche au plus sacrant. Il avait promis de rappeler son subalterne pour répondre à ses questions concernant un projet domiciliaire qui se mettait en branle le lendemain. Il espérait que cet appel téléphonique lui évite une visite sur le chantier, flanqué des jumeaux.

Même s'il était officiellement en congé de paternité, Gerry se devait de surveiller les opérations de l'entreprise. Une responsabilité qu'il trouvait difficile à conjuguer avec son travail exigeant de papa à la maison.

— As-tu rangé la vaisselle ?

— Gerry, j'écoute ça, là !

Dans un mouvement d'impatience, Gerry vola la télécommande à Jeannine et éteignit l'appareil.

— Si t'es pas là de la journée demain, faut faire le menu de la semaine, prévoir la liste d'épicerie, ranger la cuisine pis laver les serviettes.

— Tu feras ça demain.

— Pas tout seul avec les jumeaux. Tu sais très bien que je vais manquer de temps.

Jeannine regarda l'écran devenu noir. Elle pouvait toujours enregistrer son émission et la regarder plus tard. Du coin de l'œil, elle aperçut la pile de magazines qu'elle avait rapportés à la maison en se promettant de les lire couchée dans un bain rempli à craquer de mousse à la lavande.

— J'voulais me mettre à jour dans mes potins, expliqua-t-elle en pointant les revues du menton.

— J'vais te les dire, les plus récents potins, s'emporta Gerry. Ton fils a percé deux dents, ta fille aime finalement les carottes cuites à la vapeur et ton mari commence à en avoir assez de ton égoïsme.

Sur cette volée de reproches, Gerry confisqua les piles de la télécommande pour être certain que Jeannine ne rallume pas le téléviseur et il quitta la pièce d'un pas lourd. Jamais Jeannine ne l'avait vu si contrarié.

Esther avait donné rendez-vous à Lili dans le rayon des cosmétiques de la pharmacie. C'était en fait la deuxième pharmacie qu'elle visitait ce soir. Fidèle à ses années de dissimulation, Esther allait toujours dans la ville voisine pour acheter ses antidépresseurs. Avec le renouvellement d'ordonnance en ligne, l'opération était discrète et rapide.

Elle ne pouvait pas inviter Lili à la maison pour lui faire des confidences et le loft de son amie n'offrait pas assez d'intimité. Voilà pourquoi une rencontre à la pharmacie lui apparaissait le meilleur des scénarios. La panoplie de produits offrirait également une contenance parfaite au cas où ses révélations seraient mal reçues. Un café en face à face avec comme seul accessoire une tasse et une cuillère lui apparaissait risqué dans les circonstances.

La figure d'enterrement avec laquelle Lili se présenta à la pharmacie ne laissait rien présager de bon pour la suite de leur entretien. Si sa meilleure amie était déjà irritable, qu'en serait-il une fois qu'elle lui révèlerait le pétrin dans lequel elle venait de se fourrer ?

— Avec la face que t'as, ça doit être grave ? lança Lili avant d'embrasser Esther.

— La mienne est pire que la tienne ?

Les deux femmes se tournèrent vers le minuscule miroir qui surplombait l'étal de fards à paupières. En se collant joue contre joue, elles parvenaient à obtenir une vision d'ensemble englobant leurs deux têtes.

— On s'équivaut pas mal, je dirais, soupira Lili.

Elles sourirent un peu devant leur capacité à rire d'elles-mêmes, mais les sourires s'évanouirent rapidement. Elles se serrèrent longuement dans les bras l'une de l'autre.

— Qu'est-ce qui va pas ? questionna rapidement Esther pour éviter d'être la première à parler d'elle-même.

— J'ai pas vraiment envie d'en parler.

Lili avait fait le tour du jardin avec Thomas. Elle ne souhaitait pas évoquer de nouveau son échalote de remplaçant ou son navet de patron.

— Pis toi ?

— Jean-François est au courant de tout, déballa Esther avec précipitation.

Lili accusa le choc. Ça risquait de barder fort chez Esther dans les prochaines semaines.

— Je te félicite de tout lui avoir raconté, crut bon de souligner Lili pour encourager les confidences de son amie.

Esther se mordit la lèvre et détourna le regard.

— J'ai pas de mérite. C'est Claude qui a vendu la mèche.

Esther expliqua comment les deux hommes avaient été en présence l'un de l'autre et le contenu de leur discussion.

— Comment réagit Jean-François ?

— Mal. Sais-tu s'il en a parlé à Thomas ? enchaîna Esther pour éviter de se mettre à pleurer en pensant aux conséquences de ce geste sur Théo.

— Non. Thomas me l'aurait dit, la rassura Lili. Tant que Claude pense que tu veux vivre avec lui, tu devrais pas avoir de problèmes, non ?

En finissant de poser sa question, Lili vit apparaître Jeannine au bout de la rangée. Elle donna subtilement un coup de coude à Esther pour qu'elle prenne connaissance de la présence de l'autre et change de sujet de conversation. Des précautions inutiles puisque Jeannine se chargea elle-même de faire diversion et d'attirer l'attention sur elle.

— Si c'est pas fin de venir me rendre visite ! Moi aussi, je m'ennuie de vous autres.

Esther n'osa pas lui spécifier qu'elles étaient les premières surprises de la trouver au travail en plein samedi et qu'elles auraient sûrement évité l'endroit si elles avaient su que Jeannine viendrait à leur rencontre. Elle se contenta de se composer un masque de circonstance.

— Vous avez l'air en forme, enchaîna Jeannine.

Lili se demanda quelle drogue consommait Jeannine pour voir la moindre trace de bonheur sur son visage ou celui d'Esther.

— J'suis contente de vous voir. J'avais justement besoin de partager quelque chose avec vous autres.

Esther jeta un regard en direction de Lili. La suite de leur conversation devrait patienter. Jeannine semblait vouloir s'incruster.

— Comme vous le savez, j'ai repris le travail.

Elle désigna son uniforme pour illustrer son propos. Comme si les deux autres pouvaient douter de sa parole.

— Je pensais que ça me ferait du bien, que je serais contente de rentrer à la maison pour retrouver mes bébés, mais on dirait que c'est le contraire qui se produit.

Jeannine afficha soudainement une moue coupable et triste. Un reflet fidèle des mines contrariées d'Esther et Lili.

Avec éloquence – et en oubliant qu'en principe elle était payée pour travailler et non pour faire la jasette à ses amies –, Jeannine exposa sa difficulté personnelle à s'épanouir dans son rôle de mère. Elle avoua sa honte de ne ressentir aucun plaisir à rentrer au bercail après une longue journée de travail. Elle mentionna au passage la réaction de dominos que cela avait sur son couple et sa peur d'être en train de tout gâcher. Elle pensait sincèrement qu'un retour au travail lui permettrait de s'ennuyer de ses jumeaux et d'apprécier encore plus leur présence en soirée. Elle se désolait de constater qu'elle préférait que ses bébés soient avec leur père plutôt que d'en avoir la charge. En somme, elle se décevait.

Lili était toujours épatée par l'authenticité de Jeannine et sa capacité à se livrer sans aucune pudeur. Si toutes les femmes osaient crier haut et fort leurs faiblesses comme elle le faisait, probablement que l'isolement dont souffraient les nouvelles mamans serait anéanti. Même si une partie d'elle se révoltait qu'une maman préfère son travail à ses enfants, elle saluait le courage de Jeannine qui l'avouait avec autant de franchise. Toutefois, elle n'était pas dupe : jamais Jeannine n'aurait dévoilé ses secrets les plus sombres en présence de Frédérique.

— Est-ce que je suis une mauvaise mère ? conclut Jeannine.

— T'es une mère imparfaite, comme nous toutes.

Qu'Esther s'inclue dans le groupe des mamans humaines plutôt que dans la catégorie super-maman-irréprochable avait de quoi rassurer les deux autres. Finalement, peut-être qu'elles se jugeaient toutes un peu trop sévèrement. Peut-être qu'une bonne maman avait le droit à quelques défauts.

Gourmandise, orgueil et paresse étaient au nombre des péchés capitaux que les filles avaient bien l'intention d'honorer pendant leur fin de semaine. Tant qu'à être imparfaites, aussi bien en profiter pour être mères indignes le temps d'un week-end. Frédérique aurait volontiers ajouté la luxure au menu de leurs sacrilèges, mais l'alliance qu'elle portait au doigt refroidissait quelque peu ses ardeurs.

Le quatuor avait abandonné marmaille et maris le temps d'un séjour dans une auberge réputée. Le programme était simple : s'offrir du bon temps loin de toutes responsabilités. S'il y avait un domaine dans lequel Frédérique excellait, c'était bien celui-là. Aussi fut-elle chargée de trouver l'éden tant convoité pour recharger leurs batteries collectives.

Frédérique porta son choix sur un établissement de soins de santé dont la réputation n'était plus à faire. Les traitements qu'elles pourraient y recevoir dégarniraient leur portefeuille, mais promettaient de faire disparaître tensions musculaires, peaux mortes et cellulite.

Elle avait même effectué une visite de repérage et sélectionné sur place une suite en occupation quadruple. Pas question de scinder le groupe, sinon elle risquait de se retrouver en occupation double avec Jeannine. Esther avait la fâcheuse habitude de considérer qu'elle bénéficiait d'un droit acquis sur la personne de Lili en raison de leurs années d'amitié.

Dès qu'elles mirent les pieds dans la suite réservée à leurs noms, les exclamations se multiplièrent, confirmant à Frédérique qu'elle avait le pif pour satisfaire les autres. Non seulement la décoration était moderne tout en étant chaleureuse, mais la vue du lac artificiel et des jardins l'entourant donnait envie de se prélasser longuement sur place. Frédérique savait que ces caractéristiques seraient gagnantes, mais son arme de choix pour s'assurer que tout le monde décroche tenait dans un sac de plastique qu'elle exhiba devant les yeux de ses amies.

— Du pot! s'exclama Lili. Ayoye, ça fait une éternité que j'ai pas fumé ça.

Elle prit le sac des mains de Frédérique, l'ouvrit et en huma le contenu.

— On peut pas fumer ici, s'alarma Esther, ça va sentir.

— On ira dehors, la rassura Frédérique. On a une belle terrasse, faut bien qu'elle serve à quelque chose.

— Où est-ce que t'as eu ça, toi? gronda mollement Jeannine.

— Prends pas ton air offensé. Comme si tu te doutais pas que je fumais de temps en temps.

— Jeannine, tu vas pas nous faire croire que t'as jamais fumé, la taquina Lili.

— Si rarement, dit sérieusement Jeannine avant de pouffer de rire comme une gamine.

— Tout le monde a déjà fumé au moins une fois dans sa vie, déclara Frédérique. Même ceux qui disent le contraire.

Esther demeura muette. Le regard amusé, mais complice, que lui lança Lili la rassura. Elle n'avait jamais osé s'aventurer sur le terrain des drogues illicites et sa vieille amie le savait très bien. Elle s'en tenait à la médication qu'on lui prescrivait pour couper les ponts avec le réel à l'occasion.

— On s'en roule un?

— Il est dix heures du matin, objecta Jeannine.

— Pis tu vas être obligée de jeter ton lait si tu fumes, Lili, la mit en garde Esther.

Frédérique lança un regard coquin à Lili qui opina. D'une main experte, la jeune femme roula un joint qu'elle avait bien l'intention de voir se consumer en entier dans les prochaines minutes. Gagnée par le désir de lâcher son fou, Jeannine ne tarda pas à se joindre au duo sur la terrasse pour profiter un peu des effets du cannabis.

— Mais juste une *puff*, prévint-elle. Je veux pas faire une folle de moi.

«Trop tard», pensa Esther qui maintenait sa ligne de conduite habituelle: garder la tête froide. Elle fit tout de même comme les autres, enfila un peignoir duveteux offert par l'établissement, chaussa de confortables pantoufles et passa sur la terrasse pour profiter du soleil de septembre.

— Ça sent quand même bon, admit-elle au bout d'un moment.

Les volutes de fumées odorantes qui dansaient dans l'air l'attiraient. Elle ne retenait pas son souffle, mais espérait tout de même que cette fumée secondaire n'ait pas d'effet sur elle. Juste respirer l'odeur de la marijuana entrait dans la catégorie «péché» d'Esther. Au même titre qu'elle se sentait coupable, chaque fois qu'elle faisait le plein de carburant, de respirer à pleins poumons l'odeur de l'essence et de l'apprécier.

— C'est l'heure de nos soins, leur apprit Esther qui devina qu'elle serait la seule à ne pas abandonner son titre de maman pour la fin de semaine, endossant naturellement ce rôle au sein du groupe.

— Bon massage, susurra Frédérique à Lili. Ça devrait te plaire, prédit-elle en lui tapotant affectueusement la main.

Une heure et demie plus tard, Lili rentrait à la suite, l'œil pétillant d'une étrange lueur.

— C'était agréable ? questionna Jeannine qui elle-même avait bénéficié des effets du cannabis pour apprécier encore plus son exfoliation corporelle.

— Pour la peau et pour les yeux, répondit Lili, mystérieuse.

Voyant qu'elle avait l'attention du groupe, elle éclata de rire.

— Vous devriez voir le massothérapeute !

— Le ? voulut préciser Frédérique.

Un grand sourire niais s'imprima sur le visage de Lili. Elle ferma les yeux pour retrouver les détails du physique de son spécialiste en massages et faire une description détaillée de tous ses atouts virils.

— Ça me rappelle un gars que j'ai baisé, y a environ deux ans, se remémora Frédérique.

Le grand gaillard, rencontré dans un bar, avait tout de suite capté l'attention de Frédérique. Non seulement sa plastique était irréprochable, mais sa profession laissait présager des heures de plaisir une fois les vêtements envolés. Une intuition que Frédérique avait vérifiée et validée. Le gars était un bon coup.

— Oh ! Pourquoi j'ai eu une fille, moi ? se plaignit Jeannine.

— Il travaille jusqu'à cinq heures, la rassura Lili.

— Comment tu sais ça, toi ? s'indigna Esther.

— Je lui ai demandé. Pas pour moi, pour vous autres.

Le clin d'œil qu'elle lança à Frédérique disait pourtant le contraire.

Jeannine décrocha le combiné du téléphone et composa le code du spa.

— Qu'est-ce que tu fais ?

— Je me réserve un massage pour cet après-midi.

Lili et Frédérique, le cerveau encore contaminé par la fumée de la marijuana, applaudirent à l'unisson le geste de Jeannine.

— Calmez-vous les hormones ! ordonna Esther en raccrochant le combiné. On est toutes prises, je vous rappelle.

— On se commande à manger d'abord, suggéra Jeannine en reprenant possession du téléphone. Je meurs de faim.

L'orgie alimentaire qui suivit avait des allures de banquet grec. Jeannine mangea allongée sur le divan, Frédérique ne se gêna pas pour commander une bouteille de vin et non une simple coupe, et les ustensiles restèrent sur les plateaux. La sensualité des mains étant préférée aux fourchettes sous l'effet de la marijuana.

Même sobre, Esther s'en donna à cœur joie. Pour une fois qu'elle pouvait manger de manière compulsive, en présence des autres, sans que personne fronce les sourcils.

— Simon veut adopter Blanche, laissa tomber Frédérique sans prévenir.

Le silence s'installa dans la pièce, avant que Lili ne pouffe de rire, croyant à une blague. Difficile d'être sérieuse dans son état. Frédérique sourit, mais ne se joignit pas à l'hilarité de son amie. Instinctivement, toutes se rapprochèrent d'elle pour entendre la suite.

— C'est vrai. Il veut être le père de ma fille.

— C'est génial, non ? questionna Lili.

Frédérique haussa les épaules, incertaine.

— Il est déjà le père de ta fille, déclara Esther avec aplomb. Être papa, c'est pas fournir du sperme, c'est être présent dans la vie de l'enfant, l'aider à grandir et découvrir le monde. C'est s'inquiéter quand l'enfant tombe, le consoler. Il est déjà papa.

Les yeux de Lili s'embuèrent. Le plaidoyer d'Esther reflétait probablement tous les arguments qu'elle avait servis à Jean-François les dernières semaines.

— Il a fait beaucoup pour toi, ce p'tit gars-là, ajouta Jeannine. Tu devrais pas lui refuser ça, pis priver Blanche, ma fille.

— C'est pas pour Blanche que j'hésite, expliqua Frédérique, c'est pour moi. La bague, l'adoption… je commence à me sentir coincée.

Esther se tut, mais elle comprenait très bien. Elle se sentait comme ça depuis qu'elle avait des enfants. Les mouvements d'humeur qui auraient pu conduire à une rupture entre elle et Jean-François avaient toujours été écartés en faveur des enfants. S'ils n'avaient pas été parents, Esther avait la conviction qu'ils ne seraient plus ensemble. C'étaient Antoine, Emma et maintenant Théo qui agissaient comme ciment de leur relation. Esther ne savait pas trop si elle devait en retirer de la fierté ou de la honte.

— Est-ce que tu l'aimes ? interrogea Lili.

Frédérique hésita. Bien sûr, elle appréciait Simon. C'était le meilleur candidat pour occuper le poste. De tous les hommes qu'elle avait connus – et Dieu sait qu'il y en avait eu –, il était le plus susceptible de la rendre heureuse. Si elle ne parvenait pas à rester en couple avec lui, jamais elle n'y arriverait.

— Je le mérite pas.

— Je t'interdis de dire des niaiseries comme ça, s'enflamma Jeannine. T'es une belle personne qui mérite qu'on l'aime.

Venant de sa mère, la personne de qui elle avait tant recherché l'attention dans sa vie, le compliment était difficile à accepter pour Frédérique.

— On les mérite peut-être pas tout le temps, mais ils sont pas parfaits non plus, tempéra Lili.

Elle exposa ses frustrations liées à l'insouciance de Thomas. Cette peur qui la prenait au ventre chaque fois que le papa de Léonard avait l'enfant entre ses mains. Lili ne comptait plus le nombre de tasses échappées par Thomas, la quantité d'assiettes ou de bibelots se fracassant au sol à cause d'un mouvement mal calculé. Elle craignait littéralement pour la vie de son bébé.

— Il est tellement lunatique !

— Faut lui donner la chance de s'améliorer, lui reprocha doucement Esther. Si tu lui enlèves le bébé des bras chaque fois qu'il le prend, comment veux-tu qu'il devienne confiant ?

— Mon fils, c'est pas un banc d'essai : pratique-toi avec celui-là, si tu l'échappes une couple de fois, c'est pas grave, on en fera un deuxième !

— Je suis sûre qu'il est plus prudent avec Léonard qu'avec des objets, intervint Jeannine. Les hommes sont différents, mais ils aiment autant leurs bébés que nous.

Lili en doutait. Elle voyait bien que Thomas se fendait en quatre pour faire sourire leur fils, qu'il sacrifierait sa vie pour sauver celle de Léonard, mais au fond d'elle-même, elle ne pouvait admettre que quelqu'un d'autre soit à égalité avec elle dans un combat d'amour dont Léonard serait l'objet. Elle avait porté fiston pendant neuf mois, avait supporté tous les malaises de la grossesse en solitaire, avait rêvé de lui pendant les longues nuits d'insomnie en fin de grossesse alors que son ventre lourd l'empêchait de dormir. Personne ne pouvait aimer l'enfant autant qu'elle. C'était son privilège.

— Qu'est-ce que t'as ? demanda Esther en voyant les joues de son amie baignées de larmes.

— Le pot la rend émotive, suggéra Frédérique.

— C'est pas mon commentaire qui te fait pleurer, j'espère ? s'inquiéta Jeannine.

— Je m'ennuie, déclara Lili d'une petite voix coupable.

— Il est temps qu'on s'en roule un autre, déclara Frédérique en joignant le geste à la parole.

Mis à part son unique journée de retour au travail, Lili n'avait jamais été séparée de son bébé très longtemps. Qu'en plus la séparation soit provoquée uniquement par son désir égoïste de passer du bon temps entre copines lui apparaissait absurde.

— Pas déjà, la consola Jeannine. On vient juste d'arriver.

— Si Esther fume avec nous autres, je suis sûre que le moral de Lili va grimper en flèche, insinua Frédérique en lui présentant le joint fraîchement roulé.

Esther refusa poliment. Le sourire naissant de Lili lui donna cependant le goût d'oser.

— Peut-être avant de se coucher, concéda Esther. Il paraît qu'on dort bien avec ce truc-là ?

— Comme un bébé ! lui confirma Frédérique.

Si Esther ressentait le besoin de favoriser son sommeil, c'était pour calmer l'angoisse qui l'assaillait à la pensée que Jean-François avait la garde de Théo pour le week-end. Non pas qu'elle doutât de la capacité de son mari de s'occuper décemment de trois jeunes enfants, mais elle trouvait suspect qu'il ait accepté de se charger de Théo alors qu'il refusait systématiquement de tenir l'enfant dans ses bras depuis quelques semaines.

N'importe quel parent était marqué au fer rouge par les images d'horreur que véhiculaient les médias sur les drames conjugaux et leur multiplication. Dans chaque reportage télévisé, les voisins interrogés disaient inlassablement la même réplique: «C'était une famille normale. Jamais on n'aurait pu croire que...»

Et si Jean-François avait accepté qu'elle s'éloigne de la maison aussi aisément pour commettre l'irréparable?

Jean-François vérifia qu'Emma et Antoine étaient plongés au cœur de l'intrigue de leur film pour enfants avant de mettre son plan à exécution.

— Est-ce qu'on va se coucher?

Les deux enfants ignorèrent superbement leur père, désireux de lui faire comprendre que les péripéties de l'écureuil préhistorique se démenant à l'écran les intéressaient beaucoup plus que sa proposition. Devant leurs mines concentrées et les sourires qui naissaient au gré des déconfitures du petit mammifère gaffeur, Jean-François poussa un soupir de soulagement. Il avait le champ libre...

Il souleva délicatement Théo de sa chaise vibrante. Le bébé était fasciné par le grand écran multicolore qui parlait et jouait de la musique, mais la séance télé était terminée pour lui.

Jean-François se rendit à la salle de bain et prit soin de verrouiller la porte derrière lui. Il eut une brève pensée pour Esther, elle était naïve de l'avoir laissé seul avec les enfants.

— Maintenant, à nous deux, dit-il sans émotion.

Le garçonnet, trop heureux d'avoir enfin l'attention de son père, gazouillait de bonheur. Finalement, il préférait papa au grand rectangle lumineux du salon.

Jean-François hésita un instant. S'apprêtait-il à commettre une erreur? Théo lui tapota affectueusement une joue avant d'essayer de lui insérer ses doigts dans l'œil gauche. Le visage de papa était fascinant à explorer. Devant la fermeture des yeux, l'enfant força la bouche, agrippant les dents de son père en tirant dessus. Absorbé par sa fouille anatomique, bébé ne vit pas les grosses larmes qui roulaient sur les joues de Jean-François.

Celui-ci repoussa doucement le petit explorateur et le déposa sur le plancher froid de la salle de bain.

Lors des derniers jours, il avait utilisé l'ordinateur familial pour effectuer des recherches. Internet était dorénavant un outil de choix pour trouver ce que vous cherchiez. Des connaissances de base permettaient également de masquer vos traces et d'éviter que votre conjointe, par exemple, apprenne l'objet de vos recherches. La Toile était une bible discrète et muette pour qui savait la bâillonner. Un complice parfait si vous souhaitiez commettre un acte à l'insu des autres. Fabrication de bombe, trucs pour se saouler plus rapidement, plans infaillibles pour vous enlever la vie : tout y était à votre portée. Même ce que recherchait Jean-François.

Il sortit la trousse qu'il avait commandée quelques jours plus tôt. De nouveau, il hésita à aller de l'avant, mais le souvenir des quelque trois cents dollars qu'il avait déboursés en échange du matériel le convainquit de poursuivre l'opération.

— Je m'excuse, Théo, bredouilla-t-il la lèvre tremblante.

Jean-François coucha l'enfant sur ses genoux et força l'ouverture de sa bouche en pressant sur ses joues. Théo se révolta contre cette intrusion aussi surprenante que choquante. Le papa profita des cris du bébé pour introduire son matériel dans sa bouche. Il frotta longuement la joue de fiston pendant que celui-ci continuait de se révolter.

— C'est fini, dit doucement Jean-François en retirant le bâton de la bouche du bébé.

Après avoir scellé l'instrument dans une fiole prévue à cet effet, Jean-François répéta l'opération dans sa propre bouche. Il glissa les deux échantillons dans une grande enveloppe. D'ici deux semaines, il recevrait les résultats du test de paternité et saurait enfin s'il existait un lien filial entre Théo et lui.

Après un week-end de folies que les filles avaient convenu de garder secrètes, Jeannine rentra à la maison, la mort dans l'âme. Heureusement, dès le lundi matin, elle recommença à passer ses journées au travail, loin de la routine familiale qui lui pesait de plus en plus.

Elle regarda sa montre. C'était l'heure idéale pour contacter Gerry. Elle composa le numéro de son cellulaire même si elle savait pertinemment qu'il était à la maison avec les jumeaux. Le combiné de la résidence se coinçait facilement entre l'oreille et l'épaule, alors que le cellulaire était difficile à utiliser sans l'aide d'une main. Main que Jeannine savait débordée par l'heure du souper des petits. Avec un peu de chance, leur père aurait même laissé son cellulaire à l'autre bout de la maison et n'aurait pas le temps de parcourir les différentes pièces pour mettre la main sur son téléphone intelligent.

— Allô, c'est moi. Je vais finir plus tard que prévu. J'espère que ça va bien avec les enfants. À tantôt!

Jeannine termina son message avec deux bisous bien sonores à l'intention de son mari, même si elle savait pertinemment que la manœuvre ne diminuerait en rien l'agacement que causeraient les mots les précédant.

Elle raccrocha rapidement pour être certaine que Gerry ne réponde pas à la dernière minute et qu'elle soit obligée de se justifier de vive voix.

Sur ce, Jeannine salua ses collègues et quitta la pharmacie.

Elle roula quelques minutes à la recherche d'un endroit inspirant et arrêta son choix sur un petit bistro qui venait à peine d'ouvrir ses portes. Elle ne connaissait pas l'endroit, mais l'ardoise plantée sur le trottoir vantait les desserts gourmands qu'on y servait. Un argument de taille qui décida Jeannine à se garer à proximité.

Rapidement, elle s'engouffra à l'intérieur, choisit une table isolée du reste de la clientèle – par ailleurs peu nombreuse –, commanda une grosse pointe de gâteau au fromage et sortit sa pile de magazines préférés. Elle devait se mettre à jour dans les potins mondains et savait bien que Gerry lui ferait les gros yeux si elle osait sortir ses revues à la maison alors qu'il nettoyait les biberons, pliait les serviettes ou passait le balai. Voilà pourquoi elle lui avait menti. Elle allait assouvir son désir, en cachette, pour ne pas l'offusquer.

Lorsque la serveuse déposa une gigantesque part de gâteau devant elle, Jeannine eut un petit pincement au cœur. Normalement, elle partagerait ce délice avec son mari et doutait subitement de pouvoir engloutir à elle seule la part monumentale proposée par le bistro.

Quelques fourchetées furent suffisantes pour la faire changer d'avis. Le gâteau était sublime et son onctuosité, irréprochable. Une vraie petite jouissance. Jumelé aux commérages mondains qu'elle lisait avec avidité, il comblait Jeannine.

Lorsqu'elle reçut son addition, une bonne heure et demie s'était écoulée. Jeannine avait parcouru ses magazines d'une couverture à l'autre, connaissait maintenant les détails croustillants de la vie des vedettes d'ici et d'ailleurs, et sa bouche salivait encore de contentement.

— Vous reviendrez nous voir, j'espère ? la salua la sympathique serveuse.

— Ça, c'est certain, promit Jeannine.

Lorsque Frédérique prétexta des douleurs musculaires entre les omoplates, Simon lui proposa de la masser. Ce serait inévitablement le prélude à des ébats dont il avait franchement envie après un week-end passé sans sa blonde.

— Laisse ça aux professionnels, lui balança-t-elle sans délicatesse avec un sourire incendiaire.

Rien pour lui enlever le désir de la pétrir de partout.

— Quoi ? J'suis un excellent masseur ! se vanta Simon. T'as pas l'habitude de te plaindre.

— Mais là, j'ai des besoins spécifiques qui vont bien au-delà de tes compétences manuelles.

— Pfft ! Tu sauras qu'il n'y a rien qui résiste à mes mains.

— Je sais.

Elle pressa son corps contre celui de Simon et n'hésita pas à lui masser l'entrejambe.

— Aux miennes non plus, on dirait bien, s'amusa-t-elle en sentant le sexe de Simon se gonfler. Je reviens dans une heure.

En s'assoyant dans la voiture, elle entra l'adresse de sa destination dans le GPS de son téléphone intelligent. Dans quelques minutes, elle serait arrivée.

Elle gara son automobile directement devant la résidence où on l'attendait. En plus, elle était à l'heure. Un véritable exploit en ce qui la concernait.

Elle sonna et le propriétaire des lieux ne mit pas de temps à lui ouvrir la porte.

— Entre. La table est là. Déshabille-toi, je reviens dans deux minutes.

Frédérique se dit que la demande était inutile. À quoi bon retirer ses vêtements quand l'autre vous déshabille du regard avant même que vous ayez retiré vos bas ?

Docile, Frédérique se dévêtit en prenant soin de laisser bien en évidence ses sous-vêtements affriolants : une micro-culotte en dentelle noire et un soutien-gorge pigeonnant coordonné. Elle s'allongea sur la table de massage dressée en plein cœur du salon et se contenta de recouvrir ses fesses avec la couverture prévue à cet effet.

Comme convenu, Ben revint deux minutes plus tard. Sans prononcer un seul mot, il fit glisser la couverture à la naissance du postérieur de sa cliente et commença à lui enduire le dos d'huile chaude. Pas besoin de lui demander pourquoi elle était là, ce qu'elle désirait comme pression ou si elle préférait les techniques californiennes ou suédoises. Il savait lire entre les lignes…

Le week-end dernier, quelle n'avait pas été sa surprise de rencontrer Frédérique à l'auberge où il travaillait à temps partiel ! Les retrouvailles avec son ancienne amante s'étaient déroulées comme s'ils avaient maintenu le contact depuis leur première rencontre. Jamais il n'avait senti que la jeune femme lui gardait rancœur d'avoir coupé les ponts avec elle, même s'il l'avait fait de manière cavalière dès qu'il s'était lassé de son corps parfait.

Au souvenir de leurs parties de jambes en l'air mémorables – et parce que son carnet de baise était plutôt mince ces jours-ci –, il lui avait tendu sa carte d'affaires :

— Je travaille aussi à domicile.

La vie de travailleur autonome était peut-être précaire, mais elle offrait assurément quelques avantages.

Après quelques minutes à masser professionnellement le dos de Frédérique, Ben eut clairement l'impression que chaque fois qu'il s'attardait sur ses reins, Frédérique cambrait les fesses subtilement. Il laissa donc naturellement courir ses doigts sur la croupe divine de la jeune femme, retirant du même coup le mince drap qui la recouvrait. Elle avait beau vieillir, cette femme-là gardait la peau d'une adolescente, ferme et impeccable.

Des fesses, il passa au haut des cuisses qu'il pétrit avec volupté, convaincu que ce soir, il n'aurait pas à émettre de reçu d'impôt.

Parce que maman lui chatouillait la bedaine, Léonard ouvrait grand la bouche de contentement. Chaque fois qu'elle posait les lèvres sur la peau lisse du bébé, il se crispait de plaisir. En répétant son manège, Lili crut apercevoir un nouveau morceau d'émail dans la bouche de son fils. Léonard avait percé une dent pendant le week-end et Thomas ne l'en avait pas avisée. S'était-il seulement rendu compte que son fils souffrait de percée dentaire ?

En observant attentivement, Lili remarqua que la dent jumelle pointait à travers la gencive opposée. Il lui faudrait mettre l'anneau de dentition au réfrigérateur pour soulager la bouche de son fils. Elle leva les yeux et l'aperçut sur la commode voisine.

Tout en multipliant les caresses pour faire rire Léonard de plus belle, Lili termina le changement de couche de son fils. Elle s'étira pour déposer la culotte souillée dans le seau à couches et fit un pas de plus pour saisir au passage le poisson bleu rempli d'eau qu'elle projetait de réfrigérer.

Un boum sonore lui fit craindre le pire. En tournant la tête vers la table à langer, elle constata que cette dernière était vide. Léonard gisait par terre.

CHAPITRE 8

Encore abasourdie par l'interrogatoire serré dont elle venait de faire l'objet, Lili berçait Léonard contre son cœur. La salle d'attente de l'urgence était bondée. Si elle pressait son fils contre sa poitrine, c'était autant pour le rassurer que pour s'excuser de l'accident dont elle se savait coupable.

Le sentiment de panique que Lili avait ressenti en voyant que Léonard avait chuté de sa table à langer avait rapidement cédé la place à la honte. Elle faisait maintenant partie des statistiques, de ces parents négligents qui surveillent mal leur enfant. Elle ne comprenait pas ce qui s'était produit. S'il y avait une jeune mère en position d'affirmer qu'elle surprotégeait son fils, c'était bien elle. Qu'un tel accident arrive à Léonard en présence de son père ne l'aurait malheureusement pas surprise, mais avec elle…

Les pleurs hystériques de Léonard l'avaient d'abord calmée légèrement. Au moins, il n'était pas inconscient. Puis la crise de larmes avait cédé la place au calme absolu. Après avoir épuisé toutes ses forces à hurler, le bébé avait cherché le sein maternel pour y trouver le réconfort dont il avait besoin. Lili mouillait la manche de son chandail en essuyant en silence les grosses larmes qui coulaient sur son visage. Comme elle se sentait coupable! Comme elle s'en voulait! Dès que Léonard avait manifesté des signes de ralentissement, fermant doucement ses paupières, la peur l'avait envahie de nouveau.

Le premier réflexe de Lili avait été de contacter Info-Santé. Elle trouvait moins pénible d'avouer sa faute à une inconnue, par téléphone, que de se précipiter à hôpital. Téléphoner à Thomas ne lui avait pas traversé l'esprit non plus. La priorité était de s'assurer de la santé de son enfant, pas d'ameuter les autres. Confesser sa bévue à son amoureux la mettait mal à l'aise. Allait-il la juger ? Si la situation s'était produite à l'inverse, Lili en aurait voulu à Thomas de son inattention. Elle lui répétait tellement souvent qu'il était imprudent avec leur fils. Lili jugerait normal qu'il lui en veuille aussi.

Son appel téléphonique ne fit que retarder l'inévitable : Léonard devait être vu par un professionnel de la santé. Il y avait des risques de commotion cérébrale et l'endormissement de l'enfant semblait suspect. Lili avait déboulé à l'urgence de l'hôpital où elle avait donné naissance à son fils. Étranges circonstances d'y remettre les pieds en mère indigne plutôt qu'en fière nouvelle maman.

Elle dut faire le récit des événements, répondre aux questions accusatrices de l'infirmière au triage, pleurer de contrition et attendre. Impossible d'avoir la certitude que Léonard allait bien : les urgentologues étaient débordés, elle devait attendre son tour pour voir un médecin.

Après qu'on lui eut désigné la salle d'attente où patienter, Lili prit son courage à deux mains et téléphona à Thomas, prête à subir son courroux. Aucun reproche ne fut formulé, aucune accusation portée contre elle. Après lui avoir promis que tout irait bien, avoir insisté pour qu'elle lui téléphone autant de fois qu'elle le souhaitait – même si le fleuriste savait qu'il était risqué que Lili monopolise la ligne de son commerce dans les prochaines heures –, Thomas raccrocha. Lili se remit à pleurer de plus belle, émue cette fois par la grandeur d'âme de son amoureux.

Une vieille dame lui tendit un mouchoir en voyant qu'elle s'épongeait les yeux avec la manche de sa veste.

— Merci!

— On voit tout de suite que c'est pas votre faute. Pleurez pas comme ça.

Le flot de larmes se gorgea de nouveau. Lili ne parvenait pas à endiguer son chagrin. À cause d'elle, son fils souffrait. Il aurait même pu y rester. Juste cette pensée lui était insupportable.

— J'ai six enfants, poursuivit la vieille dame qui cherchait visiblement une oreille pour s'épancher. Ils sont grands maintenant, mais quand ils étaient petits, je les ai tous un peu poqués.

Lili réalisait qu'elle aurait dû s'éloigner pour contacter Thomas et lui raconter ses aventures. Elle constatait à présent que toute la salle d'attente devait avoir suivi son récit avec intérêt, les longues heures à patienter aiguisant les oreilles pour n'importe quel potin juteux. Elle avait bien vu la pancarte interdisant l'utilisation des téléphones cellulaires, mais elle n'osait pas s'éloigner de peur de rater son tour.

— Croyez-moi, poursuivit la dame du troisième âge, un genou qui saigne ou une prune sur le front, c'est rien comparé aux blessures de l'âme.

Elle tapota doucement l'épaule de Lili, comme l'aurait fait une grand-maman avec sa petite-fille.

— Vous êtes pas comme la folle de la semaine dernière, voulut-elle la rassurer.

Lili fronça les sourcils, elle ne comprenait pas de quoi parlait la femme.

— Celle qui a noyé ses enfants. Ou l'autre le mois dernier qui battait ses enfants chaque fois qu'ils osaient la regarder dans les yeux. Pauvres enfants…

Lili n'avait pas entendu parler de ces histoires horribles. La cruauté des faits divers rapportés par la vieille dame lui donna une nausée passagère. Comment pouvait-on s'en prendre à un enfant ? Encore plus lorsque celui-ci était la chair de votre chair. Lili regarda Léonard, profondément endormi, la bouche ouverte.

Elle fut alors happée par une évidence : elle ne savait rien de la société qui l'entourait. Elle fouilla dans ses souvenirs à la recherche du dernier bulletin télévisé qu'elle avait regardé. Avait-elle seulement écouté les informations ou lu un journal depuis la naissance de Léonard ? La quantité de mauvaises nouvelles qu'on y véhiculait était difficile à supporter, conjuguée à la responsabilité d'avoir mis un enfant au monde.

Lili se souvint qu'il lui arrivait de plus en plus régulièrement d'entendre une chanson à la radio sans pouvoir en identifier l'interprète. Thomas revenait souvent de la boutique en lui parlant des sujets de conversation des clients : un film qui récolterait probablement les honneurs aux prochains Oscar, les frasques d'un politicien devant la commission du moment, la montée en flèche d'un participant à une émission de téléréalité. Des informations qui entraient dans une de ses oreilles et ressortaient par l'autre.

Depuis près d'un an, Lili vivait sur une autre planète, déconnectée. Elle observa la faune agglutinée à l'urgence et se sentit comme une extraterrestre.

Le cadeau était énorme. Intriguée, Frédérique s'en approcha doucement. Elle espérait juste que Simon n'ait pas eu l'idée de lui offrir un animal de compagnie ou un appareil électrique. À part un chiot ou un batteur sur socle, Frédérique voyait mal ce qui pouvait nécessiter une aussi grosse boîte.

L'absence de jappements ou d'odeur de poil mouillé la rassura en partie. Elle ne comprenait tout simplement pas qu'on veuille prendre en charge une boule de fourrure qui jappe pour la nourrir et en ramasser la merde jour après jour en échange uniquement d'une lichette amicale ou d'un supposé regard complice. Il faudrait la payer pour adopter une bête. Restait à vérifier l'autre hypothèse : celle du mélangeur professionnel.

— Envoye ! Ouvre ! la pressa Simon.

N'y tenant plus et prête à faire une fausse mimique de fille comblée si elle déballait un article de cuisine, Frédérique déchira le papier. La surprise fut réelle et non feinte lorsqu'elle découvrit un ensemble de valises de voyage.

— C'est un message ? questionna-t-elle. Du genre : fais ta valise, j'suis plus capable de te voir en peinture ?

— Non. C'est pour te mettre dedans et t'emmener avec moi.

— J'suis pas si grosse que ça, s'offusqua Frédérique.

Les valises étaient démesurément grandes. Ou Simon avait remarqué que Frédérique avait tendance à être indécise sur son choix de chaussures et qu'elle traînait toujours de multiples paires même pour une escapade de deux jours, ou il avait prévu un voyage à l'étranger.

Frédérique se rappela soudainement qu'ils devaient partir en voyage d'amoureux après la naissance de Blanche et que son choix de garder l'enfant avait contrecarré leurs plans. Simon avait patiemment attendu que leur vie trouve un semblant de routine avant de ramener le projet sur le tapis. Avec l'approche de la saison froide, l'envie de quitter la ville pour les plages du Sud lui était sûrement revenue en mémoire.

— Ça va faire un an qu'on est ensemble, j'ai pensé te proposer quelque chose de nouveau pour souligner l'événement.

Frédérique fut flattée que son amant prête attention à de tels détails, même si elle considérait que ce sentimentalisme à l'eau de rose était superflu. Jamais elle n'aurait souligné leur premier anniversaire, mais que la mention vienne de lui avait de quoi la réjouir. La perspective d'une semaine de congé à se prélasser en bikini, à faire l'amour sur la plage et à s'enfiler des banana mama lui souriait. Elle se demandait si Simon avait déjà jeté son dévolu sur une destination précise ou s'il allait lui offrir la possibilité de choisir elle-même.

— Monsieur veut me kidnapper pour une semaine torride ? blagua-t-elle.

— Même si la proposition est alléchante, c'est pas ce que j'ai en tête.

Frédérique tomba aussitôt en mode défensif. Depuis ses retrouvailles avec Ben, elle tentait de masquer de son mieux sa perte d'intérêt envers Simon. Elle essayait de se convaincre que son incartade était passagère et non pas le prélude à un fiasco sentimental. Elle regrettait d'avoir offert son corps aux premières mains disponibles et se promettait bien d'oublier les coordonnées du massothérapeute. Du moins pour l'instant. Elle n'était pas sans savoir qu'une première offensive de la sorte ouvrait la porte à la répétition.

Si son chum ne lui proposait pas une semaine de corps à corps sous les tropiques, Frédérique espérait au moins qu'il ne s'agisse pas d'une semaine intensive de thérapie de couple. Son union n'y survivrait pas.

Simon semblait nerveux. Il hésitait à dévoiler son plan, ce qui fit craindre le pire à Frédérique.

— On m'a offert un nouveau contrat de travail. Au Japon.

Frédérique hocha la tête. Simon lui refaisait le coup du contrat à l'étranger. Il allait s'absenter quelques mois, lui laissant le champ libre pour commettre ses infidélités. Le mouton quittait la bergerie sans savoir qu'il offrait sa place au grand méchant loup.

— Pour me fermer la gueule pour deux mois d'absence, tu m'emmènes en vacances une semaine avant ton départ ? demanda-t-elle sur un ton amer.

Lors de son contrat précédent, Frédérique s'était ennuyée de Simon. Elle n'avait pas exposé ses griefs très ouvertement, mais elle avait la conviction que Simon savait qu'elle s'était morfondue pendant qu'il était à l'étranger. D'autant plus qu'à l'heure actuelle, son absence se traduirait par un casse-tête pour faire garder Blanche lorsqu'elle travaillerait. Ce n'était pas une semaine dans un tout inclus qui allait calmer son ressentiment. S'il pensait acheter la paix avec quelques jours de vacances, il se mettait un doigt dans l'œil et l'autre dans le derrière.

— Mon contrat est pour une durée d'un an, expliqua Simon. Je veux que tu viennes vivre là-bas avec moi.

Réveillé par les pleurs aigus de Théo, Jean-François fit la sourde oreille. Il savait qu'Esther se lèverait sans rechigner. Il avait longtemps été désigné pour les boires de nuit puisque Esther n'allaitait plus et sans en parler, les époux avaient interverti les rôles. Depuis qu'il soupçonnait que Théo était le fils de Claude, Jean-François refusait de perdre ne serait-ce qu'une minute de son précieux sommeil pour combler les besoins de l'enfant.

Dès que le pas lourd de sa femme lui confirma qu'elle avait quitté la chambre, Jean-François risqua un œil vers le réveil. Déjà trois fois que Théo se réveillait cette nuit et l'aube ne pointait toujours pas. «Probablement que fiston perce des dents», songea-t-il avant de reposer la tête sur l'oreiller et d'essayer de se rendormir.

Les minutes passèrent sans que Morphée lui offre le confort de ses bras. Jean-François commençait à se demander pourquoi Esther ne regagnait pas leur lit. La fragilité psychologique de sa femme l'inquiétait. Même si elle incarnait la définition même d'une mère aimante, Jean-François craignait parfois que sa dépression s'aggrave et lui fasse poser des gestes regrettables.

Tenu éveillé par ces idées noires, Jean-François s'assit au bord du lit. Il décida de se rendre à pas de loup vers la chambre de Théo pour s'assurer que tout allait bien. Si Esther le surprenait, il pourrait prétendre qu'il se rendait à la cuisine pour boire un peu d'eau. Avec un peu de chance, il constaterait qu'elle s'était endormie avec l'enfant sur le matelas qu'ils laissaient en permanence à côté de la couchette de Théo. Il n'aurait qu'à regagner son lit pour dormir paisiblement.

Silencieusement, Jean-François longea le mur du corridor menant à la petite chambre de Théo. À quelques pas de la porte, il crut entendre Esther parler. Sans doute essayait-elle de convaincre son fils de fermer les yeux et de dormir. Jean-François tendit l'oreille.

— Je sais que tu as de la peine. Maman aussi.

Jean-François ferma les yeux. Il connaissait la propension d'Esther à tout expliquer à ses bébés, même les situations d'adulte qui leur échappent totalement. Elle maintenait qu'en verbalisant leurs émotions, les parents permettent de rassurer leurs enfants. Que même s'ils ne saisissent pas les mots, ils sont capables de ressentir ce qui se cache derrière les phrases auxquelles ils ne comprennent rien.

— Papa aussi a de la peine. À cause de maman. Ça n'a rien à voir avec toi.

Un sanglot étouffé sortit de la chambre pour se lover dans l'oreille de Jean-François. S'il ne s'émouvait pas du chagrin de sa femme – après tout, elle avait couru après les problèmes actuels –, il devait bien admettre qu'il s'était trompé de cible les dernières semaines. Le simple fait de se le faire confirmer par le monologue que sa femme destinait à Théo le remplit de honte. Est-ce que Théo pleurait son absence ?

— Ton papa t'aime. Il est juste fâché contre moi.

Le discours semblait tellement sincère que Jean-François sentit une boule d'émotion se former dans sa gorge. Esther venait de lui attribuer le titre de papa. Elle ne pouvait pas savoir qu'il était là. Que gagnait-elle à mentir à un bébé de neuf mois qui ne pourrait rien répéter de toute façon ? Elle semblait vraiment croire qu'il était le géniteur de Théo. Et si elle avait raison et qu'il soit en train de bousiller sa famille par orgueil ? Et si, tel un bébé, son raid nocturne dans le corridor lui permettait de ressentir, au-delà des mots de sa femme, l'émotion pure qu'elle éprouvait pour lui ?

Jean-François fit demi-tour pour trouver refuge dans le lit conjugal où la froideur des draps lui fit regretter la chaleur de sa femme.

Au même moment, Esther déposait son bébé endormi dans sa couchette en se répétant que l'homme qui s'était levé nuit après nuit pour donner le biberon à Théo méritait le nom de papa, que ses gènes soient portés par l'enfant ou non.

Une mauvaise nouvelle n'arrivant jamais seule, à peine était-elle rentrée de l'urgence que Lili apprit que le jardin d'enfants qu'elle avait trouvé, avant même la naissance de son fils, venait de la contacter pour l'aviser d'une fermeture aussi soudaine que définitive. Elle devait trouver une nouvelle garderie.

Quelques jours plus tard, chérubins dans les bras ou confortablement installés dans un porte-bébé, Jeannine, Frédérique et Lili se pointèrent à l'heure convenue au domicile d'une femme ayant récemment affiché une place en garderie pour un poupon de moins de dix-huit mois. Si Esther manquait à l'appel, elle avait tout de même fourni une liste de points à vérifier lors de la visite. Selon elle, le choix de la garderie était trop important pour prendre le processus à la légère et improviser.

— Si ça a de l'allure de mettre les parents dans le trouble comme ça, s'était plainte Jeannine après que Lili eut relaté le message laconique qu'elle avait trouvé sur son répondeur et qui l'avisait qu'elle perdait sa place en garderie.

— J'me croise les doigts pour en visiter une seule et tomber sur le jackpot!

— Tu rêves! intervint Frédérique. Trouver une garderie, c'est encore plus difficile que de trouver une paire de jeans confortable, qui te fait pas un gros cul et qui coûte pas la peau des fesses: mission impossible!

— Jeannine a trouvé du premier coup, répliqua Lili.

— Le dossier est encore ouvert, corrigea Jeannine. Gerry accepte pas qu'on sépare les jumeaux. Il continue de chercher une garderie qui les prendrait tous les deux.

— C'est comme vouloir rentrer une p'tite grosse dans mon *skinny* jeans, commenta Frédérique.

— Donc, tu cherches encore? s'inquiéta Lili en songeant que Jeannine pourrait bien lui damer le pion sur le terrain si elles trouvaient une garderie avec deux places libres.

— Non. Mes deux garderies me conviennent. Si Gerry trouve... OK, mais moi je ne cherche plus.

— Toi, t'as trouvé? demanda Lili à Frédérique.

— Non. Pis je sais pas si je dois perdre de l'énergie là-dessus.

— Quand tu vas reprendre le travail à temps plein, Simon pourra pas garder Blanche en tout temps, raisonna Jeannine.

— Ça se pourrait qu'on aille vivre au Japon. Simon vient de se faire offrir un contrat.

Deux mâchoires se décrochèrent en face de Frédérique. Si Lili imaginait déjà l'excitation que représentait une aventure semblable dans une vie, Jeannine y voyait plutôt sa perte personnelle: être éloignée de sa grande fille.

— Quand est-ce que t'avais l'intention de m'en parler? s'irrita Jeannine

— Maintenant.

— Tu pars quand? questionna Lili, emballée à l'idée de clavarder avec une amie à l'autre bout du monde.

— C'est pas encore fait, mais ça serait dans moins de deux mois.

— Donc pas de problème de garderie pour toi, conclut Lili, aux anges.

— Si c'est difficile de trouver ici, imagine en chercher une en chinois, se renfrogna Jeannine.

— Tu sais que Japon et Chine, c'est deux pays différents? se contenta de répondre Frédérique.

Leur conversation fut interrompue par l'éducatrice en garderie qui venait d'ouvrir la porte de son domicile, intriguée par le rassemblement improvisé sur son perron.

— Bienvenue ! Entrez.

Le ton était chaleureux, mais l'expression faciale disait clairement qu'elle ne s'attendait pas à une visite de groupe. Comme si sa voix et la peur au fond de son œil se livraient une lutte sans merci.

En moins de dix minutes, le trio et sa marmaille étaient de retour sur le trottoir.

— Elle aurait pu écrire dans son annonce que c'était pour du temps partiel. On n'aurait pas perdu notre temps, gémit Jeannine.

— On peut continuer à deux, Jeannine. Après tout, t'as déjà trouvé tes garderies, s'excusa Lili.

— Ça me fait plaisir de vous aider. Faut bien que quelqu'un le fasse. Vos chums ont pas l'air de comprendre qu'ils devraient s'impliquer un peu.

Lili sourcilla devant la pique. Depuis quand Jeannine avait-elle enlevé son odeur de sainteté à Thomas ? Habituellement, elle le voyait dans sa soupe. Même chose pour Simon qu'elle vénérait de tolérer Frédérique et son caractère difficile.

— La prochaine visite est dans une heure, constata Lili. Ça vous tente de prendre un café en attendant ?

— On en profitera pour surfer sur magarderie.com, proposa Frédérique.

— Sur quoi ?

— Tu connais pas le site magarderie.com ? se moqua Frédérique.

— C'est LE site pour trouver une place en garderie, ajouta Jeannine.

— Oui, oui. J'avais mal compris.

Lili rougit. Que Frédérique connaisse mieux qu'elle les ressources Internet disponibles pour les nouveaux parents passait encore. Mais que Jeannine lui en apprenne sur le contenu de la Toile était carrément gênant.

— Venez donc au café. Faut que j'essaye de régler un problème d'horaire.

— Ça va nous faire faire un grand détour pour rien, argumenta Lili en regardant l'adresse de la prochaine garderie à visiter.

— Oui, mais j'ai un *shift* la semaine prochaine que je dois changer, Simon peut pas s'occuper de Blanche.

— Je vais te la garder, moi, proposa Jeannine. Une grand-maman à proximité, c'est toujours pratique !

Si Frédérique n'y vit que du feu, trop heureuse d'avoir réglé aussi facilement son problème, Lili comprit très bien l'insinuation de Jeannine. La grand-maman enfilait ses gants de boxe pour donner une solide raclée à son adversaire : le Japon.

Jean-François reçut la visite d'un huissier en plein samedi avant-midi. Il remercia la providence d'être à la maison alors qu'en temps normal, il aurait joué au taxi pour emmener Emma au cours de gymnastique.

La lettre était adressée à Esther, mais il en déchira l'enveloppe pour en lire le contenu : Claude lui acheminait un ordre de la cour pour une reconnaissance de paternité. Le monstre faisait appel à la justice pour forcer sa femme à faire quelque chose qu'elle ne souhaitait pas. L'homme de Cro-Magnon dormant à l'intérieur de Jean-François sortit la tête de sa grotte avec son gourdin à la main. Sa famille était menacée et il n'hésiterait pas à jouer de la massue contre l'envahisseur, anticipant même de le transformer en méchoui.

S'il était le premier à souhaiter un test de paternité pour tirer toute l'histoire au clair, Jean-François avait au moins la délicatesse de ne pas rendre l'affaire publique. Emma et Antoine risquaient d'essuyer les moqueries des autres enfants si l'affaire s'ébruitait dans la cour d'école.

Une partie de lui avait bien envie de refiler la patate chaude à Esther et de s'en laver les mains. Elle était l'unique responsable de la situation embarrassante qui les menaçait. Mais dès qu'un danger planait au-dessus des enfants, Jean-François adoptait la même posture qu'Esther : il montrait les dents.

Alors qu'il cherchait la meilleure stratégie à mettre en place pour protéger ses petits, Jean-François fut frappé par un éclair de lucidité : Esther avait caché son aventure extra-conjugale pour les mêmes raisons qu'il songeait à brûler la lettre qu'on venait de lui remettre : elle mettait les enfants à l'abri de la tempête. Elle risquait l'harmonie au sein de leur couple pour éviter des blessures aux enfants.

Les deux adultes avaient convenu, avant même la naissance d'Antoine, qu'ils feraient toujours passer l'intérêt des enfants avant leur bien-être personnel. Ils s'étaient donné pour mission d'être suffisamment matures pour agir dans l'intérêt de leur progéniture. Un serment qu'ils avaient toujours honoré jusqu'à l'an dernier…

Jean-François réalisait à retardement que son départ du foyer et son désir de vivre au grand jour son amourette de quarantenaire refusant de vieillir étaient le premier accroc à ce pacte. Qu'il était le seul à avoir oublié cette promesse solennelle. Qu'encore aujourd'hui, Esther lui démontrait sa grandeur d'âme en se sacrifiant pour ses petits, alors que lui n'avait songé qu'à la satisfaction du membre qui pendait entre ses deux jambes.

— Qu'est-ce que c'est ? demanda Antoine en pointant l'enveloppe que son père tenait à la main.

— Rien. Des papiers pour le travail à papa.

Question de ne pas éveiller les soupçons de son grand garçon, Jean-François replia la feuille, la glissa à l'intérieur de l'enveloppe déchirée et cacha le tout au fond de sa mallette de représentant. Son fils, sans le savoir, venait de lui trouver la meilleure cachette pour la missive compromettante. Probablement le seul endroit qu'Esther ne risquait pas d'épousseter.

Lili rentra au loft plus tard que prévu. Grâce au moteur de recherche proposé par Frédérique, elle avait déniché deux autres garderies à visiter le jour même dont une promettait d'être la deuxième maison de Léonard au cours des quatre prochaines années.

— C'est à mi-chemin entre ici et ton travail, confia Lili avec enthousiasme à Thomas. Même pas besoin de faire de détour.

Dans une grande description dithyrambique, Lili détailla pour Thomas les avantages de ce milieu familial, la bonne première impression laissée par l'éducatrice, la propreté des lieux et la réaction de Léonard quand sa nounou s'adressait à lui.

— En plus, c'est subventionné.

— C'est dans la poche ?

— Presque. La dame attendait juste le verdict d'un autre couple pour nous donner la place.

— Génial ! On commande quelque chose pour fêter ça ?

Lili approuva en se rendant à la cuisine pour fouiller la pile de dépliants qu'ils utilisaient quelquefois pour se faire livrer à souper.

— Je pensais au nouveau restaurant indien du quartier. Ça fait longtemps qu'on a le goût d'essayer, suggéra Thomas.

Lili fit la grimace.

— Ça va être trop épicé pour Léonard.

— Pizza ?

— Pas très santé pour un bébé de dix mois.

— Sushis ?

Thomas savait que cette troisième proposition était gagnante. Lili ne pouvait résister à l'appel des makis colorés, du poisson frais et des spécialités du chef. Elle s'était plainte tellement souvent de ne pouvoir en manger pendant sa grossesse qu'elle prendrait plaisir à rattraper le temps perdu.

— Y a pas grand-chose là-dedans que Léonard va pouvoir manger.

— Au contraire : du riz blanc, de l'avocat, de l'omelette japonaise… c'est parfait pour lui.

Lili fit la moue avant de chercher le restaurant idéal à travers sa pile de menus. Chaque brochure était systématiquement éliminée pour une raison ou une autre. Les griefs étaient aussi multiples que ridicules :

— Livraison trop longue : Léonard va mourir de faim. Toujours trop chaud : Léonard pourrait se brûler. Nourriture trop salée : mauvais pour la santé de bébé. Menu trop exotique : il faut intégrer un ingrédient à la fois pour éviter les allergies.

Thomas commençait à s'impatienter.

— Lili, la Mère poule offre pas encore le service de traiteur à domicile et à ce que je sache, aucun resto livre des purées pour bébé. On commande pour nous, pis on fera cuire quelque chose à la vapeur pour Léo.

— On va lui manger notre festin dans la face !

— Tu sembles croire qu'il y a rien de compatible avec sa diète.

— On devrait laisser tomber et manger ce qu'on a dans le frigo. En plus, j'suis jamais certaine à cent pour cent que ça respecte ma diète hypoallergène.

Thomas en avait marre de cet argument. Lili connaissait à présent sur le bout des doigts les ingrédients qui causaient les allergies de Léonard et ils avaient identifié depuis longtemps les restaurants et les mets qu'elle pouvait se permettre.

— On va pas se priver à cause de lui, objecta Thomas. Il mange l'équivalent de deux cuillérées. Y a sûrement un restant qu'on peut lui refiler ce soir.

Lili devait bien admettre que Thomas avait raison.

— Choisis ce qui te fait plaisir, lui offrit son amoureux avec galanterie.

Lili reprit la pile de dépliants en main et commença à jongler avec les différents menus, consternée de constater qu'elle ne savait plus ce qui la rendait heureuse. Elle avait pris l'habitude de décider en fonction de son fils, allant même jusqu'à oublier ses préférences personnelles. Son estomac se confondait avec celui de Léonard.

Le tampon démaquillant appliqué sur l'œil droit, Esther zieuta du gauche en direction de la baignoire. Les enfants batifolaient joyeusement. Pour elle, l'heure du bain était un rituel salvateur. Non seulement ses bouts de chou appréciaient de mariner quelques minutes dans la même eau chaude, mais elle pouvait s'adonner à une courte routine beauté maintenant que Théo était assez solide pour s'asseoir comme un grand entre les jambes de son grand frère.

Bébé tapait l'eau du plat des mains, éclaboussant les deux autres qui faisaient des grimaces exagérées pour le faire rire. Le bonheur pouvait s'incarner dans un rire cristallin d'Emma ou les babillements désordonnés d'un bébé satisfait de sa fratrie.

Esther ferma complètement la porte de la salle de bain et commença l'application d'un masque hydratant. Dès qu'elle aurait terminé d'étendre le produit sur sa peau, Emma lui demanderait de faire le fantôme, convaincue que maman se déguisait pour lui faire plaisir.

Elle acceptait de se montrer ainsi, les cheveux noués en queue de cheval et le visage beurré d'un masque pour les faire rire, mais pas question que Jean-François soit témoin de ce soin de beauté. « Des plans pour qu'il demande le divorce », songeait Esther.

Voyant qu'aucun des enfants ne réclamait de sortir de la baignoire et qu'ils venaient tout juste de commencer à jouer à cacher le bedon de Théo sous une débarbouillette trempée, Esther en profita pour classer son tiroir à cosmétiques. L'opération monopolisa toute son attention jusqu'à ce qu'un cri terrifiant lui fasse dresser les cheveux sur la tête.

Avant même de se retourner pour constater ce qui avait poussé Emma à crier de la sorte, Esther paniqua. Elle avait tourné le dos à peine quelques minutes, sans même quitter la pièce, se pouvait-il que son bébé se soit noyé pendant cet intervalle ?

Au cri initial d'Emma se joignirent le hurlement strident d'Antoine et les pleurs de Théo, déstabilisé par la réaction de ses aînés.

Le cerveau d'Esther essaya d'analyser la situation rapidement et efficacement. Les trois enfants étaient vivants, c'était déjà un bon départ. Mais le trio faisait face à une menace qu'elle n'arrivait pas encore à identifier.

Alerté par le vacarme, Jean-François ouvrit la porte de la salle de bain à la volée. Son attention se porta d'abord vers les enfants, puis il remarqua ensuite sa femme et sourit discrètement. «Moi aussi, elle me fait peur, attriquée comme ça», concéda-t-il à ses petits.

— Qu'est-ce qui se passe ici? tonna Jean-François qui ne tolérait pas que les enfants crient de la sorte.

— Théo a fait caca dans le bain, révéla Emma avec tout le dégoût que lui inspirait le billot brun qui flottait dans sa direction.

— Oh! Mon Dieu! s'exclama Esther avant d'empoigner le coupable par les aisselles pour le sortir de l'eau en vitesse.

Elle remarqua alors que trois petites crottes naviguaient à la queue leu leu, tels des navires en haute mer. Elle déposa le benjamin sur une serviette avant d'inviter les deux autres à sortir de la baignoire. Mais les plus grands demeuraient sourds à son invitation, repoussant les excréments en direction de l'autre pour éviter d'être touché par les déjections. Plus ils agitaient l'eau pour se soustraire au contact des matières fécales, plus le caca se désintégrait.

— Arrêtez ça, cria Esther, il va y en avoir partout.

— J'ai ce qu'il faut, lança Jean-François en revenant dans la pièce.

Médusée, Esther découvrit son mari couvert de son tablier de chef, tenant à la main le pichet à jus familial et une grande louche trouée.

— Franchement! J'me sers de ça pour faire à manger.

— J'vais les nettoyer.

Esther réprima un haut-le-cœur. Comment pourrait-elle utiliser ces instruments dorénavant sans les associer au contenu de la couche de Théo? Jean-François aurait beau faire tremper le tout dans l'eau de Javel pendant une année entière, il n'était pas question que ces objets retrouvent le chemin des armoires de la cuisine.

— On l'a déjà fait, confia Antoine en croyant aider la cause de son père.

Esther choisit d'effacer instantanément l'information de son disque dur personnel. Il y a des limites à ce que peut concevoir un être humain.

Sans plus attendre, Jean-François repêcha les étrons, ou du moins ce qu'il en restait. Le récipient transparent qui les accueillit ne cachait rien de la composition étonnante de son contenu.

— Maman, y a des grains de maïs, s'étonna Emma en observant la pêche miraculeuse de son papa. C'est le pâté chinois de ce midi ! Mais où est le steak haché ?

Jean-François et Esther éclatèrent d'un rire commun. Il n'y avait rien comme les enfants pour dédramatiser une situation embarrassante. Les enfants se joignirent à l'hilarité collective, heureux d'être participants à ce grand moment de bonheur familial. Même Théo, les fesses toujours à l'air, gazouilla de plaisir, l'air de dire : « J'vous ai fait une bonne blague, hein ? »

Esther et Jean-François se fixèrent du regard. Elle avait le visage barbouillé d'un produit qu'il jugeait inutile ; lui avait une louche salie de caca à la main. Si l'essentiel est invisible pour les yeux, le cœur est également aveugle aux détails quand l'amour vous saute en plein visage.

Mis à part le décolleté de la serveuse, c'est le diamant qui brillait à son annulaire gauche qui attira l'attention de Ben. Pourtant, il aurait juré que Frédérique ne portait pas d'alliance quand elle s'était pointée chez lui en prétextant des douleurs musculaires pour s'offrir une partie de jambes en l'air. Il faut dire qu'il n'avait jamais été attentif aux détails.

Un soupçon de déception s'imprima sur ses traits. S'il remettait les pieds au café, c'était pour renouer avec Frédérique. Du moins, réinscrire officiellement son nom dans son carnet de baise. Les phéromones de Frédérique le ramenaient sur les traces de son passé. Il haussa imperceptiblement les épaules, se disant qu'au fond, une maîtresse mariée lui assurerait plus de discrétion, et l'assurance de ne pas se retrouver avec une petite amie jalouse et possessive.

L'objet de ses fantasmes lui tendit la bière qu'il venait de commander.

— T'es mariée ?

Frédérique comprit trop tard que son jonc venait de trahir son statut marital. Elle avait pourtant pris l'habitude de le retirer en mettant les pieds sur son lieu de travail. Son oubli aurait pu être sans incidence, mais devant Ben…

— C'est du toc, prétendit-elle.

Il lui agrippa le bras pour observer le bijou de plus près. Frédérique se laissa faire comme s'il ne pouvait que constater qu'elle disait la vérité.

— Du toc de qualité, se contenta-t-il de commenter pour bien faire comprendre que Frédérique était démasquée. Vilaine fille.

Un frisson de plaisir parcourut Frédérique, remontant sa colonne vertébrale du coccyx aux cervicales. Le reproche était clairement à double sens. Elle se dit que si elle succombait de nouveau aux caresses de cet homme, il redoublerait d'ardeur pour la faire sienne puisqu'elle était déjà prise par un autre, et ce constat ne pouvait que lui plaire.

— La relation, c'est du toc. Pas le bijou qui est venu avec, se reprit Frédérique pour avoir le dernier mot.

Ce petit jeu de séduction lui plaisait au plus haut point. Cette drague sauvage lui manquait. Dommage que Simon n'ait pas compris qu'elle était un élément vital d'une relation de couple avec Frédérique. N'empêche, en repensant à leur balade en ascenseur, Frédérique devait bien admettre que son chum se débrouillait plutôt bien en matière de séduction. Peut-être était-ce juste elle qui perdait intérêt ?

Elle décida alors de refuser la proposition de Simon. Elle resterait au Québec et se vautrerait dans la luxure avec Ben pendant l'absence de l'autre. La présence du massothérapeute au café était assurément un signe envoyé par le destin pour lui indiquer la décision à prendre. Si l'événement faisait pencher la balance, ce n'était clairement pas en faveur d'un départ pour le Japon.

En voyant que Lili et Esther passaient la porte du café, Frédérique retira prestement sa main de celle de Ben. « Merde ! Va falloir jouer serré », songea-t-elle en cherchant une échappatoire à cette situation délicate.

— Qu'est-ce que je vous sers, mesdames ?

— Comme d'habitude, lança joyeusement Lili, fidèle à la tisane poire-gingembre de l'établissement.

— Une coupe de rouge pour moi, précisa Esther.

— C'est ici que se tiennent toutes mes plus belles clientes, laissa tomber Ben en cherchant à établir un premier contact amical.

Le massothérapeute se souvenait du quatuor qu'il avait traité quelques semaines plus tôt. Il comprit à l'air embarrassé de Frédérique que s'il souhaitait s'envoyer en l'air avec elle, il avait intérêt à garder pour lui toute allusion à leur petite relation secrète.

Si Esther resta un moment dans le brouillard, Lili reconnut instantanément le massothérapeute qui lui avait prodigué un massage mémorable lors de leur sortie de filles.

Elle questionna Frédérique du regard, mais cette dernière fit semblant de laver le comptoir pour ne pas répondre à son interrogation muette.

Sentant le malaise s'épaissir, Ben choisit de détourner l'attention des filles avec une tactique d'évitement qui avait fait ses preuves : poser des questions, s'intéresser à l'autre.

— Où est la quatrième déesse de votre groupe ? formula-t-il en pensant à Jeannine.

— Elle garde la fille à Fred, expliqua Lili.

Ben s'étouffa avec sa gorgée de bière. Non seulement Frédérique était en couple, mais en plus, elle avait un enfant. Les choses avaient évolué drôlement rapidement pour elle pendant les deux dernières années. Le souvenir qu'il conservait de Frédérique était plutôt celui d'une éternelle célibataire que celui d'une jeune mère de famille.

L'homme termina sa bière en vitesse et tira sa révérence. Frédérique n'était finalement pas un si bon coup que ça. Aucun entrecuisse, aussi parfumé et lubrifié soit-il, ne valait les emmerdes qu'il entrevoyait à l'horizon avec la présence d'un bébé et d'un fiancé dans l'équation.

En déposant les consommations de ses amies sur le comptoir, Frédérique se dit que le destin jouait au fou avec elle. Si la présence de ses deux amies ne venait pas carrément de faire pencher la balance en faveur d'un départ à l'étranger, elle rétablissait à tout le moins l'équilibre des deux plateaux.

Avant de rentrer à l'appartement, Frédérique fit un détour par la maison de sa mère pour récupérer sa fille. À cette heure, sa poupée humaine dormait sûrement. Juste à la pensée du minois ensommeillé encadré de belles bouclettes brunes, Frédérique eut un sourire accroché au visage tout le long du trajet.

— Merci beaucoup de m'avoir dépannée, souffla Frédérique à sa mère.

— Ça me fait plaisir, ma grande. Je suis là pour ça.

— Je te revaudrai ça.

— Franchement, c'est gratis. Profites-en, ça risque de te coûter pas mal plus cher si tu vas en Chine. Mais ça, Simon a sûrement oublié de t'en parler, l'accusa ouvertement Jeannine.

Frédérique se refusa à préciser de nouveau que la Chine n'était pas la destination proposée par son amoureux.

— Qu'est-ce que tu veux dire ?

— Le coût de la vie est pas mal plus élevé là-bas. Tu devrais te renseigner comme il faut avant de prendre une décision à la légère.

Pendant que Jeannine passait au salon pour récupérer Blanche endormie dans la chaise vibrante d'un des jumeaux, Frédérique étala soigneusement l'habit de neige de sa fille sur la table de la cuisine. Elle en descendit la fermeture éclair et en écarta les pans afin de faciliter l'habillage de sa poupoune sans la réveiller. Elle avait hâte de rentrer et les critiques de Jeannine envers Simon lui tapaient sur les nerfs. Depuis quand lui trouvait-elle des défauts ? Normalement, il était toujours trop bien pour elle.

Jeannine ne tarda pas à revenir avec une Blanche au bois dormant. Avec délicatesse, elle positionna la petite princesse par-dessus le vêtement prêt à l'accueillir.

— Quoi ? s'écria Frédérique en passant nerveusement la main sur le front de l'enfant. Tu lui as coupé les cheveux !

— Juste le toupet. Si tu veux que je trime aussi en arrière, reviens demain. On sera pas trop de deux pour faire le travail.

Pour Jeannine, il était évident que Blanche devait passer chez le coiffeur, ses grandes boucles souples lui retombant constamment dans les yeux. La racine des cheveux refusait que les mèches folles se dirigent vers l'arrière de la tête de l'enfant. Il lui fallait donc une frange.

Jeannine était fière de son initiative. Elle venait d'éviter à Frédérique le coût d'une coupe chez un coiffeur professionnel – des voleurs qui facturent presque aussi cher pour une tête d'enfant que pour une femme –, lui économisait le temps du déplacement et le casse-tête d'une prise de rendez-vous. C'était ce genre d'idées qui, accumulées les unes aux autres, convaincraient Frédérique de la pertinence de demeurer au Québec. Là où elle pouvait compter sur un réseau social fiable pour lui rendre de menus services.

— De quel droit tu mutiles ma fille ? s'emporta Frédérique, réveillant du même coup Blanche qui se mit à pleurer.

— T'inquiète pas, la rassura Jeannine, comprenant très bien la réaction de sa fille.

Jeannine se rendit au comptoir pour y prendre une enveloppe qu'elle déposa dans la main de Frédérique.

— J'ai pas jeté ses premières mèches. Je te les ai mises là-dedans. J'ai même marqué la date de la coupe.

Ce fut uniquement le chagrin de sa fille qui permit à Frédérique d'étouffer les insultes qu'elle aurait voulu crier à la tête de sa mère. Sans plus un mot, elle habilla son bébé et sortit en coup de vent, faisant claquer la porte de la demeure.

— Qu'est-ce que j'ai fait ? demanda Jeannine le plus sérieusement du monde. J'aurais peut-être dû prendre une enveloppe rose ?

Frédérique ne décoléra que tard dans la nuit. Avec une mère semblable, il valait probablement mieux mettre une distance entre elles avant que ses envies de tuer ne deviennent réalité. Vivement le Japon !

Jean-François observait Théo. Chaque fois qu'Emma lui présentait un nouveau jouet, il soulevait ses sourcils pour marquer son contentement. Comme si le fait d'agrandir ses yeux était un moyen de communiquer son approbation à sa grande sœur.

Jean-François se souvenait très bien qu'Esther avait remarqué le même manège entre Emma et Antoine alors que leur fille était bébé. Elle lui avait fait remarquer que ce tic venait de lui, qu'il avait la même habitude lorsqu'il approuvait silencieusement et qu'elle le constatait surtout lorsqu'ils étaient à table et qu'il ne voulait pas parler la bouche pleine devant les enfants. Théo l'imitait, lui, son modèle masculin.

L'espace d'un instant, il se demanda si c'était une question génétique ou simplement le fruit de leur cohabitation. Si les enfants adoptés finissent par ressembler à ceux qui les ont recueillis, peut-être les similitudes entre Théo et lui n'avaient-elles rien à voir avec un quelconque lien de parenté. Mais peut-être que oui…

Les derniers jours, Jean-François avait changé son fusil d'épaule. Il essayait de traiter Théo comme ses deux autres enfants. Il ne pouvait s'empêcher de chercher des traits de caractère communs ou des détails physiques qui les lieraient au niveau de l'ADN. Chaque découverte positive était irrémédiablement suivie de son inverse. Il ne parvenait pas à établir clairement sa paternité malgré une observation rigoureuse du garçonnet.

— J'ai reçu une enveloppe à ton nom. Je te *ship* ça à la maison ? s'enquit Thomas lors d'un appel téléphonique.

— Non. Je vais passer aujourd'hui, avait répondu Jean-François.

Il avait délibérément donné l'adresse du commerce de Thomas pour la réception des résultats du test de paternité maison auquel il s'était soumis en compagnie de Théo. Heureusement que la compagnie faisait preuve de discrétion. Jean-François s'était assuré qu'aucune mention du nom de l'entreprise ne soit visible sur l'enveloppe de retour. Thomas, respectueux de nature, n'exigerait pas d'explications si son vieux pote se montrait avare de commentaires ou d'éclaircissements. C'était un code d'honneur que les hommes respectaient sans jamais en avoir clairement établi les paramètres. Thomas préférait ne pas savoir ce qui pouvait être compromettant dans la vie de Jean-François. Et vice versa.

Dès qu'Esther sortit de la douche et fut en mesure de prendre la relève avec les enfants, Jean-François s'éclipsa, prétextant une grosse journée de travail.

Maintenant installé derrière le volant de la voiture, avec le pli récupéré quelques minutes plus tôt chez le fleuriste, le père de famille ne parvenait pas à se décider à ouvrir l'enveloppe. Il voulait un résultat positif. Il souhaitait que Théo soit son fils. Rien ne servait à présent de se faire croire le contraire. Il était en amour avec le petit bonhomme, comme il l'avait été avec les deux autres enfants dès l'instant où il avait posé les yeux sur eux.

S'il fallait que le test de paternité lui révèle que Théo n'était pas son fils, Jean-François ne saurait pas comment réagir. Il se demandait même s'il n'était pas mieux dans l'ignorance. Avec son initiative, il s'était peinturé dans le coin et la peinture avait un goût amer.

Le front perlé de sueur, le cœur battant, il décida de remettre à plus tard la lecture des résultats. S'il prenait le volant, peu importe le verdict, il risquait d'être impliqué dans un accident de la route. Il lirait le rapport dans la soirée, à la maison.

À l'image de Jean-François, mais avec quelques heures de décalage, Lili mit les pieds dans le commerce de son amoureux. À l'aide de ses fesses, elle retint la porte d'entrée afin de mieux contrôler la poussette et de la faire passer devant elle. Sa marche de santé lui avait fait le plus grand bien. En plus de brûler quelques calories et de lui aérer l'esprit, le vent d'automne lui avait légèrement rosi les joues.

Quelle ne fut pas sa surprise de trouver Thomas assis derrière le comptoir, en train de siroter un café avec Magalie Demers! Lili n'ignorait pas que la jolie rousse entretenait maintenant des liens d'affaires avec Thomas, le fleuriste ayant toujours joué cartes sur table à ce sujet, mais jamais il n'avait précisé que leur entente était telle qu'ils se voyaient à l'occasion pour partager un café. Lili remercia intérieurement Dame Nature de maintenir le mercure au bas du thermomètre. Les deux autres pourraient attribuer le rouge qui lui montait au visage au contraste des températures plutôt qu'à son embarras.

— Ça, c'est une surprise à mon goût, dit chaleureusement Thomas en embrassant sa blonde. Tu te souviens de Magalie?

«Comment oublier?», songea Lili avec une pointe de jalousie. À la fin de sa grossesse, elle était persuadée que Magalie était la maîtresse de Thomas.

Les femmes échangèrent une poignée de main qui rassura Lili: «Impossible qu'elle ait des vues sur mon chum et qu'elle me regarde avec autant de franchise.»

Léonard manifesta sa présence. Lili se dépêcha de cueillir son fils et de le déshabiller un peu.

— Tu veux un café ? questionna Thomas.

Aussitôt la question prononcée, Thomas s'en voulut de son indélicatesse. Lili allaitait toujours et ne buvait ni expresso, ni latté, ni café filtre depuis la naissance de leur fils.

— Plutôt une tisane.

— J'en ai plus. Tu veux un verre d'eau ?

Thomas s'éclipsa dans l'arrière-boutique pour dénicher un verre propre pour Lili. Laissées à elles-mêmes, les deux femmes entamèrent la discussion.

— Thomas m'a raconté l'accident de Léonard. T'as dû avoir peur ?

— Oui.

Lili n'avait vraiment pas envie d'aborder la chute de Léonard avec Magalie. Elle n'en avait même pas parlé à ses amies tellement elle avait honte que ce soit arrivé en sa présence. Elle n'arrivait pas à se départir de sa culpabilité et juste l'idée que Thomas ait fait des confidences à ce sujet à cette quasi-parfaite-inconnue l'indisposait.

La chaleur de la boutique la gagnant, Lili commença à descendre la fermeture éclair de son manteau, mais arrêta son geste à mi-chemin. Elle portait un pantalon d'intérieur et un chandail en molleton appartenant à Thomas. En y repensant bien, elle croyait même que Léonard avait régurgité sur la manche gauche ce matin et qu'elle l'avait simplement essuyée avec une débarbouillette plutôt que de se changer. À moins que ce ne soit hier ? Lili portait les mêmes vêtements plusieurs jours de suite. En comparaison, le pull en cachemire de Magalie, juste assez seyant pour dévoiler ses courbes harmonieuses et assez coloré pour rehausser la porcelaine de son visage, donnait des allures de sans-abri à Lili.

Magalie enchaîna en relatant l'histoire de sa cousine à qui un incident similaire était arrivé, mais Lili n'écoutait que distraitement. Elle s'absorbait plutôt dans un examen attentif de sa rivale.

Quand Thomas revint avec le verre d'eau, Lili se retint d'enlever sa tuque. Sa queue de cheval, si fonctionnelle à la maison, perdait de son lustre devant la mise en pli soignée de Magalie. Pourtant, il n'y a pas si longtemps, Lili prenait soin d'elle, fignolait son apparence. Devant cette fille sans enfant, qui avait le temps de se parfumer avant de sortir et de se vernir les ongles, Lili réalisa à quel point elle se laissait aller.

La constatation la choqua. Elle n'avait vraiment pas réalisé à quel point son look criait aux autres qu'elle était à présent mère de famille. Elle se rappela ce jugement sévère qu'elle portait sur les mamans qui s'oubliaient complètement au bénéfice de leur enfant. Elle croyait alors qu'il suffisait d'un peu de bonne volonté pour marier dignité personnelle et bébé. Elle était l'incarnation même de la matriarche négligée qu'elle critiquait autrefois.

Son amoureux lui fit un clin d'œil complice. Ce fut suffisant pour que Lili prenne la résolution de faire un effort. À défaut de le faire pour elle, elle le devait bien à Thomas.

Vêtu d'un immense costume rembourré, Simon se tapait sur les cuisses. Il fit demi-tour pour montrer ses imposantes fesses de tissu séparées par un *fundoshi*. Frédérique éclata de rire. Elle avait toujours aimé l'Halloween et ses fêtes costumées. C'était l'occasion d'être aguichante en public, de révéler ses atours et de prétendre qu'elle était quelqu'un d'autre. L'Halloween était également l'occasion de s'envoyer en l'air avec un superhéros rencontré au coin du bar, d'éteindre le feu qui la consumait avec un pompier ou de dominer un policier. Ça changeait des comptables et des étudiants. Le déguisement de sumo déniché par Simon ne réveillait pas sa libido, mais il était rigolo.

— Maintenant, pour Blanche, dit Simon en sortant d'un sac de plastique un minuscule costume de Hello Kitty.

— Oh ! s'écria Frédérique. Ils en faisaient pas de ma taille ?

— Non, mais je suis sûr qu'on en trouverait au Japon. Tu savais que Hello Kitty était Japonaise, non ?

Frédérique était une adepte de la petite chatte blanche à la boucle rouge. Même si, à la base, le personnage avait été créé pour les enfants, de nombreux produits destinés aux adultes en portaient maintenant l'emblème. Frédérique possédait des sous-vêtements à son effigie, un grille-pain qui dessinait son visage ovale sur les rôties et même des autocollants pour les ongles. L'idée que Blanche incarne son héroïne à quatre pattes l'emballait.

— J'me suis dit que ça serait chaud pour la collecte de bonbons, ajouta Simon pour expliquer son choix.

Le costume en fausse fourrure couvrirait tout le corps de la petite et Simon avait choisi une taille plus grande pour permettre le port d'un habit de neige en dessous du déguisement.

Esther avait invité tous les copains à un souper amical pour souligner la fête des monstres et sorcières. Elle prévoyait faire une tournée des maisons avec Emma et Antoine, et avait proposé aux autres de se déguiser pour se joindre à l'expédition.

— Et pour toi… dit Simon en déposant une boîte devant sa blonde.

Frédérique en souleva le couvercle et découvrit un magnifique kimono.

— C'est pas un vrai, mais si tu m'accompagnes au Japon, on t'en trouvera un nouveau, glissa Simon sans aucune subtilité.

À pareille date, l'an dernier, Simon avait rapporté une magnifique tunique traditionnelle japonaise à Frédérique. N'eussent été Jeannine et sa propension à tout foutre dans la sécheuse, Frédérique aurait pu l'enfiler comme déguisement.

— Je vais me les geler habillée en geisha, se plaignit Frédérique.

— Je serai là pour te réchauffer, répliqua Simon en faisant rouler ses bourrelets de sumo en direction de Frédérique.

Elle le repoussa dans un éclat de rire. Les choix de Simon indiquaient clairement qu'il souhaitait relancer la discussion sur un éventuel départ pour l'Asie. Il avait délibérément créé un trio japonais.

— Le moins qu'on puisse dire, c'est que t'es pas un gars subtil, Simon Meilleur !

Simon la remercia de mettre le sujet sur la table pour lui. Il ne voulait pas la brusquer, mais depuis sa proposition de partir vivre un an à l'étranger, Frédérique évitait le sujet. Tous les moyens étaient bons pour faire avancer le dossier.

— T'as pensé à ma proposition ?

— J'ai pas vraiment eu le temps, mentit Frédérique.

— C'est une occasion en or, je peux pas manquer ça.

— Si je dis non, tu restes ici ?

Simon se gratta le front. Il se posait cette question depuis des jours. Il ne voulait pas admettre que Frédérique tenait entre ses mains le gros bout du bâton. Il ne voulait pas la perdre, mais sa carrière était importante pour lui.

— Je préfère penser que tu vas dire oui.

La sonnerie du cellulaire de Frédérique se mit à jouer. La diversion lui permit d'éviter de répondre.

Gerry prit tout son temps pour raccrocher le combiné du téléphone. Le résumé de la conversation qu'il venait d'avoir avec sa belle-fille n'allait pas plaire à sa tendre moitié.

— Pis ?

— C'est comme je pensais : c'est non !

En début de soirée, Jeannine était revenue de la pharmacie les bras chargés de costumes. Elle avait expliqué à son homme qu'elle avait eu une idée de génie : se déguiser en famille Caillou pour l'Halloween. Elle serait Délima, lui Fred, et les jumeaux Agathe et Boum-Boum.

Bon joueur, Gerry avait accepté avec plaisir la proposition de sa femme. Surtout que le costume déniché par Jeannine était ample et ne menaçait pas de le saucissonner. Les jumeaux seraient adorables et ce serait l'occasion de faire de beaux portraits de famille.

Là où la sauce s'était gâchée, c'était avec l'ingrédient surprise de Jeannine :

— On va demander à Frédérique de faire Dino.

Gerry savait pertinemment que Frédérique refuserait de se déguiser en gros dinosaure imbécile. Les costumes qu'il l'avait vue revêtir au fil des ans étaient disons… plus légers. Lorsqu'il en fit part à Jeannine, elle ne se démonta pas pour autant :

— Offre-lui de faire Agathe d'abord. Maxime fera Dino.

Jeannine pourrait facilement échanger le minuscule costume d'Agathe contre sa version adulte. Et le rayon des costumes pour enfants de la pharmacie débordait de dinosaures.

— En autant que toute la famille participe, conclut Jeannine.

Gerry n'osa pas lui rappeler un détail important : Frédérique l'évitait comme la peste depuis la fameuse coupe de cheveux de Blanche. Il n'avait donc aucun argument pour convaincre la jeune femme de se déguiser avec eux. De plus, même s'il aimait Frédérique comme sa fille et qu'elle était un membre important de leur famille, Gerry savait pertinemment que sa belle-fille bâtissait actuellement sa propre cellule familiale avec Blanche et Simon.

D'ailleurs, c'était à quelques mots près ce que lui avait rétorqué Frédérique après qu'il lui eut exposé l'idée de sa mère. Gerry devait maintenant expliquer le tout à sa femme.

— Simon a eu une idée semblable à la tienne. Ils ont déjà acheté des déguisements.

Contre toute attente, Jeannine se mit à sangloter. Gerry savait bien qu'elle prenait le projet à cœur, mais de là à verser des larmes parce que Frédérique refusait de participer…

Jeannine pleurait d'impuissance. Simon venait de l'éclipser. L'ascendant qu'il exerçait sur Frédérique dépassait largement celui de Jeannine. Non pas qu'elle ait déjà été la référence par excellence de sa fille, mais Jeannine avait toujours su que, malgré leurs différends, Frédérique prenait son opinion en compte. Souvent pour faire le contraire de ses recommandations, mais quand même.

— Qu'est-ce qu'il y a ? interrogea Gerry en prenant sa femme dans ses bras pour la consoler.

Jeannine hésita, puis dévoila le fond de sa pensée. Avec une franchise désarmante, elle expliqua à son homme ce qui la bouleversait :

— Pour que ton enfant veuille s'exiler à l'autre bout de la planète, faut vraiment être une mauvaise mère, s'affligea Jeannine.

Depuis que Frédérique avait mentionné la possibilité de quitter le pays, Jeannine n'avait que ce sujet à la bouche. Elle ne voulait pas perdre sa grande fille. L'imminence de son départ lui faisait réaliser à quel point elle avait besoin d'elle à proximité. Elle ne pouvait se résoudre à la laisser partir et cherchait des arguments pour la retenir. C'était comme si on la menaçait d'amputer une partie d'elle-même.

Elle avait commencé une campagne de dénigrement de Simon. Tactique que lui avait rapidement déconseillée Gerry: Simon était un gendre irréprochable et elle avait tort d'essayer de le discréditer.

— Pour la première fois de sa vie, elle a l'air en amour, expliqua doucement Gerry. Laisse-la être heureuse.

Jeannine réfléchit un instant. Peut-être Gerry avait-il raison.

— Être une bonne mère, c'est accepter de laisser ses enfants voler de leurs propres ailes.

Jeannine trouvait juste que Frédérique n'avait pas les ailes suffisamment entraînées pour un vol au-dessus de l'océan.

La température était clémente. Comme si le souffle de tous les dragons libérés dans la ville réchauffait les alentours. Sorcières, vampires et momies patientaient sagement dans leur chambre. À cette heure-ci, les rues étaient peuplées de courageux lions miniatures, de princesses féeriques et de minipompiers qui traînaient avec peine les sacs de friandises géants remis par les parents.

Esther, déguisée en sorcière, passait de porte en porte avec Emma et Antoine pendant que Jean-François, arborant une perruque d'homme des cavernes et un immense gourdin de plastique, veillait sur Théo.

Jeannine et Gerry n'hésitaient pas à cogner aux portes pour présenter leurs jumeaux préhistoriques. Sans aucune gêne, Jeannine tendait un sac aux occupants des maisons pour récolter des friandises.

— Ils me font honte ! s'indigna Frédérique.

Elle et Lili participaient de bonne grâce à la soirée d'Esther, mais jamais il ne leur serait venu à l'idée de collecter des bonbons pour leur bébé de moins d'un an.

— C'est tellement évident qu'ils se font des réserves personnelles. C'est gênant ! se plaignit Frédérique de nouveau.

— Au moins, ils sont déguisés. T'as moins de chance qu'on fasse le lien entre eux et toi, se moqua gentiment Lili.

Nombre de fois, Lili avait sacrifié sa dernière soirée du mois d'octobre pour accueillir les enfants et leur offrir des bonbons. Elle se crispait chaque fois que de grands ados, à peine déguisés, lui volaient ses réserves de suçons et de barres chocolatées. Elle considérait aussi que si un enfant n'était pas en mesure de tenir son sac à friandises, c'était parce qu'il était trop jeune pour en faire la collecte. Un point de vue nuancé par Esther :

— Même à l'âge qu'ont Emma et Antoine, les parents pigent dans les citrouilles une fois les enfants endormis.

Lili avait cessé d'offrir des bonbons l'année suivante. Et pour les années à venir, elle comptait bien passer l'Halloween les deux pieds dans la rue en compagnie de ses enfants.

— Est-ce que ton costume est une façon de nous annoncer ton départ pour le Japon ?

— C'est l'idée de Simon.

— Ou son fantasme, rectifia Lili en reluquant le fin kimono de Frédérique.

— Pas sûre que ce soit le mien...

Lili se demanda un instant si Frédérique faisait référence au gigantesque sumo qui déambulait avec Thomas et Jean-François, un peu en retrait, ou si elle parlait du déménagement à l'autre bout de la planète.

— Tu vas pas refuser une offre pareille !

Frédérique sourit tristement avant de passer un bras autour des épaules de Lili.

— J'm'ennuierais de toi.

Lili fut touchée par la confidence. Elle aimait bien cette fille sauvage, un peu grossière et désinvolte. Ses valeurs différaient trop des siennes pour qu'elle en fasse sa meilleure amie, mais chaque fois qu'elle était en sa compagnie, elle s'amusait.

— Que je te voie rester au pays pour une raison aussi stupide ! lança joyeusement Lili.

— Tu penses que je devrais y aller ?

— Moi, je sauterais là-dessus ! En plus avec Simon, dit Lili en roucoulant. Tu l'aimes, non ?

Frédérique confirma d'un signe de tête.

— Alors, c'est quoi le problème ?

— C'est un grand risque. Tout d'un coup que ça marche plus nous deux dans six mois ?

— Tu reviendras au pays.

— J'aurai pas d'amis, pis je parle pas japonais. J'vais m'emmerder.

— Dégourdie comme t'es, tu vas devenir la vedette en claquant des doigts. Pis de nos jours, avec l'anglais...

— Tout d'un coup que Blanche s'adapte mal ?

— Là, tu t'inventes des excuses.

— J'trouve pas les Asiatiques sexy, avoua Frédérique.

Lili rit de bon cœur. L'amazone pensait déjà à draguer les mâles au pays du Soleil levant.

— C'est sûr que tu peux pas emmener le beau Ben dans tes valises, hasarda Lili en surveillant la réaction de son amie.

Frédérique se contenta de lui tirer la langue. Elle ne souhaitait pas s'aventurer sur ce terrain glissant.

— Simon aurait pu partir sans toi. S'il t'a invitée, c'est parce que lui aussi est en amour. À part nos enfants, qu'est-ce qui est plus important que l'amour ? demanda Lili en espérant que son amie mesure sa chance.

La première chose que fit Frédérique en mettant les pieds à l'appartement, fut de remplir la baignoire d'une eau brûlante. Elle aurait dû suivre le conseil de Simon et porter un manteau d'hiver sous son kimono pour parcourir les rues, mais l'idée de grossir sa silhouette avec un vêtement épais l'avait fait pencher en faveur d'un lainage d'automne plus mince.

Voyant que la marche au grand air avait endormi sa petite chatte Blanche, Frédérique alluma quelques bougies et versa un peu d'huile dans la baignoire.

Si la majorité des femmes usent de bain moussant lorsqu'elles souhaitent mariner leur corps, Frédérique était plutôt une adepte de l'huile. La sensation était plus agréable, le produit faisait ruisseler l'eau en perles scintillantes sur ses cuisses et ses seins, et l'anatomie de Frédérique n'était pas dissimulée. Elle n'avait jamais compris pourquoi les femmes cachaient leurs atouts sous une épaisse couche de mousse quand elles pouvaient les exposer aux regards, ne serait-ce que le leur.

Après avoir bordé Blanche, Frédérique se dénuda, abandonnant ses vêtements sur le plancher froid de la salle de bain. Elle se glissa ensuite dans l'eau en savourant la morsure créée par le contraste des températures. Immergée jusqu'au cou, elle ferma les yeux pour se délecter de la chaleur qui l'enveloppait.

— Je peux m'inviter ?

Simon se tenait debout, toujours costumé, à quelques pas de la baignoire. Frédérique détestait partager ce moment. L'appartement n'était pas équipé d'un bain à remous spacieux. La vieille baignoire étroite arrivait à peine à contenir deux corps et un peu d'eau.

— Tu rentreras pas, le nargua-t-elle en désignant le costume de lutteur japonais.

— Tu veux gager ?

Simon posa un pied dans l'eau, puis l'autre et s'agenouilla. Le niveau d'eau grimpait rapidement et menaçait de conquérir le plancher.

— Arrête, tu vas tout saloper !

— C'est juste un peu d'eau.

— Je parle de ton costume. J'ai mis de l'huile dans le bain.

Simon fit la grimace et sortit en vitesse de la baignoire. La bourrure du déguisement avait déjà absorbé une grande quantité d'eau et une immense flaque ne tarda pas à se former sur le plancher lorsqu'il retira le costume. Il réintégra le bain, nu comme un ver.

— Je sais que ton fantasme aurait été le sumo, mais tu vas devoir te contenter de moi.

Simon s'accroupit à l'autre extrémité de la baignoire. La robinetterie l'empêchait de s'adosser au bord du bain et le corps de Frédérique monopolisait la majorité de l'espace. Peu importe, en s'assoyant en indien, il avait le loisir de faire courir ses doigts sur les longues jambes fines et huilées de Frédérique. Un petit jeu qui valait amplement les inconvénients causés par la petitesse du bain.

Les ombres créées par la flamme des bougies, l'odeur subtile de l'huile choisie par Frédérique et la finesse de son grain de peau donnèrent instantanément des idées coquines à Simon. Le sourire satisfait de sa blonde lui confirma qu'elle imaginait très bien le contenu de son cerveau et souhaitait la même chose. Simon cessa de la caresser et essaya de garder la tête froide un instant.

— Je veux pas partir sans toi.

Depuis que Frédérique lui avait soumis la question, il avait beaucoup réfléchi. Il ne pouvait pas vivre un an au Japon sans cette belle brunette qui occupait toutes ses pensées des plus lubriques aux plus romantiques.

Frédérique redevint sérieuse devant l'intensité du regard de Simon. Il avait prononcé sa phrase en prenant le temps de détacher chacun des mots, comme s'il s'adressait à une enfant et qu'il voulait s'assurer que le message se rende à destination.

Simon se mit à fixer une chandelle et son regard se voila de tristesse pendant un court instant.

— Penses-tu que je le sais pas que tu vas me remplacer si je pars pendant un an ?

Frédérique avait la même certitude que son amant. Jamais leur relation ne survivrait à douze mois de séparation. Le corps de Frédérique avait besoin d'exulter.

— Je vais tout faire pour que tu sois heureuse là-bas, promit-il.

Elle n'en doutait pas. Simon faisait déjà tout ce qui était humainement possible pour combler sa nature capricieuse. Pourquoi en serait-il autrement dans un autre pays ?

— Je veux faire ce contrat-là avec ma famille, pas tout seul.

Simon venait de toucher un point sensible. Il le savait. Le concept de famille était délicat à aborder avec Frédérique. C'était une arme à double tranchant : l'argument ultime qui pourrait la décider à partir avec lui, ou le détonateur qui risquait de pulvériser son rêve.

Frédérique songea à Blanche. Avait-elle le droit de lui refuser une famille ? Probablement la seule qui lui serait jamais proposée ?

— OK.

Simon s'apprêtait à dresser la liste de tous les avantages liés au voyage, mais fut freiné dans son élan par le petit mot de deux lettres prononcé par Frédérique. Incertain de sa signification exacte, il fixa sa blonde, en silence.

— Ma réponse, c'est oui.

Thomas regarda sa montre pour la millième fois. Lili mettait un temps fou à se préparer. Lorsqu'elle lui avait soumis l'idée de sortir en amoureux au restaurant pour célébrer l'obtention de leur place en garderie, Thomas avait sauté sur l'occasion, mais croyait sincèrement qu'il s'agissait d'un banal souper au bistro du coin. Présomption qui avait été corrigée par Lili quand elle lui avait dit que sa tenue ne convenait pas. Amusé, Thomas avait troqué son t-shirt pour une chemise habillée.

Le bruit des talons hauts sur les carreaux de la salle de bain laissait présager que la soirée revêtait une importance particulière pour Lili. Lorsque sa blonde le rejoignit finalement dans l'entrée, Thomas remarqua bien la robe et le rouge à lèvres, deux éléments très rares sur le corps de Lili les derniers mois, mais il se demanda sincèrement ce qui avait autant retardé sa douce moitié.

Pour sa part, Lili attribua le sourire de Thomas à la quantité de petits détails auxquels elle avait prêté attention : visage et décolleté exfoliés, sourcils épilés à la pince, cache-cernes appliqué avec discernement, ongles limés et vernis. Bon, d'accord, elle avait seulement appliqué un vernis transparent, mais ça lui éviterait de devoir perdre du temps à le retirer dès qu'un accro surviendrait. Ce qui risquait de se produire le soir même.

Après avoir déposé Léonard chez son papi, ils firent le trajet au son d'un poste de radio local. Thomas tenait la main gauche de Lili dans la sienne et ils échangeaient un regard complice de temps en temps.

L'arrivée au restaurant fut tout aussi silencieuse, chacun s'absorbant dans la lecture de son menu pour choisir ses plats. Une fois la tâche accomplie et la commande passée, les amoureux joignirent leurs mains sur la nappe immaculée de l'établissement.

— Ce soir, annonça Lili, interdiction de parler de Léonard.

— OK, s'en amusa Thomas. Je voulais justement te demander ton avis sur l'implantation d'un service de commande en ligne pour ma boutique.

— T'as toujours dit que des fleurs, ça se choisit en personne, avec amour, pas avec des photos génériques.

— Je sais, mais le marché évolue, je dois rester compétitif. Les gens commandent de plus en plus sur le Net. Magalie m'a dit que c'était la même chose pour…

Lili étouffa un bâillement. Non seulement la fatigue venait de s'abattre sur elle comme une chape de plomb, mais les visées professionnelles de Thomas ne l'intéressaient vraiment pas en ce moment. Surtout si elles lui étaient inspirées par Magalie Demers. Lorsqu'elle avait proposé de ne pas parler de Léonard, elle espérait qu'ils parlent d'eux, qu'ils ébauchent des projets pour l'avenir, que Thomas s'informe de ce qu'elle ressentait à l'approche de la fin de son congé de maternité, etc. Pas qu'il déverse dans son oreille ses questionnements professionnels.

— Tu pourrais peut-être m'aider ?

— Hein ?

— Pour partir mon site Web. Tu connais bien le domaine.

— Peut-être…

Thomas sentit que Lili n'était pas emballée par son projet et décida d'abandonner l'idée pour l'instant. Il choisit de relancer la conversation sur un autre sujet.

— J'ai vu un documentaire hier sur la coupe des bonzaïs, savais-tu que le record de longévité appartient à un orme de trois cent cinquante ans ?

— Non.

— C'est au Japon qu'on maîtrise le mieux l'art et l'entretien de bonzaïs. Peut-être que Simon en a déjà vu ? Faudrait que je lui demande.

Lili jeta un œil en direction des cuisines. Elle priait pour qu'on lui apporte son assiette au plus vite. Mastiquer lui donnerait une bonne raison pour ne pas s'impliquer dans le dialogue. Les sujets de Thomas l'ennuyaient à mourir.

Elle se désolait de constater qu'à part leur fils, ils semblaient ne plus avoir de points en commun. Elle n'avait aucun sujet de discussion à proposer, son univers étant dicté par Léonard. En revanche, Thomas mettait sur la table des sujets aussi variés qu'inintéressants pour elle. Comment pouvait-il croire que la coupe des arbres miniatures au Japon était appropriée comme sujet lors d'un souper galant ?

— Tu parles pas beaucoup ? s'interrompit Thomas en plein milieu de son résumé de film documentaire.

— On dirait qu'on n'est plus un couple, déclara tristement Lili. On est juste des parents.

Pendant les derniers jours, Lili avait réalisé qu'elle s'était complètement oubliée depuis son accouchement. Qu'elle avait endossé son rôle de mère en abandonnant les autres facettes de sa personnalité dans le placard. L'amie, l'amante, la «geekette» accumulaient la poussière pendant que la mère prenait tout le plancher. Si elle adorait son fils et le rôle qu'elle jouait auprès de lui, elle se désolait de constater qu'elle ne se connaissait plus, ne se reconnaissait plus. Ce qui lui importait un an plus tôt la laissait indifférente, d'anciens coups de cœur étaient à présent insignifiants. Elle ne savait plus ce qu'elle aimait, ce en quoi elle croyait, ce qui l'animait. Léonard avait tout changé.

— On est un couple… de parents. Qu'est-ce qu'il y a de mal à ça?

— J'sais pas, admit Lili. Mais si on vit juste en fonction de Léonard, dans vingt ans, quand il va quitter la maison, qu'est-ce qui va rester de nous deux?

Le visage de Thomas demeura de marbre, mais il sourit intérieurement. Sa Lili avait bien de la difficulté à vivre le présent. Sa tête la tirait irrémédiablement vers l'avant, à la recherche de solutions à des problèmes hypothétiques. Elle perdait un temps fou et une énergie considérable à se prémunir contre des dangers qui n'avaient même pas vu le jour.

— Moi, je trouve que d'avoir un bébé pis de l'élever, c'est un beau projet qu'on partage. C'est probablement notre projet de couple le plus important. Normal qu'on mette le reste sur pause pour s'y consacrer.

— Ça t'inquiète pas?

— Pantoute!

Pour sa part, la jeune femme était rongée par l'inquiétude. Pour être en accord avec la nouvelle Lili, il lui faudrait faire table rase d'une partie de son passé, mais surtout, revoir certains projets d'avenir.

— Thomas ? J'pense qu'il faut que je change de job.

Jeannine regarda ses chips au ketchup. Elle avait acheté le sac de format individuel avant de quitter la pharmacie. De temps en temps, elle s'offrait une petite gâterie de la sorte. L'alimentation de la famille était maintenant entre les mains de Gerry et le contenu du panier d'épicerie avait radicalement changé : croustilles et boissons gazeuses avaient été remplacées par des grains de maïs à éclater au chaudron et de l'eau minérale. Des idées apportées par Esther lors de leur désormais traditionnelle sortie de cardio-poussette.

La maman des jumeaux aurait donné cher pour courir au dépanneur et s'acheter une cannette de soda. Rien de mieux que des bulles sucrées pour contrebalancer le sel des croustilles. Malheureusement pour elle, Gerry n'attendait que son retour du travail pour s'éclipser :

— Problème de chantier.

Elle était donc seule responsable des jumeaux qui dormaient à présent dans leur chambre.

Elle fit le tour du garde-manger et du réfrigérateur à la recherche d'un aliment sucré susceptible de bien se marier à sa collation de fin de soirée. À la limite, elle pouvait très bien s'imaginer alternant entre ses chips et un biscuit au chocolat. Mais ses fouilles furent vaines. Pas le moindre aliment camelote ne subsistait dans les armoires.

Jeannine s'installa donc au salon en ruminant une certaine frustration. Dès qu'elle eut repéré un vieux film d'amour sur une chaîne généraliste, elle ouvrit le petit sac d'aluminium et en huma le contenu. Elle allait se régaler.

N'empêche, une chips n'était jamais aussi savoureuse qu'arrosée d'un bon verre de soda.

Après s'être taché les phalanges de rouge avec quelques croustilles, Jeannine se suça méticuleusement les doigts en prenant soin de récupérer avec ses dents la poudre au goût de ketchup qui s'était logée en dessous de ses ongles. Elle essuya le reste sur la jambe de son pantalon en se dirigeant vers la chambre des jumeaux.

Les deux trésors dormaient comme des bûches. Jeannine remonta doucement les couvertures sous les mentons de ses bébés. Seuls leurs têtes et leurs petits poings serrés émergeaient des draps. «Des bébés d'annonce télé», songea Jeannine devant ce spectacle parfait.

Ses pas la ramenèrent vers l'entrée de la maison. Jeannine prit son manteau et le trousseau de clés qui pendait au crochet mural. Elle serait de retour dans seulement deux minutes.

Claude invita Jean-François à s'asseoir de l'autre côté de son bureau avant de s'installer dans sa chaise capitaine en cuir. Lorsque sa secrétaire lui avait dit en milieu de journée qu'un certain Jean-François Bellavance demandait à le rencontrer, Claude avait cru bon de demander à sa réceptionniste de lui faire une place dans son horaire, mais en toute fin de journée seulement. Il était curieux de connaître les motifs qui amenaient Jean-François à sa clinique.

Plutôt que de s'asseoir sur la chaise qu'on venait de lui désigner, Jean-François demeura debout. Ainsi, il dominait son adversaire d'au moins deux pieds. Il avait besoin de se genre d'artifice pour se donner la contenance nécessaire à la bonne marche de son plan.

— Assois-toi, insista Claude sans animosité.

— Je resterai pas longtemps, s'opposa Jean-François.

Un silence pesant alourdissait l'air de la pièce. Les deux hommes se toisaient, se demandant mutuellement quel serait le prochain geste de leur opposant.

— J'imagine que tu viens pas me consulter pour un traitement de canal?

— J'ai passé un test de paternité avec Théo.

Claude se redressa sur sa chaise. Comme entrée en matière, Jean-François n'aurait pas pu choisir mieux pour capter son attention.

— T'as reçu les résultats?

— Aujourd'hui même, mentit Jean-François qui avait les conclusions des analyses d'ADN entre ses mains depuis plus d'une semaine. Comme tu vois, j'ai pas attendu pour t'appeler.

— J'apprécie.

Jean-François sortit une enveloppe de la poche intérieure de son manteau. Il la caressa doucement du bout des doigts avec un sourire de contentement évident.

— Tu veux que je te la lise intégralement ou que je te fasse un résumé? lança-t-il, impertinent, à l'amant de sa femme.

Comprenant d'instinct que le verdict final favorisait Jean-François, Claude se contenta de garder le silence.

— C'est MON gars, se vanta Jean-François.

— Y a rien qui prouve tes dires.

Le mari d'Esther lui lança l'enveloppe au visage, agressif. Comme il s'y attendait, l'amant de sa femme n'allait pas se contenter de ses paroles. Il voulait voir lui-même les résultats. Plaisir que Jean-François n'allait sûrement pas lui refuser.

— Lis toi-même. Si ça peut te faire plaisir.

Claude récupéra l'enveloppe tombée au sol, en sortit les deux feuilles de résultats qui prouvaient noir sur blanc que Théo était le fils de Jean-François et en entreprit la lecture. Déçu, il replia les feuilles pour les réinsérer dans le pli.

— Le test est pas valide en cour.

— C'est pas grave, parce que tu vas retirer ta demande de reconnaissance en paternité.

Claude sourcilla. Il n'aimait pas recevoir des ordres.

— Je t'ai donné l'information que tu voulais. Maintenant, tu laisses ma femme tranquille ! gronda Jean-François.

Sans attendre de réponse, il tourna les talons en direction de la sortie. Sur le pas de la porte, Jean-François se retourna une dernière fois pour parler plus doucement.

— Si tu l'aimes vraiment, Claude, oublie-la.

Jeannine n'avait pas encore mis les pieds dans la maison qu'elle avait soulevé la languette de métal du dessus de sa cannette pour avoir accès au liquide qu'elle contenait. Des bulles de gaz carbonique explosaient le long de son œsophage. Son péché mignon valait largement le déplacement.

Machinalement, elle se stationna dans l'entrée, pressée de rentrer pour finir ses chips et visionner la fin de son film.

En poussant la porte, elle accrocha son trousseau de clés à l'endroit où elle l'avait précédemment trouvé. Elle ne prit même pas la peine de déposer son manteau sur un cintre dans le garde-robe d'entrée et l'abandonna sur le dossier d'une chaise dans la cuisine.

Elle entendait les voix des acteurs qui se donnaient la réplique et se dépêcha de gagner le salon. Elle aurait dû attendre une pause commerciale avant de partir pour le dépanneur. « Y a tellement de pub de nos jours que j'aurais eu le temps de faire l'aller-retour sans rien manquer du film », se fit-elle comme réflexion.

Avec un plaisir assumé, Jeannine se gava de croustilles et de boisson gazeuse tout en fantasmant sur la vedette masculine du film en cours. La vie savait lui offrir de ces petits moments de pur délice.

— Qu'est-ce que tu fais ?

Prise la main dans le sac par son mari, Jeannine renversa le contenu de sa cannette sur le divan. Gerry avait l'air hors de lui-même, le visage rouge, les yeux exorbités. Avoir su qu'il prenait l'alimentation de sa femme autant à cœur, Jeannine aurait dévoré ses aliments interdits au travail avant de rentrer, quitte à gâcher son souper.

— C'est juste une p'tite gâterie, se défendit-elle en se remémorant qu'il n'y avait pas si longtemps, il avait été pris en flagrant délit avec une poutine.

Gerry sembla remarquer pour la première fois le sac et la cannette que sa femme avait à la main.

— J'parle pas de ça ! beugla Gerry comme s'il parlait à une imbécile.

Jeannine tourna la tête en direction du téléviseur. Ce film d'amour contenait bien quelques scènes olé olé, mais on ne pouvait tout de même pas qualifier ça de pornographie. Pourquoi Gerry fulminait-il ainsi ?

— Bonyeu, calme-toi, tu vas réveiller les p'tits ! lui reprocha-t-elle.

— Me calmer ? Me CALMER ?

Gerry faisait les cent pas dans la pièce en serrant ses deux poings l'un contre l'autre comme s'il s'apprêtait à frapper quelqu'un.

— J'arrive ici, pis je trouve mes bébés abandonnés par leur mère. Comment veux-tu que je me calme ?

« Merde, songea Jeannine. Il est rentré avant moi. Comment ça se fait que je n'ai pas remarqué son camion dans l'entrée ? » Elle n'eut pas le temps de poser la question. Gerry poursuivait ses invectives.

— Es-tu seulement consciente de l'imbécillité de ton geste ? Un des bébés aurait pu mourir, la maison aurait pu brûler, un bandit entrer ici dedans…

— T'exagères ! Je suis partie juste cinq minutes.

Gerry secoua légèrement la tête de gauche à droite, incapable de croire que sa femme prononce des paroles aussi absurdes. Il ne servait à rien de poursuivre cette conversation.

— Je pourrai jamais te pardonner ça, Jeannine. Jamais.

Jeannine hésita à le pourchasser jusqu'à l'autre bout de la maison. Il était vraiment en colère. Elle regarda le fond de son sac de croustilles. Quelques chips écrasées subsistaient – les meilleures du sac à cause de l'accumulation de poudre épicée au fond de l'emballage –, mais un rapport surette lui enleva l'idée de les vider dans sa bouche.

Le vent cognait aux fenêtres. Tel un mendiant, il s'invitait à votre porte, quêtait un peu de chaleur, une place sous votre toit. La majorité des gens l'ignorait en se barricadant à double tour dans leur confort.

Esther se félicita d'avoir déjà sorti le porte-bûches et le tisonnier. C'était la soirée parfaite pour le premier feu de foyer de la saison. L'humidité de ce début novembre vous glaçait jusqu'à la moelle. Une attisée ferait le plus grand bien.

Chaussée de gros bas de laine et vêtue de vêtements d'intérieur aussi coquets que confortables, elle s'installa au salon pour admirer les flammes qui dansaient déjà dans l'âtre et lire un bon roman.

Mis à part les hurlements du vent, la maison était calme, sereine. Les enfants étaient tous à l'étage dans leur chambre respective, occupés à consacrer leurs petits corps au sommeil. Avant de revenir au rez-de-chaussée, Esther avait effectué sa ronde de nuit pour s'assurer que toutes les paupières étaient closes, les peluches à portée de bras, les couvertures bien positionnées pour offrir la chaleur nécessaire à une bonne nuit de sommeil. Après avoir caché les orteils d'Emma sous les draps, embrassé le front du plus vieux et redonné sa suce à Théo, la maman pouvait confier ses enfants à la nuit.

Le roman patientait toujours, la couverture irrémédiablement soudée au reste des pages. Le crépitement du feu agissait comme un aimant sur Esther, l'hypnotisant sans qu'elle soit capable de détacher son regard des flammes.

Jean-François vint se planter entre Esther et l'objet de son adoration, coupant du même coup la chaleur et la lumière dont bénéficiait sa femme. L'ensorcellement rompu, elle s'apprêtait d'ailleurs à lui demander de se déplacer un peu sur sa gauche lorsqu'elle réalisa que le visage de son mari était inondé de larmes.

Sans un mot, Jean-François s'agenouilla aux pieds d'Esther et blottit son visage contre ses cuisses pour continuer de sangloter.

Surprise, Esther mit un certain temps à réagir. Elle commença par lui frotter doucement le dos et les cheveux sans questionner la raison de son émoi. Il semblait inconsolable, en proie à une émotion incontrôlable. Un instant, elle eut peur qu'il soit venu lui annoncer une rupture définitive et en soit bouleversé au point de ne pouvoir s'exprimer. Mais si tel était le cas, il aurait sûrement repoussé la main qui lui caressait la tête.

— Pardonne-moi.

Esther se demanda si elle avait bien entendu les mots que Jean-François avait étouffés dans les plis de la couverture dont elle avait couvert ses jambes. Elle ne voyait pas à quoi faisait référence son mari. La tension née de la divulgation de son aventure avec Claude s'était graduellement apaisée pendant les derniers jours. Jean-François avait renoué avec Théo. Bien sûr, il était toujours distant avec elle, mais elle comprenait aisément qu'elle avait chiffonné l'orgueil de son mari, piétiné son image de femme fidèle et ébranlé les bases de leur relation. Elle acceptait sa punition en se disant que le temps ferait le reste.

Jean-François hésitait à en dire davantage. Son couple battait de l'aile et il craignait que ses révélations ne précipitent la fin de son histoire d'amour. Il essaya de mettre de l'ordre dans ses idées avant de parler.

Dans les dernières semaines, désireux de faire la lumière sur les origines de Théo, il s'était soumis à un test de paternité conjointement avec le benjamin de la famille. S'il désirait officialiser ses liens de sang avec l'enfant, il souhaitait par-dessus tout éloigner la menace que représentait Claude pour sa cellule familiale. Le seul plan susceptible de régler son compte à ce coureur de jupons était de lui mettre sous le nez un test de paternité prouvant hors de tout doute qu'il était le père biologique de l'enfant.

Puisqu'il entretenait des doutes sur la filiation de Théo, il n'avait pas hésité, à quelques jours d'intervalle, à répéter l'opération avec des échantillons en provenance d'Antoine. En faisant parvenir ces spécimens au nom de Théo, il s'assurait d'avoir en main un papier déclarant noir sur blanc que Théo était son fils.

Ainsi qu'il s'y attendait, il avait reçu deux enveloppes distinctes, à quelques jours d'intervalle. Logiquement, la première contenait les résultats du test de paternité effectué avec Théo. La seconde, ceux d'Antoine, mais toujours au nom de Théo. Il n'avait ouvert que la deuxième enveloppe avant de se présenter chez Claude. La peur lui tordait les boyaux chaque fois qu'il songeait à décacheter le pli contenant les résultats du premier test de paternité effectué.

C'étaient donc des résultats factices qu'il avait balancés au visage de Claude, espérant que l'autre ne mettrait pas en doute son échantillonnage. Son bluff était risqué, mais l'issue de sa rencontre avec l'amant de sa femme prouvait qu'il avait eu raison d'utiliser cette tactique déloyale. Claude leur ficherait la paix pour de bon.

— J'ai fait un test de paternité, dévoila-t-il.

Le plancher se déroba sous les pieds d'Esther. Si Jean-François était aussi bouleversé, ça n'augurait rien de bon. Elle le repoussa pour se lever, mais ses genoux flanchèrent, lui interdisant toute fuite.

Jean-François déposa solennellement une enveloppe sur la table d'appoint se trouvant à la droite d'Esther puis se mit debout.

— Oublie jamais que je t'aime.

La vue d'Esther se brouilla de larmes devant cette déclaration d'amour toute simple. Le temps de cligner des yeux pour chasser l'eau de ses paupières et Jean-François lui faisait dos. Il la plantait là, après une ultime confession de ses sentiments.

Elle voulut le retenir, mais aucun son ne franchit ses lèvres. Esther ne recommença à respirer, péniblement, que lorsque son conjoint fut hors de la pièce.

Elle hésita un peu, mais prit possession de l'enveloppe abandonnée. C'est alors qu'elle réalisa que la missive était intacte. Jean-François n'avait pas lu les résultats fournis par le laboratoire d'analyses. Personne n'avait ouvert l'enveloppe. Son mari l'aimait au point de lui permettre d'être la première à assouvir sa curiosité.

La tentation de jeter le tout en pâture aux flammes lui passa par la tête, mais la soif de connaître l'emporta. Ça et le désir d'être à la hauteur de la confiance de son mari. À ce point-ci, elle avait besoin de connaître la vérité. Sans le savoir, Jean-François venait de lui offrir un cadeau inestimable : l'occasion de vider son cerveau de tous les doutes qui l'habitaient depuis plus d'un an.

Les mains tremblantes d'émotion, Esther décacheta l'enveloppe avec minutie, comme une grand-mère qui récupère le papier d'emballage pour le réutiliser lors d'un anniversaire subséquent. Elle retira deux feuilles du pli qu'elle pressa d'abord sur son cœur pour se donner le courage de les lire jusqu'au bout, peu importe le verdict. Elle formula une prière muette, espérant lire que Jean-François était le père de son petit dernier.

Esther s'approcha du feu pour lire le contenu de la première feuille. Après quelques secondes de lecture, le papier lui glissa des mains et atterrit sur le parquet de bois franc.

Esther se laissa choir sur le plancher et pleura.

CHAPITRE 9

En ouvrant les paupières, Esther réalisa que la lumière du jour pointait à travers la toile opaque de sa chambre à coucher. Les bruits en provenance de la cuisine lui confirmèrent que la maisonnée était déjà debout. Jean-François l'avait laissé dormir. Un luxe trop rare pour qu'elle n'en profite pas encore un peu.

Elle savourait la douceur des draps et leur odeur de détersif lorsque la soirée de la veille lui revint en mémoire. Elle devait impérativement parler à son mari, lui partager le contenu de la lettre qu'elle avait soigneusement glissée dans son enveloppe et cachée dans la poche de sa robe de chambre.

Comme un condamné qui doit s'engager dans le couloir de la mort, Esther longea le corridor menant à la cuisine. La lourdeur de ses pas n'avait d'égal que celle de ses paupières encore gonflées par les larmes. Elle savait pertinemment ce qui l'attendait à l'autre bout de la maison: la mort de son couple, la fin de la vie à deux.

Après avoir découvert que Théo n'était pas le fils de Jean-François, Esther était restée prostrée pendant des heures. Lorsqu'elle avait enfin trouvé le courage de regagner la chambre des maîtres pour affronter son mari, les cendres du foyer ne rougeoyaient plus dans l'âtre. Le ronflement régulier de Jean-François l'avait convaincue de se glisser en douce sous les couvertures et de repousser au lendemain la terrible révélation. La nuit lui porterait conseil sur le choix des mots à employer.

Avant même qu'Esther mette le pied dans la cuisine, l'orage s'y déployait.

— Moi aussi, je veux faire la recette.

— C'est moi qui brasse.

— T'as déjà cassé les œufs, se plaignit Antoine.

Esther sourit tristement. Sa famille préparait une omelette. Un classique des déjeuners de fin de semaine, la recette idéale trouvée par Jean-François pour vider les tiroirs avant de les garnir avec la nouvelle commande d'épicerie. Une habitude menacée de disparaître très bientôt avec l'éclatement de sa cellule familiale.

Grâce à ses réserves de patience, Jean-François pouvait casser des œufs avec les enfants sans en faire tout un plat. Emma préférait de loin faire la cuisine avec son père. Avec maman, ses tâches se limitaient à brasser des ingrédients secs ou à verser les tasses déjà mesurées ; alors qu'avec papa, elle avait le droit d'expérimenter, de faire des dégâts.

— C'est ma recette avec mon papa, claironna Emma.

— C'est mon papa aussi, donc c'est ma recette à moi aussi, s'opposa Antoine.

— Non !

En passant la tête dans le cadre de porte, Esther eut envie de sourire. Sa princesse ne semblait pas prête à abandonner son complexe d'Œdipe. Comme si ce n'était pas assez qu'elle s'interpose entre elle et son mari, Emma réclamait à présent l'exclusivité de la paternité de Jean-François. En la voyant debout sur sa chaise, serrant de toutes ses forces le bras de son papa adoré – Jean-François était-il conscient que le fouet tenu par Emma répandait du jaune d'œuf sur sa manche ? –, Esther mesura l'ampleur du désastre qui serait engendré par la nouvelle qu'elle devait communiquer à son conjoint.

— Ça suffit la chicane ! Je suis ton papa, mais aussi celui d'Antoine, expliqua patiemment Jean-François à sa fille.

— Mais pas celui de Théo, hein ? voulut se faire rassurer Emma, inquiète à l'idée de devoir partager son papa avec une personne de plus.

Conscient qu'on venait de prononcer son nom, le bébé cria en pensant que sa sœur voulait jouer avec lui. Il commençait à en avoir assez d'être confiné à sa balançoire.

— Je suis aussi le papa de Théo, répondit simplement Jean-François.

— C'est pas juste ! bouda la petite en abandonnant le fouet au fond du bol, ustensile rapidement récupéré par Antoine.

Esther se racla la gorge pour manifester sa présence au quatuor. Théo lui tendit les bras en pleurant, tandis qu'Antoine réclamait son bisou matinal.

Le temps de caresser la tête de ses deux plus vieux du bout des lèvres et Esther réalisa que Théo avait cessé de pleurer. Confortablement calé contre le coude de papa, il suivait à présent l'opération fouettage de l'omelette en devenir.

Esther regarda son mari, certaine qu'il lui fouillerait l'âme pour connaître le verdict du test de paternité. Ils plongèrent simultanément dans les pupilles de l'autre, suspendant momentanément le cours des choses. Ce qu'Esther crut lire derrière les iris de Jean-François ressemblait davantage à de la résignation qu'à une question.

— Ce matin, on mange au salon, proposa Esther. Filez devant la télé, les enfants.

— Qui est-ce qui va m'aider à finir la recette ? questionna Jean-François d'une voix nasillarde de dessins animés.

— Moi ! crièrent à l'unisson Emma et Antoine.

Esther abattait toutes les règles de la bonne conduite parentale pour se retrouver seule avec son mari et ce dernier sabotait ses efforts. Elle offrait ses enfants en pâture aux émissions matinales en échange d'un peu d'intimité et Jean-François la lui refusait. En temps normal, elle aurait été drôlement fière que ses petits préfèrent une activité familiale à leurs superhéros télévisés, mais ce matin, elle s'en inquiétait.

— On cuisine en famille. Hein, Théo ?

Une cuillère à la main, le bébé agitait joyeusement les bras, aveugle à la détresse de sa mère.

— Papa, t'as oublié le recyclage !

Un rapide coup d'œil par la fenêtre permit à Jean-François de constater la présence du camion de récupération au bout de la rue. Le gros monstre avaleur de cartons fascinait Emma. Juchée sur sa chaise pour faire la recette, elle avait tout le loisir de l'observer, comme s'il était un animal de cirque.

— Une chance que t'es là, ma grande.

En vitesse, Jean-François refila Théo à sa mère pour ramasser le bac bleu posé par terre. En se penchant, il remarqua le bout blanc de l'enveloppe incriminante qui dépassait de la poche d'Esther. Voyant le regard de son mari, Esther plongea la main dans la poche de sa robe de chambre pour camoufler l'objet.

— T'as une enveloppe pour moi ?

À reculons, Esther lui tendit la lettre reçue du laboratoire d'analyses. La mâchoire de Jean-François se crispa lorsque ses doigts entrèrent en contact avec le papier.

L'enveloppe à la main, le bac sous l'autre bras, Jean-François se rendit au bord de la rue. Il déposa le bac au sol. Esther le vit prendre l'enveloppe à deux mains, glisser ses doigts à l'intérieur pour en sortir les deux feuilles de résultat.

Dans la cuisine, le bol contenant les œufs se renversa sur le plancher et une vive chicane éclata entre Emma et son grand frère. Esther serra son bébé contre son cœur, autant pour le protéger des cris des deux autres que pour se rassurer elle-même. Il était trop tard pour reculer, trop tard pour effacer. Inutile de chercher à ramasser le gâchis qu'elle avait fait de sa vie. Dans quelques secondes, son mari saurait qu'il n'était pas le père de Théo.

Esther vit Jean-François déchiqueter ce qu'il avait entre les mains avant d'en disposer dans le bac bleu. Elle le vit revenir vers la maison, la tête haute. Il n'avait pas déplié les feuilles. Il avait délibérément choisi de ne pas lire leur contenu.

Thomas apporta le grand bac de rangement réquisitionné par Lili. Assise en tailleur sur le plancher, elle faisait le ménage de la commode de Léonard. Bébé grandissait à vue d'œil et, encore une fois, ses vêtements ne lui allaient plus. Lili se désolait de remiser certaines pièces que Léonard avait à peine eu le temps de porter. Comme le temps filait à vive allure… Bientôt, le congé de maternité tirerait à sa fin.

— C'est décidé, je veux pas retourner au magazine, laissa tomber Lili.

— Qu'est-ce que t'as envie de faire ?

C'était justement ça le problème. Lili n'avait jamais envisagé un changement de carrière. Elle ne voyait pas dans quelle branche elle pourrait se recycler. Elle se contenta donc de hausser les épaules pour signifier son embêtement à Thomas.

— Tu pourrais devenir maman à la maison, la taquina Thomas.

Avant d'être mère, Lili se plaisait à croire que cette vie était faite sur mesure pour elle. Son congé de maternité venait de lui prouver le contraire.

— Je suis trop tannée de me serrer la ceinture, objecta-t-elle.

La véritable raison tenait davantage au besoin de Lili de s'épanouir professionnellement. D'être en contact avec des adultes, de relever des défis. Elle ne l'admettait pas encore, mais Léonard ne pouvait pas, à lui seul, combler tous ses besoins. Son rôle de mère lui importait beaucoup, mais après être tombée dans l'excès, elle souhaitait retrouver un certain équilibre.

— Si le problème, c'est juste l'argent, il paraît que danseuse nue, c'est ben payant.

Thomas récolta un coup de cache-couche en plein visage pour son commentaire innocent.

— J'ai l'impression qu'à part changer des couches pis allaiter, je ne sais plus rien faire, déprima Lili.

La fin de son congé de maternité amenait un constat navrant: Lili n'avait pas fait la moitié des choses qu'elle se promettait de réaliser durant la première année de vie de son fils. Les soins du bébé l'avaient accaparée et éloignée de ses centres d'intérêt personnels.

— Si tu veux pas rester à la maison, tu peux au moins prolonger un peu ton congé. Le temps d'y voir clair.

L'idée n'était pas bête. Lili se promit d'y réfléchir.

Frédérique posa un regard tendre sur le contenu de son bac de recyclage. Des dizaines de bouteilles de vin semblaient prendre part à une ultime partie de Twister. Le dessus de ses armoires était vide. Elle venait de se départir de sa collection.

C'était un étrange retour dans le temps qu'elle s'était offert en manipulant les bouteilles d'alcool qui avaient jalonné les dix dernières années de sa vie. Des bouteilles de piquette pour la plupart, mais qui lui rappelaient des moments mémorables.

En recyclant son passé, Frédérique avait l'impression de s'en affranchir. Bien plus que des goulots odorants, c'étaient d'anciens amants qu'elle rejetait, de vieux rêves déçus, des espoirs inassouvis. Elle se surprenait même à abandonner ces reliques sans aucun pincement au cœur, alors qu'il n'y avait pas si longtemps, elle refusait de s'en séparer.

Le seul récipient qui trouva grâce à ses yeux et qu'elle refusa de jeter fut la bouteille de champagne offerte par Simon tout de suite après la naissance de Blanche. La bouteille continuerait d'accumuler la poussière ou alors Frédérique lui trouverait une place dans ses valises.

— Ceux-là, tu me les fais à combien? demanda Lili en désignant une superbe paire d'escarpins flambant neufs appartenant à Frédérique.

— Fais une pile et j'te ferai un prix de gros, lui offrit Frédérique.

Lili, Esther et Jeannine étaient à l'appartement pour donner un coup de main. Frédérique avait décidé de faire une vente de garage avant son départ pour le pays du Soleil levant. Il fallait alléger ses valises. C'était Lili qui avait proposé de tout mettre en vente sur un site en ligne d'annonces classées. Appareil photo en main, elle se chargeait de prendre les clichés des objets destinés à la vente, en plus de réduire l'inventaire en rachetant certains vêtements à peine portés par son amie. Si elle avait abandonné l'idée de rentrer dans les jeans griffés de Frédérique, elle pouvait au moins se rabattre sur ses souliers de designers. Esther s'employait à rédiger de courtes descriptions alléchantes qui attireraient les acheteurs.

Alors que les deux femmes se rendaient utiles, Jeannine tentait de bousiller le travail des autres en fixant des prix astronomiques et en récupérant certains cadeaux qu'elle avait offerts à sa fille au cours des dernières années. Elle ne digérait toujours pas la défection de Frédérique et comptait bien le faire sentir à sa grande fille. Chaque occasion de faire douter Frédérique était utilisée à son plein potentiel.

— Tu devrais tout entreposer. Après tout, tu pars juste pour un an.

— Bonne idée, railla Frédérique. On va tout transporter dans ton sous-sol.

— Chacune pourrait prendre quelques boîtes, nuança Jeannine, inquiète à l'idée de voir sa maison envahie par les cartons.

— Y a pas de place dans le loft de Lili, pis j'suis sûre qu'Esther s'encombrera pas de mes traîneries.

— Loue un entrepôt.

— C'est toi qui vas payer ?

L'argument financier eut raison des tentatives de Jeannine.

— Parlant d'argent, relança Lili, faut que j'me trouve une nouvelle job.

— Ton patron buveur de lait maternel t'a remplacée ? la taquina Frédérique.

Lili sourit à l'évocation de ce souvenir. Avec le recul, elle admettait que l'anecdote était plutôt rigolote.

— C'est moi qui veux pas y retourner. J'ai envie de faire autre chose.

— Quoi ? voulut savoir Jeannine.

— J'ai quelques idées…

Lili énuméra la courte liste à laquelle elle avait pensé, mais chacune de ses propositions fut accueillie par un bémol.

— Créer un blogue ou un site sur la maternité.

— Tu vas te noyer dans la concurrence, fit remarquer Esther.

— Écrire un livre ?

— Tu veux vraiment tirer le diable par la queue, fille ! s'exclama Jeannine.

— Je pourrais me spécialiser dans la conception de sites Web.

— Même Jeannine serait capable de se créer un site gratuitement en ligne, se moqua Frédérique. Les gens veulent plus payer pour ça.

— Tu devrais plutôt offrir des cours d'introduction au Web dans les foyers de personnes âgées, proposa Jeannine. Je t'ai trouvée ben bonne pour tout m'apprendre l'an dernier. Les p'tits vieux aimeraient ça.

La suggestion découragea Lili. Elle n'écartait aucune possibilité pour l'instant, mais l'idée de revivre le calvaire qu'elle avait traversé pour faire comprendre à Jeannine le fonctionnement d'un téléphone intelligent ne l'enchantait pas. De plus, il lui restait une dernière idée. Celle en laquelle elle fondait beaucoup d'espoir.

— Je pourrais me partir un commerce de cupcakes.

— *So* 2010 ! commenta Frédérique d'un air dédaigneux. Si au moins tu pensais aux macarons ou aux *spoom*.

— Moi, je t'en achèterais, l'encouragea Jeannine. Gerry en raffole.

— Faudrait en vendre à la tonne pour rentabiliser la location d'un espace commercial, souligna Esther.

— Pas si c'est mon fleuriste de chum qui me fait une place dans son commerce.

— Tu lui en as parlé ?

Lili acquiesça.

— Je pourrais faire un super site Web pour des ventes en ligne. Thomas a même parlé de l'idée à Magalie Demers, l'organisatrice d'événements avec qui il collabore. Elle est prête à proposer mes produits à ses clients en priorité.

— C'est bien beau, mais t'oublies l'essentiel: faut faire les gâteaux. À ce que je sache, c'est pas ton dada, intervint Esther avec réalisme.

— T'as raison, c'est pas le mien, mais c'est le tien! Ce projet-là, il est pour nous deux, ma vieille!

Gerry découvrit une boîte de petites douceurs sur le comptoir de la cuisine. Jeannine avait acheté des pâtisseries à la boulangerie du coin, ses préférées. Du bout du doigt, il ramassa un peu de glaçage au chocolat tombé sur le carton d'emballage et le porta à sa bouche. Il ferma les yeux de contentement, soupira puis referma le couvercle de la boîte. Pas question de succomber au piège tendu par sa femme.

Non seulement cette surprise mettait-elle sa diète en péril, mais Jeannine utilisait cette ruse pour recoller les pots cassés. Leurs années de vie commune lui avaient appris que Gerry ne savait pas résister à un dessert et que l'estomac rempli de sucre, il devenait plus conciliant. Leurs différends se réglaient souvent au-dessus d'une tarte aux pacanes ou d'un gâteau au fromage. Conscient de son talon d'Achille, Gerry jeta les pâtisseries à la poubelle. Cette fois-ci, pas question de passer l'éponge.

Si le coup des pâtisseries n'était pas subtil, l'attitude dévouée de Jeannine envers les jumeaux était tout aussi suspecte que révélatrice. Elle s'intéressait à leur babillement et soulignait chaque son s'apparentant à un mot. Gerry l'avait même vue à quatre pattes sur le plancher en train de poursuivre une Maxime hurlant de plaisir. Une scène inédite sous leur toit.

Gerry se réjouissait de l'implication de Jeannine, mais il y voyait simplement une ruse visant à lui faire oublier l'incident de la semaine dernière.

En voyant ses éclairs au chocolat, ses crèmes brûlées et ses gâteaux opéras à la poubelle, Jeannine comprit qu'il était temps de passer au plan B.

— J'ai trouvé une psy, laissa-t-elle tomber à l'heure du souper.

Gerry s'étonna que sa femme veuille consulter un professionnel. Elle avait toujours prétendu que ces fouilleurs de méninges se remplissaient les poches à vous faire raconter vos malheurs et qu'il valait mieux se prendre en main soi-même avec un bon livre de développement personnel que de miser sur l'efficacité d'une thérapie.

— C'est la meilleure pour les thérapies de couple.

Gerry n'en croyait pas ses oreilles. Il resta un instant, telle une statue de cire, la cuillère de soupe à mi-chemin entre son bol fumant et ses lèvres entrouvertes. C'était le bouquet !

— Ça nous ferait du bien de la rencontrer, poursuivit Jeannine, confiante en son idée. On se perd de vue depuis la naissance des enfants.

Gerry échappa son ustensile dans le bol de soupe. Le liquide chaud éclaboussa sa chemise. Il se leva et entreprit de nettoyer son vêtement à l'aide du torchon trouvé sur le comptoir.

— Pour avoir une famille solide, ça prend à la base un couple uni, théorisa Jeannine. Il faut qu'on règle nos bibittes.

— NOS bibittes ? s'emporta-t-il. Si y a quelqu'un ici qui a une araignée dans le plafond, c'est pas moi !

— C'est méchant, accusa Jeannine.

— Réaliste, rectifia son mari.

— Tu veux pas faire ton bout de chemin ?

— J'ai l'impression d'avoir fait Compostelle à genoux dans la dernière année pendant que tu trottinais sur Rodeo Drive !

Si elle n'avait pas été occupée à gérer sa honte grandissante, Jeannine aurait apprécié l'image créée par son mari. Une balade sur l'avenue des stars d'Hollywood était une sinécure à côté des routes poussiéreuses du pèlerinage à la mode.

— C'est toi qui as besoin d'un psy. Pas nous.

Esther s'assit dans la salle d'attente jouxtant le bureau de sa psychologue. Ses visites y étaient moins fréquentes, mais elle continuait de la consulter de manière sporadique lorsque le besoin se faisait sentir.

La secrétaire de la psychothérapeute lui avait gentiment proposé un rendez-vous la journée même de son appel en expliquant qu'un patient venait de se décommander. Esther avait sauté sur l'occasion pour étouffer les peurs qui lui rongeaient l'intérieur.

Comme tous les matins, en préparant le déjeuner des enfants, Esther était tombée nez à nez avec le planificateur familial aimanté à la porte du réfrigérateur. Entre les mentions de cours de gymnastique d'Emma, les rappels de vaccins de Théo, les autocollants indiquant les rencontres de parents à l'école pour Antoine, une date entourée au feutre rouge lui donnait la nausée: la date de son retour au travail. En principe, dans moins d'un mois, elle devrait côtoyer Claude sur une base régulière. Un effort surhumain qu'elle ne se sentait pas en mesure de fournir présentement.

— Y a une nouvelle clinique dentaire qui ouvre ses portes à l'autre bout de la ville, avait subtilement glissé Jean-François entre deux bouchées de rôtie.

Son mari devait, lui aussi, avoir l'estomac révulsé chaque fois qu'il posait les yeux sur la mention « retour au travail » du calendrier. S'il n'avait pas ouvertement interdit à Esther de reprendre son emploi auprès de son amant d'un soir, il ne manquait pas une seule occasion de sous-entendre que la ville regorgeait de dentistes ayant tous besoin d'hygiénistes dentaires compétentes.

Employée au même endroit depuis plusieurs années, Esther rechignait à l'idée de repartir au bas de l'échelle dans une nouvelle clinique. Elle devait plutôt mettre en place une stratégie d'évitement efficace à sa clinique actuelle. Claude accepterait sûrement de collaborer. Lui non plus ne devait pas sauter de joie à l'idée de réparer des caries en sa présence.

Esther savait bien que la proposition de Lili était également une perche tendue en faveur d'un changement d'emploi. Sa meilleure amie connaissait ses déboires conjugaux et devait bien se douter qu'elle s'angoissait sur son avenir professionnel. Lili ne se permettrait pas de lui imposer sa vision de la situation, mais son offre parlait d'elle-même. Elle avait balancé l'idée devant les autres en prétextant qu'elle était celle dans le besoin et Esther l'experte en pâtisserie nécessaire à la réussite de son entreprise. Mais Esther savait que dans cette histoire, elle était la personne en détresse et non le sauveteur appelé à la rescousse.

Malgré la porte de sortie élégante que lui offrait Lili, Esther ne pouvait se résoudre à se lancer dans une aventure aussi risquée. Contrairement à sa meilleure amie, elle avait déjà trois petites bouches à nourrir, trois enfants à habiller. Elle ne pouvait, à son âge et dans sa situation, se lancer dans une aventure aussi incertaine financièrement. Puis, elle hésitait à mélanger amitié et affaires. L'amitié de Lili était trop précieuse pour être risquée dans la balance.

— Madame Leblanc ?

Esther empoigna son sac à main et pénétra dans le bureau de la psychologue.

— Qu'est-ce qui vous amène aujourd'hui ? questionna la femme en prenant calepin et crayon en main.

Esther hésita un instant sur la réponse à donner, puis réalisa qu'elle avait solutionné son problème toute seule : elle devait simplement partir à la recherche d'une nouvelle clinique pour l'employer.

— Vous n'auriez pas des dentistes parmi vos patients ?

Gerry regarda Frédérique avant d'apposer sa signature au bas de la feuille qu'il avait devant lui. Que sa belle-fille lui ait demandé d'être le répondant de Blanche pour sa demande de passeport le touchait. À défaut de remonter l'allée d'une église avec Frédérique à son bras – fantasme paternel qu'il avait depuis longtemps relégué aux oubliettes –, il ouvrait les portes du monde à Blanche.

En gribouillant ses nom et prénom, il dénouait la dernière attache retenant sa belle-fille au pays. Il lui offrait sa bénédiction paternelle. Gerry n'avait pas eu besoin de la naissance des jumeaux pour connaître les voluptés et tourments de l'amour inconditionnel. Il était devenu père avec une adolescente de dix-huit ans. Pour lui, laisser partir la jeune femme presque trentenaire revenait à se séparer d'une enfant qu'il voyait grandir depuis douze ans. C'était trop tôt. Mais il le fallait.

— Vous allez me manquer, toi pis la petite.

Pour la première fois depuis qu'elle avait accepté la proposition de Simon, Frédérique fut happée par la réalité. Comment ferait-elle pour avancer sans Gerry à ses côtés ?

Le bon papa ouvrit les bras pour permettre à Frédérique de s'y réfugier. Instinctivement, il posa le nez dans la chevelure abondante de sa belle-fille, comme une mère le fait avec le crâne dégarni de son nouveau-né, pour mémoriser son odeur. Voir son enfant devenir adulte était aussi souffrant que valorisant. Au sentiment du devoir accompli se mélangeait le regret de ne plus pouvoir entourer l'autre de ouate. Il se consolait en se disant que Simon prendrait la relève en prenant soin de Frédérique.

— Je suis content que t'aies enfin trouvé ton prince charmant.

— C'est lui qui a trouvé sa princesse, se moqua Frédérique pour alléger l'atmosphère.

Derrière la blague, Gerry obtenait la certitude que sa belle-fille était amoureuse. Se faire confirmer qu'il n'était plus l'homme le plus important dans la vie de Frédérique lui pinça le cœur. Finalement, c'était elle qui avait raison : les relations affectives étaient compliquées. Ironiquement, sa belle-fille s'ouvrait enfin à l'amour au moment où son propre couple en béton armé se désagrégeait.

— Qu'est-ce que tu fais de ton appartement ? s'informa Gerry innocemment.

— Je sais pas encore. Je pourrais sous-louer jusqu'en juin ou demander au proprio de casser le bail.

— J'aurais quelqu'un pour sous-louer.

— Qui?

— Moi!

Vêtue d'un tailleur sobre, mais féminin, Esther consacrait sa journée à distribuer ses curriculum vitae. La veille, elle avait répertorié toutes les cliniques dentaires situées dans un rayon de cinquante kilomètres de son domicile et en avait identifié les propriétaires. En quelques clics, elle avait trouvé les informations recherchées. Elle avait ensuite programmé son GPS avec toutes les adresses trouvées. L'hygiéniste dentaire connaissait maintenant l'itinéraire le plus efficace pour courtiser ses employeurs potentiels.

Esther savait pertinemment qu'une poignée de main franche et l'énergie d'une personne parlaient beaucoup plus que l'alignement sur une feuille de ses expériences professionnelles. L'opération charme se déroulerait sur le terrain.

Après quelques rendez-vous, le moral d'Esther était à la baisse. Ou on n'avait rien à lui offrir et la renvoyait cavalièrement, ou elle se voyait proposer des conditions de débutantes, des horaires ridicules ou des remplacements de congé de maternité. Bref, rien de solide. Les cliniques en périphérie du secteur prospecté se révélaient beaucoup trop loin de la maison. Sur papier, elle pouvait s'y rendre en une quarantaine de minutes, mais avec le trafic, elle perdrait plusieurs heures par jour dans sa voiture.

Comme si ce n'était pas assez, Dame Nature décida de livrer la première bordée de neige de l'année. Plusieurs conducteurs roulaient encore sur des pneus d'été et arpenter les rues devenait aussi dangereux que de jouer à la roulette russe. Sans parler des flocons fondants qui anéantissaient les efforts qu'Esther avait mis à se sculpter un chignon impeccable avant de quitter la maison.

Découragée, elle revint vers son point de départ. Immobilisée à un feu rouge, elle remarqua une affiche annonçant l'ouverture prochaine d'une clinique dentaire. Considérant qu'elle n'avait rien à perdre, Esther s'engagea dans le stationnement du commerce. En immobilisant sa voiture, elle réalisa qu'elle n'avait plus de copie de son curriculum vitae. Qu'importe, les propriétaires n'étaient probablement pas sur les lieux. Elle comptait simplement s'informer auprès des ouvriers de la date d'ouverture de la clinique et revenir.

Elle n'avait pas encore mis les pieds à l'intérieur de la bâtisse qu'un sifflement macho lui parvint aux oreilles. Ignorant le compliment grossier, Esther passa la porte du commerce et repéra un vieil homme vêtu trop proprement pour être un tireur de joints. Si quelqu'un pouvait lui fournir de l'information, c'était probablement lui.

— Je peux vous aider, madame?

— Je me demandais quand allait ouvrir la clinique, exposa-t-elle simplement.

— On prend pas encore de réservation, se moqua gentiment le vieillard. À moins que vous vouliez des plombages en plâtre.

Esther sourit au trait d'esprit de l'homme. Son interlocuteur devait bien avoir soixante-dix ans sonnés, mais il avait l'œil vif et allumé. Elle lui expliqua qu'elle souhaitait plutôt postuler pour un emploi d'hygiéniste dentaire. L'homme semblait charmé par la personnalité franche d'Esther, sa façon directe de dire les choses, de se vendre habilement. Il lui tapota la main affectueusement.

— Si j'étais le propriétaire, je vous engagerais sur-le-champ, ma belle madame.

Esther aurait bien aimé un patron de cet âge, trop vieux pour courtiser ses employées, trop ridé pour la charmer. Meilleure chance la prochaine fois !

— Mais je peux lui toucher un mot en votre faveur. Je le connais bien, avoua l'homme sur le ton de la confidence. D'ailleurs, le voici.

Esther pivota sur elle-même et tomba nez à nez avec le propriétaire des lieux.

— Je vous présente mon p'tit-fils. Il est célibataire, crut important d'ajouter le fier grand-père.

— Papi ! lui reprocha l'autre.

« Trop jeune, trop *cute* », pensa Esther en serrant la main qu'on lui tendait. Le dentiste était justement occupé à compléter la liste de son personnel et laissa une carte d'affaires à Esther en l'invitant à lui faire parvenir de l'information à son sujet dans les plus brefs délais.

Elle regagna sa voiture en se disant que, finalement, dans l'intérêt de son couple, l'idée d'être pâtissière aux côtés de Lili ne devait pas être écartée trop vite.

Le flash de l'appareil photo fit de nouveau pleurer Blanche. Frédérique tenta de la consoler et de sécher ses larmes pour retenter l'expérience. Les photos d'identité étaient le dernier élément manquant pour obtenir le passeport de sa fille. Il était plus que temps d'acheminer la demande si elle voulait quitter le pays à la fin du mois.

De tous les endroits où elle aurait pu obtenir les fameuses photos règlementaires exigées par le gouvernement, Frédérique avait arrêté son choix sur la pharmacie où Jeannine travaillait. Elle devait parler à sa mère.

Les révélations de Gerry l'avaient profondément troublée. Ce n'était pas l'insouciance de sa mère qui l'avait alertée, mais la réaction de son beau-père. Jamais Gerry n'avait osé dire du mal de sa femme. Jamais il n'avait laissé transparaître le moindre sentiment de frustration à son égard. Jamais Frédérique n'avait soupçonné que leur couple puisse battre de l'aile. Jeannine et Gerry, c'était comme le beurre d'arachide et le chocolat des Reese's Pieces : indissociable.

— Tu vois bien qu'elle veut pas quitter le pays ! se scandalisa la grand-maman en prenant sa petite-fille en larmes dans ses bras.

— Tu fais de la projection, Jeannine.

— Tu pourrais rester avec mamie pendant que maman court la galipote à l'autre bout du monde, proposa Jeannine à la petite.

— Ça a l'air que t'as de la misère à t'occuper de tes enfants. Je vais sûrement pas te confier la mienne.

Le reproche était évident avec le choix des mots, mais la douceur de la formulation démontrait plus de chagrin que de colère. Jeannine comprit instantanément que Gerry s'était confié à Frédérique au sujet de sa sortie au dépanneur.

— Si t'es venue pour me faire la morale, c'est pas nécessaire ! Gerry y a pensé avant toi.

— À quoi t'as pensé, maman ?

Jeannine laissa tomber ses défenses en entendant Frédérique l'appeler « maman ». Un mot si rare dans la bouche de sa grande fille.

— Justement, j'ai pas pensé.

Honteuse, Jeannine garda les yeux rivés sur sa petite-fille pour se donner le courage de continuer.

— Il est rien arrivé, là. J'ai compris mon erreur, je recommencerai plus.

Frédérique songea qu'en effet, il n'était rien arrivé de fâcheux aux jumeaux, mais pouvait-elle en dire autant du couple de sa mère ?

— Allez-vous vous séparer ? demanda timidement Frédérique.

— D'où tu sors des niaiseries pareilles ? s'esclaffa Jeannine.

— Gerry m'a demandé de pas casser mon bail. Il veut s'installer dans mon appartement avec les jumeaux. Ça sent pas la solidité conjugale !

Jeannine resta sans voix devant l'aveu de sa fille.

— Tu savais pas, réalisa Frédérique.

Jeannine tendit Blanche à sa mère. Elle ne se sentait pas bien et redoutait d'échapper l'enfant. Elle s'appuya au comptoir pour reprendre ses esprits.

— Donne-lui pas une porte de sortie, implora Jeannine. Aide-moi à le garder à la maison.

Frédérique eut le cœur serré devant la détresse évidente de sa mère. Pour la première fois de sa vie, elle se sentait prise entre l'arbre et l'écorce, entre son affection pour Gerry et le titre de mère qu'elle partageait maintenant avec Jeannine.

— *Ohayô gozaimasu*, lança Simon à titre de salutation matinale en rentrant de son circuit de jogging.

Frédérique leva les yeux au ciel. Son chum avait entrepris de lui apprendre un mot de japonais tous les jours jusqu'à leur départ. Un enseignement forcé qui ne lui plaisait pas. L'élève ne présentait pas un don particulièrement développé pour les langues et son intérêt était minimal.

— Tu m'as dit que j'avais juste besoin de parler anglais pour me débrouiller là-bas.

— C'est vrai. Mais les Japonais vont apprécier que tu fasses l'effort de les saluer dans leur langue.

Il voulut l'embrasser, mais elle le repoussa. Même avec des températures frôlant le point de congélation, Simon rentrait couvert de sueur après sa course. Quand elle ne participait pas à la sudation d'un homme, Frédérique refusait de s'en humecter le corps.

Un sourire aux lèvres, Simon se dirigea vers le réfrigérateur pour y trouver la pinte de lait au chocolat. Tout en buvant sa boisson, il observa sa blonde en train de se peindre les ongles.

— As-tu eu le temps d'appeler le proprio pour casser le bail ?

— Non.

— Je peux m'en occuper, si tu veux.

— Je préfère attendre encore un peu.

Simon fronça les sourcils. L'espace d'un instant, il eut peur que Frédérique lui fasse faux bond et décide finalement de ne pas l'accompagner au Japon.

— J'ai une amie qui aimerait peut-être me le sous-louer, mentit habilement Frédérique.

— Faut quand même aviser le proprio qu'on renouvellera pas en juin.

Frédérique fit doucement glisser le pinceau enduit de noir sur l'ongle de son auriculaire droit. Ne restait plus que la couche de protection à appliquer. Elle referma son flacon de vernis et s'éventa les mains pour accélérer le séchage de la couleur.

— On sauverait de l'argent en laissant ce qu'on n'a pas vendu ici plutôt que de payer pour tout entreposer pendant un an. En plus, on pourrait sous-louer à meilleur prix un appartement meublé.

— Tout d'un coup qu'on reste plus qu'un an au Japon?

— Le deal, c'est un an! s'énerva Frédérique.

Simon ravala son prochain commentaire de justesse. Son patron lui laissait miroiter que le contrat pourrait s'échelonner sur plusieurs années si les affaires prospéraient pour la compagnie. Il décida de conserver cette information pour lui. Après tout, ce n'étaient que des hypothèses. Pas question de faire déguerpir Frédérique en l'affolant avec des suppositions.

— Je suis pas vraiment à l'aise que quelqu'un d'autre vive dans mes affaires, tenta Simon afin qu'ils s'en tiennent à leur plan initial.

— Si t'as de l'argent à gaspiller... Moi, je pense que je vais laisser les miennes ici.

Frédérique agita une nouvelle bouteille miniature contenant cette fois un vernis transparent. Elle entama la dernière étape de sa manucure.

Voyant qu'elle avait les mains occupées, Simon se glissa derrière elle pour la prendre dans ses bras. Elle rouspéta pour la forme, prisonnière de son étreinte. C'était ça ou ruiner sa manucure. Aussi bien se laisser faire.

— *Aï shiteru.*

Frédérique sourit. Ces petits mots avaient été faciles à mémoriser. C'étaient ceux que Simon répétait le plus souvent: «Je t'aime».

— *Watashi mo aï shiteru,* répliqua-t-elle.

Fier de son élève et rassuré par la réciprocité de ses sentiments, Simon fila sous la douche. Pendant qu'il abandonnait chaque centimètre de son épiderme à la chaleur de l'eau, Frédérique laissait définitivement tomber l'idée de résilier son bail.

Lili salivait en additionnant dans un même fichier informatique des photos de petits gâteaux spectaculaires répertoriés sur Internet. Elle se sentait une attirance particulière pour les créations destinées aux fêtes d'enfants. Avec un minimum de talent et un arsenal de bonbons colorés, on pouvait développer un éventail de modèles pour la clientèle.

Elle était particulièrement enchantée d'une récente découverte : les cupcakes de shower. De petits gâteaux savamment décorés et fourrés d'un centre rose ou bleu permettant d'annoncer de manière originale le sexe de l'enfant à naître. Plus elle y pensait et plus son projet se concrétisait dans son esprit. Elle se voyait entourée de femmes enceintes et de jeunes mamans désireuses d'offrir des anniversaires mémorables à leurs rejetons. Des mamans prêtes à mettre le gros prix pour des petits gâteaux qui accrocheraient des étoiles dans les yeux de leur enfant.

— Oups !

Le temps avait filé sans que Lili le remarque. Ce qui lui confirmait qu'elle était sur la bonne voie professionnelle. Jeannine passait son temps à dire que : « Quand on est au bon endroit, le temps s'arrête. » Une citation pêchée dans un livre de psychologie populaire.

À regret, Lili ferma son fichier gourmand et ouvrit sa galerie de photos. Elle s'était proposé de concevoir un album souvenirs pour Frédérique. Un cadeau collectif qui lui serait remis à son souper de départ.

L'idée lui était venue après leur conversation le soir de l'Halloween. Évidemment, quelques clichés n'allaient pas anesthésier l'ennui de son amie, mais Frédérique emporterait un peu d'eux dans ses valises.

Naviguer à travers les centaines de photos prises pendant la dernière année fut un voyage émouvant pour Lili. Elle s'offrit même le luxe de faire défiler un diaporama musical de toutes les images qu'elle avait croquées les douze derniers mois. Un spectacle intimiste débutant par des ventres énormes, prêts à rendre leur contenu, et l'évolution des parents et des poupons.

— C'est vrai qu'il était gros, souffla timidement Lili en revoyant des photos de Léonard lors des premiers mois de sa vie.

À l'époque pourtant, elle ne voyait qu'un adorable bébé destiné à devenir la vedette de toutes les compagnies de couches ou de purées pour nourrisson. Avec le recul, elle posait un regard attendri sur un Léonard joufflu et bien enrobé. Son bébé était maintenant si grand...

La tâche consistant à sélectionner les meilleures photos pour constituer l'album de Frédérique se révéla ardue. Lili réalisait à quel point elle avait traîné son appareil photo tout au long de son congé de maternité. Si Thomas et Léonard se voyaient attribuer les rôles principaux dans le film photographique qui se déployait devant elle, les rôles secondaires tenus par les amis et leur progéniture y faisaient également bonne figure. Tout le monde aurait ses quinze minutes de gloire dans le livre illustré qu'avait l'intention de commander Lili.

— Du vrai travail de pro ! se félicita-t-elle en tournant les pages virtuelles de son album sur son écran d'ordinateur.

Maintenant, ne restait plus qu'à espérer que l'impression soit de bonne qualité et se fasse dans les temps. Le départ de Frédérique était imminent.

Frédérique donna un coup d'escarpin dans le pneu avant gauche de sa voiture, comme on flanque une grande claque amicale dans le dos d'un ami sur un quai de gare. Elle n'arrivait pas à croire qu'elle avait déniché aussi rapidement un acheteur. Elle devrait offrir une commission à Esther pour la rédaction du texte qui accompagnait les photos prises par Lili pour mettre en valeur son auto. C'était sûrement ce qui avait fait toute la différence pour que sa voiture se démarque parmi les centaines de bazous en vente sur Internet.

La voiture avait été nettoyée le matin même, Frédérique avait pris soin de vider la boîte à gants de son contenu. Le véhicule automobile était prêt à être adopté par un nouveau propriétaire.

Par nostalgie, Frédérique prit place une dernière fois derrière le volant et referma la porte de l'habitacle. Se séparer d'une cafetière ou de vêtements payés trop cher et si peu portés n'avait pas la même signification que de se départir de sa voiture. Ce baisodrome roulant lui rappelait tellement de souvenirs.

Des ébats à la sortie d'un bar aux gâteries prodiguées sur l'autoroute ou en bordure du chemin, la voiture avait été baptisée par de nombreux amants. Les visages anonymes de la plupart se confondaient les uns aux autres et seuls quelques-uns se démarquaient du lot. En vendant son auto, c'était toute une page de son passé que Frédérique acceptait de tourner.

Plus le départ approchait, plus elle s'affranchissait d'un bagage émotif qu'elle traînait lourdement. Étrangement, la légèreté retrouvée entre les deux oreilles était inversement proportionnelle au poids de son cœur dans sa poitrine.

Avant de sortir de la voiture, Frédérique inspecta le dessous des sièges.

— Une capote est si vite égarée !

Un rectangle de carton blanc attira son attention sous le siège du passager. Après de multiples contorsions, Frédérique mit la main sur une photographie écornée. Un cliché la mettant en vedette, enfant, aux côtés de sa mère. Une des seules photos que Frédérique conservait de son enfance.

Elle se rappela que longtemps avant, elle avait coincé cette image entre le plafond de la voiture et le pare-soleil du côté passager. L'accessoire s'était peut-être ouvert lors du passage d'un jeune homme fringant et la photo gisait depuis des années sur le tapis de sol, attendant le bon moment pour refaire surface. Et pour torturer Frédérique, il n'y avait pas meilleur moment.

Lili prit une gorgée de vin. Le liquide capiteux lui enroba l'œsophage de manière délicieuse. Elle ne parvenait pas à dire si c'était l'ivresse causée par les quelques lampées qui la grisait ou le tableau qu'elle avait sous les yeux. Elle avait perdu l'habitude de boire de l'alcool et une petite quantité l'enivrait exquisément.

Léonard explorait le contenu de l'assiette de son grand-père. Confortablement installé sur les genoux de papi, le bébé pigeait à pleine main dans les aliments atteignables et l'adulte le laissait faire. Raison de plus pour en profiter. Non seulement papa et maman refusaient de le prendre à l'heure du repas pour éviter de tacher leurs vêtements, mais ils lui imposaient toujours un ustensile alors qu'il était si plaisant de tripoter le menu à main nue. Papi ne se formalisait pas d'un peu de sauce sur son collet de chemise ou de quelques empreintes digitales sur ses manches.

Lili s'émerveillait devant ce grand-papa décontracté, amoureux fou de son unique petit-fils. Elle n'avait pas souvenir que son père lui ait donné autant d'attention lorsqu'elle était petite. C'était le talent des petits-enfants d'arrêter la course folle des plus âgés.

Malgré ses facultés ralenties par l'alcool, Lili n'hésita pas à sortir son appareil photo pour immortaliser la scène. Déjà qu'elle n'avait pas eu la chance de photographier sa mère avec son fils, elle n'allait pas se gêner pour le faire avec son père. L'homme était en pleine santé, mais personne ne pouvait prédire avec certitude le moment de son grand départ.

Lili captura quelques sourires complices et déposa négligemment son appareil photographique sur la table dès qu'elle fut convaincue d'avoir une photo parfaite emprisonnée sur sa carte-mémoire.

— Comme ça, tu veux nous faire engraisser, badina le grand-père en relançant sa fille sur sa nouvelle lubie professionnelle.

— Si c'était pas si risqué financièrement, ça serait déjà officiel, répondit Lili en songeant que c'était le nœud du problème pour convaincre Esther d'embarquer dans l'aventure.

— Ta mère disait toujours qu'un bébé, ça enrichit ses parents, se souvint avec émotion le grand-papa.

Lili devint songeuse. Jamais elle n'avait entendu sa mère tenir de tels propos, mais l'expression recueillie de son père était un gage d'authenticité.

Évidemment, jamais elle n'aurait osé répliquer qu'au prix où se vendaient les couches de nos jours et compte tenu du montant qu'il fallait épargner chaque mois pour un régime enregistré d'épargne-études, un bébé représentait plutôt une dépense pour un couple. Elle comprenait que son père parlait d'un enrichissement humain et émotif, et là-dessus, elle ne pouvait qu'approuver le dicton créé par sa défunte mère.

— C'est juste que les câlins et les bisous de Léonard paient pas l'hypothèque!

— C'est là que tu te trompes, ma fille!

Le père de Lili rectifia le tir en expliquant que feu son épouse croyait sincèrement qu'un bébé renflouait les coffres, qu'il générait pour ses parents l'argent dont ils avaient besoin pour le faire vivre. Que c'était le bon Dieu qui se faisait complice de la providence pour remercier les parents qui avaient offert la vie à un nouvel être humain.

— Ce p'tit bonhomme-là va toujours te pousser à te dépasser, à te réinventer, dit-il en regardant Léonard avec fierté. Tu vas trouver des solutions par amour pour lui.

Lili essuya ses yeux du revers de la main. Probablement la faute de l'alcool, encore.

Elle s'excusa et se rendit derrière le comptoir pour dénicher un mouchoir et faire disparaître les gouttes d'eau qui pendaient au bord de ses cils.

Léonard s'agita sur les genoux de son grand-père. Il en avait assez d'être à table et souhaitait explorer le plancher. Après lui avoir débarbouillé le visage et les menottes, le papi le déposa au sol pour le laisser trottiner un peu. Le bébé refusait toujours de se déplacer sur ses deux jambes et avait développé une vitesse surprenante dans la marche à quatre pattes. Le vieil homme le déposa tout de même debout à quelques centimètres de la chaise voisine en l'invitant à s'agripper au mobilier pour effectuer quelques pas en station verticale.

— Vous prendrez bien un café ? demanda Thomas en desservant les assiettes.

— Juste si quelqu'un d'autre en prend, répondit son beau-père.

Thomas jeta un regard dans la cuisine. Lili remplissait de nouveau sa coupe de vin. Heureusement qu'elle avait dégelé du lait maternel pour le prochain boire de leur fils.

— J'en fais pour nous deux, mentit Thomas qui comptait bien terminer la bouteille de vin avec sa blonde.

Il n'avait pas encore déposé les assiettes souillées sur le comptoir qu'un grand fracas se fit entendre derrière lui. Un bruit aussi subit qu'explosif et qui provoqua instantanément les pleurs de Léonard.

Lili courut en direction de son fils pour le prendre dans ses bras et fut la première à trouver la source du vacarme. Voyant la courroie de l'appareil photo se balancer dans le vide, Léonard avait tiré sur l'objet pour l'attirer à lui, occasionnant la chute du matériel sur le sol.

Après avoir confié son bébé en larmes à son père, Lili récupéra l'appareil et tenta de le faire fonctionner, mais il était fichu. S'il était vrai qu'un bébé enrichissait ses parents, Léonard venait d'augmenter sensiblement le crédit qu'il devait à sa mère.

Esther inscrivit un astérisque au calendrier. Le signe typographique indiquait la date d'entrée en vigueur de son futur contrat de travail. Elle n'avait même pas osé inscrire l'événement en mots tellement son enthousiasme était faible.

Elle venait d'accepter, à contrecœur, un accord minable. Elle effectuerait un remplacement de congé de maternité dans la clinique la plus éloignée de toutes celles qu'elle avait courtisées. Si la décision n'était pas prise de bon cœur et avec plaisir, elle représentait tout de même une année de paix d'esprit et de marge de manœuvre pour se trouver un autre emploi, plus stable et plus intéressant.

— Pourquoi t'as accepté si ça te tente pas ? voulut savoir son époux.

Esther se contenta de hausser les épaules en guise de réponse. Elle ne souhaitait pas aborder la question avec Jean-François et n'était pas certaine de saisir ses propres motivations.

Évidemment, il était hors de question de retourner travailler avec Claude. Le choix logique aurait été de donner suite à l'invitation du jeune dentiste rencontré la semaine précédente. Le nouveau propriétaire semblait prêt à lui faire une place dans son équipe, mais le magnétisme qu'il avait exercé sur Esther l'avait convaincue de ne même pas faire parvenir son curriculum vitae. Il fallait éloigner les tentations inutiles.

Restait la proposition de Lili qu'Esther ne pouvait se résoudre à accepter. Trop de variables jalonnaient le projet et l'insécurisaient.

— J'suis juste angoissée à l'idée de recommencer au bas de l'échelle, mentit Esther.

En formulant ce mensonge, elle se mit à pleurer de honte. Honte de mentir, encore. Honte d'être la seule responsable de son malheur actuel. Honte de ne pouvoir dire la vérité à Jean-François de peur d'être jugée. Heureusement pour elle, son mari traduisit ce débordement d'émotion par l'évacuation du stress auquel elle faisait référence.

— Ça va bien se passer, la rassura-t-il en l'étreignant. T'es une excellente hygiéniste dentaire.

Esther ne doutait pas de ses capacités professionnelles, mais ce compliment dans la bouche de son mari la rasséréna légèrement. Peut-être qu'elle s'en faisait pour rien ?

Elle sourit à Jean-François pour mettre un terme à la discussion, certaine que cet artifice le convaincrait que tout allait bien.

Jean-François regarda sa femme se mettre à la préparation du souper familial. Chacun de ses gestes trahissait son désespoir. Elle se montrait forte, ne se plaignait pas ouvertement, mais il n'était pas dupe : Esther acceptait ce contrat pour sa famille uniquement. Il craignait que sa femme éprouve l'envie de retourner travailler pour Claude. Il lui fallait trouver une autre solution qui soit satisfaisante pour tous.

Lorsqu'on lui confirma que les réparations nécessaires pour redonner vie à son appareil photo s'élevaient à une petite fortune, Lili décida de s'équiper en neuf. La technologie photographique évoluait rapidement et l'équipement récent offrait de multiples avantages sur les fonctionnalités de son vieux matériel.

Lili commença à farfouiller dans les différents présentoirs à la recherche du nec plus ultra des machines à images. Elle ne se souvenait pas de la dernière fois où elle avait mis les pieds dans une boutique spécialisée en photographie. Elle évitait cet endroit comme la peste, consciente de son petit faible pour l'équipement photographique. Fuir ce genre d'établissement assurait un équilibre dans son compte en banque. Équilibre qui était grandement menacé en cet instant précis.

Son budget ne lui permettait pas la Cadillac des appareils, mais après une année de privations, Lili avait envie de se gâter. Léonard pouvait bien avoir des tiroirs moins garnis pendant les douze prochains mois. Le bambin ne souffrirait pas d'une rotation plus régulière de ses vêtements. Thomas et elle avaient en leur possession tous les articles nécessaires pour élever un bébé : poussette, lit, chaise haute et compagnie. Dans le fond, l'investissement le plus important était maintenant derrière eux. Peut-être même Lili économiserait-elle sur les coûts de la garderie. Si elle travaillait de la maison, elle pourrait garder Léonard. Son fils n'était pas trop exigeant et elle pouvait facilement envisager de préparer ses desserts en sa présence. En additionnant ces restrictions budgétaires, elle pourrait s'offrir un équipement à la fine pointe de la technologie. Elle le méritait, non ?

Lili songea également au fait que de cuisiner des gâteaux à domicile ne lui demanderait pas un très grand investissement pour sa garde-robe personnelle. D'autant plus que Frédérique venait de lui céder des vêtements pour une bouchée de pain. Un argument ultime qui la convainquit de s'offrir l'appareil professionnel que lui vantait si bien le préposé de la boutique.

En payant, Lili eut un doute. Cette dépense folle n'était pas nécessaire. Surtout au moment où elle s'apprêtait à démarrer une nouvelle entreprise. Il y aurait sûrement beaucoup de matériel à acheter pour cuire les petits gâteaux et les décorer.

Elle écarta ces arguments en se disant que les dépenses seraient assurées moitié-moitié par Esther et elle-même.

Lili glissa rapidement au fond de son portefeuille le coupon de caisse que lui tendit la jeune caissière. Elle tenta naïvement d'oublier le total de la facture qui s'élevait à plusieurs milliers de dollars. Il était temps de retourner sur le marché du travail pour amortir le coût de son péché mignon.

Jeannine prit place en silence sur un banc de bois. L'Oratoire Saint-Joseph était un havre de paix où elle aimait se recueillir. La dernière fois qu'elle y avait mis les pieds, c'était pour implorer son Dieu de lui donner la chance de porter de nouveau la vie. Presque deux ans s'étaient écoulés depuis. Jeannine s'en voulait un peu de ne pas être revenue se recueillir en ce lieu saint pour remercier le Patron de la place de la faveur obtenue.

— Au nom du Père, du Fils et du Saint-Esprit, récita Jeannine avant de fermer les yeux et de joindre les mains en prière.

Si elle avait ressenti le besoin d'un pèlerinage express à l'Oratoire Saint-Joseph, c'était pour trouver réponses aux trop nombreuses questions qui se bousculaient dans son cerveau. Elle avait constaté avec stupéfaction qu'il était désormais possible de transmettre ses intentions de prière directement en ligne sur le site officiel de l'Oratoire, mais rien ne valait une discussion en tête-à-tête avec le saint frère André.

— J'm'excuse de venir encore quémander, commença-t-elle à mi-voix.

Avant de poursuivre son plaidoyer, Jeannine s'assura qu'aucun croyant n'avait pris place à proximité d'elle. Elle souhaitait adresser sa prière de vive voix et non pas juste en pensée. Il y avait un bienfait indéniable au fait de prononcer à voix haute ses angoisses, un exutoire que ne procurait pas la réflexion seule.

— Je comprends pas pourquoi toi pis le bon Dieu vous m'avez exaucée si c'est pour me retirer mon cadeau deux ans plus tard.

Jeannine s'en voulait du ton accusateur, mais elle croyait que le Seigneur ne se formaliserait pas de ce détail. Il était assez Grand pour retenir l'essentiel du message et non l'attitude du messager.

Dans les derniers jours, Jeannine avait pris conscience du vilain tour qu'était en train de lui jouer la vie. Comme si après l'avoir confortée dans son rôle de mère, le destin lui volait ce qu'elle tenait pour acquis : la présence de ses enfants.

— Frédérique, c'est une adulte. Faut que je fasse mon deuil de l'avoir sous mon aile, mais les jumeaux...

Jeannine ne termina pas sa phrase, autant à cause de l'émotion qui lui nouait la gorge qu'en raison de l'arrivée inopinée d'un couple de personnes âgées venues se recueillir à quelques pas d'elle.

L'épée de Damoclès qui se balançait au-dessus de sa tête menaçait de lui faire perdre ses trois enfants d'un seul coup. Elle n'arrivait pas à croire que Gerry – son Gerry – puisse lui voler ses bébés, les éloigner d'elle alors qu'ils étaient les deux tiers de sa raison de vivre. Comment cet homme, bon comme du pain, pouvait-il ignorer le mal qu'il lui ferait en la quittant et en exigeant une garde partagée ?

« M'enlevez pas tous mes enfants », implora-t-elle en silence comme un mantra interminable, sachant très bien que sans Frédérique, Julien et Maxime, la vie ne valait plus la peine d'être vécue.

Les coupes s'entrechoquèrent à l'unisson. Si certains y allèrent d'un cri expressif ou d'un tchin tchin bien articulé, c'était bien plus pour camoufler leur émotion que par réelle allégresse. Comme des apôtres réunis pour la dernière Cène, les petites familles rassemblées autour d'une grande tablée conviviale redoutaient l'événement inévitable pour lequel ils trinquaient à l'heure actuelle : le départ de trois des leurs.

Ce souper d'au revoir était le prétexte idéal pour souligner la grande amitié qui s'était tissée au fil des mois entre les adultes présents. Si Lili avait le cœur gros à l'idée de ne plus goûter quotidiennement les réparties savoureuses de Frédérique, Thomas aussi s'ennuierait de l'humour de Simon. Gerry regrettait déjà de se séparer de son gendre qu'il apprenait à peine à connaître; Esther s'émouvait de l'éloignement de celle qu'elle avait pourtant considérée comme une rivale il n'y avait pas si longtemps; tandis que Jeannine était stupéfaite que son cœur tienne le coup et qu'il ne soit pas déjà en mille morceaux sur le plancher.

Lili profita de l'occasion pour se pavaner avec son nouvel achat aux yeux de tous. Elle mitraillait littéralement les convives, emballée par la performance de son appareil photo.

— T'as du persil entre les dents, prétendit Frédérique, voyant qu'Esther prenait la pose pour son amie.

Gênée, Esther s'excusait déjà pour se rendre à la salle de bain lorsque Frédérique éclata de rire et lui avoua son petit mensonge ayant justement pour but de la mettre mal à l'aise.

— De toute manière, de nos jours, avec Photoshop, une saleté entre les dents est si vite disparue, ajouta Simon pour rassurer Esther.

— Tu sauras, Simon Meilleur, que je retouche pas mes photos. C'est de l'art que je fais, pas du travail informatique, se vanta Lili.

Simon fut à même d'apprécier la justesse de ses propos. Le moment était venu d'offrir le cadeau de départ dont Lili s'était chargée pour le groupe. Un magnifique livre relié dont la couverture était une photo de Frédérique, Simon et Blanche, prise le soir de l'Halloween, alors que la famille était déguisée en personnages typiquement japonais. La photo prémonitoire offrait un avant-goût de ce qui les attendait la prochaine année. À l'intérieur se succédaient les portraits de famille de tous les convives réunis autour de la table. Lili avait pris soin d'ajouter des légendes pour accompagner chaque cliché. Des commentaires parfois rigolos, souvent touchants, qui mettaient en mots ce que traduisaient les photos en émotions : ils formaient dorénavant une grande famille.

Le cadeau passa de main en main autour de la table, chacun se régalant des choix artistiques de Lili.

— Tu me diras combien tu me charges pour celle-là, en grand format, souffla Jean-François à Lili en pointant une photo où l'on voyait Esther souriante et détendue.

Un visage qu'elle n'arborait pas souvent.

Lili se retint de dévoiler que la photo avait été prise lors de leur séjour au spa et que l'abandon d'Esther y était dû en grande partie à l'effet du cannabis qu'elle avait préalablement inhalé.

La serveuse réchauffait à présent les fonds de café. Lili en profitait pour visionner toutes les photos prises dans la soirée et jeter à la poubelle virtuelle celles qu'elle ne jugeait pas dignes d'être téléchargées dans son ordinateur. Esther assistait, silencieuse, au visionnement improvisé par sa meilleure amie. Elle n'avait pas encore trouvé le courage de lui dire qu'elle avait accepté un emploi dans une nouvelle clinique dentaire et que, par conséquent, elle refusait de démarrer une entreprise avec elle.

La veille, Lili lui avait acheminé par courriel le dossier contenant les photos les plus inspirantes qu'elle avait dénichées sur Internet pour mettre sa décoratrice de petits gâteaux en appétit. Esther avait regardé le tout en se disant qu'elle recyclerait bien certaines idées pour les anniversaires de ses enfants, mais qu'elle ne commercialiserait jamais le résultat de ses efforts. Elle savait que cette décision briserait le cœur de son amie, qu'elle devait la lui communiquer rapidement, mais le souper actuel n'était pas le moment idéal pour expliquer le tout.

En observant attentivement les photos prises par Lili pendant la soirée, Esther réalisa à quel point son couple était beau. Non seulement elle et Jean-François étaient-ils bien assortis physiquement, mais il se dégageait une réelle harmonie entre eux. Lili avait su capter des échanges de regards complices. Il y avait même, dans le lot, une photo de Jean-François qui posait sur elle un regard franchement amoureux, alors que son attention à elle était tournée vers un autre convive. Son amie Lili possédait un grand talent pour la photographie.

Pendant qu'Esther se félicitait d'avoir vaincu vents et marées avec son mari au cours de la dernière année, Lili ne voyait que les erreurs techniques de ses photos: cadrage mal centré, exposition insuffisante, focus mal ajusté. Ce ne fut qu'au deuxième passage de la galerie de photos qu'elle commença à apprécier la valeur intrinsèque de son travail. Elle fut touchée par les sentiments qui émanaient de la majorité des clichés. Simon semblait plus épris que jamais de sa belle Frédérique, Gerry carrément gaga de ses enfants, Esther et Jean-François amoureux comme au premier jour.

Il n'y avait que les photos de Jeannine qui détonnaient de l'ensemble. Lili avait eu beau modifier son angle de prise de vue, ajuster l'intensité de son flash, elle avait l'impression que Jeannine portait le voile du deuil. Des ombres menaçantes envahissaient les traits de son visage, son regard se couvrait de tristesse. Elle n'avait pratiquement pas ouvert la bouche de la soirée. Il était normal que le départ de sa grande fille la chagrine, mais de là à en perdre sa verve et à laisser toute la place aux autres…

— Un p'tit shooter avant de partir, lança joyeusement Frédérique en distribuant les miniverres d'alcool qu'elle avait commandés à la serveuse.

— C'est quoi? questionna Esther qui refusait d'avaler quoi que ce soit sans en connaître la composition.

— Mélange de crème de café, crème de whisky surmonté d'une touche de crème chantilly, décrivit Frédérique en pointant successivement les différents étages composant le verre d'alcool.

Chacun fit cul sec de son verre en se léchant les lèvres pour ne perdre aucune trace de crème chantilly.

— C'est bon, décréta Esther.

— Contente d'apprendre que t'aimes ça, dit malicieusement Frédérique. Ça s'appelle un *blowjob!*

Rougissante, Esther se joignit tout de même à l'hilarité générale. Si on ne valait pas une risée, on ne valait pas grand-chose. Finalement, peut-être le départ de Frédérique n'était-il pas une si mauvaise chose…

Sans faire de bruit, Jeannine quitta la chambre à coucher en direction de la salle de bain. Gerry ronflait et les jumeaux dormaient au son de cette musique paternelle.

L'estomac de Jeannine digérait mal le frugal souper qu'elle avait ingurgité et elle devait mettre la main sur ses comprimés antiacidité. Elle avait à peine picoré dans son assiette. Incroyable que si peu de nourriture lui vire l'estomac à l'envers de la sorte. À moins que ce ne soit simplement l'effet combiné du stress et du chagrin.

Les autres avaient beau souhaiter bon voyage à son aînée, prétendre que ce n'était qu'un au revoir, qu'ils garderaient un contact étroit pendant les prochains mois grâce aux nouvelles technologies, pour Jeannine, il s'agissait de l'adieu de Frédérique. Elle pressentait qu'elle perdait sa fille pour toujours. Que ce départ marquait la fin de leur relation, aussi ténue fût-elle.

Avant d'ouvrir la pharmacie à la recherche des comprimés pour soulager son estomac, Jeannine s'observa dans la glace. Comment avait-elle pu être assez naïve pour croire que le rapprochement qu'elle avait senti entre Frédérique et elle était réel ? Jusqu'à ce soir, elle était convaincue que sa fille ruerait dans les brancards, qu'elle surprendrait tout le monde avec une volte-face de tragédienne, qu'elle changerait son fusil d'épaule et plaquerait Simon. Ça lui ressemblait si peu de s'exiler à l'autre bout du monde. Surtout pour un homme. Cette race qui les avait si souvent déçues. Au restaurant, le couple qu'elle formait avec Simon lui avait paru si fort, si solide que Jeannine en était presque jalouse. Comme elle connaissait mal sa fille...

Enfant, Frédérique s'agrippait aux jupes de sa mère. Ce n'était pas une enfant aventureuse. Elle quêtait son autonomie et son indépendance, mais en s'assurant d'avoir maman dans son champ de vision. Était-ce possible que sa petite fille ait aussi radicalement changé ? Jeannine était-elle aveugle au point de ne même pas connaître la véritable personnalité de sa fille ? Décidément, elle ne possédait pas ce qu'on appelle l'instinct maternel.

Essayant vaguement de combattre ses pensées négatives, Jeannine ouvrit l'armoire pour se soulager de ses brûlements d'estomac. Était-ce seulement le départ de Frédérique qui la mettait dans cet état ou les menaces de Gerry ?

Elle n'avait pas affronté son mari après les révélations de Frédérique. Sans vouloir ignorer le problème, elle appliquait à la lettre les préceptes de son livre culte : *Le Secret*. Elle devait rester positive, ressentir son bonheur familial dans toutes les fibres de son être. Non seulement penser à une issue positive pour son cauchemar actuel, mais le ressentir de manière tangible. Pour la première fois de sa vie, Jeannine mettait en doute le génie de Rhonda Byrne.

Après avoir avalé le double de la quantité de comprimés recommandée pour contrer ses malaises gastriques, Jeannine fit courir ses doigts le long des tablettes de l'armoire et ouvrit machinalement certains flacons. Elle pouvait se vanter de posséder une pharmacopée impressionnante. Il fallait bien qu'il y ait des avantages à travailler dans une pharmacie. Elle possédait une pilule miracle pour chacun des petits bobos susceptibles d'envahir le corps humain. Elle sourit tristement en constatant qu'aucun comprimé ne pouvait soulager un cœur de mère piétiné par la vie.

«L'union fait la force», songea Jeannine. Peut-être que tous les comprimés contenus dans la pharmacie pourraient venir à bout de son chagrin ?

Doucement, elle se sentit glisser vers des ruminations de plus en plus sombres. Le pouvoir de la pensée positive n'avait plus d'emprise sur elle. Jeannine n'essaya même pas de combattre ce besoin autodestructif. Elle s'abandonna à son chagrin.

Elle avait toujours cru que la mort d'un enfant était le châtiment le plus cruel qu'on puisse réserver à une mère. Aujourd'hui, elle réalisait que se sentir indigne de l'amour des siens était une damnation encore plus cruelle. Elle ne méritait pas ses enfants.

— Tu manges pas ?

La question était superflue. Depuis le début du déjeuner, Esther gardait les lèvres jointes. Sa cuillère ne comportait aucune trace du gruau nutritif qu'elle venait de servir à toute la famille et reposait sagement sur son napperon. Alors que les fonds des bols des enfants étaient train de se faire racler par les petits - désireux de ne perdre aucune goutte du sirop d'érable que maman avait eu la gentillesse d'incorporer au mets -, le sien était plein.

Plutôt que de répondre à son mari, Esther sourit tristement et demanda à être excusée avant de battre en retraite vers la salle de bain.

— Est-ce que je peux manger le gruau de maman? demanda Emma.

Jean-François approuva la requête de sa fille, certain que, ce matin, Esther n'avalerait rien. Elle avait adopté ce comportement lors de chaque déjeuner précédant l'entrée en garderie d'un de leurs enfants.

Si Jean-François voyait cette étape comme la confirmation du temps qui passe et que bébé devenait officiellement un petit bonhomme, pour Esther, il s'agissait plutôt d'un deuil difficile à digérer.

Après avoir débarbouillé les minois des enfants, Jean-François rejoignit Esther dans son refuge. Il toqua discrètement à la porte de la salle de bain. Devant l'absence de réponse, il entrouvrit la porte, certain qu'Esther n'attendait que de reprendre le contrôle d'elle-même pour lui offrir d'entrer.

Les yeux rougis d'Esther trahissaient ses émotions. Un mouchoir à la main complétait les indices permettant de croire que la maman avait de la difficulté à accepter que son bébé grandisse.

— C'est mieux comme ça, je commence dans deux semaines, rationalisa-t-elle.

À l'évocation de son nouvel emploi, Esther fondit en larmes. Déjà que mettre Théo à la garderie lui demandait un effort surhumain, en plus c'était pour un contrat qu'elle n'appréciait pas. Y avait-il pire crève-cœur que ça pour une mère?

La réaction d'Esther confirmait de nouveau à Jean-François qu'elle ne souhaitait pas ce retour au travail. Lui savait bien qu'il ne tolèrerait pas de voir sa femme malheureuse tous les matins de l'année à venir.

— As-tu donné ta démission à Claude?

Gênée, Esther balança rapidement la tête de gauche à droite en fixant le mouchoir qu'elle triturait à présent. Elle n'osait pas affronter son ancien patron pour lui annoncer la nouvelle.

— Est-ce que c'est parce que tu souhaites continuer à travailler pour lui? osa Jean-François en sachant qu'il risquait fort d'obtenir une réponse qu'il ne désirait pas entendre.

Esther changea d'expression. Jean-François ne parvenait pas à déchiffrer s'il avait visé dans le mille ou si sa femme était sincèrement désolée qu'il puisse croire une chose pareille.

— C'est toi que j'aime. Toi que j'ai choisi.

Jean-François passa une main dans ses cheveux et les ébouriffa nerveusement. La déclaration d'Esther lui donnait le courage de mettre une nouvelle option sur la table.

— Premièrement: tant mieux! Parce que moi aussi, je t'aime.

Esther sourit à travers ses larmes.

— Deuxièmement: je vois pas pourquoi t'accepterais une job de merde qui va te rendre malheureuse.

— Pour l'argent. Pour me donner le temps de trouver mieux...

Pour la faire taire, Jean-François souda ses lèvres aux siennes. Ces arguments-là étaient uniquement rationnels.

Ce n'était pas le cœur d'Esther qui se manifestait, mais bien son cerveau. Lui avait envie de laisser parler le jeune homme de trente ans qui avait eu le coup de foudre, dix ans plus tôt, pour cette magnifique hygiéniste dentaire si raffinée.

— J'ai une proposition à te faire, dit Jean-François, énigmatique.

Simon se choisit quelques magazines masculins et se diri-gea vers la caisse enregistreuse pour payer son achat. Il revint sur ses pas et en ajouta deux à l'intention de Frédérique. Le vol serait long et sa belle prendrait plaisir à feuilleter les pages débordant des créations de designers internationaux.

C'était un rituel personnel. Chaque fois qu'il partait en Asie ou en revenait, il faisait le plein de lectures superficielles qu'il abandonnerait sur un banc de l'aéroport ou sur son siège pour un autre passager.

Une bouteille d'eau hors de prix et un paquet de gommes plus tard, il s'installait confortablement à proximité de la porte d'embarquement inscrite sur son billet d'avion.

Par le passé, lorsqu'il se retrouvait à l'aéroport, c'était majoritairement pour affaires et non pour le plaisir. Il était l'homme d'affaires qui fréquente le salon VIP de la compagnie aérienne. Celui que les hôtesses de l'air repèrent rapidement. Ce citoyen du monde, sans attaches, qui ne demande qu'à être charmé.

Aujourd'hui, il regardait la foule autour de lui d'un œil neuf. Il était fier d'incarner à présent le bon père de famille qui déplace sa tribu à l'autre bout de la planète pour qu'elle jouisse de conditions de vie améliorées et qu'elle vive de nouvelles expériences enrichissantes. Il était impatient que Frédérique et Blanche viennent le rejoindre.

Frédérique avait tenu à travailler au café jusqu'au jour du départ.

— Je sais pas quand je vais avoir une autre rentrée d'argent. Je prends tout ce qui passe, avait-elle allégué.

Simon croyait plutôt qu'elle avait de la difficulté à couper les ponts avec cet univers rassurant où elle travaillait depuis plusieurs années. Il ne pouvait pas la blâmer: l'inconnu faisait toujours un peu peur. Lui-même se souvenait de son angoisse la première fois qu'il avait accepté un contrat à l'étranger.

Pendant que Frédérique s'offrait un dernier adieu avec ses collègues de travail et les habitués du bar, Blanche se faisait dorloter par ses grands-parents. Gerry et Jeannine craignaient que la poupée de porcelaine les oublie en quittant le pays à un si jeune âge. Les tentatives de Simon pour les rassurer n'avaient pas donné grand-chose. Surtout pour Jeannine qui semblait inconsolable du départ de sa grande fille.

En terminant la lecture d'un nouvel article de magazine, Simon consulta sa montre. Frédérique avait du retard. Pourvu qu'elle ne soit pas prise dans un embouteillage. Les bouchons de circulation étaient nombreux à cette heure. Il vérifia son cellulaire. Aucun appel ou texto. La belle amazone devait être en train de franchir la sécurité. Peut-être aussi qu'elle avait dû faire un arrêt imprévu aux toilettes des femmes pour un changement de couche. Parcourir un aéroport avec un jeune bébé était sans doute une expérience demandant un peu plus de temps qu'à un homme d'affaires célibataire.

«J'aurais dû les attendre à l'entrée», se reprocha Simon. Frédérique lui avait proposé de le rejoindre à la porte d'embarquement, mais il n'aurait pas dû l'écouter. Elle n'avait pas autant d'expérience que lui dans les aéroports et se demandait peut-être simplement vers où se diriger dans les dédales de l'énorme bâtiment.

Simon rangea son magazine, décidé à rebrousser chemin jusqu'à la sécurité, lorsqu'il sentit la vibration de son cellulaire contre sa poitrine. Un sourire aux lèvres, il extirpa son appareil de la poche intérieure de sa veste. Il anticipait déjà un long texto où la majorité des mots seraient des sacres ou des insultes destinées à l'architecte qui avait dessiné les plans de l'aéroport.

Pourtant, sur son écran, un seul mot en provenance de Frédérique s'afficha : « Désolée ».

Esther voyait très bien où se dirigeait Jean-François avec sa proposition. Elle l'avait vu en grande discussion avec Lili lors du souper de départ de Frédérique et Simon. Aucun doute que Lili devait lui avoir vendu sa salade concernant son projet de démarrage d'entreprise. Elle n'avait pas donné suite à l'envoi de photos de Lili et cette dernière, ratoureuse et déterminée, avait sûrement tenté de l'atteindre en passant par son mari.

Esther était convaincue que Jean-François avait pris les derniers jours pour mijoter l'idée, vérifier que son salaire puisse faire vivre la famille et lui permettre de se lancer en affaires avec son amie, même si l'entreprise était risquée.

— J'en ai pas envie, lança rapidement Esther avant d'entendre Jean-François plaider sa cause.

— Tu sais même pas ce que j'ai en tête, s'amusa Jean-François. Attends au moins que je parle.

Même s'il souriait, Jean-François commençait à redouter que sa femme soit clairvoyante et qu'elle refuse effectivement ce qu'il avait envie de lui proposer. Le revers serait cuisant, pour lui.

— J'ai longuement réfléchi...

Jean-François tenta de repasser mentalement le long discours qu'il avait élaboré en prévision de ce moment. Il vit défiler tous les arguments qu'il avait trouvés pour soutenir son projet. Il fallait qu'Esther accepte. Il le fallait. Il en avait besoin.

— Et... poursuivit Esther devant le silence interminable de son mari.

La maîtresse d'école refaisait surface. Son Esther imposait son rythme, son tempo. Sa femme adorée, impatiente, n'acceptait pas qu'il perde le fil de son histoire et la fasse languir. Dieu qu'il l'aimait dans toute son imperfection.

Plutôt que de réciter bêtement ce qu'il avait préparé, Jean-François lui prit la main pour couper court aux longs palabres. Ses doigts entrèrent en contact avec le bracelet à breloques qu'il lui avait offert pour la fête des Mères. Inspiré par le bijou, il fronça les sourcils.

— Il te manque une breloque.

Inquiète, Esther compta rapidement les colifichets se balançant sur la chaîne ornant son poignet : le premier en souvenir de leur mariage et les trois autres pour souligner la naissance d'Antoine, Emma et Théo. Les quatre pendentifs étaient bien accrochés.

— Tu sais plus compter, mon amour, l'asticota Esther.

— Au contraire. Je voudrais ajouter une cinquième breloque à ton poignet.

Esther se demanda si Jean-François s'apprêtait à la redemander en mariage. Avant que sa femme ne parte en conjectures, il clarifia sa pensée et exposa son souhait le plus cher :

— Pourquoi on se ferait pas un autre enfant ?

La voix suave de l'hôtesse de l'air effectua le premier appel pour les passagers du vol à bord duquel Frédérique, Blanche et Simon devaient prendre place, mais ce dernier était trop décontenancé pour l'entendre.

Après la réception du texto de sa blonde, Simon avait rapidement tapé quelques mots sur son clavier de cellulaire demandant plus de précisions. Frédérique était-elle désolée de son retard ?

Simon fixait l'écran de son téléphone intelligent sans recevoir de nouvelles. Peut-être Frédérique, énervée à l'idée de manquer son vol, avait-elle tapé son mot d'excuse en vitesse avant de franchir la guérite où elle devait déposer son cellulaire dans un bac pour inspection ? Peut-être les batteries de son appareil étaient-elles à plat ? Le cerveau de Simon évaluait la situation à vive allure. « Désolée » pouvait sous-entendre tellement de choses. Simon essayait de toutes les identifier, mais son subconscient refusait d'émettre la possibilité que Frédérique lui fasse faux bond.

À quelques reprises, il écrivit à Frédérique, l'implorant d'éclairer sa lanterne.

« Tu commences à m'inquiéter. Où es-tu ? »

« Es-tu rendue à l'aéroport, Fred ? »

« De quoi es-tu désolée ? »

Chaque fois, son appareil se butait au silence obstiné de l'autre machine qui devait pourtant bien recevoir ses questions.

Encore une fois, on appela les passagers du vol à destination de New York, l'escale prévue avant d'atteindre le Japon. Simon commença à s'énerver. Il regarda sa montre.

Dans quelques minutes, ce serait le dernier appel. Il fallait que Frédérique se dépêche.

Ce fut à ce moment qu'il crut voir, au loin, la chevelure de Frédérique fendre la foule de touristes qui déambulaient lentement dans les couloirs de l'aéroport. Un immense soulagement le traversa. S'il n'avait pas été si fier de nature, il se serait probablement mis à pleurer.

Dès qu'elle le repéra, Frédérique stoppa sa course effrénée. Ce fut alors que Simon réalisa qu'elle n'avait aucune valise avec elle, aucune Blanche pendue à son bras.

Elle n'avait pas l'intention de le suivre au Japon.

Simon espéra en vain que Frédérique franchisse la distance qui les séparait pour lui offrir des explications. Elle demeurait muette, immobile, à l'autre bout du couloir achalandé. Simon eut l'impression de la voir articuler «j'm'excuse», mais les battements de son cœur qui pulsaient à ses oreilles l'empêchèrent d'en être certain.

Si Frédérique ne partait pas, il avait toujours la possibilité de rester au pays.

L'hôtesse de l'air appela leurs noms respectifs. Ne manquait plus qu'eux pour fermer les portes de l'appareil et décoller.

Simon se pencha pour saisir la poignée de sa valise, abandonna les magazines féminins qu'il venait d'acheter et disparut derrière le comptoir de la compagnie aérienne.

Lili visionnait sur son écran d'ordinateur les photos prises au souper d'au revoir de Frédérique et Simon. Elle avait fait du bon boulot. Sa nouvelle merveille aussi.

Lorsque le visage d'Esther apparut en gros plan, Lili soupira. Sa meilleure amie gardait le silence depuis qu'elle lui avait fait parvenir un fichier rempli de photos de petits gâteaux. Elle connaissait suffisamment Esther pour savoir que si elle ne répondait pas, c'était qu'elle cherchait un mensonge ou une bonne excuse pour se retirer du projet.

Au même titre qu'elle s'était attendue à ce que la grossesse la rapproche de Thomas, Lili croyait que le fait de devenir mère solidifierait le lien qui l'unissait à Esther. Après tout, à part le travail, c'était la seule sphère de sa vie qu'elle ne partageait pas. Pourtant, les obligations liées à Léonard l'avaient bien souvent retenue loin de ses amies au cours de la dernière année. Esther demeurait importante, mais Léonard la recalait d'un rang dans l'échelle des priorités. Elle se fit la promesse de cajoler ses amitiés à l'avenir, consciente qu'elle avait délaissé cet aspect de sa vie pendant son congé de maternité.

Maintenant qu'elle avait la certitude qu'Esther ne se lancerait pas en affaires avec elle, Lili devait décider si elle relevait ses manches en solo et en faisait autant du défi, si elle abandonnait carrément l'idée ou si elle s'associait à quelqu'un d'autre.

La photo suivante à faire partie du diaporama de la soirée montrait Jeannine. Lili sourit en se disant qu'une association avec la mère de Frédérique pour une entreprise culinaire était aussi risquée que la route du Klondike au XIXe siècle pour les chercheurs d'or. Les talents de cuisinière de Jeannine promettaient des gâteaux décorés au glaçage commercial Betty Crocker.

Avec Frédérique en plein ciel à l'heure actuelle, à destination du bout du monde, il ne lui restait personne avec qui s'associer.

Léonard tira sur la jambe de son pantalon pour attirer son attention. À près d'une année de vie, le bébé costaud ne marchait toujours pas. Lili se pencha pour prendre son fils et l'asseoir sur ses genoux.

— T'aimes les photos à maman ?

Comme tous les bébés, Léonard était fasciné par les images représentant les siens. Dès qu'il vit le visage de papa apparaître à l'écran, il posa un doigt enduit de bave sur le moniteur informatique.

— Touche pas, le réprimanda doucement Lili.

Vexé par le reproche, le bébé se tortilla pour que sa mère le soulève devant elle. Maintenant debout en équilibre sur les cuisses de maman, Léonard souriait, comblé.

— T'es supposé me rendre riche, toi, badina Lili. Il serait temps que tu t'y mettes !

— Il a déjà commencé, le défendit Thomas. Page 14, ajouta-t-il en déposant le journal local sur le clavier d'ordinateur de Lili.

Pour permettre à sa douce moitié de feuilleter le quotidien, Thomas s'empara de Léonard en le gratifiant d'un large sourire complice.

Intriguée, Lili tourna les pages et demeura stupéfaite en apercevant une photo de Léonard à la page recommandée par Thomas.

— C'est quoi, ça ?

— Le grand gagnant du concours annuel de photos de bébé du journal.

— Ben voyons donc ! C'est ma photo.

Le cliché avait été pris quelques jours après la naissance de Léonard. Une séance émotive dont Lili se souvenait très bien. Léonard y dormait sur un lit de roses avec ses chaussons bleus aux pieds. Les chaussons offerts par la défunte mère de Lili. Impossible d'oublier cette photo puisque Thomas l'exposait avec fierté derrière le comptoir de son commerce.

— Quelqu'un m'a volé mes droits d'auteur? s'inquiéta Lili.

— C'est moi qui t'ai inscrite au concours.

Lili resta interdite un instant. Enregistrant l'information.

— On dirait que tu réalises pas le talent que t'as pour la photographie.

Lili accepta le compliment. Cette photo, en particulier, était irréprochable.

— T'as gagné mille dollars.

— Merci, mon poulet dodu! dit-elle en prenant son fils contre elle et en l'embrassant dans le cou.

Léonard posa ses petites mains sur les joues de sa mère et la regarda fixement. Lili eut l'impression qu'il essayait de lui parler, de lui faire comprendre quelque chose d'important. Était-ce possible que la solution soit aussi simple? Que Léonard soit l'ange envoyé, le messager, pour lui indiquer le chemin à prendre?

Avec un peu moins d'une année d'expérience en tant que maman, Lili avait déjà acquis la certitude que les enfants sont des enseignants extraordinaires. Qu'ils nous en apprennent autant sur nous qu'on essaye de leur en apprendre sur la vie. Que chaque bébé nous entraîne là où on ne s'y attend pas, mais que la direction qu'il nous propose est toujours un chemin où l'on doit accepter de s'aventurer avec confiance.

— Thomas? Je vais devenir photographe.

Remerciements

Merci à grand-maman Berthe qui a toujours soutenu que les enfants nous enrichissaient…

Merci à mon éditeur, André Gagnon, qui compose à merveille avec mes hormones de grossesse et n'hésite pas à sacrifier ses vacances pour calmer mes angoisses gestationnelles. Mes bébés de papier sont entre bonnes mains avec toi.

Merci à toute l'équipe des Éditions Hurtubise pour son soutien et sa confiance. Un proverbe africain dit que ça prend tout un village pour élever un enfant. Ça prend également une équipe dévouée pour mettre un livre au monde et le voir grandir. Très heureuse de faire partie de la famille.

Merci à Alexandrine Foulon. À chaque remise de manuscrit, je remercie la vie de t'avoir mise sur ma route, chère fée marraine.

Merci à mon amie Sylvie Guillet pour ses anecdotes familiales savoureuses, plus grandes que nature. Je te dois une louche et un pichet à jus, ma vieille !

Merci à Isabelle Martel pour ses conseils juridiques et sa vision de la maternité qui est si différente de la mienne.

Arigatai à Akiko Matsumiya et Yves Landry pour leurs conseils entourant la langue japonaise.

Merci au sergent Laurent Gingras des relations médias du SPVM.

Merci à toutes celles qui sont tombées enceintes à la lecture de *Bébé boum* et qui ont pris le temps de me contacter pour partager cette heureuse nouvelle.

Merci à Rizada pour son immense talent. Mélissa, très heureuse que *Bébé boum* fasse des petits jusque derrière ton nombril.

Merci à mes amours Éric, Clémentine, Simone et Blanche sans qui je ne pourrais écrire sur la maternité sans me sentir imposteur.

Suivez-nous

Réimprimé en mai 2018
sur les presses de Marquis-Gagné
Louiseville, Québec